·中央财经大学学术著作出版基金资助·

URBAN ECOCRITICAL THEORY

马特 著

城市生态批评理论研究

中国社会科学出版社

图书在版编目（CIP）数据

城市生态批评理论研究／马特著 . —北京：中国社会科学出版社，
2020.4
ISBN 978 – 7 – 5203 – 5902 – 3

Ⅰ. ①城… Ⅱ. ①马… Ⅲ. ①文学评论—文学理论—
西方国家—现代 Ⅳ. ①I106

中国版本图书馆 CIP 数据核字（2020）第 021510 号

出 版 人 赵剑英
责任编辑 宋燕鹏
责任校对 万建国
责任印制 李寡寡

出　　　版　中国社会科学出版社
社　　　址　北京鼓楼西大街甲 158 号
邮　　　编　100720
网　　　址　http://www.csspw.cn
发 行 部　010 – 84083685
门 市 部　010 – 84029450
经　　　销　新华书店及其他书店

印　　　刷　北京明恒达印务有限公司
装　　　订　廊坊市广阳区广增装订厂
版　　　次　2020 年 4 月第 1 版
印　　　次　2020 年 4 月第 1 次印刷

开　　　本　710×1000　1/16
印　　　张　20
字　　　数　260 千字
定　　　价　98.00 元

目　　录

序　言

　　"城市生态批评"（urban ecocriticism）是生态批评研究的一个分支，也是近年西方学界新兴的一种文学研究方法。此前，生态批评虽然发展蓬勃，出现了生态女性主义、后殖民主义生态批评、动物研究等多种分支领域，成为了文学研究界的"显学"，但是其研究对象多为文学中的自然书写及其对"荒野自然"的阐释，一直没有专门针对城市文学的研究方法。随着城市化进程的不断推进，城市空间对生态环境的影响愈加复杂而明显，人们不禁开始思考：在 21 世纪的今天，面对城市化进程的迅猛推进，生态批评研究该何去何从？在这一背景下，城市生态批评应运而生，尤其是在 2013 年后一跃成为西方生态批评界的新贵。

　　自现代城市出现伊始，城市空间中的自然环境在文学语境中长期处于被忽略的位置，这种忽略也导致了生态批评研究中对城市书写的探讨较少，城市文化研究对自然维度的探索也相对不足。城市文学书写由于对人造地理图景和人造产物的关注，常常被视作一种"反自然"的文学类型，导致城市文学与生态批评的交叉研究长期滞后。近年来，一直专注于"无人荒野"的生态批评的发展已经开始进入瓶颈期，在这一背景下，城市生态批评作为一种跨学科的文学研究方法，将环境研究、文化研究与城市研究联系起来，有助于生态批评突破自身的局限，建构起城市研究的维度，增强生态批评理论本身的生命力与代入感，更好地应对来自后理论时代的挑战。城市生态批评关注"自然生态系统与人造空间生态系统之间的对立；自然书写的认知方式对理解城市现实的启发价值；以及自然环境与社会环境对文化与身份的塑造作用"①。换言之，城市生态批评致力于重新发现和认知城市中的自然环境，对"自然"的概念进行反思与再定义，在城市文学和生态批评研究领域均打开了新的研究角度与阐释思路。

目前，国内尚未出现城市生态批评的专门著作，在核心期刊发表的相关学术论文基本出自本书作者，可以说相比于西方学界展现出的热切兴趣，城市生态批评在国内学界尚属一个有些陌生的领域。因此，本书将系统地梳理和归纳城市生态批评的话语背景、主要议题、批评路径与研究范式，思考这一批评话语如何有效地拓展了新世纪以来生态批评研究的阐释空间，以期为国内的同行研究者以及其他同类研究提供一些借鉴与参考。城市生态批评是一种在城市化视域下进行的生态批评研究，这一性质也决定了城市生态批评需要建立起一个跨学科的研究框架，其中包括生态学、文学、哲学、历史学、美学、社会学、自然科学、地理学、心理学、建筑学等学科的相关知识。多学科的理论背景是城市生态批评的特色与优势，同时也是研究者进行城市生态批评研究的难点所在。针对这一点，本书将采用宏观审视与微观分析相结合的阐释方法，从城市生态批评的研究起源与概念假设切入，并结合近年来城市生态批评的具体批评实践，探讨城市生态批评在当代文学批评领域中的擢升与衍进。

具体而言，本书的内容共分为彼此联系紧密的五个章节，以下作一个简单的介绍。第一章聚焦城市生态批评兴起的社会背景与历史视域，主要探讨了城市生态批评生成时所处的时代语境、文学背景以及城市生态批评产生的必要及必然性。城市生态批评与生态批评一样，都受到了现实世界中环境运动的直接影响，是一种现实指向极强的文学批评范式。如果说，环境运动是城市生态批评诞生的现实根源，那么环境运动

---

① Michael Bennett, "Urban Nature: Teaching Tinker Creek By the East River," *ISLE*, Vol. 5 (Winter 1998), pp. 49 – 59.

所结晶孕育而出的环境文学，则是城市生态批评的存在基础与研究土壤。生态批评在西方学界已有二十余年的发展历史，浮现过四次风格各异的发展浪潮，衍生出诸多重要而丰富的分支研究领域；同样，生态批评在我国研究界也已有十年以上的发展历程，出现了很多杰出的生态批评研究者与著作。但是无论在国内还是国外学界，由于多重复杂的原因，城市生态批评作为生态批评的城市维度曾经长期处于缺失的状态，这种状态既对研究者从生态批评的角度切入解读城市文学造成了困难，也不利于生态批评本身在城市化语境中的进一步成长。在这种背景下，城市生态批评的应运而生可以说既具有其学术必然性，也具有现实必要性。

第二章关注城市生态批评的理论源起，着重从城市生态批评的跨学科框架中梳理出五支主要的理论源头，为读者展现出城市生态批评理论的"骨骼"。城市生态批评既从属于生态批评研究，又具有城市研究的特色，是一种受到多种学术思潮影响的交叉研究。具体而言，本章认为社会学、文学批评、生态学研究、空间地理学和新物质主义这五个学科的理论话语为城市生态批评搭建起基本的学术基石，是城市生态批评研究获取理论滋养的主要源泉。其中，社会学研究是学界最早开展城市研究的人文学科，业已积累了诸多关于城市研究的成熟理论可供城市生态批评理论借鉴，而且社会学领域实际上也是城市生态批评最初的萌芽之地，指引了城市生态批评最初几年的研究方向；文学批评中关注的城市意象是作家想象中的城市空间，与现实世界中的城市空间共同构成了"城市"的表里两面，类似于在镜子内外的互相映射的两幅面孔，想象的城市与现实的城市之间的相异与相连是城市生态批评关注的核心问题之一；生态学研究曾经对传统生态批评研究产生了直接的影响，对如今新兴的城市生态批评研究也有重要的知识性启发，如一些城市生态批评研究中使用的术语便是来自于生态学或生物学研究，为人文学科增加了科学理性的不同魅力；空间地理学是空间批评的重要表现形式，也是阐释"城市空间"的重要研究范式，城市生态批评对城市空间中各种存在之间关系的阐释及其空间位置内涵的阐释，都大大地得益于空间地理学的理论支撑；最后，近几年席卷学界的新物质主义思潮对城市生态批评的影响非凡，新物质主义对"物质"所具有的活力的揭示从根本上支援了城市生态批评对人造空间与人造产物的关注与重视，其掀起的"日常生活研究"也有力地促使研究者更大规模地关注目前作为大多数人口居住地的城市环境及其内部涌动的各种力量。除了这五支主要的理论源头，本章在梳理城市生态批评理论源起与兴起逻辑的过程中，也将兼及文化研究、经济学和马克思主义研究等相关话语背景对城市生态批评理论建构造成的大大小小的各种影响。

在对城市生态批评的研究背景与理论来源有了清楚的认知之后，本书的第三章将探讨和界定城市生态批评的核心概念与基本假设，以"荒野""城市自然"和"自然"三个概念为代表，由点及面地展现出城市生态批评的基本假设与研究立场。其中，"城市自然"是城市生态批评特有的研究概念，也是对城市/自然的二元对立进行解构之后的产物。"荒野"和"自然"则是生态批评长期已有的两个研究概念与核心研究对象。生态批评最早出现在学术研究界的初衷，便是源于人们对荒野或曰自然的热爱与关怀。传统生态批评关注作家的自然书写，实际上这里的"自然"几乎可以等同于"荒野"，我们也称之为荒野自然。荒野自然的特点是纯粹、朴素而不受人类干扰，象征了大自然原初的活力与能量，更多强调的是其"荒"。随着城市生态批评的崛起，"荒野"的概念不再只强调表面展现出的"荒"，而是关注其内在所具有的"野"，由表面及至内里，对"荒野"概念的内涵进行了更加深入的挖掘和提炼，这也是城市生态批评不同于传统生态批评研究的关键所在。同样，城市生态批评对"自然"的概念也进行了重新建构，进一步拓展了"自然"概念的涵盖范围与研究所指，尤其是将"城市自然"也纳入"自然"的关怀范围，展现出城市生态批评对二元论的消解以及对整体论的推崇。

第四章将集中讨论城市生态批评的研究路径，主要包括城市生态批评的研究特点、早期研究方向和当前热点问题等，旨在引导读者较为全面地把握城市生态批评的具体研究方法和可能的研究角度，为日后独立进行批评研究奠定基础。作为生态批评的一个分支领域，城市生态批评具有不同于传统生态批评的研究特色，这既体现在其独特而多元的研究对象上，也体现在其不一样的研究效果上，如城市生态批评在批评实践中可以使读者感受到较强的代入感与共鸣性，更能帮助人们以周围环境为基准来建构地方感，发掘城市环境被忽略的生态之美等等，这些都在解读新意和阐释力度层面对研究者有所裨益。在读者对城市生态批评的研究特点有所了解之后，接下来本章会系统而全面地梳理西方城市生态批评从萌芽至今的研究视角的嬗变，包括如何从最初在社会学与政治学方面的昙花一现，发展至后来文学研究界的普遍回应与细化研究等，尤其是结合当今城市生态批评的一些研究热点与具体批评实践进行了分类和阐述，目的是为研究者尝试城市生态批评实践提供一定的参考。最后，本章还会涉及到中国的非外国文学研究领域在城市与生态研究方面的尝试。目前，城市生态批评尚未在我国学术界全面开展，但是也出现了一些尽管并不在城市生态批评框架之下进行，却对城市与生态研究有所探讨的文艺批评类研究，其中以文艺美学等为代表。这些研究虽然在方法论层面与外国文学研究有较大差异，但是作为中国特色学派的代表，也可能为我们建构城市生态批评理论带来独特的启发。

本书的前四章集中关注与探讨了城市生态批评的理论层面的主要议题，第五章关注的则是城市生态批评的文本实践，即通过实际的文学阐释来展现城市生态批评的应用过程，从而更好地探索城市生态批评理论的研究方法和文本诉求，在跨学科的理论框架下将城市生态批评理论研究与文本实践相结合，帮助读者更加立体地理解城市生态批评的批评维度与可能的研究角度。城市生态批评并非一种"从理论中来、到理论中去"的纯思辨型文学理论，相反地，城市生态批评受现实问题的驱使而诞生，是一种具有很强的实践性和现实指向性的文学批评方法。在具体的文本实践中，生态批评既适用于对文学文本的分析解读，也可以用于阐释现实生活中的文化现象，甚至实际的城市规划案例。第五章以城市生态批评的文学阐释为例，援引了美国浪漫主义作家沃尔特·惠特曼、现代主义作家卡尔·桑德堡与后现代主义诗人加里·斯奈德的作品，对这三位生活于不同时代、写作手法相异的作家的城市生态意识进行了多方面的深入探索。此前，学界虽然对惠特曼、桑德堡与斯奈德都有许多的讨论，但是鲜有人从城市生态批评的角度关注他们的作品，而第五章中的文本分析将三人统一置于城市生态批评的框架之下进行审视，为读者展现出三位诗人作品中原本可能被人们忽略的内容，从侧面折射出城市生态批评作一种新兴的文学批评方法，可以如何让"旧"文本焕发出"新"活力。

总之，本书在理论层面和文本层面系统地梳理了城市生态批评的发展背景、兴起逻辑、核心术语、研究路径与实践案例，旨在城市化视域内重新审视生态批评研究所面临的挑战，指出生态批评的研究视野不应只局限于传统的荒野文本与自然书写，而是应当转变以往戴着有色眼镜看待城市环境的传统认知方法，打破城市/自然以及自然/文化的二元对立，积极地将城市文本纳入生态研究的范畴内，意识到城市自然并非"缺席"的代言者。城市自然既不是"淳朴"自然的残存物，也不是激起回归荒野、远离城市之心的触景生情之物，而是一种具有独立价值的环境形式。在面临着严峻生态危机与迅猛城市化进程的当前，城市生态批评研究为我们展现出在城市中建立人与自然、人与人之间和谐关系的可能性，也展现了城市的宏观结构、潜在的生态功能以及内外的生态变化，使城市书写的生态脉络逐渐明晰起来，揭示出现实世界中城市不为人所重视的生态面孔，让人们得以更加立体而多面地看待城市的过去、现在与未来。

诚然，正如城市空间每时每刻都在发生新的变化，关注城市空间及其生态意蕴的城市生态批评也在随着时代的发展而不断地嬗变。城市生态批评无论是在理论建构的方面，还是在具体的文本实践中，都非常重视与实际环境问题和时代特色相接轨，主张从现实世界中汲取经验与活力，可谓一种从现实世界中来，到现实世界中去的文学批评方法。因此，研究者不仅需要关注城市生态批评的理论基础及逻辑合理性，更需要将城市生态批评不断地应用于各种文本和案例实践中，在具体的实践中不断对城市生态批评的理论建构进行反馈和再建构，这种建构与再建构的不断循环既是城市生态批评研究的特色所在，也是其研究方法能够适应不断变化的城市环境的必要保证。正如任何城市社会活动都无法脱离其所发生的环境，环境也无时无刻受到来自城市的影响。城市与环境是不可分割，彼此影响的。随着人类纪时代的来临，人类的力量开始成为影响地球生态结构的核心力量，在这一背景下城市生态批评对城市环境及其中各种生态关系的动态变化的关注与探讨，不仅是新世纪生态批评未来发展的必要一步，也是对现实世界中城市与自然之间关系的探寻与回应。

第一章　城市生态批评的兴起背景与历史语境

　　城市生态批评作为一种新兴的文学批评方法，从宏观上看，属于生态批评的一个分支研究。生态批评诞生于 20 世纪 90 年代的西方学界，经过二十余年的蓬勃发展，目前已经衍生出生态女性主义、后殖民生态批评、多元文化生态批评、动物研究、物质主义生态批评等诸多流派，研究对象从荒野自然书写逐渐扩大至包括动物、垃圾、身体等范畴，但其中的城市维度却始终未得到足够的重视，处于"缺席"的位置。尤其是相比于其他人文社科类的学科——如城市规划、社会学、城市史研究等——对城市生态研究的重视，文学批评领域内的城市生态批评研究依然处于发展滞后的状态。

　　城市生态批评的兴起背景与生态批评的源起与发展有着不可分割的联系。生态批评的诞生与当时的社会运动和社会问题等时代语境有着非常紧密的联系，可以说是一种具有很强的现实指向的文学批评流派，这一点也传承至城市生态批评的肩上。具体而言，生态批评理论的出现与当时社会的环境运动不可分割，而伴随环境运动繁荣发展的环境文学更是为生态批评研究提供了肥沃的研究土壤。换言之，如果没有环境运动的话，环境文学就不会有今天的发展规模，而如果没有众多环境文学作品作为研究对象的话，生态批评研究也就失去了出现的必要性。因此，环境运动、环境文学和生态批评三者是互为一体的。正如当年环境运动对生态批评的影响一样，目前随着城市化的推进与城市空间的不断扩张，城市环境也对城市生态批评造成了同样重要的影响。

本章将系统地梳理城市生态批评兴起的时代背景，包括环境运动和环境文学的兴起，以及二者的繁荣发展对生态批评兴起和发展的影响。自生态批评的概念成型以来，生态批评研究一直在随着社会现实的变迁而不断更新和变化，至今已经经历了四波发展浪潮；在我国学界，生态批评研究也已有十余年历史，并且现在蓬勃发展成为文学批评领域的"显学"。生态批评的每一次变化都有着深刻的现实背景，而在后文的讨论中我们也将会发现，这些研究方向的变化都会与城市生态批评理论产生不可割舍的联系，为城市生态批评的出现奠定了充分的必要性基础和理论性前提。

在对国内外生态批评发展的历程进行简单的归纳与述评后，本章将在最后一节中对生态批评中城市维度的缺失及其背后的原因进行一些探讨，指出这些原因虽然使城市生态批评的出现时间延后了，但并不意味着城市生态批评不适于当今的社会现实；相反地，在城市化日新月异的今天，以城市空间为依托的城市生态批评研究不仅是生态批评对自身发展框架的有益突破，也具有非常重要的实际意义。

第一节　环境运动与环境文学的发端

当人们讨论一场社会变革运动的发端时，通常会将其与战争、经济、政治等宏观历史因素联系在一起，而很少会想到一本书的出版会导致一次影响历史的社会运动。然而，当我们回溯历史的时候就会发现，实际上很多影响整个社会变迁甚至历史走向的节点，恰恰就是一部文学作品。比如，美国南北战争爆发就是起源于《汤姆叔叔的小屋》这样一部由女性创作的文学作品。据说 1862 年，美国第十六任总统亚伯拉罕·林肯会见该书的作者斯托夫人时曾对她说："这么说，您就是写了那本引发这场伟大战争的书的小女人了！"实际上，这样的故事距离我们并不遥远。大约半个世纪之前，大洋彼岸的美国就出现了一次因文学作品引起的社会运动，那就是之后影响了全球的美国环境运动。

引起美国环境运动的这本书叫作《寂静的春天》（Silent Spring），出版于 1962 年，作者是蕾切尔·卡森（Rachel Carson）。该书以寓言式的开头描绘了一个昔日美丽村庄所发生的突变，犀利地揭示了化学农药DDT（合成杀虫剂二氯二苯基三氯乙烷）对陆地、海洋和天空的危害：

> 美国的中心曾经有一个小镇，那里的所有生物看上去都与其周边的环境和谐共处。小镇的四周如棋盘一般分布着繁茂的农场，庄稼连成一片，山坡上果树成林，春天的时候山花烂漫，犹如朵朵白云在绿色的原野上飘荡。…突然，一种奇怪的力量悄悄侵袭了这个地区，一切都开始变了。一种邪恶的魔法控制了整个社区：鸡群感染了神秘的疾病；牛羊开始生病死亡。死神的阴影笼罩着每个地方。…每个地方都安静得出奇。那么多的鸟儿都去哪儿了？…往日的清晨，有知更鸟、猫鹊、鸽子、鹪鹩的合唱，还有其他各种鸟儿的伴奏，如今却听不见一点声音；田野、林间、沼泽，到处是寂静一片。①

卡森指出，造成这一切诡异变化的"不是巫术，也不是敌人的行动侵袭了这个世界"，而是"人们自己造成的"。由于美国当时滥用杀虫剂 DDT，导致在杀死害虫的同时，也杀死了许多鸟类和其他生物，最终将致使春天将不再鸟语花香，"美国无数的城镇失去了春天的声音"，变成不正常的"寂静的春天"。除了指出 DDT 对鸟类等的影响，卡森还借用生态学原理，阐释了食用被 DDT 污染了的农作物所制成食品的人类会受到怎样的危害，将 DDT 比喻为"死神的特效药"，认为人们滥用杀虫剂的做法相对于"走在看起来容易，却是快速下滑的一条高速公路

---

① ［美］蕾切尔·卡森：《寂静的春天》，许亮译，北京理工大学出版社 2015 年版，第1—2 页。

上，它的终点是个大灾难"。卡森呼吁人们采取行动进行改变，否则将会在影响自然生态的同时，最终毒害人类自己。

《寂静的春天》一书被认为既具有严谨求实的科学精神，又具有敬畏生命的人文情怀，因此在出版后立刻吸引了读者的注意，成为美国和全世界最畅销的书，甚至被认为引发的轰动超过了达尔文的《物种起源》。在这本书造成的影响之下，美国环境运动开始兴起，并造成了一系列的历史变化。其中包括，1972 年，美国全面禁止 DDT 的生产和使用；同年，联合国在斯德哥尔摩召开的会议上各国签署了《联合国人类环境会议宣言》；此后，《生物多样性保护公约》、《保护臭氧层维也纳公约》、《联合国气候变化框架公约》等国际公约不断出现，《寂静的春天》带来的环境保护余波也从美国国内走向全球范围。

正是由于《寂静的春天》一书的出现，美国环境运动开始走向第一个发展高峰，20 世纪 70 年代也被称为"环境的十年"或"绿色的十年"。从历史上看，美国环境运动实际上继承和发展了二战之前占据主导地位的荒野保护运动和资源保护运动。这场运动首先由生态科学家和知识分子阶层发起，为了唤起公众和政府对环境的关注和重视，他们一方面从事了大量的环保类的社会实践，另一方面发表和出版了诸多有关环境问题的文章、报告和著作。之后，美国公众在生态科学家的鼓舞和激励下，开始重视环境污染及其给自身所带来的损害。截至 20 世纪 60 年代末，美国公众开始广泛地参与到环境保护运动的潮流中来，民间涌现出大量的环境保护组织，环境运动出现了如火如荼的局面。在民间环境运动的强大压力下，美国政府开始把环境保护作为政府工作的重心之一，并加大了环境立法和执法的力度。除了继续保护森林、土地和荒野等自然资源之外，美国政府自 70 年代起开始将工作重心开始转向治理工业污染，特别是空气污染、水污染和化学污染，并且通过了许多环境保护工作相关的议会立法。

伴随着现实社会中环境保护运动的热烈开展，美国文学创作界也做出了相应的回应。以倡导环境为己任的美国环境文学（environmental literature）开始蓬勃发展，大量杰出的环境文学作品开始涌现，成为美国环境运动的重要助推力量。实际上，环境文学早在《寂静的春天》出版之前的 19 世纪便已经出现，至今已经经历了两个主要的发展阶段，并且以《寂静的春天》出版的 20 世纪六七十年代为分水岭。

在环境文学的发展第一阶段也就是初期阶段，出现的文学作品主要以非小说的散文形式出现，主旨是歌颂自然之美，揭露环境危机，倡导民众进行环境保护。这一阶段的环境文学创作开启了自然书写的先河，尤其在荒野意识和地方伦理的建构方面做出了重要的贡献。其中，最具有代表性的作家有三位：亨利·梭罗（Henry David Thoreau）、约翰·缪尔（John Muir）和利奥波德（Aldo Leopold）。

亨利·梭罗是美国 19 世纪文学家、哲学家和超验主义代表人物，也是美国环境文学和自然文学的核心的先锋人物。美国著名生态批评家布伊尔教授在其专著《环境的想象：梭罗、自然写作和美国文化的形成》中，曾称梭罗为"美国最为优秀、最具有影响的自然作家"①。梭罗的代表作《瓦尔登湖》（Walden）出版后影响了一代又一代的读者，被誉为"绿色圣经"。《瓦尔登湖》对后世的影响是如此之大，以至于《瓦尔登湖》几乎成了环境保护、生态文学以及自然书写的代名词。在创作《瓦尔登湖》的过程中，梭罗身体力行，回归自然，两年里在湖边的小木屋里过着简朴的生活，力求达到人与自然互相融合的接近原始的状态，寻求独立的精神生活。在梭罗眼里，人类只有真正地融入自然才能获得自由，现代工业在驾驭自然的同时也禁锢了人类自身。因此，他主张保护和探寻荒野自然中留存的野性，认为"世界存乎于野性"，这句话也几乎成了现代环境保护运动的宣言。《瓦尔登湖》由十八篇散文构成，记录了作者在湖畔生活的两年里的点点滴滴以及个人精神世界的诸多感悟，其内容与其说作者是在单纯地描绘自然美景，不如说作者

---

① Lawrence Buell, *The Environmental Imagination*：*Thoreau*，*Nature Writing*，*and the Forma-tion of American Culture*，Cambridge：Harvard University Press，1995，p. 366.

是通过在湖边接近大自然的生活，来反思自己以及现代生活方式带来的弊端。

例如，在《冬日的湖》一篇中，梭罗讲述了自己试图测量瓦尔登湖深度的经历，他发现周围的山脉、岬角、沙洲、浅滩、河流、小岛等都会对湖湾的深度造成影响，并由此发出了一段关于大自然法则的感悟：

> 如果我们了解大自然的所有的法则，那么我们只需要知道一个事实，或者对一个现象的真实描述，就可以相应地推测出所有相关的结果。可事实是，我们知道的法则少之又少，于是我们的结果也都乱七八糟。这当然不是由于大自然的不规律给我们造成了困扰，而是因为我们在演算的时候忽略了最基本的要素。我们对自然法则与和谐统一的理解仅仅局限在我们所观测到的事实，然而还有更多我们没有观测到的，它们看似相互冲突，实际上却是相辅相成的，这其中蕴含的和谐与法则才更为绝妙。①

梭罗意识到大自然及其法则的复杂而多变，认为目前人类难以窥探到其全部的内容；他受自然界湖水深度的启发，提出人类的思想和学识也如湖水的深度一样，会受到周围环境和所处位置的影响。就这样，在湖边过着静谧的生活的同时，梭罗还深入思考了许多其他问题，包括对自我身份的探寻、人生困境的思索、社会问题的反思以及人类与自然之间的关系问题。

梭罗的《瓦尔登湖》一书作为环境文学的经典之作，在读者群中造成了深远的影响，如美国著名作家菲茨杰拉德在写给女儿的一封信中不仅感叹道："读了梭罗的文章之后，我才发现远离自然的生活让自己失

---

① ［美］亨利·梭罗：《瓦尔登湖》，王燕珍译，北京理工大学出版社2015年版，第294页。

去了多少东西。"① 相信菲茨杰拉德的说法也会引起世界上无数读者的共鸣。梭罗的"瓦尔登湖精神"已经深入人心，促使人们重视自然的价值，珍惜人与自然环境之间的羁绊，让人们在工业社会中留有一颗保护自然环境的心，这也是《瓦尔登湖》一书留给后世的宝贵的精神遗产。

约翰·缪尔是 19 世纪美国自然保护运动的领袖，以美国西部的优胜美地山为写作背景的他，也被称为"山之王国中的约翰"，是环境文学发展中承前启后的重要人物②。缪尔本人不仅热爱自然探险，还写下了许多优美而粗犷的文字来记录自然带给他的灵感，留下了许多广为流传的随笔和专著。缪尔的作品中最有名的莫过于《我们的国家公园》（*Our National Parks*）一书，他在书中号召人们去接近大自然，去自然中旅行，试图通过这样的方法来唤醒人们的环保意识。缪尔认为，走进大山就是走进人类自己的家园，山林公园和保护区不仅仅是自然资源的源泉，更是生命的源泉。缪尔除了环境文学作家的身份之外，为后世所铭记的另一重身份则是环境保护运动的社会活动家。在缪尔的大力呼吁和设计之下，美国巨杉国家公园和优胜美地国家公园在 1890 年建立，他本人也因此被誉为美国"国家公园之父"。如今，国家公园体系已经成为美国最有特色的自然标签之一，不仅吸引了无数人心而往之，也成为世界范围内荒野保护的典范。1892 年，缪尔还创建了美国最早、最重要的环境保护组织"山岭俱乐部"（The Sierra Club），可谓一生致力于自然保护事业，堪称美国最著名、最具影响力的自然主义者和环保主义者。

最后一位要提及的作家是利奥波德，他也是一位具有环境伦理学家身份的美国环境文学家，其代表作《沙乡年鉴》（1949）被誉为环境保

① qtd. in James Thorpe, *Thoreau's Walden*, San Marino: The Huntington Library, 1977, p. 22.

② 程虹：《宁静无价 英美自然文学散论》，《宁静无价：英美自然文学散论》，上海人民出版社 2009 年版，第 70 页。

护主义者的圣经。《沙乡年鉴》中，利奥波德提出需要建构一种"大地伦理"（land ethic）的观点。他认为，目前的社会中存在有处理人与人之间关系的伦理理念，也有处理人与社会关系的伦理理念，但是一直缺少一种处理人与土地及其上动植物之间关系的伦理观念：

> 迄今为止，还没有一种用来处理人与土地关系的伦理，也没有一种伦理，用以处理人与土地上生长的动植物之间的关系。因此，土地仍好比奥德修斯的婢女一样，仍旧只是一种财产。而人与土地的关系完全被经济性所主导，对于人而言，其中只包含了所需的特权，却对所需承担的义务避而不言。①

面对美国日益严重的环境问题，利奥波德结合美国农村的发展现实，提出目前的美国农村土地所有者大多只将自己视作土地的所有者，而不是土地本身具有的权利的保护者；由于土地所有者们有意或无意地忽视了自己应当承担的保护义务，因此他们只会向土地无休止地索取利益，对经济价值不高的土地共同体成员如野花、某些生长缓慢而难以牟利的树种或是沼泽湿地等予以无情的抛弃与损毁。利奥波德援引了麝鼠、黄莺等具体案例及其日后给人类带来的警醒，指出只依靠以经济利己主义为基础的自然资源保护体系是无法维护大地生态系统的平衡的，因为"这个体系很容易忽视并最终根除掉土地群落中的缺乏商业价值的要素"，而且"倾向于将事情甩给政府，但这些事情却日渐庞大、复杂且琐碎，如此下去，政府也会有无能为力的时候"②。

在这一背景下，利奥波德认为人们有必要重视与养育万物的大地之间的伦理关系，意识到自然的价值不仅仅在于其使用价值，而是具有与生俱来的内在的价值，而且这种价值不是使用金钱来衡量的。因此，利

---

① ［美］利奥波德：《沙乡年鉴》，舒新译，北京理工大学出版社 2015 年版，第 209 页。
② 同上书，第 219 页。

奥波德提出在"大地伦理"的视域内，将道德共同体的界限扩展至人类之外，囊括土壤、水、植物、动物及其共同组成的整体，也就是大地①。换言之，大地伦理促使人类重新审视自己在大自然中的地位，从自然的征服者变为其中的一位普通成员，不仅要尊重土壤、水、植物、动物等其他成员，也要尊重大地整体。利奥波德的"大地伦理"以破天荒的方式将大地提至与人类自身一样的位置，其中透露出来的对自然环境整体的关爱之心也影响了后世许多环境文学作家、生态批评家与环境运动从事者。

在美国环境文学发展的第一阶段之后，20世纪60年代至今是美国环境文学发展的第二阶段，这一阶段也是美国环境文学的繁荣期，不仅文学体裁变得更加灵活多样，而且书写的主题不断向纵深发展。前文所提到的卡森的《寂静的春天》便是美国环境文学发展的第二阶段的经典作品。与美国环境文学第一阶段的作品相比，第二阶段的作品不仅关注人与自然之间的关系，倡导与自然和谐共处并平衡发展，而且扩展到了涉及"环境正义"的主题。

环境正义（environmental justice）是人们在认识与处理环境相关的问题的过程中，所体现出的一种正义感。环境正义可以分为人与自然之间的正义和以环境为中介的人际正义，这两方面的正义也构成了环境文学的基本维度。人与自然之间的环境正义指的是，人类在开发和利用自然的过程中，需要留意处理好与自然环境间的关系，保护自然的权利，尊重爱护自然。与之相对，以环境为中介的人际正义则是环境正义概念中更为广泛使用的一层含义。以环境为中介的人际正义指的是，由于环境问题具有公共性特征，因此在处理环境问题时需要注意保护各个社会阶层、种族的环境权益，不要将环境问题嫁接到处于社会阶层的弱势地位的边缘群体身上，如第三世界国家、有色人种、妇女老人等。

环境正义关注生态资源与生态问题在不同种族与阶级群体中的不平

① ［美］利奥波德：《沙乡年鉴》，舒新译，北京理工大学出版社2015年版，第210页。

均分布，指出他者群体作为环境污染的受害者，拥有更少的与自然环境接触的机会。在美国历史上，便曾经出现过迫使有色人种承受不合理的环境负担的现象，在其居住的社区建造危险化学品工厂和危险废物填埋场等，造成了极大的环境损害和社会影响。可以说，在环境文学的第二发展阶段中，环境文学作品从单纯只关注人与自然环境的关系，发展至将社会阶层等复杂问题也纳入创作视野之中，这也反映出环境文学的发展愈加深入而细致，以及现实世界的环境问题的错综复杂。在本章的第二节中，我们还会更加详细地阐释环境正义或曰生态正义研究的相关内容，及其与城市生态批评之间的紧密联系。

综上所述，通过简单梳理环境运动和环境文学的发端和历史，我们可以看出，现实世界、文学世界与文学批评世界之间实际上具有紧密的关联。现实世界中的环境问题促使作家们开始关注人与环境之间的关系，环境文学应运而生；反过来，环境文学的繁荣发展又会进一步推动环境运动继续向前进，使人们更加深入地在人文和社科层面上对环境问题进行哲学的反思。环境文学是一种具有非常强烈的现实指向的文学类型，除了上文中提到的几位代表性作家，还有很多值得人们注意的文学家，例如拉尔夫·沃尔多·爱默生（Ralph Waldo Emerson）、玛丽·奥斯丁（Mary Hunter Austin）、约翰·威斯利·鲍威尔（John Wesley Powell）、罗宾逊·杰弗斯（Robinson Jeffers）、巴里·康芒纳（Barry Commoner）、爱德华·阿比（Edward Abbey）、加里·斯奈德（Gary Snyder）、约翰·伯勒斯（John Burrough）、乔治·珀金斯·马什（George Perkins Marsh）、莱斯利·马蒙·西尔克（Leslie Marmon Silko）、温德尔·贝里（Wendell Berry）、比尔·麦克基本（Bill Mckibben）等人，此处不再一一赘述。正是由于这些杰出的环境文学作品的存在，生态批评才会出现在人文社科领域当中，并且在近几年成为批评界的"显学"，得到越来越多的关注。环境运动和环境文学的出现以及蓬勃发展，为生态批评的诞生奠定了坚实的现实基础和文学文本基础，使生态批评成为一支十分具有活力和潜力的批评力量。

第二节　西方生态批评的出现与四波发展"浪潮"

20 世纪 60 年代，以雷切尔·卡森（Rachel Carson）的《寂静的春天》（*Silent Spring*）的出版为标志，美国环境运动开始兴起。此后，生态批评学科逐步出现。1974 年，美国学者约瑟夫·米克尔（Joseph W. Meeker）在其专著《幸存的喜剧：文学的生态学研究》（*The Comedy of Survival：Studies in Literary Ecology*）中提出了"文学的生态学研究"（literary ecology）这一术语。米克尔认为，文学的生态学研究应当关注文学如何展现出"人类与其他物种之间的关系"，尤其是"细致而真诚地审视与发掘文学对人类行为和自然环境的影响"。① 同年，美国学者卡尔·克罗伯（Karl Kroeber）在《现代语言学会会刊》（*PMLA*）上发表文章，主张将"生态学"（ecology）和"生态"（ecological）两个概念共同纳入文学批评的视域②。

"生态批评"（ecocriticism）一词的第一次出现在学界是在 1978 年，威廉·鲁克特（William Rueckert）在发表的《文学与生态学：一次生态批评实验》（"Literature and Ecology：An Experiment in Ecocriticism"）一文中，首次明确地使用了"生态批评"（ecocriticism）的说法，并提出将文学与生态学研究相结合，"将生态学及其相关概念运用到文学研究中"，建构出一个生态诗学的研究体系③。"生态批评"（ecocriticism）的说法在提出后得到了学界广泛的接受，虽然之后也有学者提出注入"环境批评"（environmental criticism）、"绿色研究"（green studies）或

---

① Joseph W. Meeker, *The Comedy of Survival：Studies in Literary Ecology*, New York：Charles Scribner's Sons, 1974, pp. 3 – 4.

② Karl Kroeber, "Home at Grasmere：Ecological Holiness," *PMLA* 89（1974）：132 – 141.

③ William Rueckert, "Literature and Ecology：An Experiment in Ecocriticism," *Iowa Review* 9. 1（Winter 1978）：71 – 86.

"绿色文化研究"（green cultural studies）等其他术语，但大多数学者依然倾向使用用"生态批评"这一术语。20世纪90年代起，随着环境问题的日趋严峻，学界刊发了诸多与生态批评理论相关的文章。1992年，文学与环境研究协会（ASLE）正式建立。自此，"生态批评的文学研究……开始成为一个受到认可的研究领域"①。

自诞生伊始，生态批评即是一门跨学科研究，涉及了自然科学、文学、文学批评、人类学和历史学等诸多学科。正如生态批评家劳伦斯·布依尔所言，生态批评是一场"越来越异质化的运动"。② 正是由于生态批评的研究范畴内包含多种研究方法，生态批评概念本身也是一个难以定义的术语。最简单明了的定义由彻丽尔·格罗费尔蒂（Cheryl Glotfelty）给出。1996年，她在学界出版的第一部生态批评论文集《生态批评读本》中将生态批评定义为"一门研究文学与物理环境之间关系的学科"③。1999年，本内特和蒂格则将生态批评定义为"对文化与环境之间的相互作用进行研究的学科"④。二十余年里，生态批评作为一门新兴学科取得了蓬勃的发展，批评方法越来越多种多样，并涌现出大量研究著作。截至2018年，生态批评在西方学界中已经大致经历了四波发展浪潮。⑤

---

① Cheryll Glotfelty, "Introduction," in Cheryll Glotfelty and Harold Fromm (eds.), *The Ecocriticism Reader*: *Landmarks in Literary Ecology*, Athens, GA: University of Georgia Press, 1996, p. xviii.

② Lawrence Buell, *The Future of Environmental Criticism*: *Environmental Crisis and Literary Imagination*, Malden, MA: Blackwell, 2005, p. 1.

③ Cheryll Glotfelty, "Introduction," in Cheryll Glotfelty and Harold Fromm (eds.), *The Ecocriticism Reader*: *Landmarks in Literary Ecology*, Athens, GA: University of Georgia Press, 1996, p. xviii.

④ Michael Bennett and David W. Teague, "Urban Ecocriticism: An Introduction," in Michael Bennett and David W. Teague (eds.), *The Nature of Cities*: *Ecocriticism and Urban Environments*, Tucson: University of Arizona Press, 1999, p. 3.

⑤ 值得注意的是，本章针对生态批评研究发展所做的四波浪潮的分类并非绝对，而且这几波浪潮的研究内容并非互相取代，而是同时共存的，目前也仍有许多学者正在从事的研究内容是被划入前两波浪潮的。也就是说，生态批评的四波浪潮研究内容各有侧重，并无孰优孰劣之分。

一　20 世纪 80 年代：生态批评的第一波发展浪潮

生态批评的第一波浪潮兴起于 20 世纪 80 年代，主要出现在英美两国的批评家中，研究主题是强调将传统的自然书写即荒野作为解读对象。与当今的生态批评学者相同，在这波浪潮中，生态批评学者关注环境危机，认为人文科学与自然科学学科有义务唤起人们的环境意识，在文化与社会现实层面积极探寻解决的环境问题的良方。因此，生态批评的第一波浪潮主要是"为自然言说"①，是"一种政治分析方法"②。在这次浪潮中，生态批评学者们认为，人类与自然之间存在着文化上的差异，他们更加推崇自然的价值。

在生态批评的第一波浪潮，批评家的解读对象主要是非小说类的自然书写（non-fiction nature writing），这也与环境文学刚刚出现时作家的创作倾向相吻合。这一类研究的代表有乔纳森·巴特（Jonathan Bate）的《浪漫主义生态学：华兹华斯和环境传统》（*Romantic Ecology：Wordsworth and the Environmental Tradition*）③、劳伦斯·库帕（Laurence Coupe）主编的《绿色研究读本：从浪漫主义到生态批评》（*The Green Studies Reader：From Romanticism to Ecocriticism*）④ 等。在生态批评的第一波发展浪潮中，学者们非常重视非人自然，或曰荒野自然，这种关注倾向也一直延续至今日。这种对"荒野自然"的重视具有非常重要的意义，它使得人们开始意识到自然环境并不仅仅是剥削的对象，也是需要珍爱和保护的对象，具有启示性意义，但是，在后文中本书也将提到，由于对"荒野自然"的偏爱在生态批评学界占据了主导的位置，

---

① Lawrence Buell, *The Environmental Imagination：Thoreau, Nature Writing, and the Formation of American Culture*, Cambridge：Harvard University Press, 1995, p. 11.

② Greg Garrard, *Ecocriticism*, New York：Routledge, 2004, p. 3.

③ Jonathan Bate, *Romantic Ecology：Wordsworth and the Environmental Tradition*, London：Routledge, 1991.

④ Laurence Coupe, ed. , *The Green Studies Reader：From Romanticism to Ecocriticism*, London：Routledge, 2000.

以至于批评家有些忽视或者贬低"城市自然"的存在价值，这也造成了城市生态批评的诞生滞后。

最后，生态批评的第一波发展浪潮中颇值得注意的是，出现了生态女性主义（eco-feminism）的旁支流派，主要代表人物包括卡伦·J. 沃伦（Karen J Warren）、查伦·斯普瑞特耐克（Charlene Spretnak）、卡洛琳·麦茜特（Carolyn Merchant）、瓦耳·普鲁姆伍德（Val Plumwood）、范达娜·席瓦（Vandana Shiva）、玛丽娅·米斯（Maria Mies）、阿尔·萨勒（Ariel Sallen）和罗斯玛丽·鲁瑟（Rosemary Reuther）等人，此处不再一一赘述。20 世纪 70 年代，在《寂静的春天》引起的生态风暴席卷全球时，欧美大陆也正处于女性主义运动的第二次浪潮之中。女性主义者认为，女性在父权社会中经历的不公正待遇恰如自然在人类社会中的遭遇一样，这种惺惺相惜之情将女权运动和环境保护运动联系在一起。换言之，生态女性主义是西方女权运动和环境保护运动共同催生的产物。

一般认为，"生态女性主义"这一术语最早出现在 1974 年，由法国女性主义学者弗朗索瓦·德·埃奥博尼（Françoise d'Eaubonne）在《女性主义的毁灭》（*Le Féminisme ou La Mort*）一书中提出。生态女性主义思想认为，自然的形象和女性的形象十分类似，"妇女与自然的联系有着悠久的历史，这个联盟通过文化、语言和历史而顽固地持续下来"[1]。自然和女性都是生命的孕育者，然而在现实社会中，二者又皆处于被控制和被征服的状态。正如生态女性主义者苏珊·格里芬（Susan Griffin）提出："我们自己是由大地构成的，大地本身也是由我们的身体构成的，因为我们了解自己。我们就是自然。我们是了解自然的自然。我们是有着自然观的自然。自然在哭泣，自然对自然言说自己。"[2] 这种自然和

---

[1] ［美］卡洛琳·麦西特：《自然之死》，吴国盛等译，吉林人民出版社 1999 年版，第 2 页。

[2] Susan Griffin, *Woman and Nature：The Roaring Inside He*, New York：Harper & Row, 1978, p. 226.

女性之间的天然的联系，使生态女性主义在生态批评学界与女权主义运动阵营中都获得了很多的支持，共同致力于消除人类对自然的主宰和性别歧视，尊重和维护所有生物的平等性和文化多元性，倡导建立一种人类与自然、男性与女性之间的和谐关系。

　　生态女性主义主张对逻各斯中心主义进行双重解构，既反对人类中心主义对自然环境的压迫，也反对男性中心主义对女性群体的压迫。正如查伦·斯普瑞特耐克（C. Spretnak）指出："生态女权主义者从传统的女权主义者关注性别歧视发展到关注全部人类压迫制度（如种族主义、等级主义、歧视老人和异性恋对同性恋的歧视），最终认识到'自然主义'（即对自然的穷竭）也是统治逻辑的结果。"① 生态女性主义寻求普遍存在于男权社会中的边缘化自然与边缘化女性之间所共有的某种特殊关系，将对女性的解放和自然的解放统一为一体，建构一种不同于人类/自然二元对立的新型的文化形式。

　　生态女性主义在提出后，其魅力经久不衰，即使在生态批评流派十分多元化的今天，依然有许多学者从事生态女性主义方面的研究，可见其哲学内涵之经典，引起的受众共鸣之广泛。生态女性主义挑战了男性中心主义的文化语境中针对自然和女性的双重边缘化，其所主张的消除西方文明中的"人类中心主义"和"男性中心主义"的思想，对后世的许多生态批评流派都具有启发意义，其批评维度也决定了生态女性主义比较容易与其他研究方向进行交叉，如城市中的生态女性主义研究，后殖民视角下的第三世界的生态女性主义等等，都是非常值得生态批评研究者探讨的话题。

二　1995 年前后：生态批评的第二波发展浪潮

　　生态批评的第二波浪潮出现在 1995 年前后。在这波浪潮中，除了

---

　　① ［美］C. 斯普瑞特耐克：《生态女权主义建设性的重大贡献》，秦喜清译，《国外社会科学》1997 年第 6 期。

英美两国学者之外，更多国家的批评家开始加入生态批评的阵营，研究对象也从非小说类的自然书写扩展至包括各种文学体裁。此外，少数族裔、日本环境文学作家的自然书写也开始进入人们的视野，生态批评的研究角度不再只局限于白人英语作家的作品，而是变得更加具有文化多元性。

生态批评的第二波浪潮在研究方向上也具有一定的现代革新性，尤其是开始质疑长久以来人类与非人类、自然与非自然之间的界限①，认为这些界限不过是人为建构，是造成生态危机的原因。值得注意的是，在这波浪潮中出现了对"环境"这一概念的重新定义，开始将自然环境与城市环境共同纳入其中。② 但是，城市自然环境在这一波发展浪潮中并没有引起研究者的足够关注，虽然有研究者在理论层面上曾经强调城市环境的重要性，但是几乎没有学者真正地从事这一方面的研究，更不用说对城市文学文本的深入解读了——这也使城市生态批评失去了一次良好的发展机遇。在本书的后面几章的讨论中，笔者还会进一步讨论这种关注的缺失所造成的影响及其背后的深层原因。但无论如何，在生态批评的第二波发展浪潮中，城市环境第一次出现在生态批评的文学研究的视野之内，这一点依然是具有非常重要的里程碑意义的。

生态批评第二波发展浪潮的另一个亮点是，生态批评研究中衍生出更加具有政治性的生态正义运动。生态正义运动致力于从生态批评的角度阅读文学文本，以唤醒人们关于阶级、种族与性别的意识。生态正义运动关注贫穷地区人口的窘迫生活，指出这些人作为环境污染的受害者，比起其他人拥有更少的与自然环境接触的机会。例如，出身于乌克兰犹太家庭的美国作家莱昂纳多·杜步金（Leonard Dubkin）在回忆中便曾经提及，自己两岁那年随父母移民至芝加哥，他们同其他常见的新

① Greg Garrard, *Ecocriticism*, New York: Routledge, 2004, p. 5.

② Lawrence Buell, *The Environmental Imagination: Thoreau, Nature Writing, and the Formation of American Culture*, p. 11.

移民阶层一样，由于家境清贫而搬到城市西部的贫民窟居住。杜步金一家住在一栋人口密度极大的小公寓中，公寓周围的环境完全没有绿化，以至于他自己直至九岁或十岁时才第一次见到了树木。① 这样的经历可以说是少数族裔在生态正义方面的典型遭遇。

生态正义研究的独特之处在于，它成功地将环境问题建构为一种社会问题，同时也重塑了西方环境运动的走向。以往，生态批评作为一种人文类的哲学思考，往往被认为关注的是抽象的理论与思辨问题，而生态正义研究的出现使人们意识到，生态批评实际上具有很强的现实与实践指向，它所关注的不仅是文学作品中作家想象当中人与自然之间的关系，其所关注的对象归根结底也是现实社会中的人与自然的关系。

换言之，生态正义研究的最终目的是将生态哲学引向现实的生活世界与人类实践，建构一种新的社会发展构想，改变目前损害生态正义的社会生产、生活方式以及价值结构。例如，生态正义研究除了一般环境运动对经济、政治和文化方面的生态诉求之外，还包括对社会结构和社会形态的生态诉求。因此，生态正义研究的出现不仅在理论层面上拓展了生态批评的哲学视野，而且也在现实层面上折射出人与自然的关系变化的新格局，促使人们在社会结构的层面上反思现实世界中生态危机的成因与可能的解决方法。

生态正义作为出现在现代社会中的现实问题，其典型的活动舞台之一就是城市环境，例如城市中少数族裔经常会遭受生态不公正待遇，有限的生态资源如阳光日晒较多的楼房往往会被白人阶级所占有，而少数族裔群体往往蜗居在背阴狭窄的居所，承受较差的生活环境与转嫁的生态污染。在后面第四章的讨论中，我们还会进一步讨论生态正义与城市生态批评之间的紧密联系。

---

① Colin Fisher, *Urban Green：Nature，Recreation，and the Working Class in Industrial Chicago*，Chapel Hill, NC.：University of North Carolina Press，2015，p. 8.

三 2009 年之后：生态批评的第三波发展浪潮

2009 年，美国著名生态批评家乔尼·亚当森（Joni Adamson）和斯科特·斯洛维克（Scott Slovic）首次使用了"生态批评的第三波浪潮"这一表述。① 斯洛维克认为，美国生态批评家帕特里克·墨菲（Patrick D. Murphy）的《自然文学研究的广阔视野》（*Farther Afield in the Study of Nature-Oriented Literature*）② 一书从全球化与比较研究的角度重思生态批评研究，主张跨越不同种族与文化之间的界限，是生态批评第三波浪潮兴起的标志。生态批评的第三波发展浪潮的主要特色是以全球化作为研究框架，研究视域不再局限于当地或地方，而是将更广阔的"地球"本身纳入宏观视野之内，重视不同文化之间的比较与分析。相比于此前的两波发展浪潮，生态批评的第三波浪潮在研究角度、研究对象、研究参与者等方面都显得更加成熟而多样化，可以说，生态批评的第三波浪潮不仅在研究框架和研究视野方面变得全球化，其在学界的参与度和关注度也变得全球化，将生态批评研究带向了一个高峰。经过近十年的发展，生态批评的第三波浪潮出现了多种新的研究趋势，呈现出百家争鸣、百花齐放的研究热潮。本部分将就生态批评的第三波浪潮中比较典型的几种研究方向加以简单的介绍，值得注意的是这些研究方向中有很多与城市生态批评关系密切，尤其是地域整体的概念、新生物区域主义和生态批评批判等研究角度，之后均构成了城市生态批评研究中非常重要的一个方面。

在生态批评的前两波浪潮中，学者们的研究非常注重"地方"（place）和"区域"的概念，强调要建构一种对地方的认同感，即地方

---

① Joni Adamson and Scott Slovic，"Guest Editors' Introduction：The Shoulders We Stand On：An Introduction to Ethnicity and Ecocriticism"，*MELUS*，Vol. 34，no. 2（Summer 2009），pp. 5 – 24.

② Patrick D. Murphy，*Farther Afield in the Study of Nature-Oriented Literature*，Charlottesville：University of Virginia Press，2000.

意识（sense of place），并且倡导重视地方或者说当地具有的生物学特征，以"生物区域"（bioregion）来划分地方，从而更为深入地理解大地母亲，了解自己所居住的身边环境，培养对地方的归属感。主义等观念。与之相对，在生态批评的第三波浪潮中，学者们开始呼吁培养一种更加重视整体的地域观念，既要重视特定的地域，又要超越地域所带来的局限性。其中，2008 年，乌苏拉·海瑟（Ursula Heise）出版了专著《地方意识与地球意识》（*Sense of Place and Sense of Planet：The Environmental Imagination of the Global*）① 一书，她在书中以 20 世纪 60 年代以来的德美两国的环境文学等为例，探讨了环境保护主义、生态批评和全球化、跨国主义以及世界主义之间的关系。海瑟认为，这种关系可以用她所发明的"生态世界主义"（"eco-cosmopolitanism"）一词来表述。海瑟试图通过"生态世界主义"的概念来传达她对全球性想象的重视，认为截至 20 世纪末，美国环境保护主义都过于强调地方意识，而缺乏一种全球化意识。因此，生态批评的第三波浪潮呼吁人们走出地方和区域的局限，在重视本地生态环境的同时，形成新型的区域主义观念，在全球环境的视野中综合衡量跨文化意识和跨文化共同体的建构，形成一种全球性的生态、政治及审美想象。

生态批评的第三波浪潮的另一个亮点是开始出现了针对学科内部建设的反思，即针对生态批评本身的批评，这也是生态批评研究逐渐走向成熟的标志。在这类研究中，迪莫西·莫顿（Timothy Morton）的《没有自然的生态学：环境美学再思考》（*Ecology Without Nature：Rethinking Environmental Aesthetics*）② 一书是非常著名的。莫顿从生态批评的根源术语"自然"入手，认为目前关于"自然"概念的解读实际上暗含了一种将人类与自然二元对立的思想，因此人们应当摒弃"自然"的概

---

① Ursula Heise, *Sense of Place and Sense of Planet：The Environmental Imagination of The Global*, Oxford：Oxford University Press, 2008.

② Timothy Morton, *Ecology Without Nature：Rethinking Environmental Aesthetics*, Cambridge, MA：Harvard, 2007.

念，采用新的术语以推进研究。莫顿发明了"暗生态学"（dark ecology）的概念并自己提出了一系列相关术语来代替当前的生态批评术语。莫顿的观点在学界影响甚大，促使人们开始反思生态批评本身是否在根源处便局限了自己的视野，而这一点——我们将在第三章中局限讨论——也在某种程度上促进了城市生态批评的复兴。

关于针对生态批评本身的批评，即生态批评批判研究，另一个值得注意的是达纳·菲利普斯（Dana Phillips）的《生态学的真相：美国的自然、文化与文学》（*The Truth of Ecology：Nature，Culture，and Literature in America*）①。菲利普斯在跨学科的视角对当代环境思想进行了广泛的评论，并且大胆地指出，当前的生态批评研究依然缺乏理论性，实际上这一点也是自生态批评诞生之时便时常被人诟病的一点——例如，曾有人认为生态批评不过是提倡"拥抱树木的玩意儿"，并不具有一种独立的理论体系。当然，认为生态批评就是拥抱树木的极端观点已成为历史，生态批评本身也早已成为学界公认的文学理论，但是相对于某些文学理论，由于生态批评与生俱来的现实指向，其依然会让人们感到理论方面稍显不足。菲利普斯的观点也再次引起学界对生态批评理论建构的重视，在之后的第四波发展浪潮，即物质主义生态批评研究中，我们可以看到其对理论建构非常的重视，相信这与第三波发展浪潮中学界对生态批评理论建构不足问题的反思是分不开的。

除了以上两个重要的研究方向之外，生态批评的第三波发展浪潮还出现了比较式生态批评、生态性属研究、动物研究、多态行动主义等研究角度。其中，比较式生态批评强调引入后殖民语境，在进行生态批评时从不同种族、不同文化乃至不同学科的维度切入，在比较的框架下讨论人类经验和非人类世界之间的联系，例如，加拿大学者萨拉·P.卡斯蒂尔（Sarah Phillips Casteel）的《后来者：当代美洲文学的风景与归

---

① Dana Philips, *The Truth of Ecology：Nature，Culture，and Literature in America*，New York：Oxford University Press, 2003.

属》（*Second Arrivals：Landscape and Belonging in Contemporary Writings of The Americas*）便杂糅了加勒比文学研究、流散研究与后殖民研究，选择关注了加勒比海裔作家所书写的新大陆的自然想象，探讨其中不同的历史内涵与地方诗学。以往的流散文学研究大多更为重视城市景观而不是乡村景观，试图以此来规避同质性、保守性和排外性等问题。卡斯蒂尔通过援引 V. S. 奈保尔（V. S. Naipaul）、德里克·沃尔科特（Derek Walcott）、牙买加·琴凯德（Jamaica Kincaid）、乔伊·科嘉瓦（Joy Kogawa）和菲利普·罗斯（Philip Roth）等人的作品，指出乡村景观和荒野空间同样可以支撑起流散作家的文学想象。卡斯蒂尔指出，当代美洲文学中的流散书写具有的一大特色是"关注文化异位（displacement）与地理异位经验所感知的景观"①，并且通过重新审视有关起源和族裔的神话，展现出各种各样的归位（emplacement）形式，重点突出地方（place）与存在（being）之间的辩证关系。

　　生态性属研究中比较有特色的是关于男性气概建构的研究，例如马克·艾里斯特（Mark Allister）主编的文集《生态男性：男性气概与自然新论》（*Eco-Man：New Perspectives on Masculinity and Nature*）② 把时下大热的男性研究尤其是男性气概研究和生态批评相结合，使男性研究不再仅仅局限于城市文本，而是将自然文学也纳入视野之内。这部文集的灵感来源于 2001 年召开的 ASLE 年会上的一次小组讨论，试图将生态批评与男性研究两个学术领域结合起来。文集指出，自然在美国神话和历史中所扮演了颇具矛盾性的角色，这实际上与男性对荒野的迷恋及其意图主宰自然的欲望有着一定的关系。在很多男性作家的文学书写中，如梭罗、海明威、福克纳和梅尔维尔等人，都将自然视作实现男性自我的场所。但同时，自然也经常会成为男性展现掌控欲的对象。文集探讨

----

① Sarah Phillips Casteel, *Second Arrivals：Landscape and Belonging in Contemporary Writings of the Americas*, Charlottesville：University of Virginia Press, 2007, p. 3.

② Mark Allister（ed.）, *Eco Man：New Perspectives on Masculinity and Nature*, Charlottesville & London：University of Virginia Press, 2004.

了自然对男性的塑造，以及反过来男性对自然的多种影响模式。正如编者艾里斯特在序言中指出的那样，生态批评中的性别研究一直为女性研究所主导，男性研究也大多忽视了男性与自然之间的关系。可以说，生态批评中男性研究的介入打破了生态女性主义独树一帜的局面，使生态批评的第三波发展浪潮中出现了生态男性研究（ecomasculine）的新研究视角，开启了一个新颖的研究视角。

动物研究是一个热度持续至今的研究方向。动物研究学者认为，在很多人眼中动物不是一种复杂的生物，而是将其客体化了，简单地将动物视作一种"宠物"或美景或野性的存在。动物研究主张，动物并非被边缘化的"他者"，而是与人一样具有主体性的独立个体。例如，新西兰学者文蒂·伍德沃（Wendy Woodward）的《动物的凝视：南非叙事中的动物主体性》（*The Animal Gaze：Animal Subjectivities in Southern African Narratives*）① 便选取了一些南非作家的叙述性作品进行解读，包括奥利弗·施赖纳（Olive Schreiner）、扎克斯·米达（Zakes Mda）、尤金·马莱（Eugene N. Marais）、伊旺·维拉（Yvonne Vera）、路易斯·贝纳尔多·翁瓦那（Luís Bernardo Honwana）、玛琳·范尼凯克（Marlene van Niekerk）、约翰·马克斯韦尔·库切（John Maxwell Coetzee）、琳达·塔克（Linda Tucker）和米歇尔·海恩斯（Michiel Heyns）等。伍德沃认为，这些作品中的动物都是具有较高的独立性的主体，如牛、马、鸟、狮子、猫、狗、鲸鱼等，是可以感受复杂的情感和拥有能动性和意图性的。当动物的主体性得到认可时，动物的凝视和人类的回应便包括了一种跨物种的密切交流。换言之，动物研究理论认为，动物和人类之间的关系并非后者对前者的俯视，而是一种相互的平等的"凝视"，人类的眼光并不带有任何优越感。

最后，多态行动主义研究（polymorphously activist）主张将生态批评

① Wendy Woodward, *The Animal Gaze：Animal Subjectivities in Southern African Narratives*, Johannesburg, South Africa：Wits University Press, 2008.

研究视作阐释可持续生活方式的一种途径，强调生态批评与现实社会的对接，例如约翰·菲斯蒂纳（John Festiner）的《诗歌能拯救地球吗》（*Can Poetry Save the Earth：A Field Guide to Nature Poems*）① 一书认为，文学作品具有唤起人类生态意识的独特能力，而且这种能力在面临生态危机的今天具有尤为重要的意义。菲斯蒂纳以诗歌为例，援引了自沃尔特·惠特曼（Walt Whitman）、艾米丽·狄金森（Emily Dickinson）到伊丽莎白·毕肖普（Elizabeth Bishop）、加里·斯奈德（Gary Snyder）在内的诸多诗歌作品，指出这些诗人的书写帮助我们意识到海风正在侵蚀和塑造着沙丘，野鹿正在人类的身旁冻死，有人甚至在落单的鲸鱼身上刻字。菲斯蒂纳认为，诗歌作品自圣经时代起便引起了诸多读者对自然世界的关注，他聚焦以自然为主题的诗歌作品，向读者展现出其所具有的力量、美感和传达的生态呼吁。

总体而言，生态批评的第三波浪潮跨越了种族、民族与国家的界限，将全球生态环境纳入视野，并且开始对生态批评研究的理论性和系统性进行反思，更加注重理论自身在实践层面的意义。尤其需要注意的是，生态批评的第三波浪潮对生态批评本身的反思促使研究者以革新的角度思考生态批评的基本术语和研究角度，为日后城市生态批评的复兴埋下了伏笔。

四　2012 年至今：生态批评的第四波发展浪潮

2012 年末，斯洛维克在《文学与环境跨学科研究》（*ISLE*）秋季刊撰文指出，随着生态批评研究中"物质转向"（material turn）的不断扩展，生态批评正在迎来以"物质主义生态批评"（Material Ecocriticism）为代表的"第四波浪潮"。② 总体而言，生态批评的第四波发展浪潮在

---

① John Festiner, *Can Poetry Save the Earth：A Field Guide to Nature Poems*, New Haven：Yale University Press, 2009.

② Scott Slovic, "Editor's Note", *ISLE*, Vol. 19, no. 4（Autumn 2012）, pp. 619 - 621.

延续前几波发展思潮——如多元文化主义——的同时，以物质主义生态批评作为主要的分支研究流派，开始对非人或非活跃物质所具有的能动性展现出兴趣。

物质主义生态批评的出现与新物质主义思潮的兴起有着直接的关联。新世纪以来，受新物质主义理论（New Materialism）影响，越来越多的人文学术研究转而关注环境、场所、过程、力量与经验中蕴含的基本的物质性。其中，凯伦·巴拉德（Karen Barad）的《与宇宙相遇》（*Meeting the Universe Halfway*，2007）、斯黛西·阿莱莫（Stacy Alaimo）和苏珊·海克曼（Susan Hekman）主编的《物质女性主义》（*Material Feminism*，2008）、简·本奈特（Jane Bennett）的《活力之物：一部物质的政治生态学》（*Vibrant Matter*：*A Political Ecology of Things*，2010）、斯黛西·阿莱莫的《身体自然：科学、环境与物质自我》（*Bodily Natures*：*Science*，*Environment*，*and the Material Self*，2010）等学者的著述为物质主义生态批评奠定了重要的理论基础，再次对新物质主义理论做出了积极的回应。这些著作指出，物质不仅仅是一种"工具化"的存在，而是本身拥有固有活力和能动性的存在。物质主义生态批评关注"物质具有的'叙述力'所创造的意义与实质是如何与人类的日常生活进行互动的"，并将物质看作是"叙述的场所，是一种可以言说的物质，在人类能动性及物质本身的自我建构中蕴含有自身的叙事"。[1] 这些动态的能动性（agency）可以"形成叙事与故事，是可以被阅读和解读的"。[2]

物质主义生态批评不仅提供了针对话语和物质的新的认知方法，也促使人们从新的角度审视人类与非人存在之间的关系。2012 年，塞雷

---

[1] Serenella Iovino and Serpil Oppermann， "Material Ecocriticism：Materiality， Agency， and Models of Narrativity"， *Ecozon@* ， Vol. 3， no. 1 （2012）， pp. 75 – 91.

[2] Serenella Iovino and Serpil Oppermann， "Stories Come to Matter，" in Serenella Iovino and Serpil Oppermann （eds.）， *Material Ecocriticism*， Bloomington：Indiana University Press， 2014， p. 1.

内拉·艾奥维诺（Serenella Iovino）与赛匹尔·奥帕曼（Serpil Oppermann）在《物质主义生态批评的理论化：双联画视角》（"Theorizing Material Ecocriticism：A Diptych"）一文中指出，一些社会科学研究者、哲学家和女性主义思想家——尤其是女性主义科学家与身体女性主义理论家——更加推崇身体维度的存在经验和非二元主客体对立的现象学结构，而不是此前占据主导地位的语言学建构体系。① 在这里，物质主义生态批评展现出与后现代主义理论之间的紧密联系：二者都认为语言和现实、自然与文化、话语实践和物质世界以复杂的形式彼此交织。在此基础之上，物质主义生态批评提出，在自然－文化的生成过程中，始终有物质活力的存在；自然环境作为一种非人世界，其内部的各元素是彼此交织和彼此互动的。物质主义生态批评试图赋予现实世界以活力，主张所有的物质实体都是具有活力和能动性的，甚至原子、金属、矿物质等也不例外。

为何物质主义生态批评格外强调非人物质所具有的活力呢？在《活力之物：一部物质的政治生态学》中，政治理论学家出身的简·本奈特曾这样阐释：

> 我为什么要推崇物质所具有的活力呢？因为我的看法是，死亡或彻底工具化的物质的形象导致了人类的傲慢，以及人类毁灭地球式的征服与消费幻想。
>
> 这种物质的形象阻碍我们更加全面地观察（视觉、听觉、嗅觉、味觉和触觉）那些在人类周围和体内循环的各种非人力量。这些物质力量可以帮助或摧毁我们，促进或阻挠我们，让我们变得尊贵或卑下——无论是何种情况，都将引起我们的注意……一个本质上缺乏活力的物质的形象，可能是阻碍更加生态的、在物质层面上更

---

① Serenella Iovino and Serpil Oppermann, "Theorizing Material Ecocriticism：A Diptych," *Interdisciplinary Studies in Literature and Environment*, Vol. 19, No. 3（Summer 2012）, pp. 448 – 475.

加可持续的生产模式与消费模式出现的障碍之一。①

本内特认为，是否具有"活力"或能动性已经成为人类中心主义将人类/物质二元对立的根据之一，换言之，正因为人类认为物质不具有活力和能动性，因此将之视为一种低等于人类的存在形式，导致人类狂妄地试图征服所有的非人物质，忽略了自己周边或身体内部的各种非人物质具有的重要力量。面对这种情况，物质主义生态批评试图通过指出非人物质具有固有的活力，证明人类存在和非人物质之间并无孰优孰劣之分，进而推进一种更加绿色的人类文化形式，促使人们更加关注人类与物质之间的相遇及其带来的各种影响。

在"物质"转向的这一背景下，生态批评的研究对象包括了从气候变化文学到生态诗学语言的研究，生态批评实践的实用主义倾向逐渐增强——甚至可以说，在"学术型的生态批评"研究中正在滋生出一种新型的"应用型生态批评"研究，涵盖了对包括衣食住行在内的基本人类行为与生活方式的研究。例如，本奈特在《活力之物：一部物质的政治生态学》中便关注了多种日常生活中的普通物质和物理现象，如鱼油、电流、金属、污染物、化学物质、干细胞、科研设备、垃圾等。她指出，这些看似平常的非人物质实际上具有固有的活力，对人类生活的日常环境造成了重要的影响，正如垃圾堆等物质构成实际上会生成各种化学气体一样，脂肪酸也会改变人类的大脑化学成分与日常情绪。物质主义生态批评将人类的日常生活语境与生态批评对非人世界的关注联系在一起，促使生态批评的关注对象从动植物扩大至所有的非人物质，指出石头和金属也像动植物一样具有活力与生命力，都可以在非人环境和人造空间中叙说属于自己的故事。在本书的第二章中，笔者将会对物质主义生态批评理论及其实践进行更加详细的探讨。

① Jane Bennett, *Vibrant Matter: A Political Ecology of Things*, Durham and London: Duke University Press, 2010, p. ix.

综上所述，通过对西方生态批评四波发展浪潮的回顾和梳理，我们可以看到实际上这四波浪潮都与城市生态批评有着密切的联系，或者说，这四波发展浪潮的研究方向都可以与城市生态批评进行交叉，在一定程度上丰富了城市生态批评的研究内容，也为城市生态批评的出现和进步发展奠定了理论基础。

第三节　中国生态批评研究的发展概况

近年来，我国的生态批评研究发展迅猛，呈现出百花齐放的局势。虽然目前国内尚无针对本书所探讨的"城市生态批评"这一领域的专门研究，但是在生态批评的其他分支研究中，中国学者已经积累了许多杰出的研究成果，为中国的生态批评研究播下了广泛的种子。本部分将对我国生态批评研究的发展概况进行一个简单的介绍①，一是为了与前文所梳理的西方学界的生态批评的四波发展浪潮相互参照，二是使读者对我国的生态批评研究进展有一个大致的概观，展现出目前我国研究者进行城市生态批评研究的条件已具有了一定的前期基础，条件已经趋于成熟。

我国外国文学研究界的生态批评研究与西方学界，尤其是欧美生态批评的发展有着非常紧密的联系。生态批评（Ecocriticism）这一术语第一次出现在中国的外国文学研究界视野之中，是距今约二十年前。1999年，《外国文学评论》刊登了一篇介绍性质的短文《文学的生态学批评》，作者将"生态批评"（ecocriticism）翻译为题目中的"生态学批评"，并对英美两国的生态批评的奠基之作——包括彻丽尔·格罗费尔

---

① 需要注意的是，本部分所涉及的是外国文学研究视野中的生态批评研究，文艺美学和中国文学的生态批评研究由于在研究方法上有一定的区别，本部分暂不深入涉及。20 世纪 90 年代，中国本土的生态文艺美学研究诞生，几乎与西方的生态批评进入学术视野是同一时期。在本书的第四章中，会对文艺美学和中国文学在城市生态研究方面的研究进行着重论述和介绍。

蒂（Cheryl Glotfelty）与哈罗德·费罗姆（Harold Fromm）主编的学界第一部生态批评论文集《生态批评读本》（*The Ecocriticism Reader：Landmarks in Literary Ecology*）① 和乔纳森·贝特（Jonathan Bate）的专著《浪漫主义生态学：华兹华斯和环境传统》（*Romantic Ecology：Wordsworth and the Environmental Tradition*）② ——进行了评价与介绍，这也是生态批评的相关研究第一次在中国露面。2001 年，程虹的专著《寻归荒野》③ 由三联书店出版，这也是国内最早从事美国自然书写研究的著作，书中对自然文学的解读方法与生态批评是一脉相承的，具有开拓性意义。同年，在王宁等选编的《新文学史 I》④ 中第一次使用了"生态批评"作为"ecocriticism"这个术语的中文翻译。这部文集包含了国际知名文学研究期刊《新文学史》（*New Literary History*）在其 1999 年出版的生态批评特辑中刊发的几篇文章，这也是我国学界第一次翻译英美生态批评的相关研究文献。2001 年 8 月，清华大学与美国耶鲁大学共同主办的"第三届中美比较文学双边研讨会"期间，中国比较文学学会青年学术委员会主持召开了"全球化与生态批评"学术会议，介绍了美国生态批评的研究情况，是中国国内首次举办的以"生态批评"为题的学术研讨会议。

此后，生态批评研究开始在国内学界逐步展开，慢慢出现了诸多优秀的研究著作和针对国外生态文学作品的译介。首先是在 2002 年到 2003 年前后，出现了一批生态批评的早期研究学者，如程虹、王诺、韦清琦、苗福光、刘蓓、朱新福等。其中，王诺于 2002 年发表的《生态批评：发展与渊源》一文⑤是国内学界第一篇评介生态批评的论文；2003 年，其

---

① Cheryll Glotfelty and Harold Fromm（eds.），*The Ecocriticism Reader：Landmarks in Literary Ecology*，Athens，GA：University of Georgia Press，1996.

② Jonathan Bate，*Romantic Ecology：Wordsworth and the Environmental Tradition*，London：Routledge，1991.

③ 程虹：《寻归荒野》（修订版），生活·读书·新知三联书店 2011 年版。

④ 王宁等编译：《新文学史 I》，清华大学出版社 2001 年版。

⑤ 王诺：《生态批评：发展与渊源》，《文艺研究》2002 年第 3 期。

专著《欧美生态文学》由北京大学出版社出版，这是国内第一部聚焦生态批评角度的外国文学研究专著，探讨了生态批评研究的哲学基础与切入角度，向中国研究者介绍了欧美生态批评的研究情况与脉络。①

自此，以 2003 年为契机，中国的外国文学研究界慢慢掀起了生态批评研究的热潮。目前，虽然生态批评在中国的真正兴起不过才十余年的时间，却已经涌现出大量的各类成果，包括学术论文、研究专著、硕博论文、系列译丛、科研项目、学术会议等各个领域。此外，高校中还先后成立了厦门大学生态文学研究团队、苏州大学生态批评研究中心、山东大学生态文学与生态美学研究中心等多所生态批评或生态美学研究机构。可以说，在中国当今的外国文学批评界，生态批评已成为当之无愧的"显学"。

中国的生态批评研究对诸多分支流派都有所涉及，由于篇幅本书无法一一概括，在此只选取其中最为成熟和成规模的几个研究方向予以介绍。总体来说，中国的生态批评研究大致可以分为宏观研究和微观研究两类。

首先，是针对国外生态批评研究的历史与现状的宏观性、概括性和系统性的著作，例如胡志红的《西方生态批评研究》② 和《西方生态批评史》③、王诺的《欧美生态批评生态学研究概论》④ 和《生态批评与生态思想》⑤、刘文良的《范畴与方法：生态批评论》⑥、宋丽丽的论文《生态批评：向自然延伸的文学批评视野》⑦、龙娟的《环境文学研

---

① 王诺：《欧美生态文学》，北京大学出版社 2003 年版。
② 胡志红：《西方生态批评研究》，中国社会科学出版社 2006 年版。
③ 胡志红：《西方生态批评史》，人民出版社 2015 年版。
④ 王诺：《欧美生态批评生态学研究概论》，学林出版社 2010 年版。
⑤ 王诺：《生态批评与生态思想》，人民出版社 2013 年版。
⑥ 刘文良：《范畴与方法：生态批评论》，人民出版社 2009 年版。
⑦ 宋丽丽：《生态批评：向自然延伸的文学批评视野》，《江苏大学学报》2006 年第 1 期。

究》① 等。这些著作的研究重点是在宏观层面梳理生态批评在西方世界的起源逻辑与发展历程，旨在为读者展现一幅较为全面而宏观的生态批评研究图景，解答一些概念性问题与方向性的研究疑惑等。此外，也有一些学者聚焦西方当代知名生态批评家的理论著述及其主张，尤其是劳伦斯·布依尔的环境批评系列论著，其中方丽的著作《环境的想象：劳伦斯·布伊尔生态批评理论研究》② 以及刘蓓的《着眼于"环境"的生态批评——劳伦斯·布伊尔的研究特色及其启示》③、方红的《论劳伦斯·布尔的环境文学批评理论》④、李晓明的《文学研究视野中环境的重新阐释——评析劳伦斯·布依尔的生态批评话语》⑤ 等一系列论文具有一定的代表性。此外，唐丽园（Karen Thornber）和斯科特·斯洛维克（Scott Slovic）等西方生态批评学者的论述与理论也吸引了一些研究者的关注。这些对国外生态批评重要学者及其论述的研究不仅为国内生态批评界提供了西方学界的宏观研究动向，也帮助国内早期的生态批评研究更好地与国外生态批评界接轨，为日后的中国特色生态批评发展打下了基础。

除了针对西方生态批评的理论层面的宏观类研究，我国学者还以国别为单元对西方不同国家的文学作品在文本层面所蕴含的生态意识进行了宏观的探讨。例如，厦门大学生态文学研究团队撰写并经由学林出版社出版了系列学术专著"欧美生态文学研究丛书"，其中包括台湾学者夏光武的《美国生态文学》⑥、李美华的《英国生态文学》⑦、江

---

① 龙娟：《环境文学研究》，湖南师范大学出版社 2005 年版。
② 方丽：《环境的想象：劳伦斯·布伊尔生态批评理论研究》，外语教学与研究出版社 2013 年版。
③ 刘蓓：《着眼于"环境"的生态批评——劳伦斯·布伊尔的研究特色及其启示》，《东方丛刊》2010 年第 3 期。
④ 方红：《论劳伦斯·布尔的环境文学批评理论》，《当代外国文学》2009 年第 3 期。
⑤ 李晓明：《文学研究视野中环境的重新阐释——评析劳伦斯·布依尔的生态批评话语》，《学术论坛》2008 年第 5 期。
⑥ 夏光武：《美国生态文学》，学林出版社 2009 年版。
⑦ 李美华：《英国生态文学》，学林出版社 2008 年版。

山的《德语生态文学》①、周湘鲁的《俄罗斯生态文学》② 等，此外还有王育烽的《生态批评视阈下的美国现当代文学》③ 等，它们作为国别性质的生态批评实践研究，为研究者和读者展现了具有地方特色的生态批评宏观图景，也将生态批评带向了更多国别文学研究的视域之内。

与上文所说的宏观性研究相对，我国学者的生态批评研究还有许多较为具体的微观研究，主其要分为针对某一位作家的生态思想进行的探讨，以及针对某一种生态批评研究流派的类别研究。在针对具体作家的个案研究中，常见的研究方法是对某一位作家或其某一部作品进行解读，以探讨其中蕴含的生态意识与主张，这也是生态批评的文本实践的经典研究方法。例如，比较具有代表性的专著类研究有苗福光的《生态批评视角下的劳伦斯》④、申富英的《伍尔夫生态思想研究》⑤、袁霞的《生态批评视野中的玛格丽特·阿特伍德》⑥、宁梅的《生态批评与文化重建：加里·斯奈德的"地方"思想研究》⑦、央泉的《生态批评视域下的麦尔维尔研究》⑧、徐向英的《生态批评视域下的斯坦贝克研究》⑨等，论文类的研究成果更是为数众多，此处不再一一枚举。针对具体作家或具体作品的生态批评众多研究也间接折射出，生态意识的存在实际上要早于生态批评学科的诞生；换言之，在生态批评的概念正式出现之前，生态意识便已经在许多作家的心中扎下了根，并且在他们的文学书写中有所体现。许多此前并未被认为是生态作家或生态文学的作品也可

---

① 江山：《德语生态文学》，学林出版社 2011 年版。
② 周湘鲁：《俄罗斯生态文学》，学林出版社 2009 年版。
③ 王育烽：《生态批评视阈下的美国现当代文学》，山东大学出版社 2013 年版。
④ 苗福光：《生态批评视角下的劳伦斯》，上海大学出版社 2007 年版。
⑤ 申富英：《伍尔夫生态思想研究》，山东大学出版社 2011 年版。
⑥ 袁霞：《生态批评视野中的玛格丽特·阿特伍德》，学林出版社 2010 年版。
⑦ 宁梅：《生态批评与文化重建：加里·斯奈德的"地方"思想研究》，南京大学出版社 2011 年版。
⑧ 央泉：《生态批评视域下的麦尔维尔研究》，中南大学出版社 2015 年版。
⑨ 徐向英：《生态批评视域下的斯坦贝克研究》，华夏出版社 2018 年版。

以被放到生态批评的框架中予以审视，并且有可能——当然并不是生搬硬套——给研究者带来新的解读入口，使作品焕发出不一样的学术光彩，这也是为什么生态批评研究能够在二十余年里始终保持着较高研究热度的重要原因。

第二类微观研究是以生态批评的某一研究流派为重点进行具体的流派研究，或是在这一流派的研究视域内对具体的作家和文学作品进行解读。其中，国内发展比较成熟的几个代表性的研究方向包括生态女性主义批评、环境正义研究、后殖民主义生态批评、生态伦理批评等，呈现出向细化和深入的层面发展的趋势。

生态女性主义进入我国学者的视域较早，也是早期生态批评研究的重点流派，因此成果也是最多的研究方向之一。比较有代表性的便包括赵媛媛的《生态女性主义研究》①、南宫梅芳等的著作《生态女性主义：性别、文化与自然的文学解读》②、戴桂玉的《生态女性主义视角下主体身份研究：解读美国文学作品中主体身份建构》③、吴琳的《美国生态女性主义批评理论与实践研究》④、华媛媛的《美国生态女性主义文学批评研究》⑤、韦清琦的论文《知雄守雌——生态女性主义于跨文化语境里的再阐释》⑥、周铭的论文《从男性个人主义到女性环境主义的嬗变——威拉·凯瑟小说〈啊，拓荒者!〉的生态女性主义解读》⑦ 等，因篇幅不能全部涉及。这些论文或著作对生态女性主义文化思潮进行了

---

① 赵媛媛：《生态女性主义研究》，吉林人民出版社 2012 年版。

② 南宫梅芳、朱红梅、武田田等：《生态女性主义：性别、文化与自然的文学解读》，社会科学文献出版社 2011 年版。

③ 戴桂玉：《生态女性主义视角下主体身份研究：解读美国文学作品中主体身份建构》，中国社会科学出版社 2013 年版。

④ 吴琳：《美国生态女性主义批评理论与实践研究》，人民出版社 2011 年版。

⑤ 华媛媛：《美国生态女性主义文学批评研究》，人民文学出版社 2014 年版。

⑥ 韦清琦：《知雄守雌——生态女性主义于跨文化语境里的再阐释》，《外国文学研究》2014 年第 2 期。

⑦ 周铭：《从男性个人主义到女性环境主义的嬗变——威拉·凯瑟小说〈啊，拓荒者!〉的生态女性主义解读》，《外国文学》2006 年第 3 期。

仔细而深入的考察，澄清了一些学界比较关注或有争议的生态女性主义相关的概念，也对一些具体的文本进行了解读实践。在推动生态批评在国内由初步萌发，转而向纵深方向发展的过程中，生态女性主义方面的研究发挥了重要的作用。

除了生态女性主义研究，国内学者涉足较多生态批评研究还有很多。例如，有关于环境正义的研究，如龙娟的《美国环境文学：弘扬环境正义的绿色之思》[①] 聚焦兴起于 19 世纪中期的美国环境文学，提出环境文学作家通过环境文学这一独特文学样式对人与自然的关系进行富有诗意的想象和展现，其主旨在于弘扬环境正义。李玲的《从荒野描写到毒物描写：美国环境文学的两个维度》[②] 则认为荒野描写与毒物描写共同构成了美国环境文学的两个维度，二者互为影响，互相促进，相得益彰，是研究者理解、把握环境文学乃至生态批评的起源、发展、走势的重要切入点。环境正义研究虽然也涉及文学文本的解读，但整体比较偏政治学方向，强调政治学理论在文本阐释中的应用，呼应了西方生态批评发展的第二波浪潮。

此外，从多元文化视角切入的后殖民生态批评也颇受欢迎，如钟再强的《关爱生命、悲天悯人：从后殖民生态批评视阈解读库切的生态观》[③] 以库切的文学作品为聚焦点，探讨了其作品中蕴含的生态意识与悲天悯人、尊重一切生命的生态伦理观。与后殖民生态批评相近的，是与少数族裔文学研究相结合的生态批评研究，如李长中主编的《生态批评与民族文学研究》[④] 等，主要关注不同族裔文化视域内人与自然关系的多种形式与嬗变。

---

① 龙娟：《美国环境文学：弘扬环境正义的绿色之思》，外语教学与研究出版社 2010 年版。

② 李玲：《从荒野描写到毒物描写：美国环境文学的两个维度》，北京理工大学出版社 2013 年版。

③ 钟再强：《关爱生命、悲天悯人：从后殖民生态批评视阈解读库切的生态观》，苏州大学出版社 2015 年版。

④ 李长中主编：《生态批评与民族文学研究》，中国社会科学出版社 2012 年版。

随着国内生态批评研究的深入，我国研究者与国外学界的交流也日益密切，对西方学界的生态批评发展浪潮的回应也越来越积极。其中，苗福光的《文学生态学：为了濒危的星球》① 便是顺应生态批评的第三波发展浪潮，从全球化视野切入的生态批评研究。此外，还有学者选择关注生态伦理批评研究，如温晶晶的《19 世纪英国女性文学生态伦理批评》② 和《盖思凯夫人作品伦理思想的生态批评》③ 便是这一类研究的代表，书中以勃朗特姐妹、乔治·艾略特和盖斯凯尔夫人等杰出女性作家的作品为例，分析并揭示了其所渗透的强烈的自然责任感和社会使命感。最后，与中国文化相联系的生态批评交叉研究也有一些成果，如韦清琦的《绿袖子舞起来：对生态批评的阐发研究》一书尝试把西方的生态批评的研究方法用于解读中国经典文学和文化，涉及了人文仿生学写作、生态女性主义写作、非典写作等有新意的领域，并选取了徐刚、张炜、苇岸等中国生态作家的文本进行解读④；赵玉博士的论文《道家与儒家的生态观与审美观》阐释了中国道家中富含的生态思想阐释⑤，肖锦凤和李玲的《生态批评与道家哲学视阈下的弗罗斯特诗歌研究》⑥ 等也形成了具有中国特色的生态批评论述。综合而言，国内的生态批评研究已经进入了比较细化的阶段，研究者开始根据自身的研究兴趣与知识积累开始选择不同的生态批评流派进行深入的探讨，与国外学界的联系也越来越紧密，并且逐渐发展出一些具有中国学术特色的交叉性的生态批评研究。

目前，随着社会生态环境问题的凸显，生态批评研究开始获得越来越多的受众，可以说，中国的生态批评研究依然处于上升期之中。总体

---

① 苗福光：《文学生态学：为了濒危的星球》，复旦大学出版社 2015 年版。
② 温晶晶：《19 世纪英国女性文学生态伦理批评》，国防工业出版社 2015 年版。
③ 温晶晶：《盖思凯夫人作品伦理思想的生态批评》，吉林大学出版社 2016 年版。
④ 韦清琦：《绿袖子舞起来：对生态批评的阐发研究》，南京师范大学出版社 2010 年版。
⑤ 赵玉：《道家与儒家的生态观与审美观》，博士论文，山东大学，2006 年。
⑥ 肖锦凤、李玲：《生态批评与道家哲学视阈下的弗罗斯特诗歌研究》，西南财经大学出版社 2016 年版。

而言，中国的生态批评已经比较成熟，前期积累了足够的研究成果，也对生态批评的基本立足点和核心概念有了深入的认知和独特的阐释，无论是对生态批评整体的宏观认识，还是针对具体生态批评分支流派、具体作家抑或具体文学作品的微观研究都达到了一定的数量和质量。这些研究也为中国的生态批评研究继续向前发展，开辟如本书所探讨的城市生态批评在内的新的研究阵地打下了坚实的基础。

第四节　生态批评的盲点：城市的缺席

从前文所梳理的生态批评研究的国内外历史发展来看，生态批评研究自 20 世纪 90 年代出现至今，虽已成为文学理论界的显学，其研究角度也越来越多样化，但研究对象大多为文学中的自然书写，城市维度一直没有受到研究者的重视，成为一种缺席的存在。随着城市化进程的不断推进，城市空间对生态环境的影响愈加复杂而明显，在这一背景下，本应成为重要一环的城市生态批评研究却陷入了漫长的断层与沉寂期。究其原因，很重要的一点便是长期存在的城市—自然二元对立的思维定式所致。在很长的一段时间里，无论是阐释作为文本的城市，还是在文本中再现的城市，城市与自然一直处于分离甚至对立的状态之中，导致城市成为自然书写中的一种空隙。①

在西方世界中，城市与自然长期处于分离甚至对立的状态，这种对立不仅存在于现实的世界里，也存在于想象的世界中。首先是日常生活中政府行政机构的划分。目前，世界各国设立的环境部与管理城市建设或人口居住问题的部门基本是相互独立的，因而在制定公共政策时也常常各司其职，很少会进行相互协作或彼此之间的沟通。此外，在高等教育和学术研究领域，这种二元对立的现象也非常普遍。例如，大学里的

---

① 本章的部分内容曾出现在本书作者的论文《从缺席到在场：生态批评的城市维度》中，载《外国文学研究》2017 年第 4 期，特此说明。

学科设置往往将城市规划专业与环境研究专业安排在不同的院系，二者相互独立，很少会开设共同的课程。在学术话语中，以 1995 年至 2000 年为例，在 9 家主要的生态研究杂志上发表的六千余篇学术论文中，只有 0.2% 涉及城市①。以罗尔斯顿等人为代表的环境伦理学理论研究者，更是只强调人类对自然环境的伦理责任，拒绝将人造环境纳入关注的范畴②。

相比于现实世界中对城市与自然的二元划分，在文学想象的世界中，这种现象更加普遍。在西方发达国家的文学话语中，又以城市化程度最高的美国文学为代表。在美国的自然书写传统中，荒野书写和边疆文学则占据了绝对的主导地位，其中的城市文本可谓极度匮乏。迈克尔·班内特（Michael Bennett）曾指出，"尽管在创作和文学课堂中涌现出大量以环境为主题的文本，其中却鲜有文学文本超出荒野空间的范围，涉及城市空间"③。可以说，自现代城市出现伊始，城市中的自然环境在文学创作与文学批评语境中一直处于被忽略的位置。因此，相比于女性主义批评、后殖民主义批评、酷儿理论、底层理论、全球化理论等各种文学批评流派在美国城市文学批评领域内的丰硕成果，生态批评研究在美国城市文学研究中一直处于边缘地位。生态批评中城市视角的"缺席"源于城市自然文本的匮乏，而究其原因，不仅涉及历史原因和经济因素，也与城市研究理论本身不可分割。

历史上，欧洲移民经过漫长的海上航行，离开原本居住的发展成熟的欧洲城市，横跨大西洋登陆美洲大陆。相较于旧的欧洲城市生活，未经开发的美洲对他们而言是一个全新的开始，是一个"新的伊甸园"，

---

① Lisa Benton-Short and John Rennie Short, *Cities and Nature*, New York：Routledge，2008，p. 141.

② Holmes Rolston, III, "The Wilderness Idea Reaffirmed," in J. Baird Callicott and Michael Nelson（eds.），*The Great New Wilderness Debate*, Athens, GA：The University of Georgia Press, 1998，p. 371.

③ Michael Bennett, "Urban Nature：Teaching Tinker Creek By The East River," *ISLE*, Vol. 5, no. 1（1998），p. 56.

而这种早期移民生活对新伊甸园的愿景与对旧世界的疏离导致了将原始自然与城市空间相对立的意识。理查德·利罕（Richard Lehan）曾提出，美国城市与欧洲城市在城市经验层面存在着差异："在欧洲，城市的定位是相对于城市的中世纪起源及其自封建主义的转型。而在美国，城市的定义则是与荒野经验和边疆经验相对的。"① 可以说，在美国文学发展的二百余年里，腐败的城市空间与纯洁的乡野空间之间的二元对立一直笼罩着美国文学的城市叙事，而这一意识又被处于主导地位的美国自然书写的传统进一步强化②。在这一背景下，城市不仅大多以黑暗、单调、令人压抑的负面的形象出现在文学作品中，而且常常被看作是自然的对立面。作家的城市书写的重点也常常放在伴随城市发展造成的环境污染和生态失调上，自然与人类的关联也被认为因城市的介入而日趋疏远。

　　导致文学文本中城市与自然对立的另一客观原因是经济因素。随着城市化的不断推进，城市空间不断扩张，土地的开发价值与金钱利益迅速增高。在城市人口增长的驱动下，城市土地和居住空间不足的问题也愈加凸显。由于在现有城市的有限空间内进一步开发土地十分受限，因此未经开发的土地——尤其是城市周边郊区的"自然"空间——的商品化需求越来越强烈，也促使城市内部及周边土地商业价值增长，吸引了蜂拥而至的土地开发商。长期以来，人们往往关注的是偏远的荒野地区——如亚马逊雨林等自然空间——的土地保护与开发问题。与之相对，对城市周边地区以及城市内的公共空间的开发却直至最近才得到人们的关注。实际上，一直以来对城市自然的忽视不仅未能解决城市用地紧缺的问题，更加剧了对现有城市环境内自然空间的破坏，最终导致了城市自然文本的稀缺。

---

① Richard Lehan, *The City in Literature：An Intellectual and Cultural History*, Berkeley：University of California Press, 1998, p. 767.

② Terrell Dixon（ed.）, *City Wilds：Essays and Stories About Urban Nature.* Athens：University of Georgia Press, 2002, p. xii.

此外，城市研究理论中的一些误区也间接导致了城市空间与自然环境的分离甚至对立。在面对城市空间中的各类问题时，部分城市研究者在探寻解决方案时并未将自然环境纳入视野，而是在人造空间内故步自封。例如，美国著名社会批评家昆斯勒（James Howard Kunstler）在《乌有之乡的地理学：论美国人造环境的兴衰》（*The Geography of No-where: The Rise And Decline of America's Man-Made Landscape*）中对美国城市的人造空间进行了批判①。他以城市中的连锁商店为例子，认为即使是不同城市的连锁店其外观也是一致的，这使得各个城市看起来千篇一律，似乎难以将拥有同一家连锁店的城市甲区别于城市乙。换言之，他认为现代城市空间缺乏多样性。虽然昆斯勒本人是城市的积极推崇者，但他的观点只关注如何增强人造环境的多样性，却忽视了城市中自然环境的重要性，没有意识到真正的自然并非在城市边沿戛然而止，而是增加城市空间多样性的关键因素。类似这一类的城市研究理论也间接加深了认为城市自然环境微不足道的观念，间接地导致了人们对城市自然的持续破坏。

当今的世界面临着日益严峻的环境问题，自生态批评最初形成，到经过四波浪潮的不断发展，如何应对生态危机与环境问题，如何处理人与自然之间的关系一直是生态批评研究的核心。布依尔曾提出，生态批评学者总体上并未将生态批评本身定义为一种研究范式、研究框架或研究方法，而是将其看做一种具有适应性的实践行为：与其说是受研究范式驱使，更多地是被现实问题所驱使②。生态批评作为一种"着眼于地球本身的研究方法"③，认为"人类文化与物理世界息息相

---

① James Howard Kunstler, *Geography of Nowhere: The Rise and Decline of America's Man-Made Landscape*, New York: Simon and Schuster, 1994.

② Lawrence Buell, *The Future of Environmental Criticism: Environmental Crisis and Literary I-magination*, Malden: Blackwell, 2005, p. 11.

③ Cheryll Glotfelty, "Introduction," in Cheryll Glotfelty and Harold Fromm (eds.), *The Ec-ocriticism Reader: Landmarks in Literary Ecology*, Athens, GA: University of Georgia Press, 1996, p. xviii.

关，两者之间是相互影响的关系"①。换言之，"生态"（eco-）的前缀不只包含生物学上的意义，也指代了更广义的人类与物理环境之间的相互作用。

城市自然环境不仅是自然与文化相遇的场所，也是多种社会力量博弈的空间。换言之，城市自然书写中的自然既是想象中的自然环境，也是城市社会史框架下现实的自然环境。社会生态学家布克钦指出，环境问题的背后必然隐藏着更深层的社会问题，解决环境问题必须建立在对现存社会状态的深刻认知的基础之上，包括经济、种族、文化、性别与自然等因素②。作为一种文学批评理论，生态批评的研究对象是文学文本中的自然书写，即作家在想象中建构的自然环境。然而，环境不仅是地理学实体，也是一个社会过程，具有多维度的意义。只有将环境置于物质、社会、文化与意识形态综合构成的框架之下，我们才能将文学文本中想象的环境与现实社会中存在的环境连接起来，对其有全面的认识。自 20 世纪 90 年代末起，生态批评开始包含其他研究对象，如动物、城市、科技、垃圾、身体等等③。其后，生态批评内部衍生出多个新的研究领域，关注城市自然环境的城市生态批评即是其中之一。城市生态批评不仅研究城市自然环境本身，还关注人类世界与自然环境之间的关系，有效地将环境研究、文化研究与城市研究联系起来。相比于传统生态批评理论对荒野自然的推崇，生态批评转向"城市"维度不仅是对自身研究范畴的一次拓展，也是对社会现实问题的有力回应。

---

① Cheryll Glotfelty, "Introduction," in Cheryll Glotfelty and Harold Fromm（eds.）, *The Ecocriticism Reader：Landmarks in Literary Ecology*, Athens, GA：University of Georgia Press, 1996, p. xix.

② Murray Bookchin, *Social Ecology and Communalism*, Oakland, CA：AK Press, 2007, p. 19.

③ Cheryll Glotfelty, "Introduction," in Cheryll Glotfelty and Harold Fromm（eds.）, *The Ecocriticism Reader：Landmarks in Literary Ecology*, Athens, GA：University of Georgia Press, 1996, p. xxiii.

第二章　城市生态批评的理论源起

　　城市生态批评作为一种新兴的文学批评理论，虽然出现的时间较晚，但是具有深厚的理论来源。本章将立足于跨学科视野之中，从社会学、文学批评、生态学研究、空间地理学等角度梳理城市生态批评的理论源起与兴起逻辑，并兼顾文化研究、经济学和马克思主义研究等相关话语背景对城市生态批评理论建构的影响。此外，最近席卷学界的新物质主义理论也对城市生态批评的理论建构注入了丰富的理论滋养，本章也将在最后一节中进行讨论。

第一节　城市生态批评理论的社会学根源

　　1934 年，T. S. 艾略特（T. S. Eliot）曾在《磐石》中提出，"这城市的意义何在？"① 换言之，如果我们将城市看作一种文本，那么我们该如何对之进行解读？伴随着全球范围内城市化进程的发展，该如何对这一问题进行回答也显得更加重要。以城市化现象最显著的北美地区为例，截至 2014 年，已有 82% 的人口居住在城市区域。根据联合国人口署发布的报告，1950 年世界范围内仅有 30% 为城市人口，而目前全球已有超过一半的人居住在城市中，这一比例预计将在 2050 年继续增长

---

① T. S. Eliot, *Collected Poems*, *1909 - 1962*, London：Faber and Faber, 1963, p. 171.

至 66% 。① 与城市人口数量增长同时发生的是城市空间的急剧扩张。尽管城市土地的覆盖率只占地球表面土地的 0.5%—2%，但其平均增长率已经超过城市人口增长率的两倍。② 可以说，在可以预见的未来，城市将对人类产生越来越直接的影响。面对城市化带来的纷杂的社会现象与复杂的空间经验，人们对城市的理解与解读从最初零散的第一反应逐渐积累为系统的城市研究理论，这期间也经历了一个漫长的发展过程。

亚里士多德（Aristotle）指出，人类在本质上是一种政治动物，人类建造城邦（polis）、城市（city），并乐于在其中进行社会活动。③ 关于城市的概念，最早可以追溯至柏拉图的《理想国》（*Republic*）和奥古斯丁的《上帝之城》（*City of God*）。此外，早期的历史学家也有一些关于城市的历史记叙，如英国历史学家约翰·斯托（John Stow）对文艺复兴时期伦敦的书写④，但总体而言这些论述并不系统，尚不能被看作是真正的城市研究理论。在学术界中，最早将城市作为文本进行系统研究与解读的是社会学家。

一 早期的社会学城市研究：芝加哥学派

社会学领域中的城市研究可谓由来已久，早期的社会学城市分析以芝加哥学派和生态学方法为主导。1925 年，罗伯特·E. 帕克（Robert E. Park）、欧内斯特·W. 伯吉斯（Ernest W. Burgess）与罗德里克·邓肯·麦肯齐（Roderick Duncan Mckenzie）三人合著的《城市》（*The*

---

① United Nations, Department of Economic and Social Affairs, Population Division, *World Urbanization Prospects：The 2014 Revision*（ST/ESA/SER. A/366），New York，2015，Http：//Esa. Un. Org/Unpd/Wup/Finalreport/，accessed on November 1st，2015.

② Angel S. ，J. Parent，D. L. Civco，A. Blei，and D. Potere，"The Dimensions of Global Urban Expansion：Estimates and Projections for All Countries，2000 – 2050," *Prog. Plan.* ，Vol. 75，no. 2（2011），pp. 53 – 107.

③ Aristotle，*Politics*，I：2. 1253a.

④ John Stow，*A Survey of London*，*Reprinted from the Text of* 1603，Cambridge：Cambridge University Press，1908.

City）一书由芝加哥大学出版社出版，这部著作不仅是芝加哥学派城市研究理论的奠基之作，也标志着美国社会学家系统化的城市研究理论的开端。①

罗伯特·E. 帕克作为美国最早的城市社会学家和城市理论家，其关于城市研究的理论奠定了城市生态学理论的总体框架。帕克选择以有机生态学作为模型来研究城市社会，指出城市是"文明人的自然栖息地"，这种栖息地则始终遵循着自身的规律而运行②。帕克的城市理论认为，人类社会的组织构造基于两个层面，这两个既是彼此相异的，又是彼此交叉的。其中，一个层面是人类与有机自然共享的共生层（the symbiotic level），另一个层面则是将人类组织区分于动植物社会的文化层（the cultural level）。③ 共生层的主要特征是进行竞争式生存，在竞争中为不同有机体的近距离共同生存提供了基础。例如，在城市中不同种族的人生活在一起，这实际上就与动植物聚集在一起生长的现象十分类似。与之相对，文化层则凸显了城市中人类的种族社区与动植物群落之间的区别，换言之，城市中的人类社区可以通过交流来达到某种程度的协调行动，这也是人类社区与动植物群落之间的关键性差异所在。总体而言，帕克的研究带动了社会学的早期城市研究，对现代城市生态理论的发展和形成产生了重要的影响。

欧内斯特·W. 伯吉斯作为芝加哥学派的另一位代表人物，其最著名的城市研究理论是"同心环"学说。伯吉斯将城市看做一个按照既定规则运转的动态有机体，指出城市空间中始终伴随新居民的流入与旧

---

① R. Park and R. Burgess（eds.），*The City*，Chicago：University of Chicago Press，1925.

② Robert E. Park，"The City：Suggestions For the Investigation of Human Behaviour in the Urban Environment，" in R. Park and R. Burgess（eds.），*The City*，Chicago：University Of Chicago Press，1925，pp. 1–46.

③ Park Dixon Goist，"City and 'Community'：The Urban Theory of Robert Park，" *American Quarterly*，Vol. 23，No. 1（Spring，1971），pp. 46–59.

居民的流出，而在这一流入与流出的过程中，城市本身则倾向于以同心环（concentric rings）的结构进行扩张①。具体而言，随着城市人口的不断增长，人口压力带来了城市内部的空间竞争，这种竞争一方面会将新的活动吸引到城市中心，另一方面则会将一些在中心区域中竞争的活动驱逐到边缘地区。随着活动空间本身的不断变化和重新安置，处于边缘位置的活动会慢慢被推移至离城市中心更远处，并且一直按照这种社会达尔文主义规律而以此类推下去，于是便会造成某些边缘活动和群体被不断推移至愈来愈远离城市核心区域的位置。伯吉斯的"同心环"学说以生态学衍生原则为基础，形象地阐释了城市理论中的核心凝聚和活动分散的双重过程，时至今日依然具有深远的影响。

罗德里克·邓肯·麦肯齐的研究着重从城市社区的生态基础切入，主张认为人类社区可以被看作是一种生态产物。在麦肯齐看来，人口聚集和文化结晶的时空分配源于一种竞争性的过程，而城市社区本身便是这一过程的产物，城市社区的规模则受制于多种因素。城市社区内存在着许多不同的群系，或曰生态组织，其通过筛选式的竞争性选择来吸引与其相适应的人群，并且同时排斥那些与之不和谐的群体或个体，而在这个过程中，城市社区的人口构成不仅在生物层面会发生一定的分化，也会影响城市社区群体的道德、风俗、观念和利益构成等，进而导致文化层面的再次分层。例如，麦肯齐选取了许多具体的真实案例作为佐证，证明居住在山顶、城中心和峡谷地区等不同地理环境的城市社区群体，会在政治和文化生活中呈现出不同的倾向，这些实证研究为之后的城市生态理论的发展打下了坚实的基础。

此外，早期社会学城市理论发展的另一分支是以格奥尔格·齐美尔（Georg Simmel）和奥斯瓦尔德·斯宾格勒（Oswald Spengler）等学者为代表的城市社会心理学理论，这派理论也对现在的城市研究与生态批评

①　Burgess, E. W., "The Growth of the City: An Introduction to A Research Project," in R. Park et al. eds., *The City*, Chicago: University Of Chicago Press, 1925, pp. 47 – 62.

的结合产生了重要的影响。

格奥尔格·齐美尔是德国社会学家、哲学家，他打破了将空间视为物理容器的传统观念，指出"社会与空间的共存性"，是将"空间"的概念引入社会学研究领域的先驱①。齐美尔对城市中的日常精神生活十分感兴趣，将城市精神生活作为研究社会互动的切入点。在他看来，自然空间是一种空洞的空间，而社会空间，或曰城市空间，则是一种具有意义的空间。因此，齐美尔认为人类的城市化进程便是一个从自然空间转向社会空间的跳跃式的变迁过程。面对现代城市生活的各类刺激，齐美尔认为人类会因此而感到麻木，并且凭借这种麻木的心理状态在面对外部环境时保护自身。在这种语境中，城市中的社会互动行为成为保持距离和维护个体的方法，可以保护个体不受到社会喧嚣和刺激的威胁。齐美尔的空间社会学理论主张通过社会学研究来达成城市中个体内部的平衡，并且借助空间来使个体适应外部力量的影响。

奥斯瓦尔德·斯宾格勒同齐美尔一样，同样是一位来自德国的社会学家与哲学家。斯宾格勒延续了齐美尔关于城市的描述，并且在其基础之上，提出了著名的"西方的没落"的观点，尖锐地预言了未来西方国家将要面对的城市问题，或曰"城市病"。在斯宾格勒生活的时代，西方科学技术的发展正值快速期，但斯宾格勒却并未沉浸在技术狂欢之中，而是冷静地提出过度地依赖技术主义会给西方社会带来危险，甚至早早地指出了未来爆发生态危机的可能性。斯宾格勒以农业神秘主义为基础，将乡村与城市进行了对比，重新建构起城市社会学研究的理论框架。他认为，大地是孕育万物的活力之源，人类活动应当与大地始终保持密切的联系，也就是说只有扎根于大地，人类才能获得外界的活力之源。同样，城市作为人类聚居的社区空间，也应当与大地保持联系，一旦这种联系断开，便会陷入一种类似于"短路"的状态，失去与滋养

---

① Simmel G. ， "The Metropolis and Mental Life，" in P. Kasnitz ed. ， *Metropolis：Center And Symbol of Our Times*，Basingstoke：Macmillan，1903，pp. 30 – 45.

自身的大地源泉之间的联系，切断了人类与作为生命之根的土壤之间的联系，最终使城市变成一个封闭而孤立的系统，趋向于混乱无序状态，而这种熵增系统便是导致西方文明衰退的根本原因。①

二 20 世纪 70 年代：新城市社会学理论

20 世纪 70 年代以来，传统生态学范式影响减弱，新城市社会学理论逐步活跃起来，并且对芝加哥学派进行了超越。新城市社会学主要有三大学派，他们之间既有不可割舍的联系，又具有各自的特色②。

1. 新韦伯主义学派

新城市社会学的第一支学派是以雷·帕尔（Ray Pahl）为代表的新韦伯主义学派，是主要受马克斯·韦伯（Marx Weber）理论影响的温和派。韦伯是德国政治学家、经济学家、哲学家和社会行为学家，他将城市看作一种机构，根据各个机构的主要功能对城市进行定义，强调其中的经济因素，提出了城市共同体理论（Theory of the Urban Community）③。韦伯以西方城市为例，认为一个完整的城市共同体应当具有某些固定的特征，包括防御要塞、市场机制、法庭法律、独立法人体制、政治自律等。这种城市共同体实际上是一种工商业共同体，其中，市民成了经济体制与政治机制的一种载体，同时具有城市共同体性与市民身份的两种资格，而这便是现代国家产生的基础。换言之，韦伯所勾勒的城市共同体理念就建立在这一基础之上，是一种具有经济自主和政治独立的工商业化了的市民团体。

在韦伯之后，英国社会学家雷·帕尔延续了韦伯的市场情景理论与

---

① Oswald Spengler, *The Decline of the West*, New York：Alfred A. Knopf, Vol. I, 1926；Vol. II, 1928.

② Zukin Shraon, "A Decade of the New Urban Sociology," *Theory and Society*, Vol. 9, no. 4（1980）, pp. 575 – 601.

③ M. Weber, *The City*, trans. & ed. D. Martindale and G. Neuwirth, New York：Free Press, 1966.

科层制理论，成为新韦伯主义学派的代表人物。新韦伯主义城市社会学研究重视空间的概念，认为在概念层面上，城市可以被视作一种空间社会系统。换言之，空间结构和社会结构共同构成了城市系统。在这样一个城市社会空间系统中，城市资源始终处于一种稀缺的状态，因此城市所产生的各种机会在分配过程中并不平等，这是社会限制和空间限制的必然结果。面对这种城市资源的稀缺性与分配的不平等性，帕尔强调机构和城市管理者在分配城市资源和服务等方面的重要作用，承认城市中存在着变化和改革的可能性①。在帕尔看来，城市管理者的角色应当与国家角色及其职能相联系，也就是说，城市研究的背后实际上也是一种国家研究。在城市与国家、中央与地方之间，扮演着协调者和平衡者角色的，便是城市管理者。同样，城市管理者的不同行事模式也直接影响了整个城市乃至国家的治理方法与运行形式。

2. 政治经济学派

新城市社会学的第二个学派是以亨利·列斐伏尔（Henri Lefebvre）和大卫·哈维（David Harvey）为代表的政治经济学派，其主张从资本主义体系——尤其是资本主义生产——的角度对城市进行研究，并且具有鲜明的空间地理学研究特色。

亨利·列斐伏尔是现代法国思想家和社会理论家，他对城市的日常生活空间具有浓厚的研究兴趣，创作了多部关于城市生活空间的研究著作，包括《城市革命》（*La Revolution Urbaine*，1970）、《空间的生产》（*La Production de l'espace*，1974）等。在列斐伏尔的社会空间理论中，最著名的是"空间生产"学说，他将空间的生产这一过程细致地分为三个维度，分别是"空间实践"（spatial practices）、"空间的再现"（representations of space）与"再现的空间"（representational space），空间的形成与生产便是在这个三维元素模型中诞生的。所谓"空间实践"，对应着日常的生活空间，指的是日常经验和惯例行为所形成的社

---

① Ray Pahl, *Whose City?*, Harmondsworth: Penguin, 1975.

会空间，是社会活动在空间形式中的实践，也是个体可以感知的经验空间。所谓"空间的再现"，是依靠符号与规范建立起来的可以认知的空间，它是空间生产过程中的主导社会空间，也是抽象空间生产的核心部分。所谓"再现的空间"，则是居民通过象征价值而生产出来的空间，同时对应着生活的空间，或曰具有意义的空间。在空间生产三维模型的基础之上，列斐伏尔分析了城市空间的三种形态，即自然空间、精神空间和社会空间，通过讨论在这三种空间形态中发生的社会生产，归纳出城市空间的内在属性，指出城市空间实际上是"工业资本社会再生产"的工具①，揭示出城市空间所蕴含的社会政治元素。列斐伏尔的城市空间理论不仅建立起系统的马克思主义城市空间理论，而且还对今日的城市研究理论、人文地理学及城市设计等学科产生了深远的影响。

大卫·哈维是西方马克思主义地理学家和社会学家，也是当代西方最有影响力的新马克思主义重要代表人物之一。哈维进一步发展了马克思关于资本积累的理论，提出了"资本的城市化"理论与"资本的三重循环"（Three Circuits of Capital）的概念，即资本向一般生产资料和消费资料的生产性投入、对城市中人造环境的投入以及向社会性花费如教育和福利等方面的投入。通过这些概念，哈维重点探讨了当代资本的空间化实践，对土地的重要性进行了分析②。在哈维看来，城市化进程实际上也是剩余价值不断进行空间循环的过程，这个过程始终与经济活动相伴相随。因此，城市空间既是资本的载体，又是资本实现自身价值的工具。换言之，资本主义城市中的空间生产始终是围绕着资本进行服务的，其目的是实现资本在最大范围内的循环，获得最大的利润积累。

3. 马克思主义学派

新城市社会学的第三个学派是以曼纽尔·卡斯特尔（Manuel Castells）为代表的马克思主义学派城市研究学者，主要从资本主义社会消

---

① H. Lefebvre, *The Production of Space*, Oxford：Blackwell，1991.
② D. Harvey, *Social Justice and the City*, London：Edward Arnold，1973.

费的角度切入，关注在统治阶级控制下的集体消费品对城市空间结构的影响等。①

曼纽尔·卡斯特尔出生于西班牙，后迁居美国并在洛杉矶南加州大学任教。卡斯特尔关注新兴的城市社会和草根阶层政治，其城市研究著作中最著名的便是《城市与草根》（*The City and the Grassroots*）一书。卡斯特尔在《城市与草根》中建构起一个完整的研究框架，他对一些基本概念和分析方法的界定影响深远，为之后的城市研究——尤其是城市社会运动研究——奠定了重要的基础。卡斯特尔对城市社会运动研究的兴趣不仅来自于他个人的亲身经历，而且也与他对集体性消费过程的重视有着密切的关系。卡斯特尔重视集体性消费过程，细致地论述了集体性消费在城市中的形成过程及其对城市空间本身的重要影响。集体性消费与个人性消费相对，是一种生产力再生产的消费，也是一种集体性的公共事业和社会现象。集体性消费依靠国家供给，而个体性消费则可以通过市场供应满足。卡斯特尔以当时的发达资本主义国家为例，认为在这些国家中，集体性消费过程实际上也是底层抗争的一种新形式，结果是国家和政府不可避免地参与到社会资源和社会服务的供给之中。然而，随着城市空间内人口数量的增加，一方面生产、消费与交换活动不断发展，另一方面集体性消费的需求量也大大增多，这时一旦国家无法满足这种供给需求的话，便会催生出来自底层的抗争运动和社会运动。正是由于这个原因，卡斯特尔在研究经济对城市的作用时，其关注点并不是个人消费，而是集体性消费过程。

卡斯特尔认为，现代城市的政治和文化功能已经减弱，不再是传统意义上的生产和交换中心。在他看来，城市中的政治决策受到过多人为因素的干预，而城市文化也只不过是资本主义工业化和现代社会的一种理性化表述。因此，他的研究并未将城市视作一个政治实体来进行讨

---

① M. Castells, *The Urban Question: A Marxist Approach*, London: Edward Arnold, 1977.

论，而是突出城市的经济功能，着重于对经济体系的研究。卡斯特尔认为，城市已经转变成为生产力再生产和集体性消费过程的中心。换言之，能够界定现代城市不再是其承担的政治和文化功能，而是其中包含的经济实体。城市由不同的经济实体组成，以生产、消费和交换等环节作为其重心和核心，而生产等同于生产手段的空间表达，消费则是劳动能力的空间表达。

三 社会学城市研究的文化转向

近年来，受后结构主义批评理论影响，社会学城市研究迎来了文化研究转向，对一度处于主导地位的政治经济学派的城市分析方法发起了挑战。受后结构主义批评理论影响，城市研究理论转而关注社会不同群体的多样性，从"自上而下"的宏大理论转为"自下而上"的对草根阶层大众的关注，将视线从物质经济角度转向了想象、文化和超现实的维度。有学者指出，文化研究的分析方法对理解作为城市组成部分的语言、符号与实践具有关键意义[1]。城市中的公共空间造就了人群，提供了大量集体经验，似乎令人难以把握作为个体的人类在其中的生活实践形态。

在阅读与诠释城市空间与城市生活经验方面，本雅明（Walter Benjamin）提出了城市文化研究中最值得注意的形象之一，即城市漫游者（flaneur）的形象[2]。漫游者的概念最早脱胎于法国作家波德莱尔（Charles Pierre Baudelaire）的《现代社会的画家》（*The Painter Of Modern Life*）一书。在书中，波德莱尔指出"漫游者就是为了感受城市而在城市游逛的行者"[3]，是大都市的产物。作为城市文化的亲历者、观察者与反思者，漫游者是后现代与现代文学研究、社会学和城市文化研究

---

[1] Paul Knox and Steven Pinch, *Urban Social Geography: An Introduction*, New York: Routledge, 2006, p. 42.

[2] W. Benjamin, *One Way Street and Other Writings*, London: Verso, 1985.

[3] Charles Baudelaire, *The Painter of Modern Life*, New York: Da Capo Press, 1964, p. 56.

中经常出现的主题。本雅明综合资本主义经济文化和商品时代的背景，指出城市漫游是对阅读行为的模仿。社会学家简克思（Chris Jenks）则认为，漫游者身兼"比喻和方法的双重角色"①，既是城市空间的局内人也是局外人，是联系个体与现代性体验的纽带。在城市文学作品中，漫游者常常化身为神秘人、他者、陌生人、人群当中的孤独者等形象。现代城市空间批评理论将漫游者作为兼备文学主体和叙事策略双重功能的概念，利用其特有的动态性和双向聚焦性对城市书写进行深入剖析。漫游者在熙熙攘攘的人流中漫步，他们在各处的游逛决定了自己的思维方式和意识形态，也是形成与城市之间联系以及人与人之间的联系的重要方法。

此外，20世纪80年代后，与芝加哥学派相对应，一批聚集在洛杉矶的学者形成了所谓的洛杉矶学派，其提出的主张也颇值得我们注意。在以洛杉矶为中心进行的研究中，这些学者宣称一种新形式的城市主义已经出现，即后现代城市（the postmodern city）②。后现代城市与现代城市有着本质不同：现代城市以芝加哥学派提出的城市模型为代表，表现为一系列同心圆结构围绕一个圆心运转；后现代城市以洛杉矶为代表，在其运转过程中存在着多个位于城郊的核心，具有更加随意而复杂的城市结构。

进入20世纪90年代之后，城市研究的文化研究转向受到了福柯（Michel Foucault）、利奥塔（Jean-François Lyotard）、鲍德里亚（Jean Baudrillard）等后现代理论家的影响，逐步引入了延异、超现实、碎片化、复杂性、虚拟实在、超现实、拟像、赛博空间、监视等后现代研究术语。例如，城市地理学家爱德华·索亚（Edward Soja）认为，在城市研究领域涌入新思潮的背景下，哈维等马克思主义学者只关注

---

① Chris Jenks, *Aspects of Urban Culture*, Taipei: The Institute of European and American Studies, Academia Sinica, 2000, p. 14.

② M. Dear and Flusty S. , "Postmodern Urbanism," in *Annals of The Association of American Geographers* (1998), pp. 50 – 72.

当代资本主义城市的观点已经显得狭隘①。索亚提倡在城市研究中采用多种研究视角，对马克思主义的"元理论"（meta-theory）进行批判，这也标志着后现代主义理论成为城市研究理论的重要理论框架之一。

在 1996 年出版的《第三空间：去往洛杉矶和其他真实和想象地方的旅程》（*Thirdspace：Journeys to Los Angeles and Other Real-and-Imagined Places*）一书中，索亚颠覆了传统的二元论空间理论，提出了著名的"第三空间"理论。"第三空间"理论继承了此前福柯、列斐伏尔等人对于空间的重视，是整个社会理论空间转向的产物。索亚认为，第一空间是一种自然的物理空间，也就是可以通过仪器等手段进行精确测量的空间；第一空间的侧重点是其物质性，是一种经验空间或可以感知的空间类型。第二空间是一种精神空间，是通过话语进行空间建构的产物；第二空间的侧重点是其精神性和观念性，是进行思考和反思的内省式空间或哲学空间，指代了乌托邦空间或意识形态空间。与第一空间和第二空间相比，第三空间既是一种生活空间，也是一种想象空间，可以说结合了第一空间和第二空间的两种特征，将物质维度与精神维度共同纳入，其终极目的则是超越第一空间和第二空间的对立和局限，重建空间、社会与历史三者之间的辩证与平衡。索亚重新界定了许多看似常见的空间概念，如距离、环境、景观、城市、建筑等，号召人们重新在现代社会语境中反思空间概念的内涵与功能。索亚的空间理论带有浓厚的后现代色彩，其影响力超过人文地理学的范畴，渗透到诸多人文社科领域的研究之中。

总体而言，受后现代理论影响的城市研究学者质疑传统的单一的认知世界的方法，认为城市空间不再是静态的物理空间，而是承载了世界主义、多元文化主义、记忆与想象的空间。与此同时，现实的城市与想

①　E. Soja，"Postmodern Urbanization：the Six Restructuring of Los Angeles，" in S. Watson & K. Gibson（eds）*Postmodern Cities and Spaces*，Cambridge：Blackwell Publishers，1995，p. 127.

象的城市之间的界线也逐步被瓦解。在后现代性的冲击下，社会学关注的现实城市空间与文学批评解读的文本中的城市想象互相之间的影响越来越深刻，为二者之间的跨学科合作留下很大的空间与余地，也增强了城市生态批评理论的现实指向性。

第二节　城市生态批评的文学根源

城市空间作为人类生活的地方，自其诞生以来便吸引了诸多文学创作者的目光。正因如此，城市文学的历史几乎与城市本身的历史是平行发展的。文学家笔下塑造的城市想象与现实世界中的城市空间之间既有区别，也有很多相似之处；二者同时共存，也彼此影响，都可以成为人们解读与批评的对象文本。城市空间中城市与自然之间的关系，或者说城市的生态面孔，既是一个多元化的议题，也是具有深入挖掘价值的角度。在这一方面，文学家的城市书写为我们提供了很多思路，这也是城市生态批评进行实践的重要的基本研究对象。[①]

一　刚性城市与柔性城市

如果说社会学家与历史学家是从认知角度解读作为文本的城市，那么作家的城市书写则是依赖于个人想象而建构起的文学文本中的城市。作为文本的城市是现实的城市，而文学文本中的城市则是想象的城市。乔纳森·拉班（Jonathan Raban）提出，现实的城市与想象的城市是难以区分的。他将前者称为"刚性城市"（hard city），这类城市可以"在社会学、人口统计学和建筑学中用地图和数据予以定位"。与之相对，拉班将想象的城市称为"柔性城市"（soft city），这类城市

[①]　本节的部分内容曾出现在本书作者的论文《从缺席到在场：生态批评的城市维度》中，载《外国文学研究》2017 年第 4 期，特此说明。

来源于"幻想、神话、愿景或噩梦，甚至可能比刚性城市更为真实"。① 城市空间不仅是物理的生存空间，也是想象的空间。正如城市规划师对城市的设想会转化为城市规划方案并最终成为现实的人造环境，文学、艺术或电影文本中的想象的城市也同样可以影响城市空间的建构与实际的城市生活。关于城市的思考不仅存在于意识层面，也是无意识的欲望与想象的产物。② 城市不同于乡村和小镇，具有很强的可塑性与弹性。现实的刚性城市会刺激或限制文本中关于柔性城市的想象，而被想象的城市也会在文学文本的再现过程中塑造书写者和阅读者。

雷蒙·威廉斯（Raymond Williams）在《关键词：文化与社会的词汇》（*Keywords：A Vocabulary of Culture and Society*）中指出，"城市"一词尽管也曾出现在古代文学文本中，但 16 世纪才"将城市空间区别于乡村地区"，直至 19 世纪早期"城市才真正成为明确的存在秩序，暗含了一种全新的生活方式……现代意义上的城市才完全确立"。③ 现代城市自诞生以来，便吸引了作家们的关注，成为文学书写中的重要主题。城市空间随着时间流逝会不断地发生变化，不同时代不同风格的作家在城市书写中刻画的人类与自然环境之间的关系也在发生嬗变。因此，现实世界中城市社会的不同发展阶段会影响作家对城市的理解与阐释方式，我们对城市文学的解读应在将其置于"社会发展过程的框架内"，而不是只考虑其环境语境。④ 例如，利罕认为，"浪漫的现实主义刻画

① Jonathan Raban, *Soft City*, London：Collins, 1974, p. 10.

② Gary Bridge and Sophie Watson, "City Imaginaries," in Gary Bridge and Sophie Watson（eds.）, *A Companion To The City*, Malden, MA：Blackwell Publishing, 2003, pp. 7 – 17.

③ 描绘古代城市如罗马与雅典古城等的文本虽然在研究城市与公民身份等领域具有价值，但古代城市与现代城市在城市规模、城市布局与硬件设施等方面具有较大差异，二者之间的连续性仍存在一些争论。可参见，Raymond Williams, *Keywords：A Vocabulary of Culture and Society*, New York：Oxford University Press, 1976, pp. 46 – 47。

④ G. Roberts, "London Here and Now：Walking, Streets, and Urban Environments in English Poetry from Donne to Gay," in Bennett and Teague（eds.）, *The Nature of Cities：Ecocriticism and Urban Environments*, Tucson：University of Arizona Press, 1999, p. 40.

了商业城市的盛景，自然主义与现代主义则聚焦于工业城市；后现代主义所面对的则是后工业城市。换言之，城市与文学文本之间有着无法割裂的历史联系。"①

正因如此，很多时候作为文本的城市与文学文本中的城市是彼此相通的。例如，西奥多·德莱赛（Theodore Dreiser）在小说《嘉莉妹妹》中所建构的城市意象便与帕克的城市理论中的机械城市模型相契合。再如，艾略特在《荒原》中所描述的现代城市的精神荒原折射了斯宾格勒的城市理论中对现代城市的封闭性与异化的论述：

> 并无实体的城，
> 在冬日破晓时的黄雾下，
> 一群人鱼贯地流过伦敦桥，人数是那么多，
> 我没想到死亡毁坏了这许多人。
> 叹息，短促而稀少，吐了出来，
> 人人的眼睛都盯住在自己的脚前。
> 流上山，留下威廉王大街，
> 直到圣马利吴尔诺斯教堂，那里报时的钟声
> 敲着最后的第九下，阴沉的一声。
> ……
> 去年你种在你花园里的尸首，
> 它发芽了吗？今年会开花吗？
> 还是忽来严霜捣坏了它的花床？②

"并无实体的城"是艾略特笔下城市的经典意象，也象征了现代城

---

① Richard Lehan, *The City in Literature*: *An Intellectual and Cultural History*, Berkeley: University of California Press, 1998, p. 289.

② ［英］T. S. 艾略特：《荒原》，赵萝蕤译，中国工人出版社 1995 年版，第 4 页。

市的弊病。"黄雾"、人群、"死亡"、"阴沉"等暗色的意象给人一种压
抑感；城市的花园里没有欣欣向荣的植物，有的却是"尸首"以及作
者对"发芽"、"开花"可能性的怀疑。"忽来严霜捣坏了它的花床"，
也暗示了城市中自然环境萌发的艰难性和未来发展的阴暗前景。在这
里，艾略特塑造的城市形象与自然世界割裂开来，是一种荒原式的无生
机的地方，这与斯宾格勒关于刚性城市的研究理论非常契合。斯宾格勒
主张城市只有与大地相连接才能具有活力和未来，如果脱离了与自然的
关联则会失去生机，变成一座如艾略特笔下的柔性城市的封闭的异化
空间。

刚性城市与柔性城市的紧密联系使城市本身也成为一种解读的对
象，或者说文本。在这一层面上，阅读文学文本的过程与社会学家、历
史学家阅读城市的行为具有一定的一致性。理查德·利罕（Richard Le-
han）指出，"正如文学作品塑造了想象中的城市现实，城市中的各种变
革也会反过来对文学文本进行改造。"① 换言之，城市与文学都具有文
本性，阅读城市书写的同时也是在阅读城市。二者之间的不可割舍的紧
密联系也是城市文学研究的基本立足点之一。

二 想象与现实：城市的多重面孔

伊塔洛·卡尔维诺（Italo Calvino）曾在《看不见的城市》（*Invisible
Cities*）中说，"对于那些经过却未进入城市的人而言，城市是一种存
在；对于那些城市在其身上留下烙印的人来说，城市又是另一种存
在"。② 在作家所建构的文学文本中，城市不再是"看不见的"隐形的
城市，而是揭示个体精神轨迹和刻画人类与环境关系的重要手段，为读
者搭建了想象的城市与现实的城市之间的桥梁。

---

① Richard Lehan, *The City in Literature：An Intellectual and Cultural History*, Berkeley：Uni-
versity of California Press, 1998, p. xv.

② Italo Calvino, *Invisible Cities*, New York：Houghton Mifflin Harcourt, 1974, p. 125.

　　如果说文学文本中的城市是想象的城市的话，那么历史和社会学中记载的城市则更接近于现实的城市。文学文本中城市书写的历史与文学史和城市本身的历史一样悠久。① 关于古代城市的文学书写以古希腊和古罗马时期的作品为代表，例如荷马的《伊利亚特》（*Iliad*）复刻了古代城市伊利昂的毁灭，维吉尔的《埃涅阿斯纪》（*The Aeneid*）则讲述了特洛伊城的倾覆。虽然古代城市的文学文本对我们研究古代城市与公民性具有重要意义，但也与现代意义上的城市文学有着显著区别。工业革命后，城市在规模、空间分布与物质条件等方面都发生了深刻的改变，并且带来了诸多社会和空间变革。由于现代城市本身具有移动性增强、独立化生存等特征，因此尽管城市具有物质性并且充斥着大量的视觉符号，城市本身在经验维度内依旧令人难以捉摸，常常变成了隐匿难见的"隐形的城市"。在这样的语境下，以小说叙事与诗歌描绘为代表的城市书写对人们理解并解读城市经验至关重要。保罗·克利（Paul Klee）曾说，艺术的任务在于令不可见的事物变为可见。② 通过作家们的城市书写，各种不同的城市——曾生活过的城市、想象中的城市、记忆中的城市、游历过的城市——都变得可以言说并显现出来。"文学与城市之间一直存在一种紧密的联系……其中包含了文化摩擦与影响的张力和各种城市经验"③。

　　城市既是文学作品的地理背景，也是文学文本的书写对象。在作家的城市书写中，城市不再是静止空洞的容器，而是一个蕴含有丰富的社会文化信息的指涉系统。在城市化的进程中，符号化了的社会文化融入城市文本，构成了作家在文本中所建构的城市意象。列斐伏尔

---

① Kevin R. Mcnamara（ed.），*The Cambridge Companion to The City in Literature*，Cambridge：Cambridge University Press，2014，p. 1.

② P. Klee，*Notebooks*，*Volume* 1：*The Thinking Eye*，London：Lund Humphries，1961，p. 76.

③ Malcolm Bradbury，"The Cities of Modernism，" in Malcolm Bradbury and James McFarlane（eds.），*Modernism*（*1890 - 1930*），London：Penguin Books，1976，p. 96.

指出，"城市是一种能指符号，其所指的便是人们寻找的（物质层面的'现实'）"。① 作家的城市书写将城市文本化，其中的自然、建筑、街道以及人群等都成为蕴含了不同信息的能指符号，隐藏在背后的所指则是各种各样的社会现实。

现代城市是一个城市性、生态学与环境相遇而交织构成的复杂空间。② 正如一千个读者眼中有一千个哈姆雷特，在面对城市这一固定主题时，即使生活在同一个年代、同一座城市中的作家所创作的城市意象也不尽相同。不同的作家因为历史背景、个体差异、地理区域和关注重点会采取不同的对应策略，进而创作出不同的描绘城市经验的文学形式，展现出多元空间交织中的城市意象。可以说，每位作家再现的城市既是相同的，又是不同的，都"拥有自己独特的名字"③。因此，在文学的想象世界中，城市有时会呈现出多样的甚至是相反的形象。想象世界中城市意象的多维度折射出城市本身的复杂性，为我们展现了现实世界中城市环境的多副面孔。

近年来，国外学者开始关注隐形的城市与可见的城市之间的各种社会、空间、符号以及抽象的界限，聚焦于隐形的城市变为可见空间时的文学瞬间及其特定的文化与历史意义，认为隐形的城市往往是藏匿着的或被藏匿的，是位于地下、隐蔽而晦暗的。换言之，在城市由隐形转为可见的过程中，作家的城市书写、文化记忆与文学想象中实际上也充斥着欲望、希望、恐惧与权力之间的相互角逐。其中，西方学界关于城市文学的研究常常以全球范围内的文本和语境为背景，将可见性、移动性、边界、文化记忆等作为关键词，从文学和人类学角度切入对基于地

---

① Henry Lefebvre, *Writing on Cities*, trans. Kleonore Kofman and Elizabeth Lebas, Oxford: The Blackwell Publishers, 2000, p. 113.

② Stefan L. Breandt, Winfried Fluck and Frank Mehring, "Introduction: Transcultural Spaces," in Stefan L. Brandt, Winfried Fluck and Frank Mehring (eds.), *Transcultural Spaces: Challenges of Urbanity, Ecology, and the Environment*, pp. ix - xviii.

③ Ibid., p. 125.

方（place）概念的城市诗学进行讨论。例如，现实世界中的建筑与建设过程如何拼缀了想象世界中的城市文本；都市性与末日书写研究；城市空间与种族隔离现象及其消失等议题，都是对城市的现实与想象的积极解读。

无论是作为文本的城市，还是文本中的城市，二者都拥有不止一种叙述，城市研究理论与文学理论也都只能解读城市复杂多面中的一面。当我们将城市研究理论与文学研究理论结合起来对城市进行审视时，这一点显得尤为突出。现代城市空间作为人与现代性的相遇点，不仅给生活在其中的人们带来新鲜的空间体验，也对城市中人们的环境感知产生了不同影响。可以说，自最早的文学文本起，城市一直以各种矛盾而复杂的形象出现：城市既代表了创造力，也是毁灭的源头；既可以唤起乌托邦的可能性，又敲响了道德的警钟。①

具体而言，支持城市的正面观点认为城市空间象征着机遇、活力、流动性与联系性。例如，美国政治哲学家艾里斯·杨（Iris Marison Young）提出差异政治学（Politics of Difference）的概念，认为城市实现了"陌生人之间的相聚"。② 与支持城市的观点相比，自启蒙运动起，城市主义便被认为是"西方文化的核心部分，是政治秩序与社会混乱的源头"。③ 在文学与艺术话语中，城市常见而主导的形象是负面的。出现在文学文本中的城市常常被描述为是导致社会混乱的场所，滋生了腐败、疾病、道德败坏、污染、拥挤、犯罪与身份异化等负面现象。在这种语境中，城市提供的机遇反而变成了威胁，城市生活中的邪恶与粗鄙更是令作家们感到惧怕。在文学批评中，城市长期以来也被认为"是缺

---

① Lieven Ameel, Jason Finch and Markku Salmela, "Introduction: Peripherality and Literary Urban Studies," in Lieven Ameel, Jason Finch and Markku Salmela（eds.）, *Literature and the Peripheral City*, New York: Palgrave Macmillan, 2015, p. 1.

② Iris Marison Young, *Justice and the Politics of Difference*, Princeton: Princeton University Press, 1990.

③ Richard Lehan, *The City in Literature: An Intellectual and Cultural History*, Berkeley: University of California Press, 1998, p. 3.

乏价值的，人们过于对之感到绝望，因此缺少对城市的关心，把城市边缘化了"。① 这种解读城市的定式思维具有很多弊端，尤其容易"将原本具有历史多样性的多种诠释方式简化为某种单一类型的象征或原型"。② 这一点在人们处理城市与自然/荒野之间关系的问题上体现得尤为明显。

在许多作家的城市书写中，悲观和厌恶的情绪占据了主流，尤其在面对日益严峻的生态问题时，许多作家将原因归于城市化过程人类对自然环境的改造以及人类对现代科技的过度依赖。为了以文学文本为媒介向读者传递保护生态环境的重要性，有的生态文学作品选择刻画生态灾难甚至以末日启示的方式警醒世人，例如卡森的《寂静的春天》；有的自然作家逃离城市，隐居荒野，例如创作《瓦尔登湖》时的梭罗。然而，与这些尖锐的批判和压抑的论调不同的是另一条脉络下的城市文学作品，如本书在第五章将会涉及的惠特曼与斯奈德的城市诗歌中，诗人们在不同的历史地理背景下尝试以平和甚至积极的眼光看待城市的发展，探寻城市可能具有的生态功能，试图消解城市与荒野之间的二元对立，从整体的视角出发审视宏观生态网络的伸缩与消长，勾勒出常常被人忽略的城市的生态面孔。

相比于给读者带来感官震撼的生态末日论的文学作品，基调积极、行文乐观的文学作品能否有效地促使人们重新思考人与自然之间的关系呢？关于这一点，斯奈德曾在一次活动的采访中提出他的看法。当主持人询问道，"您作为一位与环境运动紧密相连的相关人士，您的作品中却令人惊讶地没有出现对生态灾难的描写。您的诗歌中几乎没有消极的信息——没有提及博帕尔和切尔诺贝利核电站式的事故。您是为了树立

---

①　Mary Ann Caws, "Introduction: The City on Our Mind," in Mary Ann Caws (ed.), *City Images: Perspectives From Literature, Philosophy, and Film*, New York: Routledge, 2013, p. 2.

②　Raymond Williams, *The Country and the City*, New York: Oxford University Press, 1973, p. 289.

正面的典范，还是由于您本人天性乐观呢？"① 斯奈德回答说，虽然自己也有几首含有"消极的信息"的诗歌，但是他主要的观点是：

> 我觉得，我们目前所面临的社会与生态问题已经非常严峻了；在这种情形下，我们最好能有一点儿幽默感。只是表达愤怒和绝望的话，有些太严重了。此外，坦率地说，近二十年来过度强调末日论的环境运动发展情况并不顺利。即使末日论的确是真的，这种论调在政治和心理层面都并无成效。我认为，第一步应当是使人们爱这个世界，而不是让人们对世界末日感到恐惧，这也是我在诗歌创作中的做法。爱这个世界，也就意味着爱所有的人和非人的存在，下一步则是去更好地关爱这一切。②

斯奈德认为，人们应当发自内心地爱自己脚下的土地与头顶的天空，爱身边的人，爱自己生活的地球。因为有了爱，人们便会主动地像保护自己的家一样呵护生态环境，而不是被动地受迫于道德指责、法律法规或现实窘境。在高度城市化的今天，目前已有80%以上的美国人居住在城市之中，城市空间已经成为绝大多数人的栖居之所。因此，关爱自己身边的环境在很大程度上涉及关爱自己所生活的城市环境。在斯奈德的城市书写中，如何去了解、接近、关注和爱护城市生态环境便是一个共同的创作主题，他试图通过"爱这个世界"和"所有的人和非人的存在"来向读者传达一种生态呼唤，向读者展示出城市并不一定是非生态的，而是也可以具有生态的一面，这也是城市在文学想象中多面性的重要体现。

综上所述，由于文学批评领域对城市文学的长期关注，城市生态批

---

① 1984年，印度发生了严重的工业化学事故博帕尔毒气泄漏案；1986年，苏联乌克兰地区发生了切尔诺贝利核泄漏及爆炸事故。

② Gary Snyder, *The Gary Snyder Reader*: *Prose*, *Poetry and Translations 1952 - 1998*, pp. 335 - 336.

评积累了充分的研究关注度，有利于学者们对城市空间这一领域产生兴趣。在诸多的城市议题中，城市与自然之间的关系十分引人注目，这一方面是由于其争议性和话题性，另一方面也是由于现实世界中的生态危机，促使研究者开始思考如何更好地保护城市自然环境，以及文学书写与研究在这个过程中可能扮演的角色——这也是城市生态批评的核心议题。

第三节　城市生态批评的生态学根源

进入现代社会以来，随着工业化和资本主义进程的推进，资本促使人类的生产力达到了前所未有的繁荣发展，包括铁路、机器、通信、化学技术等现代工业社会文明带给整个世界极为丰富的物质享受。然而，在人类社会享受工业和技术发展带来的物质繁荣的同时，全球的生态系统也遭受了一系列严重的威胁。仅 20 世纪后半叶前后，世界范围内便曾出现苏联切尔诺贝利核泄漏事件、日本四日市事件、洛杉矶光化学污染事件、印度博帕尔事件等后果惨痛的生态污染事故。

在 21 世纪的今天，随着人们对化肥、农药、塑料、重金属、雾霾等造成的水污染、土壤污染、空气污染等各类生态污染的了解增多，人们开始意识到生态问题对人类日常生活乃至整个地球命运的重要影响，生态危机的话题也开始得到社会各个阶层的越来越多的关注。在这一背景下，人文学科内的生态批评（ecocriticism）应运而生，并在 20 世纪 90 年代时成为西方人文学科领域中一个受到认可的研究领域，进而衍生出城市生态批评、生态女性主义、后殖民生态批评、动物研究等诸多流派。

随着近年来城市化进程席卷全球，城市环境与生态系统之间的相互作用愈加明显，也使得人类在城市中的活动成为影响生态环境的重要因素，为城市生态批评的兴起提供了客观条件。一方面，现实社会中的生态问题是城市生态批评发源的根本，城市生态批评正是由于生态危机而出现的一种具有极强的现实指向的文学批评方法；另一方面，城市生态批评也始终在从生态学的科学研究中汲取知识，或者可以说，生态学的相关科学知识来源正是支持城市生态批评不断向前发展、保持学术活力的重要前提。

一 现实社会的生态维度："人类纪"的来临

现代的人们对"生态危机"一词或许已经比较熟悉。或多或少地，人们都曾听闻过"生态危机"这个词语——虽然有时我们可能只是从电视和报纸上看到"生态危机"这个词，并未切身感到"生态危机"的实感，也并不了解"生态危机"的真正含义。曾经，人们或许感到"生态危机"离自己很远，认为这是一个宏大的话题，与自己的日常微观生活并无直接的关系。然而，现在的我们已无法说"生态危机"与自己距离很远了，原因便是，我们已经进入了"人类纪"（Anthropocene）的历史新篇章。

历史上，一个新的地质年代总会经过地球环境的漫长演变。今天，人类所生活的年代属于地球的第四纪，也是最后一次冰期结束以后的温暖时期。在过去的几百年中，人类对地球功能的影响已经变得如此之大，以至于科学家开始提出一种全新的地质纪年：人类纪。那么，什么是"人类纪"呢？"人类纪"（Anthropocene）一词来源于"anthropo"（人类）和"cene"（新的）两个词根。表面看来，"人类纪"是一个历史概念，类似于白垩纪、侏罗纪这些地质年代术语。"人类纪"最大的特点是，在"人类纪"中，地球的历史正在因人类（Anthropos）而发生改变，而且人类所扮演的是一个至关重要的领衔的角色。换言之，由于工业革命以来人类活动对气候及生态系统造成的巨大影响，导致地球上的某些地质特征发生了明显的变化，并由此进入了一个新的地质年代，即人类纪。人类纪的出现标志着人类文明的发展已经改变了传统的根据地层和古生物划分地质年代的格局。如今，人类的行为已经与整个地球的命运紧紧联系在一起，而这种羁绊不仅指代宏观的人类整体，更涉及到每一个独立的微观的人类个体。不同于此前的地质纪年法大多只在地质学或地理学科内部发挥作用，"人类纪"的概念冲破了学科的界限，在人文批评家和历史学界中引发了极为热烈的讨论。截至目前，学界对"人类纪"概念的讨论仍在进行，也一直有学者试图给出不同的定义来界定"人类纪"的概念，甚至提出完全摒弃"人类纪"的说法。关于这些争论，本书将在后文中有所涉及，但并不深度参与这些争论，主要是讨论"人类纪"概念作为一种科学研究方法的基本背景，并阐释这一概念对城市研究和生态批评所造成的影响。

2000 年，诺贝尔奖获得者、荷兰大气化学家保罗·克鲁岑（Paul Crutzen）在一次会议上颇带遗憾地宣称："我们已经进入了人类纪！"克鲁岑认为，自上一个冰河时代结束后，也就是进入全新世（Holocene）这一地质时期之后，人类对地球的影响愈来愈大，以至于现在的人类活动"改造地球的程度已经堪比远古时代的一些大事件"①。因此在克鲁岑看来，为了强调这个时代中人类所发挥的核心作用，应当把现在这个地质时期称为"人类纪"。人类纪概念一经提出，便得到了各国学者的关注和重视，在一年之内便出现在近两百篇同行评价的学术期刊文章中。澳大利亚国立大学（ANU）气候变化研究所（CCI）负责人、环境史学家利比·罗宾（Libby Robin）也表示，"人类已经进入了一个新的地质时代：人类纪。目前已经有大量证据证明，人类改变了地球的生物物理系统，这种改变不仅包括二氧化碳含量，也包括了氮气循环、大气层以及整个地球的气候"。② 总体而言，关于人类纪概念的基本观点是，地球已经进入一个以人类统治地球体系为特征的新的地质时代。换言之，在人类纪所处的"生物基因的时代……这个历史性的时刻，人类已

---

① Jan Zalasiewicz, Mark Williams, Will Steffen, and Paul Crutzen, "The New World of the Anthropocene," *Environmental Science & Technology* 2010 44（7），2228 – 2231.

② Libby Robin, "The Eco-humanities as Literature：A New Genre?," *Australian Literary Studies*, 2008, Vol. 23, p. 290.

经成为一种可以改变地球上所有生命的地质力量"①。

关于人类纪的确切起始年代，目前学界尚存在着一些争论。一些学者如克鲁岑认为，人类纪起始于 1800 年左右，也就是瓦特发明蒸汽机之后②。此外，也有的学者将人类纪的开始时间推至一万年之前。虽然人类纪究竟应当从何时算起，人们还有一些不同的观点，但是有一点是毋庸置疑的，那就是人类纪的发端开启了现代人类在地球环境变化中发挥核心作用的时代。目前，学者们除了关注人类纪的起始年代，还对人类纪的几次发展重要节点提出了相应的观点。例如，威尔·斯蒂芬（Will Steffen）和克鲁岑等人经过共同研究指出，自 1950 年以来，地球上二氧化碳排放量的增长已经达到了以往总和的四分之三，其中自 1977 年至 2007 年间，二氧化碳的排放量达到了过去总和的大约二分之一，因此他们认为这也标志着人类纪开始进入急速发展的阶段。③ 2011年，斯蒂芬和雅克·格林沃德（Jacques Grinevald）等人经过论证后进一步指出，人类纪在 20 世纪中叶以来，曾经历过一个"大加速"（Great Acceleration）时期，他们称之为人类纪的第二阶段。④ 这些研究也使我们可以更加立体地了解人类纪的发展里程和波动阶段，以客观地看待自己所生存的年代。

如今，人类纪的概念不仅在自然地质考古学中发挥作用，还在哲学与历史学视域内构成了一种独特的分析与思考框架，在学术界以及更为广泛的关于文化和政策的辩论中发挥着越来越重要的作用。人类纪概念的核心内涵主要有三个维度。第一点是，人类已经成为影响整个地球系

---

① Rosi Braidotti, *The Posthuman*, Cambridge: Polity Press, 2013, p. 5.

② Paul J. Crutzen and Eugene F. Stoermer, "The Anthropocene," *The International Geosphere-Biosphere Programme News Letter*, 2000, Vol. 41, pp. 17 – 18.

③ Will Steffen, Paul J. Crutzen, and John R. McNeill, "The Anthropocene: Are Humans Now Overwhelming the Great Forces of Nature?," *Ambio*, 2007, Vol. 36, p. 618.

④ Will Steffen, Jacques Grinevald, Paul J, Crutzen and John McNeill, "The Anthropocene: Conceptual and Historical Perspectives," *Philosophical Transactions of the Royal Society A: Mathematical, Physical & Engineering Sciences*, 2011, Vol. 369, pp. 842 – 867.

统的核心因素，这种核心作用是任何一种组成地球的其他元素所无法比拟的，也就是说，人类纪时代也是人类能动性发挥主宰作用的时代。但是需要注意的是，人类纪的降临并不意味着人类对地质环境的完全统治，实际上人类并不能完全控制地质环境的变迁，这是毋庸置疑的；人类纪所强调的是，人类自身已经成为一种地质力量（geological force），可以对地球地质环境的变迁造成十分巨大的影响——尽管这种影响有时也会不受人类意志的控制。

第二点是，随着人类纪的降临，人类所肩负的应对生态危机的责任也达到了前所未有的巨大。由于人类能动性的效果在人类纪时代已经达到无可比拟的程度，人类的一举一动都会在整个地球生态系统中留下不可磨灭的"足迹"，而这种"足迹"既可能是积极的，也可能是负面的，其所涉及的蝴蝶效应和全球性的后果甚至可能会超乎人类自己的想象。正如被誉为"人类纪"的预言者的美国学者迪莫西·莫顿（Timothy Morton）指出的那样，在如今的时代，人类"正在成为一种具有地球级影响力的地质力量……这意味着无论你对此持怎样的态度，无论你是否意识到了这一点，你都正在作为一种地质力量而存在"①。正所谓能力越大，责任也越大。人类纪时代的人造环境建设——以城市为典型代表——已经达到了过去几百年都未有过的高峰，如何在城市建设中处理好与自然环境之间的关系，将是这一地质纪年的关键核心。换言之，人类纪时代的环境问题将成为人类身上的一副沉重的担子，生态危机的解决必须依靠人类自身从内部寻找出路，在不断的尝试和摸索中，探寻人造环境与自然环境之间的平衡点。

第三点是，人类和地球已成为命运共同体，人类自身的行为将会成为决定地球命运和自身命运的关键性力量。几千年前，原始人类曾经十分畏惧自然的力量，风雨雷电等自然现象都会使当时的人类束手无策，

---

① Timothy Morton, *Dark Ecology: For a Logic of Future Coexistence*, New York: Columbia University Press, 2016, p. 21.

只能听天由命。几千年来，人类文明的发展史也是一部人类试图摆脱自然界的束缚的历史。人类一直试图通过科技的发展来战胜曾经令自己畏惧的自然界的力量，乃至于试图控制自然、战胜自然并最终主导自然。如今，人类纪的来临意味着人类能力的不断增强，而这种能力的增强也同时伴随着责任的增大。随着人类的能力已经成为影响地球地质形态的关键性主导力量，人们最终不得不认识到，自己的未来命运永远与地球的未来命运息息相关，这种彼此之间的羁绊是任何强大的科技水平都无法改变的。相反地，随着科技水平的不断强大，人类与地球之间的羁绊反而变得越来越深，人类群体必须和其他生物一起面对同一个生命极限："人类纪代表了人类历史和地球历史上的一个新的阶段，自然力量和人类力量互相交织，一方的命运决定了另一方的命运。"①

目前，关于"人类纪"的概念，学界也有很多不同的争议，尤其是关于要不要使用"人类纪"这个术语来指代目前的时代——也就是说，是否有更好的术语可以代替"人类纪"来描述目前地球所面临的环境状态呢？要回答这个问题，我们首先要理解"人类纪"这个概念的命名基础。"人类纪"一词的现实根源是目前愈演愈烈的生态危机，在这场前所未有的危机中，人类所发挥的作用——既包括负面作用也包括正面作用——被认为超过了所有其他物种，以至于占据了核心的地位。对此，有一些学者认为"人类纪"的概念有历史简约主义的嫌疑，相当于把工业化和城市化等同为历史发展的动力，而忽视了其他推动历史变迁的客观因素；这种把历史发展的动力简约为技术进步和人口增长的做法容易给人带来误解，得出过于笼统的结论。② 此外，亦有学者认为"人类纪"的概念过于强调人类物种，在一定层面上带有笛卡尔式的二元论痕迹，即将人类物种与其他物种对立起来，或者说将人类与自然、

① Jan Zalasiewicz, Mark Williams, Will Steffen, and Paul Crutzen, "The New World of the Anthropocene," *Environmental Science & Technology* 44.7 (2010): pp. 2228 – 2231.

② Jason Moore, *Capitalism in the Web of Life: Ecology and the Accumulation of Capital*, London: Verso, 2015, pp. 169 – 181.

文化与自然相对立，暗含了一种人类社会发展必然导致自然环境衰落的观点。再者，还有的观点认为"人类"一词本身过于笼统，没有考虑到人类内部的阶级分化和阶级冲突等问题，尤其是忽视了资本运作在生态危机中发挥的作用。

因此，有一些学者提出，应当使用"资本纪"（Capitalocene）的概念来取代"人类纪"的说法。例如，西方马克思主义历史学家杰森·摩尔（Jason Moore）认为，近几百年来地球生物圈中出现的一系列重大变化的根源并不是人类，而是资本的运作。他提出，资本并不是外在于生态系统的推动力，而是一种"组织自然的方式"。这种组织自然的方式进而形成了一种"生态体制"，或曰"世界生态系统"（world ecology）。① 因此摩尔认为，一切自然环境和生态系统都处于资本主义内部，受到资本的控制，自然和资本之间是相互依赖的关系，这也是"资本纪"概念的核心所指。

除了"资本纪"的说法，也有一些学者将目光聚焦于殖民维度。例如，印度后殖民主义史学家查克拉巴第（Dipesh Chakrabarty）认为，人类纪的概念忽视了殖民主义对当地自然环境的暴力干预和影响，未能正视殖民主义造成的非正义的历史；甚至直至现在，大部分被殖民者依然没有意识到殖民主义对当地生物圈进行的殖民掠夺。② 凯拉·安德森（Kayla Anderson）也曾提出使用"殖民纪"（Colonialocene）来代替人类纪，以彰显殖民掠夺对地球生态环境的影响。③

虽然"人类纪"在学界遇到了一些不同的声音，但是总体而言，学界还是比较认可这个概念的。正如有学者指出，作为一种反观人类和地

---

① Jason Moore, *Capitalism in the Web of Life*：*Ecology and the Accumulation of Capital*, pp. 158，77.

② Dipesh Chakrabarty, "History on an Expanded Canvas：The Anthropocene's Invitation," Keynote Speech, The Anthropocene Project：An Opening, Haus der Kulturen der Welt, January 13, 2013.

③ Kayla Anderson, "Ethics, Ecology, and the Future：Art and Design Face the Anthropocene," *Leonardo* 48. 4（2015）：pp. 338 – 347.

球生存状况的方式，虽然其自身有一些缺陷和局限性，但仍然"比资本、殖民主义等概念更清晰、更精确地预设了现有全球经济和生活方式必将导致的毁灭，它的意味不仅是人类文明和生态圈的终结（dooms-day），而且包含对生命必死性或生命极限（finitude）概念的哲学反思"①。也正因如此，"人类纪"的概念在当下的人文社科领域掀起了一阵旋风，成为各领域学者探讨生态问题的切入点，促使人们思考如何认识、处理和回应人类纪的来临。人文学科中的人类纪叙事的出现，也为城市生态批评的理论发展奠定了批判性思维的立足基础。

二 科学知识的生态维度：跨学科术语的转用

生态批评作为一种跨学科的交叉领域研究，始终将文学研究与生态学知识相结合。换言之，在以文学文本作为研究对象的生态批评中，常会出现一些最初来自于生态学研究的科学术语，这些词语自生态学研究中移植到文学批评之中，既保留了原有的特色，也会在新的语境中绽放出新的魅力，甚至衍生出一些新的哲学术语，使生态批评研究不断焕发出新的学术活力，是生态批评的重要理论源泉。同样，城市生态批评作为生态批评的新兴分支，也受到生态学知识的诸多影响，本部分将选取近期研究中出现的比较有代表性和新颖度的例子予以论述，以期为生态学的科学知识与文学研究的城市生态批评之间搭建起交流的桥梁。

1. 负人类纪与熵

首先值得注意的是"负人类纪"的概念。这个概念来自于当代法国哲学家贝尔纳·斯蒂格勒（Bernard Stiegler），他也是解构主义大师德里达的得意门生。"负人类纪"的概念与"人类纪"的概念相对。学界普遍认为，人类纪概念的出现是由于人们认为地球已经进入了一个新的地质时代，而界定这个时代的便是人类活动对生态环境所造成的各种可见

① 孟悦：《生态危机与"人类纪"的文化解读——影像、诗歌和生命不可承受之物》，《清华大学学报》（哲学社会科学版）2016 年第 3 期。

而持久的影响。在斯蒂格勒看来，所谓的"人类纪"实际上也是一个"熵世纪"，即"熵"因某种原因而得到了大规模生产的时代。在这里，我们稍微介绍一下"熵"的概念。"熵"是热力学体系中的一种宏观状态，用以描述体系混乱度大小的状态函数。简单地说，"熵"被用于衡量或刻画系统的无序性和混乱程度。熵越大，则说明体系越混乱；反之，熵越小，则说明系统越有序。

在斯蒂格勒的讨论中，他认为"人类纪"导致"熵"大规模生产的原因实际上就是"知识的清除和自动化"①。具体而言，自 19 世纪以来，无产阶级被迫服从机器而进行劳动。机器不仅消耗矿物等燃料，而且依赖于标准化的操作顺序，最终导致了被雇佣者——也就是无产阶级——知识的丧失。由此，机器实际上也是一种"熵"。目前，"人类纪"时代无产阶级知识的丧失已变得十分广泛，而这一性质也决定了人类纪作为一种全球范围内的大规模的高速的毁灭过程，其本身是无法持续下去的。因此，人们必须试图寻找方法以颠倒"人类纪"所带来的高速走向毁灭的发展方向，通过理性重新组织经济活动，改变目前的经济生产模式，这个过程也就是寻找"负人类纪"的过程。换言之，"负人类纪"即是探寻一种逃离"人类纪"困境的道路。"负人类纪"的概念对研究人类纪时代的城市建设及其生态影响有很大的启发意义，也为城市生态批评的相关研究提供了一个很好的切入点。

2. 生物区域与生物区域主义

第二个值得注意的生态学术语是"生物区域"（bioregion）。"生物区域"的概念最初源自生态学和生物学研究。在生物学中，生物区域指的是一个具有一定范围的地理空间，其中包括若干完整的生态系统，或片断镶嵌所构成的景观多样性。生物区域不同于政治性或经济性的区域划分，主张"通过生物成分、流域边界、土地类型以及文化现象等特征

---

① ［法］贝尔纳·斯蒂格勒：《逃离人类纪》，《南京大学学报》（哲学·人文科学·社会科学）2016 年第 2 期。

来划分"① 生物居住的地方。换言之，生物区域着重于体现各个区域具有不同的自然特征，包括土地类型、植被和生物多样性等。相比于现代城市空间中千篇一律的高楼大厦等人造空间，不同地区的自然环境不会彼此雷同，均具有非常独特的地域特色，例如纽约的东河、芝加哥的密歇根湖与洛杉矶的太平洋在塑造人类认知和经验方面便不会完全相同。在日渐全球化的背景下，生物地域的概念对"本地特色"的强调显得格外醒目，有利于人们全面思考本地景观的生态重要性。正因如此，生物区域的概念在提出后受到了许多生物学之外研究领域和实践领域的欢迎，甚至有的国家或地区已经把生物区域看作一个进行经济建设和社会发展规划的独立的管理单元。

此外，"生物区域"的概念还促进了更广泛的绿色运动的开展。其中，最著名的便是美国环境运动的重要分支之一的生物区域主义运动（bioregionalism）。生物区域主义运动的重要文集《家园！生物区域主义读本》（*Home! A Bioregional Reader*）指出，生物区域主义呼吁"重新审视家园的价值……将家园看作是维持人类的各种关系的总和，是孕育人类文化的地方"。② 不同于传统的荒野保护运动，生物区域主义运动关注万物之间的关联性和城市生态环境，在原则上承认城市网络作为地区历史和文化一部分的重要性。生物区域主义不仅重视大型的宏观生态系统，也关注小型的基于地方的有机社区，是美国环境运动中最关注城市生态问题的流派之一。正因如此，"生物区域"和"生物区域主义"的概念非常适合城市生态批评的文本实践，可以广泛地应用于许多对城市书写文本的解读之中。

生物区域和生物区域主义的概念不仅走出了生态学领域，在环保社会运动中发挥了举足轻重的作用，还在人文社科领域大放异彩，尤其是

---

① 雷毅：《深层生态学思想研究》，清华大学出版社 2001 年版，第 101 页。

② V. Andruss, C. Plant, J. Plant, and E. Wright, *Home! A Bioregional Reader*, Gabriola Island, BC: New Society Publishers, 1990, p. 3.

影响了许多作家的城市书写。例如，美国当代诗人、后现代作家加里·
斯奈德（Gary Snyder）便是"生物区域"的大力推崇者。斯奈德认为
人们若想全面而深入地了解大地，了解自身生活的区域，就应当遵循生
物区域主义原则，不按旧有的人为划分的行政区域来认知环境，而是将
其看作一个生物区域。例如，斯奈德认为，现今对加利福尼亚管辖区域
的划分就如同"将六个姐妹嫁给了一个丈夫的包办式婚姻"，实际上
"干扰了人与自然之间的相互联系"。[①] 他提出，加利福尼亚应当分为六
个生物区域，"每个都有独特的构造，独特的鸟鸣声和植被的气味……
都因为区域差异而诞生了不同的物产"。[②] 斯奈德指出，生物区域"包
含或被包含于一个流域体系。它通常比县要大，比美国西部的州要
小"[③]。斯奈德进而将整个北美洲大陆称为"龟岛"，是一个由众多的
"地方"构成的空间。只有扎根于地方，建立起与当地生态环境的联
系，培养地方感，才能从小到大，由地方到整体，最终实现在整个龟岛
大陆的重新栖居。由于斯奈德的生物区域主义主张十分具有特色，而且
深深地影响了他的城市书写创作与城市生态思想，可以被称为城市生态
批评的典型文本，本书将在最后一章中单独撰文详述。

　　3. 生态过渡带

　　最后一个值得一提的生态学术语是"生态过渡带"（ecotone），这
也是一个近期才被生态批评学者借用至文学批评中的科学术语。因为
"生态过渡带"的术语特别适合应用在城市化背景的生态批评之中，因
此十分值得城市生态批评研究注意。"生态过渡带"又称生态交错带，
指的是两个或多个空间之间的边界性或过渡性区域，是一个具有多个生
态系统特征的杂糅区域[④]。例如，田野和森林、高山和海洋、大海和陆

---

① Gary Snyder, *The Real Work*：*Interviews and Talks*，*1964 - 79*，p. 24.

② Ibid. , p. 222.

③ Gary Snyder, *Place in Space*：*Ethics*，*Aesthetics*，*and Watersheds*，p. 225.

④ Eugene P. Odum, *Fundamentals of Ecology*，Philadelphia：W. B. Saunders Company，
1971，p. 157.

地等地理空间之间的区域，或者虚拟的空间如南方与北方、东方与西方之间的过渡性区域。生态过渡带没有明确的分界线，是一个范围不断变化的空间或带状区域①。在生态过渡带中，通常包含有各种区域的生物和其他过渡带所特有的边缘种生物②。

在城市生态批评的实践中，比较典型的例子是文学文本中"路"的意象经常可以作为一种生态过渡带来解读。现代城市中的"路"作为连接不同区域的存在，经常是将自然环境与繁华城区连接起来的桥梁。这里的"路"，既包括街道和马路，也可以包括铁路等现代城市和工业化进程的典型产物。路作为一种生态过渡带，模糊了城市社会与自然环境之间的界限。例如，在美国现代主义诗人卡尔·桑德堡（Carl Sandburg）的《纽约布法罗的斜坡》（"*Slants at Buffalo，New York*"）一诗中，铁路便发挥了"生态过渡带"的作用，连接并整合了两个世界：

> 跨越利哈伊山谷铁路的木板桥。
> 然后是数英亩的铁轨，火车和烟，
> 然后是蓝色的湖岸
> 伊利湖的蓝色眼睛和白色的太阳。③

在这里，铁路的一边是以货车和烟雾为代表的人造空间，另一边则是以蓝色的湖水和岸边所象征的自然世界。坐在火车座位上，人类所依赖的是人造产物（火车和铁轨）；而向窗外望去时，乘客的眼睛看到的又包括了自然景观。因此，身处在行进的火车上，乘客眼中出现的是不断移动和变化的景观，一会儿是铁轨，一会儿又变为了蓝色的伊利湖和白色的太阳。那么，这时的人们很难界定自己究竟身处在自然世界中，

---

① William Ashworth，*The Encyclopedia of Environmental Studies*，New York：Facts on File，1991，p. 116.

② Eugene P. Odum，*Fundamentals of Ecology*，pp. 157 – 158.

③ Carl Sandburg，*The Complete Poems of Carl Sandburg*，p. 118.

还是位于在人造空间内，因为这实际上是一个杂糅了的过渡性空间，也就是"生态过渡带"。

另外值得一提的是，这种"生态过渡带"有时不仅可以是自然环境与人造空间，还可以上升至隐喻层面，连接起不同的社会阶层。还是以桑德堡的诗歌为例，诗中作为"生态过渡带"的铁路不仅是城市和自然两类空间之间的过渡带，也是人类社会中不同阶层和人们生活的连接者。在《罗马的孩子》（"*Child of the Romans*"）一诗中，桑德堡描述了这样一幅耐人寻味的场景：

> 外国裔铲工坐在铁轨旁边
> 吃着面包和红肠的午餐。
> 一辆火车飞驰而过，车上的男女坐在桌前
> 装饰着新鲜的红玫瑰和黄水仙，
> 吃着流出棕色肉汁的牛排，
> 草莓和奶油，泡芙和咖啡。
> 外国裔铲工吃完干面包和红肠，
> 从送水男孩的舀子里喝点水咽下，
> 继续去做一天十小时工作的后半段。①

桑德堡始终对辛劳工作的普通大众抱有深深的同情心。在这首诗中，他以铁路为中介点，巧妙刻画了在铁轨沿线工作的工人和坐在奔驰而过的火车上的乘客之间的强烈对比。一方面，工人坐在铁轨边吃着简陋的午餐，为了单薄的薪水而一天工作十个小时；另一方面，火车的餐车里装饰着鲜花，乘客们悠闲地享用大餐和甜点。原本分属于两个不同阶层的人，却在铁路的中介作用下相遇了。铁路作为中间的过渡带，连接了两个不同社会阶层的生活空间；在火车行驶过的瞬间，

---

① Carl Sandburg, *The Complete Poems of Carl Sandburg*, p. 12.

两个空间彼此接合，融为了一个杂糅的混合体。这种存在于不同社会空间之间的连接功能，也是现代城市空间中的"生态过渡带"的一个特色。

此外，通过以"路"为代表的"生态过渡带"这一过渡性区域，人们还可以接触到生态系统中的边缘地带与边缘存在。很多时候，路在某种程度上成为城市中的人造空间和荒野自然之间的缓冲地带，是连接二者的过渡性区域。在路上的人们或沿着小路行走，或开车行驶在高速路上，都获得了更多与自然接触的机会，成为游走在城市与自然之间的漫游者。游走在路上的人们可以获得独特的生态体验。他们有时从城市到乡村，有时从乡村来到荒野，有时从一个城市穿过荒野来到另一个城市。在这个过程中，在路上的漫游者的所见所闻既带有人造空间的色彩，也包含有自然世界的元素，是融合了两类空间特点的独特存在。

总体而言，城市生态批评中可以借用的生态学术语有很多，本节只选取了其中比较具有代表性的几条术语作为例子与读者分享。随着城市生态批评的不断发展，必然还会有更多新的科学术语被挪用至文学批评中，这种跨学科的合作可能性也是城市生态批评具有学术活力和发展潜力的重要原因。

第四节　城市生态批评的空间批评根源

在城市生态批评研究中，城市空间是核心的舞台，各种各样的人类与自然之间的相互交流、城市自然环境的嬗变与恢复等，均在城市空间内发生。由于城市空间本身也是多种多样的空间类型中的一种，因此如何理解与"空间"的相关内涵以及批评研究方法，便成为一个重要的探讨维度。

近年来，在文学批评与文化研究领域内，"空间"开始成为一个愈来愈受到重视的研究术语，是人文社科研究的重要文化议题。尤其是自

20 世纪后半叶起，西方学术界自地理学学科内部开始经历了一场"空间转向"，研究者们逐渐将批评兴趣转至"空间"本身，并将之看作一种重要的解读范式，促使文学批评和文化研究著作中出现了越来越多的空间批评或地理学研究的术语与方法。空间批评研究将文学看作一种社会文化实践活动，更加强调空间的社会性，十分重视文学文本中的社会空间实践与个体的时空经验。由于"空间"的概念本身具有很强的适应性和契合性，几乎可以与绝大部分的文学批评思潮进行交叉研究，因此此次"空间转向"的大背景涵盖范围极广，空间批评理论也对诸多文学批评和文化研究学者产生了非常深刻的影响。

　　城市生态批评作为一种与"空间"概念的联系甚为紧密的批评理论，其理论建构和批判实践也与空间批评理论产生了深刻的羁绊。本节将结合近年来西方学界中空间批评领域的新的研究动向，从空间与女性、空间与叙事、空间与翻译、超越地理空间等交叉研究热点切入，对空间批评理论研究的批评方法、研究角度和批评对象进行简单的介绍与点评，以帮助读者更好地在文本与理论层面的实践中，将空间批评理论与城市生态批评研究结合起来。①

一 人文学科的"空间转向"

　　1967 年，法国哲学家米歇尔·福柯在演讲中提出，当今的时代是"空间的时代"（epoch of space）：

> 众所周知，19 世纪的人们沉溺于历史这一主题：历史的发展与停滞、危机、循环、不断累积的过去……当今的时代或许首先应当被称作空间的时代。我们处于共时（simultaneity）的时代、并置（juxtaposition）的时代、邻近的与遥远的时代、相邻的时代、分散的时代。我认为，我们此刻所体验的世界与其说是随时间流逝而发

---

① 本节的部分内容曾以论文的形式发表在《美国文学研究》2016 年辑，特此说明。

展的漫长生命，不如说是一张连接各点并与之彼此交织的网络。①

在这一段话中，福柯指出人们在研究中对"时间"这一脉络的偏爱，即无论是"发展与停滞"，还是"危机、循环"，都是以时间的顺序发生作为研究线索。与之相比，"空间"的概念在文学批评与文化研究中长久以来一直处于被压制的地位，以至于变成了社会理论研究话语中的一个空隙。直至20世纪后半叶，这种情况才得以改善。在福柯的演讲之后，西方学术界自地理学学科内部开始经历了一场"空间转向"（spatial turn），人们逐渐将批评兴趣转至"空间"概念本身，将之看作一种重要的解读范式，并涌现出多位重要的空间研究理论家。

1974年，法国思想家亨利·列斐伏尔（Henri Lefebvre）出版《空间的生产》（*The Production of Space*）一书，提出了著名的"空间生产"理论②，指出空间并非仅仅是容纳社会关系的空洞容器，而是由空间的实践（spatial practices）、空间的再现（representations of space）与再现的空间（representational space）三重维度共同构成。1991年，美国马克思主义文化理论家弗雷德里克·詹姆逊（Fredric Jameson）的《后现代主义，或晚期资本主义的文化逻辑》（*Postmodernism，or，The Cultural Logic of Late Capitalism*）一书出版，该书整合了后现代主义文化与空间结构，指出时间具有空间性特征，形成了以"超空间"（hyperspace）为代表的后现代空间理论③。此外，当代西方马克思主义地理学家大卫·哈维（David Harvey）的研究则聚焦于资本、权力与阶级

---

① Michel Foucault，"Of Other Spaces：Utopias and Heterotopias，" *Architecture/Mouvement/Continuite* October，1984；（"Des Espace Autres，" March 1967，Translated from the French by Jay Miskowiec）.

② H. Lefebvre，*The Production of Space*，Oxford：Blackwell，1991.

③ Fredric Jameson，*Postmodernism，or，The Cultural Logic of Late Capitalism*，Durham：Duke University Press，1991.

问题，提出资本主义生产方式的转变导致了后现代社会的"时空压缩"现象①。美国人文地理学家爱德华·索亚（Edward Soja）则在《第三空间：去往洛杉矶和其他真实与想象地方的旅程》一书中批判了偏重物质性的"第一空间"与偏重主观性的"第二空间"，推崇时间性、社会性和空间性并重的"第三空间"模式②。

　　总体而言，近年来国外的文学批评和文化批评著作中出现了越来越多的空间研究或地理学研究的术语与方法。正如菲利普·韦格纳（Phillip E. Wegner）指出，"正在成型的跨学科格局把中心放到了'空间'、'地方'与'文化地理学'等问题上"③。如今的"空间"不再是时间的附属品或一种简单的地理景观，而是成为目前国外人文社科研究中一个重要的文化议题。以 2013 年在加拿大多伦多大学召开的美国比较文学学会（ACLA）年会为例④，该届年会的主题便是与"空间"概念有关的"全球定位系统"（"Global Positioning Systems"）。这一主题从全球化视角出发，结合当前社会文化语境和科技发展现实，以"空间"作为大会研讨核心关键词，将 GPS 技术看作典型的当代科技转喻和文学隐喻，并将其延伸至时间、空间等非科技范畴，关注语言和文学在世界建构和全球定位中所发挥的功用。会议着重探讨了"谷歌时代的地球""缺失的卫星接收信息""重新计量""定位""导航""争议中的地图

---

① David Harvey, *The Condition of Postmodernity：An Enquiry into the Origins of Cultural Change*, Oxford, UK：Blackwell, 1989.

② Edward Soja, *Thirdspace：Journeys to Los Angeles and Other Real-and-Imagined Places*, Malden：Wiley-Blackwell, 1996.

③ Julian Wolfreys, *Introducing Criticism at The 21st Century*, Edinburgh：Edinburgh University Press, 2002, p. 180.

④ 美国比较文学学会（American Comparative Literature Association, ACLA）是国际比较文学界最具影响力的学术组织之一，该学会自 1960 年成立并召开第一届年会以来，迄今为止已经成功地举办了多届年会。会议除主题发言、自由提问和小组讨论之外，通常还会安排专题讲座、圆桌会议、大型书展等活动来促进世界各国比较文学研究者的对话与交流。ACLA2013 年年会于 4 月 4 日至 4 月 7 日在加拿大多伦多大学比较文学研究中心召开，本书作者以大陆第二个受邀学者的身份参加了这次会议并发言。

学""放大与缩小""空间的时间维度""监控""瞄准"等空间议题，不仅从侧面证明空间批评现在是国外文学研究的热点之一，也为我们映射出西方学界在空间批评领域的一些新动向。

值得我们注意的是，在空间批评的近期发展变化中，空间批评与城市研究之间的关系变得愈来愈紧密了。这不仅是由于城市研究成为近年来人文社科领域的显学，也是因为客观而言，城市空间开始在思想、经济、政治、种族等各个层面发挥愈来愈举足轻重的作用。随着城市空间的不断扩大，不仅大多数文学思辨活动都会在城市空间中发生，而且城市空间也成为各种性别群体、族裔群体、阶级群体的空间载体，堪称交叉研究的热点中的热点。目前，西方学界中的空间批评研究的发展趋势逐渐从单纯的空间这一概念延伸至对动态空间的把握，如空间的移动、空间的变化、空间的定位、非地理空间如心理空间等。其中，空间与女性、空间与叙事、空间与翻译、超越地理空间等研究角度的发展变化最具有特色，值得城市生态批评研究者关注和尝试。

二　空间与女性研究

空间与女性的交叉研究是文学地理学与女性主义研究交叉的产物，也是一个非常适合与城市生态批评、生态女性主义等领域相结合的研究角度。近年来，学界十分关注空间与女性之间的交互作用，甚至提出了"性别定位系统"的说法，即认为性别正在以类似 GPS 定位系统的方式，通过性别化的空间经验来对特定语境内的文学作品进行定位、比较与研究，或者促进这些文学作品在全球化的空间范围内进行消费和移动。空间与女性相结合的研究角度关注文学作品对性别化经验的描述，以及这些描述如何在彰显同一性的同时，也展现出了空间经验的异质性，以其多元性的发展潜力得到了学界的热切关注。其中，女性主义地理学（feminist geography）便是发展较为成熟的一支批评流派。

女性主义地理学（feminist geography）研究最早出现于 20 世纪 70年代，是"空间转向"背景下女性主义研究与文学地理学之间跨学科对话的产物。女性主义地理学研究认为，"空间"的概念不仅仅是"一个静止或空洞的实体，而是一种人类社会的空间构成"[1]。女性主义地理学家深刻审视性别与空间之间的复杂关系，关注性别化的社会角色与身份是如何在定义空间的同时也被空间所定义的。可以说，女性主义地理学研究不仅大大丰富了地理学的研究内容，也为文学批评提供了新的研究角度。最初，女性主义地理学家主要关注父权社会中女性群体的"统一化的性别经验"[2]，尤其是城市化过程中女性所处的边缘地位以及在工作场所与公共生活中女性的他者形象等。近些年来，西方学界转而更加重视女性群体中的殊异性以及女性进行空间认知的多种方式。正如利兹·邦迪（Liz Bondi）和乔伊斯·戴维森（Joyce Davidson）指出，"在（关于空间的）体验和联系中，除了性别这一维度，还存在着年龄、阶级、种族等其他影响因素"[3]。这也使女性主义地理学研究从同一性走向了异质性，逐渐孕育出更加多样化的研究成果。

在女性主义地理学多样化的研究方向中，有两类议题尤其值得我们注意。一是空间对女性身份建构的重要影响。空间批评认为，"空间分布、地理经验和自我身份认同三者之间相互影响"[4]，个人的空间经验可以被看作折射个体价值观念的"象征系统"[5]。例如，女性如何认知空间，具有怎样的空间意识，女性自身所处的是怎样的空间，是否有意识地反对二元化的空间划分等，这些问题都与女性的自我认知与身份建构有着紧密的联系。人类"始终是一种空间存在，并积极参与着周围无

---

[1]　Susan Stanford Friedman, *Mappings: Feminism and the Cultural Geographies of Encounter*, Princeton: Princeton University Press, 1998, p. 109.

[2]　Lise Nelson and Joni Seager, "Introduction," *A Companion to Feminist Geography*, eds. Lise Nelson & Joni Seager, Malden: Blackwell, 2005, pp. 1 – 11.

[3]　Liz Bondi and Joyce Davidson, "Situating Gender," *A Companion to Feminist Geography*, ed. Lise Nelson and Joni Seager, Malden: Blackwell, 2005, pp. 15 – 31.

[4]　P. L Wagner, "Foreword: Culture and Geography: Thirty Years of Advance," in K. E. Foote et al. (ed), *Rereading Cultural Geography*, Austin: University of Texas Press, 1994, p. 7.

[5]　Mike Crang, *Cultural Geography*, New York: Routledge, 1998, p. 27.

所不在的空间性的社会建构"①。在同一社会结构与历史背景中，女性表现出的空间意识也有所不同：有的女性故步自封，甚至沦为男权社会的帮凶，最终丧失了属于自己的名字；而与之相比，有的女性则通过空间越界对主流社会框架内的性别界限发起挑战，试图解构传统的性别疆域，对空间的二元划分传统进行解域，甚至可以完成从女性劣位空间到男性优位空间的跳跃，展现出对自由独立人格的追求和抗争意识。正如法国思想家福柯指出："空间是任何形式公共生活的基础；空间是任何权力行使的基础。"② 空间与权力之间有着密切联系，空间秩序的展现隐含着权力运作的模式。因此，女性对空间秩序的认知与态度不仅与其身份建构息息相关，最终也会对男权社会的空间权力分布造成一定的影响。

此外，在女性主义地理学研究中，移动性（mobility）也是一个非常关键的概念。移动性是美国文学的深层结构之一，长期以来为男性所专有。男性可以在不同空间自由穿梭，而女性则往往被约束于有限的空间内。自20世纪90年代起，女性主义地理学家便指出："将女性局限于私人空间的行为既是一种空间控制，也是借此对女性身份进行的社会控制"③。在西方二元对立的思维模式中，男性对应的是"宽敞的、明亮的、独立的、公共的、生产的、政治的、文化的优位空间，而处于权力弱势的女性则限于狭窄的、黑暗的、依赖的、私人的、生育的、家庭的、自然的劣位空间"④。女性地理学研究非常重视"移动性"，指出"限制妇女在身份和空间中的移动性是维持女性隶属地位的关键"⑤。正

---

① Edward Soja, *Thirdspace: Journeys to Los Angeles and Other Real-and-Imagined Places*, Malden: Wiley-Blackwell, 1996, p. 1.

② Michel Foucault, "Space, Knowledge, and Power," interview by Paul Rabinow in *The Foucault Reader*, eds. Paul Rabinow, New York: Pantheon, 1984, p. 252.

③ Doreen Massey, *Space, Place and Gender*, Cambridge: Polity Press, 1994, p. 179.

④ Jane Rendell, "Introduction: Gender, Space," in Jane Rendell et al. (ed.), *Gender Space Architecture: An Interdisciplinary Introduction*, New York: Routledge, 2000, p. 107.

⑤ Doreen Massey, *Space, Place and Gender*, Cambridge: Polity Press, 1994, p. 6.

因如此，女性能否具有独立的空间移动性成为其空间意识觉醒与否的标志之一。

例如，在美国现代主义作家威廉·福克纳（William Faulkner）与约克纳帕塔法（Yoknapatawpha）小说《喧哗与骚动》（*The Sound and the Fury*）中，女主角的私生女小昆丁便通过离家出走、侵入男性主宰的空间等一系列空间越界之举，对主流社会框架内的女性界限发起挑战，试图解构传统的女性疆域，对空间的二元划分传统进行了解域。小昆丁所完成的从女性劣位空间到男性优位空间的跳跃，也表明她具有了原本为男性独有的冲破空间束缚的能力，具备了塑造独立人格和个体身份的初始条件①。

女性主义地理学对女性空间经验及其影响因素的考察，有利于研究者将空间、性别、身份、族裔、历史、政治等研究角度综合起来，因此常常同后殖民主义批评、新历史主义、性别乌托邦研究、身份研究、城市研究等相结合。正如芭芭拉·艾伦（Barbara Allen）指出，人际关系的形成与空间构成的关系十分密切，人们的地理意识具有"历史维度、社会维度和物理维度"，是一种兼顾历史与现在、个体与他人以及人与空间之间关系的"复杂的构成"②。女性主义地理学研究的这些相关理论，可以为我们进行城市生态批评理论探索和文本实践提供诸多切入角度和线索。在城市生态批评研究中，城市空间中的身份建构、性别空间体验等问题都可以成为生态批评研究的肥厚土壤。例如，城市空间中建构的"生态自我"身份和荒野自然中建构的"生态自我"便会存在着不同，而如果我们再把性别研究的维度囊括进自我身份建构研究之中的

---

①　关于《喧哗与骚动》中女性与空间的相关研究，可详见拙文 Ma，Te."'Who was the Woman？'：Feminine Space and the Shaping of Identity in *The Sound and the Fury*," *The Faulkner Journal* 28. 2（Summer 2016）：pp. 39 – 52.

②　Barbara Allen，"The Genealogical Landscape and the South Sense of Place," in eds. Barbara Allen and Thomas J. Schlereth，*Sense of Place*：*American Regional Cultures*，Lexington：University Press of Kentucky，1990，pp. 152 – 163.

话，生态女性主义与女性主义地理学之间的对话也必然会成为一个令人期待的主题。

三 空间与叙事研究

从文学界到科学界，人们一直习惯于以时间的线性顺序来阐述故事和定位事件。近年来，学界逐渐转向关注基于空间结构的阐述模式，将叙事学（narratology）与空间化的讲述模式相联系，衍生出一系列关于空间叙事理论（spatial narratives）的研究。叙事（narrative）一词最初源于拉丁语的"narrare"一词，意为"讲述"，与拉丁语中的形容词"gnarus"（意为"知悉的"或"熟练的"）有关。也就是说，"叙事"一词本身便暗含了"知悉"（knowing）与"讲述"（telling）之间的关联，即叙事实际上是一种用于建构关于事件和空间的共有知识的讲述模式。这一点与地图的功能非常类似，后者蕴含的相关数据则可以被用于解读各种复杂的社会、环境与文学情境。

在国外人文与社会科学界，这种空间化叙事的研究模式并不仅仅局限于文学批评话语，而是在多个学科领域中都有所体现。例如，历史学研究对大数据分析平台的应用，社会网络研究中有哈佛大学创办的网络生态项目（Web Ecology Project），以及危机干预研究中的非营利性危机预警平台"Ushahidi"等。在文学理论与文学批评界，代表性人物分别有苏联文艺理论家米歇尔·巴赫金（Mikhail Mikhailovich Bahktin）与美国斯坦福大学教授弗兰科·莫莱蒂（Franco Moretti）。在《小说的时间形式和时空体形式》一文中，巴赫金提出使用"时空体"（chronotope）的概念来对文学作品中的时空关系进行分析。"时空体"一词最早源于爱因斯坦的相对论，由希腊语的"时间"（chrono）和"空间"（tope）二词共同组成。"时空体"的概念认为，时间作为空间的第四维，与空间是一个不可分离的整体。巴赫金将这一概念借用于文学批评理论，意在强调"时间的标志要展现在空间里，空间则要通过时间来理解和衡量"①，指出小说中的"时空体"对文本叙事的结构、发展和协调具有非常重要的影响。

另一方面，弗兰科·莫莱蒂则在文学批评领域采用了文学的定量分析法，探寻在大数据时代中文学研究的另一种可能性。莫莱蒂以《欧洲小说地图：1800—1900 年》（*Atlas of the European Novel，1800 - 1900*）一书为开端绘制了欧洲小说全景地图，指出"空间并不是叙事的外部，而是一种内在的力量，在内部决定了叙事的发展"②。之后，莫莱蒂又出版了《图表、地图、树：文学历史的抽象模型》（*Graphs，Maps，Trees：Abstract Models for a Literary History*）③ 一书，采用计算机可视化的方法来解读文学作品及其复杂的叙述模式。近年来，这种自西方学界兴起的使用大数据平台来研究文学作品的热潮也来到了中国，成为一种颇受关注的研究方法。

除了时空体和大数据研究之外，在西方学界的近期研究上我们会发现这样一种趋势，那就是许多研究者在面对空间化叙事的主题时，都尝试从叙事学角度理解时间与顺序的意义生成，解读文学作品中以地图、荧幕、图像、图表等空间形式出现的叙事结构，例如多种族文学研究中作为叙述桥梁与对话工具的"空间"等，尤其鼓励以非欧洲范式的方法研究空间问题，这为我们在具有中国特色的学术语境内进行空间叙事学研究提供了很好的研究基础与背景。

如今，叙事学研究的热潮仍未散去，城市生态批评与空间叙事学研究的交叉合作也将成为一个非常具有潜力的研究对象。城市文学中的生态空间是怎样言说自己的故事的？城市自然环境的存在对城市文学的叙事逻辑造成了怎样的影响？城市空间中的非人物质能否形成属于自己的独立叙事？这些都是值得城市生态批评研究关注的话题。

---

① 钱中文主编：《巴赫金全集》第三卷，河北教育出版社 1998 年版，第 275 页。

② Franco Moretti, *Atlas of the European Novel，1800 - 1900*, London：Verso, 1998，p. 70.

③ Franco Moretti, *Graphs，Maps，Trees：Abstract Models for a Literary History*, London：Verso, 2005.

四 空间与翻译研究

在空间批评研究中，翻译已经不再是一个单纯的语言学议题，而是一种更加广义的感官经验，在文学研究中具有一席之地。"翻译"（translation）一词源于拉丁语的"translatio"一词，即"跨越"之意，而这也可以作为空间与翻译研究的一个理论出发点。以城市为例，城市是各种文化与历史交流发生的场所，而语言则在城市这一特定空间内的经验塑造中发挥了重要的作用。当（城市）空间的界限被跨越，各种不同的声音相遇，各种艺术传统找到了各自的对应形式时，许多预料内与预料外的挑战也应运而生。此外，个体在不同空间之间的移动也会激发和促进创造性互动与翻译行为的发生。比如，现代城市空间中经常存在多语言使用的现象（multilingualism），在某一空间/区域内使用某种或多种语言，对文学创作和翻译过程都会造成一定的影响。另外值得注意的是，在后殖民主义或殖民主义空间内，翻译行为还需要应对中心/外部的二元对立问题。换言之，空间（如城市空间）会影响其中的翻译行为的动态变化与想象地理的建构。在这一意义上，翻译不仅是一个语言学范畴内的概念，而是作为一种感官经验在文学、音乐、视觉媒体以及建筑学领域中都发挥了广泛的影响。

目前，国外学界关于空间与翻译的研究内容包括了空间实践的翻译，译者的功能，不同媒介形式和学科之间的翻译转化与互动，文化冲突、文化转型与政治波动时期城市空间中的翻译实践及其应用策略等。在此，仅介绍两个研究方向与研究者分享。一个是聚焦文学翻译作品的全球出版问题，将市场翻译、世界文学与全球出版产业相结合，如分析不同语种在翻译文学作品时所建构的跨国身份，或是少数族裔作家对旅居城市的具有特色的文学想象，或者是文学作品在翻译为其他语言的过程中所发生的嬗变，以及多语种文本与翻译文学创作中文学声音的建构等。

此外，另一个值得我们注意的研究方向就是空间、翻译与城市研究的杂糅。例如，城市空间作为一种多元文化的载体，在对以城市为题材的文学作品进行翻译时，将不可避免地需要涉及城市文学作品中的空间感知、大都市的再现以及空间实践等议题；在翻译的过程中，如何处理好不同文化之间的交流互动、嬗变与距离感，在世界主义和地图学的视角下探讨翻译与译者、城市空间、跨国主义、旅行等关键概念，都是可以与诸多具体文学文本相结合的颇有潜力的研究角度。这类研究也为空间翻译学与城市生态批评研究的交叉研究提供了许多思路和可能性。

五　超越地理空间

在文学界对"空间"这一概念的研究中，还出现了一种对"空间"本身界限的讨论，即认为"空间"的概念并不仅仅局限于对地理空间的探讨，而是对其进行了超越，转而关注地理空间之外的"空间"。在此，主要谈论一下对心理空间与声音空间的研究。

自 20 世纪以来，人类与空间之间的关系发生了前所未有的根本性转折。尽管心理学界出现了一些值得注意的进展，相比之下，文学批评领域却甚少关注空间认知对人类意识的影响。实际上，作家如何在作品中诠释并重现人类的心理与空间之间的关系，以及在这个重现过程中心理空间的变化会对现实中的地理空间造成怎样的影响，是一个十分值得探讨的话题。此外，在文学与比喻层面的空间压缩（compression of space）也会对个体造成新形式的心理压力。例如，现代社会中的赛博空间既是人类思想、情感和欲望的内在储存场所，也是其对外抒发的媒介与渠道，而这种网络虚拟空间本身及其运作过程都会对人类个体造成一定的心理影响。换言之，在人类看似操纵了周边空间的同时，这些空间实际上也会在心理层面上对人们造成影响。

在对心理空间的研究中，20 世纪与 21 世纪的现当代文学作品与文化现象，尤其是其中展现出的种族、身体、技术与域化主题、暴力问题等，是研究者经常进行解读的对象。在具体的探讨中，研究者经常援引的理论研究包括了福柯、克里斯蒂娃、拉康、齐泽克等人的论著，还广泛地涉及了环境心理学理论、法国哲学家加斯东·巴什拉（Gaston Bachelard）的《空间的诗学》（*La poétique de l'espace*）、列斐伏尔的《空间的生产》、法国当代先锋小说家乔治·佩雷克（Georges Perec）的《空间类别》（*Espèces d'espaces*）等著作。

除了心理空间，对"空间中的声音"与"声音的空间"的研究也是空间批评的一个趋势，尤其是关注文学作品和文学批评话语中的声音是如何被"定位"（positioned）的。虽然自热奈特（G. Genette）起，叙事学理论家一直关注在文学文本中"定位"某一声音时的声音发源地，即要回答"谁在说话"这一问题，却少有人关注文本中那些"没有主体"的声音。有学者指出，在罗兰·巴特所认为的"经典"文本中，声音必须依附于某个身体，而身体则必须依附于某个特定的空间/地方。换言之，经典文本试图"空间化声音并将其定位"①。那么，在这一背景下，我们该如何看待那些将声音位置模糊化的文本呢？此外，声音的错位（vocal dislocation）现象也对文学理论具有潜在的重要影响。在多叙述者的小说中，由各种声音（包括非人类声音）所主导的叙事、无叙述者的叙事形式以及去叙述化的叙事等，共同构成了多环相扣的空间化叙事框架。其中，各种声音或"有主"，或"无主"，或有意"隐主"，不仅颠覆了传统观念中声音对空间的依附，而且对地理空间和叙事空间造成了一定的影响。

目前，西方学界的相关讨论一方面聚焦来自于某一特定地方（place）的声音，研究了特定地点内的声音艺术与各种文学类型；另一方面也指出，声音并不完全依赖于特定的空间，如自身的物理运动也会产生声音，而且声音的传播、翻译和索引还会促使具体的空间进行移动和传递，例如新媒体形式对声音的整合、映射、生产和储存等。例如，在赫尔曼·梅尔维尔（Herman Melville）的小说《皮埃尔》（*Pierre：or,*

① Mary Ann Doane, "The Voice in the Cinema：The Articulation of Body and Space," in *Yale French Studies* No. 60, *Cinema/Sound*（1980）, pp. 33 – 50.

The Ambiguities）中，看似完全无法理解的声音背后实际上蕴含着怎样的重要意义？在唐·德里罗（Don DeLillo）的《身体艺术家》（*The Body Artist*）中，作者刻画了哪些性别化声音与词形更改现象？如何解读多丽丝·莱辛（Doris Lessing）的《在我的皮肤下》（*Under My Skin*）中的共情、记忆与虚拟声音？格特鲁德·斯泰因（Gertrude Stein）的《三幕剧中四圣人》（*Four Saints in Three Acts*）里的声音是否具有模糊性？这些都是值得研究者深入思考，而且能够为我们带来许多启发的研究视角。

通过对当前比较热门的空间与女性、空间与叙事、空间与翻译、超越地理空间等研究角度的梳理，我们可以看出，空间批评研究将文学看作一种社会文化实践活动，更加强调空间的社会性，重视文学文本中的社会空间实践与个体的时空经验。从趋向上来看，空间批评在批评方法、研究角度和批评对象上都有所变化。一是从单纯对空间这一概念的静态思考延伸至对空间移动、空间变化等动态过程的考察，重视移动性、旅行、空间迁移等话题；二是研究角度不仅仅局限于空间自身，还延伸至对空间定位的考量，如在时空层面将 GPS 技术这一比喻广泛地延伸至非技术领域，使空间成为一种文学想象的坐标；第三，空间批评的研究对象更加多元化，在与其他研究方法的交叉和对话中出现了更多的批评对象——如与城市研究、女性研究、叙事学研究、翻译研究等相结合——并且开始突破地理空间的界限，向心理空间、声音空间等领域拓展，这些研究趋向不仅为我们在空间转向的大背景下进行城市生态批评奠定了合作研究的基础，也为我们发展城市生态批评的理论建构和文本实践带来了诸多启发，进一步拓展城市生态批评自身的研究深度。

第五节　城市生态批评的新物质主义理论根源

自 20 世纪 90 年代起，以唐娜·哈拉维（Donna Haraway）、曼努埃尔·德兰达（Manuel De Landa）、凯伦·巴拉德（Karen Barad）、罗西

·布拉伊多蒂（Rosi Braidotti）、伊丽莎白·格罗兹（Elizabeth Grosz）、简·本内特（Jane Bennett）、维基·科尔比（Vicki Kirby）以及布鲁诺·拉图尔（Bruno Latour）等为代表的西方学者们开启了一场以"物质"（matter）作为核心议题的哲学讨论。自此，"物质"的概念开始重新吸引研究者的关注，成为近年来西方学术界频繁援引和讨论的核心概念。学界对"物质"概念进行了重新审视和界定，颠覆了以往研究者对物质及其影响的刻板印象，带来了一场堪称革命式的变化，促使多个学科领域中出现了"物质"转向。2010 年，新物质主义（New Materialism）理论研究涌现出许多出色的研究著作，推动物质转向进入全面的爆发期。

受到新物质主义理论这一背景的影响，生态批评研究也在继第一波发展浪潮、第二波发展浪潮和第三波发展浪潮之后，迎来了以"物质"导向为核心的第四波发展浪潮，物质主义生态批评研究应运而生。物质主义生态批评借助新物质主义理论对"物质"及其内涵的全新定义，开启了对日常生活的各种研究，其研究角度对人们深入解读城市空间以及其中人们的日常活动有着非常重要的启发意义，为物质主义生态批评与城市生态批评的交叉研究打下了深厚的基础。

一 新物质主义与"物质"转向

新物质主义作为一种新兴的跨学科的理论研究，其发端可以追溯至20 世纪与 21 世纪之交。当时，西方学界出现了一批前卫学者试图走出社会建构论的认知束缚，重新阐释"物质"的概念，以在存在论层面上寻求一种阐释科学实践的适当方法。进入新世纪之后，各种与"物质"相关的哲学话语开始浮现，试图重构语言与现实、意义与物质之间的关系，在整个人文社科领域掀起了一次影响深远的"物质转向"。由于新物质主义理论的本体论倾向，新物质主义不仅在与自然世界相关的研究中绽放魅力，同时在诸多领域都产生了回响。目前，研究者对物质文化的兴趣不仅体现在政治科学、经济学、人类学、地理学和社会学等社会科学研究中，也包括了性别研究、跨物种研究、酷儿理论、新媒体研究、科技史研究和后殖民主义研究等。可以说，新物质主义所带来的"物质转向"对整个人文社科领域都产生了深远的影响。

截至 2010 年前后，新物质主义研究已经出版了一批具有革新意义的研究专著，包括德鲁·皮克林（Andrew Pickering）的《实践的冲撞：实践、能动性与科学》（*The Mangle of Practice：Time，Agency，and Science*，1995）、凯伦·巴拉德（Karen Barad）的《与宇宙相遇》（*Meeting the Universe Halfway*，2007）、斯黛西·阿莱莫（Stacy Alaimo）和苏珊·海克曼（Susan Hekman）主编的《物质女性主义》（*Material Feminism*，2008）、简·本奈特（Jane Bennett）的《活力之物》（*Vibrant Matter*，2010）、斯黛西·阿莱莫的《身体自然》（*Bodily Natures*，2010）、大卫·阿布勒姆（David Abram）的《成为动物》（*Becoming Animal*，2011）、戴安娜·库尔（Diana Coole）和萨曼莎·弗罗斯特（Samantha Frost）主编的《新物质主义》（*New Materialisms*，2010）、苏珊·海克曼（Susan Hekman）的《知识的物质》（*The Material of Knowledge*，2010）、维基·科尔比（Vicki Kirby）的《量子人类学》（*Quantum Anthropologies*，2011）等等，这一批杰出著作的出版也标志着新物质主义思潮走向了全盛期。

在历史上，"物质"的概念并非第一次进入人文研究界的核心视野。实际上，新物质主义的"新"是相对于"旧"唯物主义的"旧"而言的。在结构主义马克思主义理论的唯物主义研究方法与存在主义现象学理论中，物质的概念大多指的是人类社会结构或是人类社会结构及其他物体中所"蕴含"的人类意志。自 20 世纪 70 年代以来，本体论和认识论受到后结构主义研究的严峻挑战，曾经风靡学界的唯物主义研究方法开始退后。其后，受索绪尔的结构主义以及之后的以德里达为代表的后结构主义理论影响，强调语言、话语、文化和价值等概念的"语言学转向"开始出现并占据了主导地位，人们对物质现象与物质过程的关注也开始随之变少。正如新物质主义指出，后结构主义思想将世界解构为一种语言学建构或社会建构，是一个"去物质化"的过程。

此前占据人文研究主导地位的"语言学转向"认为，社会是由语言建构的。然而，随着现代自然科学的发展和后现代主义的崛起，研究者逐渐意识到"语言学转向"观点的先天不足，学界开始需要一种新的视角来阐释和分析物质及其生成过程。正如戴安娜·库尔（Diana Coole）和萨曼莎·弗罗斯特（Samantha Frost）在《新物质主义》（New Materialisms）一书的序言部分指出的，这种对新视角的需求虽然有些分散，但是非常广泛，这也显示出"语言学转向"相关的文本分析方法已经不足以解读当今的社会，尤其是其中的环境问题、人口学、地理政治学与经济变化的相关议题。① 相比于占据了主导地位的"语言学转向"，新物质主义重视世界的身体维度与非二元对立的结构，在认知层面对思想—身体的二元对立发起了挑战。② 大卫·阿布勒姆（David Abram）指出，人类的思想"源于身体和地球，并且在二者之间徘徊"③。换言之，思想、现实和身体是有着紧密联系的，对彼此有着深刻的影响。阿布勒姆主张世界并非仅仅由一系列客观的过程构成，而是"与经验有着紧密的联系"④，揭示出非人世界具有潜在的符号意义。例如，生物符号学和生态符号学研究便致力于研究这种有机体所展现出来的意义属性与符号属性。⑤

新物质主义的理论来源与思想渊源非常广泛，可以说其既受到了人

---

① Diana Coole and Samantha Frost, "Introducing the New Materialisms," in *New Materialisms*: *Ontology*, *Agency*, *and Politics*. Ed. Diana Coole and Samantha Frost. Durham: Duke University Press, 2010, pp. 1 – 43.

② Serenella Iovino, "Material Ecocriticism: Matter, Text, and Posthuman Ethics," in Timo Müller and Michael Sauter eds., *Literature*, *Ecology*, *Ethics*: *Recent Trends in European Ecocriticism*, Heidelberg: Universitätsverlag Winter, 2012. pp. 51 – 68.

③ *David Abram*, *Becoming Animal*: *An Earthly Cosmology*, *New York*: *Pantheon Books*, 2010, p. 111.

④ Ibid., p. 143.

⑤ Wendy Wheeler, *The Whole Creature*: *Complexity*, *Biosemiotics and the Evolution of Culture*, London: Lawrence & Wishart, 2006.

文学科的滋养，也从自然科学中汲取了大量知识。具体而言，新物质主义受到了后现代主义思想、古希腊活力论、文艺复兴哲学、斯宾诺莎（Baruch de Spinoza）、伯格森（Henri Bergson）、梅洛·庞蒂（Maurice Merleau-Ponty）以及等当代自然科学与社会科学理论家的影响；此外，量子物理学、过程哲学以及行动者网络理论、能动实在论和客体导向的本体论等概念思潮也对新物质主义的理论建构产生了影响。① 值得注意的是，在这轮"物质转向"中，研究者对物质性的研究并非针对马克思主义或存在主义现象学理论，而是选择关注 20 世纪时自然科学方面发生的革新，以及近几十年来物质环境所发生的巨大变化，如全球化、生态危机、通信技术革命等②。正如本内特在《活力之物》一书指出，新物质主义研究"所追寻的物质主义沿袭的是德谟克利特—伊壁鸠鲁—斯宾诺莎—狄德罗—德勒兹的传统，而非黑格尔—马克思—阿多诺的传统"③。

　　20 世纪自然科学研究的革新进步是新物质主义理论崛起的客观基础，这一点也是新物质主义与旧唯物主义研究的一大区别。19 世纪时，重要唯物主义哲学家如马克思、尼采与弗洛伊德等人受到的是当时的自然科学研究——如经典牛顿力学——的影响。但是，随着自然科学的进步尤其是量子物理学的出现，自然科学研究者开始指出物质是一种更加难以捕捉和复杂的存在。这种思想的革新对现有的理解自然世界的方式发起了挑战，逐渐改变了公众对物质世界及其可能性的想象与认知方法。自此，"物质"概念的原有内涵开始遭受来自不同学科的冲击，所谓的"旧"唯物主义的机械还原论视角开始被研究者

① Serenella Iovino and Serpil Oppermann, "Material Ecocriticism: Materiality, Agency and Models of Narrativity," *Ecozon@* 3. 1 (2012): 75 – 91.

② Serenella Iovino, "Material Ecocriticism: Matter, Text, and Posthuman Ethics," in Timo Müller and Michael Sauter eds. , *Literature*, *Ecology*, *Ethics*: *Recent Trends in European Ecocriticism*, Heidelberg: Universitätsverlag Winter, 2012. pp. 51 – 68.

③ Jane Bennett, *Vibrant Matter*: *A Political Ecology of Things*, Durham and London: Duke University Press, 2010, p. xiii.

所解构。

在此背景下，新物质主义早期的多位倡导者实际上都具有自然科学研究的背景，例如新物质主义的破冰之作《与宇宙相遇》（*Meeting the Universe Halfway*，2007）的作者凯伦·巴拉德（Karen Barad）便身兼量子物理学者与女性主义研究者的双重身份。此外，20 世纪 90 年代率先开始关注新物质文化的唐娜·哈拉维（Donna Haraway）也是一位资深的生物学研究者和科技哲学家。哈拉维在自己的女性主义研究中创造性地把目光转向了生物学和自然科学中的多种物质现象，并开始在本体论讨论中引入理论物理学等相关概念，促使"物质"的议题被纳入了一个跨学科的多元交叉领域内。自然科学与人文研究的不同学科的理论框架彼此杂糅，不仅为自然科学学界探讨"物质"的哲学内涵注入了新鲜的思辨活力，而且也因为科学知识的介入而变得更加具体而立体，成为新物质主义理论的重要特色。

凯伦·巴拉德与唐娜·哈拉维都是著名的女性主义研究者，这也显示女性主义研究对新物质主义理论的积极回应。在斯黛西·阿莱莫（Stacy Alaimo）和苏珊·海克曼（Susan Hekman）主编的《物质女性主义》（*Material Feminism*，2008）一书中，二人认为新物质主义视域内的女性主义研究即"物质女性主义"是新物质主义理论的里程碑式的探讨。物质女性主义研究呼吁人们重视话语维度中的身体，关注身体经验与身体实践。在这里，"身体"一词不仅指代人类身体，也包括非人身体或超人领域的身体。在这一背景下，物质女性主义研究提倡消解文化建构主义与自然身体的物质性之间的对立，促使人们反思应当如何看待人类的物质自然经验，以及如何建立一种非二元对立的思想范式，将社会语言建构和文化再现等语言实践行为与生态系统的物质性联系在一起。

新物质主义理论的核心是对"物质"概念的重新解读，这种重新解读体现在多个层面。在"物质转向"的浪潮之中，物质所具有的活力、动态性、能动性等属性得到了前所未有的强调。新物质主义颠覆了能动性是人类独有的观念，指出非人自然也同样具有能动性。新物质主义反对语言学转向带来的人类对语言和思想的过度自恋，主张关注在非人物质中广泛存在的能动性。世界是由物质构成的，无论是在人类个体内，还是在非人自然和人造产物中，物质都是广泛存在的；同样，能动性也是广泛存在的。在布鲁诺·拉图尔（Bruno Latour）提出的"行动体"（actants）概念中，非人或者说后人类世界中便存在着行动的物质来源[①]。借助"行动体"的概念，本内特在《活力之物》一书中探讨了多种非人物质具有的能动性与活力，如电流、污染物、化学物质、聚合体、科研设施、赛博格、垃圾等，而这些物质原本并非人们一般认为具有能动性的对象。此外，阿莱莫在《身体自然》中也分析了有毒化学物质所具备的负面的破坏力，并称之为"异常能动性"（deviant agency）[②]。

新物质主义对物质能动性的考量在政治学研究领域也有深远的影响。长期以来，政治活动一般被认为是人类特有的领域，物质则被视为涉及人类行动的各种物质约束或物质背景。在历史唯物主义对物质的经典阐释中，物质是导致其他事件发生的经济结构和经济交换行为。因此，相比于物质，历史唯物主义的政治分析更加关注人类的能动性所建构的社会经济结构。诚然，历史唯物主义通过关注人类能动性的运作轨迹来揭示社会结构的形成过程的方法具有重要的意义，这一点在已有的分析实践中也得到了充分的论证。新物质主义的主张并非否定历史唯物主义的理论价值，而是试图摆脱人类中心主义的禁锢，指出非人物质与人类个体一样，在社会建构的过程中发挥了同样重要的能动作用。

新物质主义质疑能动性的界限，试图发掘物质所具有的"内在创

---

① Bruno Latour, *Politics of Nature*: *How to Bring the Sciences into Democracy*, Trans. Catherine Porter, Cambridge: Harvard University Press, 2004, p. 237.

② Stacy Alaimo, *Bodily Natures*: *Science*, *Environment*, *and the Material Self*, Bloomington: Indiana University Press, 2010, pp. 113－40.

造性"①，将能动性的范围扩大至人类之外，展现出外部与内部、思想与现实之间的紧密联系，将生命、语言、思想共同置于一个非二元对立的视角之下，有力地反驳了人类自认为可以主宰世界的自恋情结。在新物质主义视域内，任何物质都具有能动性，这一点是不以人类的意志或理性而改变的。由此，能动性不再是将物质与人类区分开来的属性。长久以来，物质被视为一种被动的、原始的、野蛮的或惰性的存在。具体而言，物质被认为是无法拥有灵魂或生命的，其存在方式也是非动态的，人们只能通过尺寸、形状等基本属性来进行描述其特征。新物质主义理论在挖掘物质固有的内在活力的过程中，将物质从与自动论与机械论的长期关联中解放出来②。自此，人类具有能动性这一点不再是其优越于其他物种的理由。在这一背景下，非人自然和人类个体能够以平等的方式同时共存，共同建构一个彼此相连的生态网络。

新物质主义指出，物质并非静止或被动的存在，而是一种处于生成过程中的动态存在，这也是物质能动性的具体表现形态之一③。关于物质具有的能动性与动态性之间的关系，新物质主义的核心人物凯伦·巴拉德（Karen Barad）曾使用"能动实在论"（agential realism）理论进行阐释。"能动实在论"出现在巴拉德的《与宇宙相遇》（*Meeting the Universe Halfway*）一书中，主张"现实"是由物质过程和话语过程共同构成的存在，因此物质一词"并不是指代客体内在的固定属性"，而是"客体正在进行的物质化现象"④。这种进行时的状态使得物质始终处于

---

① Manuel De Landa, *A Thousand Years of Nonlinear History*, New York: Zone Books, 2005, p. 16.

② Jane Bennett, *Vibrant Matter: A Political Ecology of Things*, Durham and London: Duke University Press, 2010, p. 3.

③ Serenella Iovino and Serpil Oppermann, "Material Ecocriticism: Materiality, Agency and Models of Narrativity," *Ecozon@* 3.1（2012）: 75 – 91.

④ Karen Barad, *Meeting the Universe Halfway: Quantum Physics and the Entanglements of Matter and Meaning*, Durham: Duke University Press, 2007, p. 151.

不断变化的动态过程之中，因此物质并不是"固定的，既成的，或不同过程共同造成的纯粹结果。物质既是产品也是具有生产力，既是生成物也具有生成力"①。换言之，物质是充满能量的，而且能够给予他者能量；物质是充满活力的，并且能够给予他者活力。这样的一种物质存在，具有其独立的意志、适应力与抵抗性，既影响着现实世界，也被现实世界所影响。

在新物质主义视野中，具有生成力和生产力的物质被视为一个复杂的开放的系统，展现出偶然性、生成性与相关性。物质并非一成不变的或一块被动的等待人类书写的"白板"，而是一个不断发展、嬗变与变形的动态的"生成过程"，是一种"能动性的凝结体"②。物质的这种复杂多维性，在阿莱莫的"内部 - 行动"（intra-action）概念中体现得十分明显。"内部行动"是阿莱莫创造的术语，用来指涉"'客体'的不可分性与'观察能动性'"③。"内部行动"（intra-action）与"相互作用"（interaction）不同，后者更加强调具有争议性的［主—客］二分法，而"内部行动"则着重于展示物质的物质化过程。巴拉德认为，"内部行动"（intra-action）的概念体现出宇宙是一个"处于变化之中的能动的、内部行动的过程"，无论是人类还是非人物质，都是通过内部的行动来展现其能动性的。④

新物质主义对物质能动性和活跃性的揭示，有力地撼动了西方思想的二元论传统。在这一点上，新物质主义与后现代主义思想产生了深刻

---

① Karen Barad, *Meeting the Universe Halfway：Quantum Physics and the Entanglements of Matter and Meaning*, Durham：Duke University Press, 2007, p. 137.

② Ibid., p. 151.

③ Karen Barad, "Reconceiving Scientific Literacy as Agential Literacy, or Learning How to Intra-act Responsibly Within the World," in R. Reid & S. Traweek（eds.）, *Doing Culture & Science*, pp. 221 – 258.

④ Karen Barad, Posthumanist Performativity：Toward and Understanding of How Matter Comes to Matter," *Material Feminisms*. Eds. Stacy Alaimo and Susan Hekman. Bloomington：Indiana University Press, 2008. 120 – 154.

的共鸣。此前，人们在分析世界时，习惯将世界划分为没有活力的物质和充满活力的生命体两类——借用雅克·朗西埃（Jacques Ranciere）的表述，这被认为是一种"明智者的分类方法"①。在此背景下，新物质主义开始尝试消解西方哲学中的二元论结构，指出先验哲学中笛卡尔式的二元对立思想的局限之处。其中，首当其冲的便是人类与物质之间的二元对立，或者说，生命与物质之间的二元割裂。在《活力之物》一书中，本内特便借用现实生活中的案例，形象地指出：

> 将物质和生命体分隔开来的做法，容易使我们忽视物质所具有的活力以及物质生成过程中潜在的鲜活力量，例如 ω－3 脂肪酸可以改变人的心情，又或者我们所丢弃的垃圾并非"远"在填埋场，而是正在我们说话之时产生大量活跃的化学物质与挥发性的甲烷气体。②

通过重视物质所具有的活力，本内特尖锐地揭示出垃圾、ω－3 脂肪酸这些物质存在对人类生活的巨大影响，并指出这种影响力来自于物质所固有的能动性。正如人类的能动性会对他人和现实世界造成影响一样，物质所具有的能动性也具有同样的功效。因此，只有正视物质所具有能动性，才能摆脱语言学社会建构框架的束缚，更加平衡地审视现实世界中的力量博弈。当然，新物质主义的"物质转向"并非完全否定语言学转向，而更多的是"建构"语言学转向带来的成果，试图完成后现代主义的终极目标，即"解构语言—现实的二元对立，定义一种既不偏倚语言，也不偏倚现实，能够在二者的密切互动的基础之上进行阐释和建设的理论立场"③。

---

① Jacques Ranciere, "Ten Theses on Politics," *Theory and Event* 5. 3 (2001)：n. p.

② Jane Bennett, *Vibrant Matter：A Political Ecology of Things*, p. vii.

③ Susan Hekman, *The Material of Knowledge：Feminist Disclosures*, Bloomington：Indiana University Press, 2010, p. 3.

二　物质主义生态批评与日常生活研究

在"物质转向"的裹挟之下，新物质主义对现代世界的许多基本的固有概念发起了挑战，其中既包括对人类及其能动性的理解，也包括对人类与自然互动过程中的物质实践方法等。[1] 在此背景下，"物质转向"开始波及环境人文学研究尤其是生态批评界，物质主义生态批评（material ecocriticism）应运而生，促使研究者以全新的视角审视物质、物质关系、能动性、文本和叙述力之间的关系。

新物质主义给予物质生态批评最重要的营养是对物质及其能动力的理解。此前，能动性被认为是人类的特权，而新物质主义则揭示出非人物质同样具有重要的能动性，具有书写和改变现实世界的活力与力量。在此基础之上，物质主义生态批评选择关注物质具有的一种特殊的能动性，即叙事能动性（narrative agency）。"叙事能动性"的概念聚焦物质世界中的叙事维度，试图探索物质在其生成过程中所蕴含的叙事潜力与"故事"（story）[2]。物质主义生态批评认为，通过自然 - 文化之间的力量作用，物质中蕴含的"故事"以活跃的创造力的形式呈现出来。无论是多么微小的物质，例如元素、细胞、基因、原子、石头、水、景观、机器等，其中都蕴含了自己讲述的"故事"，都是生态过程与更大的环境系统的参与者，并在参与的过程中展示出自己的叙事能动性[3]。

"叙事能动性"的概念意味着"故事"不仅存在于历史叙事、考古和建筑学符号以及文化和文学文本之中，在人们的日常生活周围同样环

---

[1]　Diana Coole and Samantha Frost, "Introducing the New Materialisms," *New Materialisms*: *Ontology*, *Agency*, *and Politics*. Ed. Diana Coole and Samantha Frost. Durham: Duke University Press, p. 4.

[2]　Serenella Iovino, "Naples 2008, Or, The Waste Land: Trash, Citizenship, and an Ethic of Narration," *Neohelicon* 36. 2 (2009): 335 – 46.

[3]　Robert Sullivan, *The Meadowlands*: *Wilderness Adventures on the Edge of New York City*, London: Granta Books, 2006, p. 516.

绕着各种"故事"。① 由于物质具有能够生成故事的能动性，因此其可以自行产生意义。物质自身的叙事能力体现既在人类能动体的思想中，也体现在其本身的创造力之中。人类与非人自然不仅是文本的描述对象，而且本身成为一种文本和故事。从物质身体到物质身体所处的环境，都可以成为一种叙事的场所，变得具有讲述故事的能力，最终成为文本分析的解读对象。在这个过程中，文本不再只是话语建构的产物，换言之，物质本身也变为了一种文本。

物质主义生态批评将物质视为文本的观点，也挑战了文本的概念内涵。在物质主义生态批评中，文本既包括人类的物质 – 话语建构，也包括非人物质的物质 – 话语与建构，如水、土壤、石头、金属、矿物质、细菌、毒物、食物、电流、细胞、原子等。正如塞雷内拉·艾奥维诺（Serenella Iovino）与赛匹尔·奥帕曼（Serpil Oppermann）指出，这些物质都不是由单一元素所构成的，而是建构起复杂的自然或文化形式，其中非人能动性和人类能动性之间有着密切的互动。②

在拉图尔的讨论中，他将这类物质和话语的集合体称为"聚合体"（assemblages）。"聚合体"的概念来自德勒兹和瓜塔里，是特别聚集起来的各种元素和各种活力物质。聚合体是鲜活而跃动着的联合体，尽管内部始终存在将其混淆的能量，它们依然能够发挥作用。聚合体中的每个成员和原始成员（proto-member）都有一定的活力，但同时也存在一种适合这类群体的能效性，也就是聚合体具有的能动性。正是由于每个成员 – 能动者都保持着一种稍微"脱离"（off）于聚合体的动力，因此聚合体永远不会是一个稳定的组合，而是一个开放的集体，一种"无法

---

① S. Oppermann, "Material Ecocriticism and the Creativity of Storied Matter," *Journal of Literary Studies*, Spec. Issue on Ecocriticism. 26. 2 (November 2013): 55 – 69.

② Serenella Iovino and Serpil Oppermann, "Material Ecocriticism: Materiality, Agency and Models of Narrativity," *Ecozon@* 3. 1 (2012): 75 – 91.

总计的总和"（non-totalizable sum）。① 通过"聚合体"的概念，德勒兹和瓜塔里有力地将物质与话语联系为一体，这也体现出二人对自然－人类二元对立的反对："我们并不主张将人类与自然区分开来：自然当中蕴含的人类精髓以及人类中蕴含的自然精髓，二者在自然中成为一体……人类与自然并非彼此对立的术语而是同一种核心现实。"②

通过重构物质与话语/意义之间的关系，展现物质具有的叙事能力，物质主义生态批评有力地回应了新物质主义对语言学转向的解构。语言学转向主张社会话语主导一切，使话语与现实世界之间形成了二元对立的界限。新物质主义对这种二元对立进行了消解，指出二者实际上是互相建构的关系。③ 一方面，话语无法脱离物质世界的根基，无论是社会建构、科学研究还是伦理意识的发展进程，其背后都有物质的不断推动；另一方面，物质世界中也充斥着物质和意义不断生成的过程，与话语始终有着紧密的联系。由于人类与非人自然的所有物质都可以通过叙事能动性而生成意义，文化不再是一种人类的独创产物，文化与自然也不再是界限分明的存在，这也颠覆了西方传统意识形态中文化与自然之间的二元对立关系。

在物质主义生态批评的观照下，人类和所有其他物质处于平等的地位，并无孰优孰劣之分。德兰达（Manuel De Landa）在其著作《千年非线性历史》（*A Thousand Years of Nonlinear History*，1997）中，结合地质学、生物学以及语言学等相关知识，对石头、水、玉米、氮与高速公路等多种物质进行了一场激进的考古学实验。德兰达在一个较长的时间段内考察了这些物质和能量的变化历程，并得出这样一个结论，那就是

---

① Patrick Hayden, "Gilles Deleuze and Naturalism: A Convergence with Ecological Theory and Politics," *Environmental Ethics* 19. 2（1997）: 185–204.

② G. Deleuze and F. Guattari, *Anti-Oedipus: Capitalism and Schizophrenia*, translated by R. Hurley, M. Seem, and H. Lane, London: Athlone Press, 1984, pp. 4–5.

③ Karen Barad, *Meeting the Universe Halfway: Quantum Physics and the Entanglements of Matter and Meaning*, Durham: Duke University Press, 2007, p. 152.

在长时间的历史进程中，人类的生命与其他非人物质的生命一样，并没有获得任何特别的"优待"。①

物质主义生态批评认为，物质并非只是一种抽象的概念。对物质的概念进行反思意味着将自然作为可用资源进行生产与消耗的方式，同时也是重新审视世界上的物质在人类经验与思想中的体现。② 物质主义生态批评大致提出了两种解读物质能动性的方法，一是关注物质（或者说自然）具有的非人能动力在叙事文本中的展现和再现，包括文学文本、文化文本和视觉文本；二是关注物质本身的"叙事能动性"，即创造意义与实体的叙事能力，以及这种叙事能力与人类生命之间的相互作用——物质本身成为一种文本，其中蕴含了动态的能动性与非线性的因果性③。通过将物质的叙事能动性纳入研究框架之内，物质主义生态批评对许多或明显或不起眼的自然成分进行了有趣的阐释。例如，迈克尔·波伦（Michael Pollan）在《欲望植物学》（*The Botany of Desire*）中有理有据地讲述了土豆如何"改变了欧洲历史"④。波伦将植物比喻为自然炼金师，指出植物的专业的炼金术师，可以将"水、土壤和阳光转换为多种珍贵的物质，其中很多种都是人类无法认知和制造的"⑤。植物的能动性活动中所具有的活力和意义，已经超越了技术、社会或文化的控制。

在《活力之物》中，本内特对以脂肪为例，对食物具有的能动性的探讨也很有代表性：

---

① Manuel De Landa, *A Thousand Years of Nonlinear History*, Cambridge: The MIT Press, 1997, p. 121.

② Serenella Iovino, "Material Ecocriticism: Matter, Text, and Posthuman Ethics," pp. 51 – 68.

③ Serenella Iovino and Serpil Oppermann, "Material Ecocriticism: Materiality, Agency and Models of Narrativity," *Ecozon@* 3. 1 (2012): 75 – 91.

④ Michael Pollan, *The Botany of Desire: A Plant's-Eye View of the World*, New York: Random House Trade Press, 2001, p. XVIII.

⑤ Ibid. , p. XIX.

食物可以让人们的体型变得更庞大——这个事实是如此的常见和明显，以至于我们很难把它看作是非人能动性发挥作用的一个例子。或许更加强有力一些的例子，是我们意识到迄今尚未认识到的膳食脂肪具有的力量，特别是它们产生的量变与质变的影响。最近的一些研究表明，脂肪（不是薯片中的那种脂肪，而是一些野生鱼类中普遍存在的 ω-3 脂肪酸）可以使囚犯不易做出暴力行为，让注意力不集中的中小学生更好地集中精力，还能令两极情绪患者不再那么抑郁。①

本内特指出，饮食脂肪不仅仅会影响人类的身体尺寸或体积，还会对人类的情绪和认知倾向造成重要的影响。前者所造成的影响比较明显，是人类肉眼清晰可见的；而后者所造成的不同却比较隐秘，人们需要经过许多调查研究才能得出结论。然而，无论对于人类而言是否显而易见，脂肪作为物质所具有的能动力是始终存在和不会改变的。物质主义生态批评正是通过关注这类看似不起眼的隐秘物质的能动性，将物质世界和人类日常生活的世界紧紧地联系在一起，促使人们重视非人物质所具有的重要影响。

目前，严峻的生态危机正在威胁地球的未来发展，许多学者也已经宣布地球进入了人类纪。在人类纪中，人类似乎已经成为影响生态环境的主导因素。然而，物质主义生态批评的研究也告诉我们，人们有必要关注非人物质的强大能动性及其在地球生态演进中发挥的不可磨灭的能动作用。换言之，生态危机的解决并非只依靠人类一己之力和现代科技的发展，而是需要综合地考量人类与物质世界之间的相互作用，重视非人物质具有的能动性与生成作用。此外，人类也应当从物质具有的叙事能动力的角度出发，认真聆听和解读物质文本中所蕴含的"故事"，将

---

① Jane Bennett, *Vibrant Matter: A Political Ecology of Things*, Durham and London: Duke University Press, 2010, p. 41.

这种"故事"与人类书写的宏观或微观叙事平等对待，在二者之间建立起相互作用的较为平衡的关系，从而共同谱写地球生态治理的未来篇章。

第三章　城市生态批评的核心概念与基本假设

　　与生态批评的其他流派相比，城市生态批评的核心概念与基本假设有一些重要的改变，其中既有新的概念的建构，也有对旧的已有概念的内涵进行的反思与拓展。首先是"荒野"的概念。"荒野"的概念堪称生态批评研究的元老级别的概念，是生态批评研究者最早关注的自然书写的咏叹对象，具有非常悠久的历史。"荒野"的概念作为美国精神的核心元素之一，自殖民时期的旧世界荒野叙事到发展至今，其概念内涵经历了一个嬗变、消解与重构的过程。本章将以早期殖民时期的旧世界荒野叙事、19世纪超验主义潮流中的新世界荒野叙事以及20世纪后半叶以来的后现代思潮为线索，探讨"荒野"概念如何折射出西方世界中持续已久的荒野/文明的二元对立思想，又是怎样在后现代主义的冲击下逐渐解构的。此外，本章还将对"荒野"（wilderness）和"野性"（wildness）两个容易混淆的概念进行辨析，并梳理二者之间紧密的关联。

　　此外，本章还将着重讨论"城市自然"和"自然"的概念。首先，"城市自然"的概念是理解城市生态批评整个理论建构的重要前提，也是城市生态批评的研究假设的关键基石。如果说自然是生态批评的研究对象的话，那么城市自然则是城市生态批评的研究对象，因此只有深入了解"城市自然"这一概念，研究者才能接纳城市生态批评不同于以往的传统生态批评研究的独特之处，进而开展城市生态批评研究实践。

本章将对"城市自然"概念的历史争议进行梳理，并且在当代批评者的研究视域内，将现实与理论相结合，对现实世界中的"城市自然"进行再发现，进而探讨其理论层面的概念建构。

最后，本章将重新审视生态批评研究的核心概念"自然"，以及与之相关的"环境"一词。随着生态批评研究的不断推进以及各个研究分支的出现和发展，在当代哲学话语中出现了一些针对生态批评本身的批评，甚至"自然"和"环境"等词本身也成了争议甚至解构的对象。只有跳出思维定式的禁锢，更加灵活地看待"自然"的概念，不受其纷繁表象的干扰，紧扣其核心本质，才能避免"自然"等概念本身成为城市生态批评理论，乃至整个生态批评理论发展的障碍。①

第一节　再论"荒野"与"野性"

荒野（wilderness）概念是美国精神的重要范畴，对美国的现实社会与文学想象都有着深远的影响。自 16 世纪时五月花号初次登陆美洲大陆，荒野的概念便已经出现在人们的视野中。荒野经验作为美国环境运动的核心，促成了美国荒野保护法与国家公园的设立②。此外，美国独特的荒野叙事对边疆文学、超验主义等文学创作流派影响深远，可以说"形成了美国文学的传统"③。直至进入后现代时代的今天，荒野的概念依然是人们理解美国社会文化的关键一环。

---

① 本章的部分内容曾出现在本书作者的论文《论美国"荒野"概念的嬗变与后现代建构》（载《文史哲》2018 年第 3 期）、《从缺席到在场：生态批评的城市维度》（载《外国文学研究》2017 年第 4 期）、《超越末日论：城市生态批评的复归与未来》（载《华南师范大学学报》2017 年第 5 期）中，特此说明。

② See for instance, Samuel T. Dana and Sally K. Fairfax, *Forest and Range Policy*, New York: McGraw Hill, 1980; Craig W. Allin, *The Politics of Wilderness Preservation*, Fairbanks: University of Alaska Press, 2008.

③ 杨金才：《论美国文学中的"荒野"意象》，《外国文学研究》2000 年第 2 期。

一直以来，关于荒野的概念人们有着众多争论。例如，研究荒野史的历史学家大多认为，荒野是一种文化建构，即受制于观者的文化；与之相对，环境运动的激进分子则会强调，荒野是一种实际的存在，而不仅仅是一种思想观念；也有学者采取了较为中立的立场，指出荒野既是一种真实存在，同时也是一种人为建构。① 这样一个内涵丰富的概念吸引了众多研究者的注意，人们曾从美国文化史②、美国文学③、代表性人物④、社会学⑤以及国家公园发展史⑥等角度进行过重要的讨论。虽然这些讨论所涵盖的范围已经非常广，但目前对荒野概念的研究尚有推进的空间：第一也是最重要的是，大多数荒野研究专注于人类中心主义思想对荒野的破坏，在讨论中往往将荒野世界与人类世界分为两个严格对立的阵营，强调用生态中心主义替代人类中心主义，并未充分思考"荒野"应当如何应对来自后现代世界的挑战。这类以一种"中心"代替另一种"中心"的做法，实际上与后现代世界的"解构一切中心"的主张相悖，同时也折射出荒野概念的后现代建构的缺失。第二是在有些研究中，人们对荒野概念的理解存在一些偏差，如罗德里克·纳什（Roderick Nash）便将"荒野"（wilderness）与"野性"（wildness）二者混淆，而理解这两个概念恰恰是荒野概念完成后现代转变的核心一步。基于此，本文将审视传统的荒野概念从旧世界到新世界的嬗变历

① Michael Lewis, *American Wilderness：A New History*, New York：Oxford University Press, 2007, p. 5.

② See for instance, Roderick Frazier Nash, *Wilderness and the American Mind：Fifth Edition*, New Haven：Yale University Press, 2014.

③ See for instance, Leo Marx, *The Machine in the Garden：Technology and the Pastoral Ideal in America*, New York：Oxford University Press, 1964.

④ See for instance, Max Oelschlaeger, *The Idea of Wilderness：From Prehistory to the Age of E-cology*, New Haven：Yale University Press, 1991.

⑤ See for instance, Henry Nash Smith, *Virgin Land：The American West as Symbol and Myth*, Cambridge and London：Harvard University Press, 1978.

⑥ See for instance, Alfred Runte, *National Parks：The American Experience*, 3rd ed. , Lincoln：University of Nebraska Press, 1997.

程，以及这一概念在后现代世界中所经历的消解与重构。

一 "旧世界荒野"概念的嬗变

在《荒野与美国精神》（*Wilderness and the American Mind*）一书中，罗德里克·纳什（Roderick Nash）曾这样阐释荒野的内涵：

> "荒野"一词给人的第一印象颇有些欺骗性。其中的难点在于，尽管"荒野"这个词本身是一个名词，但它却发挥了像形容词一样的作用。物质世界中并没有什么特定的客体是荒野。这个词本身表达的是一种属性（就像 – ness 后缀一样），这种属性可以在某个个体心中激起某种特定的情绪或情感，而该个体则将这种情绪或情感与某个特定的场所相联系。也正因这种主观性，人们难以对"荒野"下一个广为接受的定义。①

也就是说，荒野的概念在一定程度上不仅指代了某种存在形式，也包含了这种存在形式所具有的属性。人们或许可以轻易地用语言描述荒野的形态特征，却难以对之进行确切的定义或阐述。荒野（wilderness）一词最初源于盎格鲁·萨克逊的古英语"wild-deor"一词，其中"de-or"意为存在于文明开化之外的区域的野兽，故"wild-deor"即指野兽生存的地方。② 在北欧语言中，"荒野"一词还常常与"未曾开垦的森林地区"相联系。发展至今日，尽管"荒野"一词已经增添了许多新的意义，也与其最初的含义不尽相同，然而大致的内涵还是基本统一的。作为野兽的栖息地，"荒野"一词暗含了野兽的在场与人类的缺席，是一个缺少人类社会的规范与控制的陌生环境。如今，人们在英语

---

① Roderick Frazier Nash, *Wilderness and the American Mind*：*Fifth Edition*，p. 1.

② Eric Partridge, *Origins*：*A Short Etymological Dictionary of Modern English*，London：Routledge & Kegan Paul，1958.

词典中将荒野（wilderness）定义为"未开垦和未发展的土地"，其中也包括海洋和外太空。① 在生态批评领域，学者们对荒野也有着各种理解。例如，美国生态批评学者劳伦斯·布依尔认为荒野是"未知的地域"（terra incognita），是野兽而非人类的居住地。②

尽管关于"荒野"一词的具体定义人们略有偏差，但传统的基本概念认为"荒野"是不受文明污染状态下的朴素的自然环境。③ 对于欧洲人而言，美洲新大陆便是一个原始、广袤、未知的"荒野"地带。早期荒野的概念的认知也逐渐发生了嬗变。早期的欧洲移民者曾创作了一些以荒野为主题的非虚构文本，如游记、札记、随笔等。1620 年，移居美洲的英国清教徒们乘坐五月花号抵达普罗维斯港（Provincetown）。威廉·布雷德福（William Bradford）在《普利茅斯种植园：1620—1647》（*Of Plymouth Plantation*，*1620 - 1647*）中记录道：

> 呈现在他们眼前的只有可怕而萧条的荒野，里面全是野兽和野人——他们不知道这里还有多少像这样的野兽和野人。…再回首时，身后是他们曾经远渡穿越的大海，如今大海已经是将他们与文明世界相隔的主要障碍与鸿沟。④

这些欧洲移民离开原本居住的发展成熟的欧洲城市，经过漫长的海上航行后登陆美洲大陆。相比于旧式的欧洲城市生活，未经开发的美洲对他们而言是一个陌生的蛮夷之地，是"可怕而萧条的荒野"。这种荒

① Noah Webster, *A Dictionary of the English Language*, Vol. II, New York：Black, Young, and Young, 1832, p. 128.

② Lawrence Buell, *The Future of Environmental Criticism：Environmental Crisis and Literary Imagination*, Malden：Blackwell Publishing, 2005, p. 149.

③ Melanie Perreault, "American Wilderness and First Contact," in Michael Lewis ed., *American Wilderness：A New History*, pp. 15 – 34.

④ William Bradford, *Of Plymouth Plantation*, *1620 - 1647*, New York：Alfred A. Knopf, 2002, p. 62.

野以"野兽"和"野人"为代表，显然是与文明相对的、具有不确定性的存在。在生态批评话语中，此类叙述即属于格里格·加拉德（Greg Garrard）所言的"旧世界荒野"叙述。"旧世界荒野"叙述将荒野自然描述为超越文明界限的地方，对人类而言是一种"威胁"，是"流放"之地。① 这种荒野类型多见于早期文学文本，如圣经故事和早期英国文化中。在早期的美国文学中，"旧世界荒野"也常常与邪恶的行为相联系。例如，在科顿·马瑟（Cotton Mather）的布道文中，便将"尚未开垦的黑暗森林"比作"恶魔的嬉戏场"，是来自于旧世界的美国荒野地区②。因此，在欧洲移民的第一印象中，北美大陆的原始荒野是一个具有威胁性的神秘区域，人们应当用宗教和欧洲农业将其征服。

早期文本中的荒野除了与神秘和威胁相关，还呈现出另外一种形象，即花园的形象。利奥·马克斯（Leo Marx）在《花园里的机器：美国的技术与田园理想》（*The Machine in the Garden：Technology and the Pastoral Ideal in America*）中指出，最初人们关于北美大陆的印象可以分为两类，一类是将其看作是可怕的荒蛮之地，而另一类则将其看作是花园。这两种意象"都是一类根比喻（root metaphor），这是一种诗的理念，展示了一种价值体系的本质"。③ 相比于充满敌意的、陌生的、神秘的荒野意象，一些早期作家将荒野描绘为一种美丽的、友好的、令人愉悦的存在。例如，在亚瑟·巴罗威（Arthur Barlowe）的《北美大陆首航记》（"The First Voyage Made to the Coasts of America"）中，作者塑造的荒野意象便不同于布雷德福；他将弗吉尼亚描绘为一座异域的花园，甚至连当地的土著也都"非常英俊而友好"：

---

① Greg Garrard, *Ecocriticism*, New York：Routledge，2004，p. 62.

② Paul Elmer More, *Shelburne essays on American literature*, San Diego：Harcourt，Brace & World，1963，p. 7.

③ ［美］利奥·马克斯：《花园里的机器：美国的技术与田园理想》，马海良、雷月梅译，北京大学出版社 2011 年版，第 29 页。

　　这座岛上有许多美丽的森林，里面有大量的鹿、兔子和野禽，甚至在盛夏时节，动物的种类依然丰富得令人难以置信。这里的森林不是…贫瘠而荒芜的，而是拥有世界上最高最红的雪杉树…第二天，有几艘船向我们驶来，其中一条船上是国王的兄弟；他的身边带有四五十名随从，这些人都非常英俊而友好，他们的举止行为也像欧洲任何地方一样文明有礼。①

　　在这段叙述中，巴罗威描写美洲荒野的笔触更多强调其所具有的异国之美和带给观者的新奇感觉。无论是对当地的居民，还是对各种鲜活的动植物，都没有任何的贬低之意，反而表现出一种亲近感，甚至带有伊甸园的色彩。早期的荒野描写对当地的动植物、土著居民、气候和其他自然现象进行细致的描述，建构出美洲大陆独特的地理空间，也促进了人们对这一地域的认知与认同，使"荒野"成为北美大陆的决定性特征。

　　然而，无论是将荒野描绘为蛮夷之地，还是美丽的花园，殖民时期美国文学中的荒野意象均不同于欧洲的文明世界，着重强调的是二者之间的不同，带有明显的欧洲认知模式的影响。人们认为原始而遥远的北美大陆存在着不可知的潜在危险，应当彻底改造大地以适应欧洲人定居②。在之后的近一百年间，欧洲移民克服巨大的困难，坚持不懈地对美国荒野地区进行改造，将这片土地变为人们开垦建设、缔造自己心目中文明的场所。这种移民者与原始荒野之间的互动，被一些历史学家看作是早期美国历史的核心事实。③ 至 17 世纪时，美国小镇周围的大量荒

---

①　Arthur Barlow, "The First Voyage Made to the Coasts of America," in Joseph Black et al. eds., *The Broadview Anthology of British Literature: The Renaissance and the Early Seventeenth Century*, Volume 2, Peterborough, ON: Broadview Press, 2010, p. 365.

②　Daniel G. Payne, *Voices in the Wilderness: American Nature Writing and Environmental Politics*, Hanover: University Press of New England, 1996, p. 1.

③　Michael Lewis, *American Wilderness: A New History*, pp. 6 - 7.

野地区已经被开垦为农田，整个城镇则多以教堂为中心进行建设。这些行为均带有明显的模仿欧洲文明的印记。

进入启蒙时代之后，美国以宗教为中心的思维方式逐渐转向对人类理性的信任与推崇。人们开始认为，荒野是可以"借由理性和科技进行认知和剥削的领域"①，理性成为人们获得对自然的完全控制权的工具。在这一时期，人们认知荒野的主体力量是自然历史研究家，他们往往强调对自然环境进行细致描述并规整分类，其中影响比较深远的有卡尔·林奈（Carl Linnaeus）提出的生物分类法，即通过纲、目、属等不同等级的分类单元来对生物进行区分和定义②，是当时基于理性的科学分析方法的代表。受林奈的影响，在 1747—1751 年间，他的学生佩尔·卡尔姆（Pehr Kalm）前往北美东部的荒野地区采集并记录了大量生物标本，留下了重要的文字资料。佩尔第一次发现并命名了几十种北美树木，还留下了对尼亚加拉大瀑布的最早可查记叙。③ 这一类受理性指导进行的科学研究，便是启蒙时期人类对荒野自然认知的典型方法。换言之，这一时期的美国历史也可以被看作是关注人类如何逐步驯服不受控制的荒野自然的叙事，表现出人类文明对自然资源的掌控以及人造环境与自然环境的疏远。④

直至 19 世纪，启蒙时期这种理性至上的情况才开始发生转变，美国荒野概念也迎来了第一次重大转型。受欧洲浪漫主义影响，19 世纪的美国文学界出现了超验主义潮流。梭罗（Henry David Thoreau）、爱默

---

① Bradley P. Dean, "Natural History, Romanticism, and Thoreau," in Michael Lewis ed., *American Wilderness: A New History*, p. 74.

② 王金亭等主编：《生命科学导论》，华中科技大学出版社 2014 年版，第 307 页。

③ Pehr Kalm, "Travels into North America (1753 – 1761)," in Michael P. Branch ed., *Reading the Roots: American Nature Writing Before Walden*, London: University of Georgia Press, 2004, p. 143.

④ John Opie and Norbert Elliot, "Tracking the Elusive Jeremiad: The Rhetorical Character of American Environmental Discourse," in James G. Cantrill and Christine L. Oravec eds., *The Symbolic Earth: Discourse and Our Creation of the Environment*, Lexington: University Press of Kentucky, 1996, p. 18.

生（Ralph Waldo Emerson）与约翰·缪尔（John Muir）等人作为超验主义流派的重要推动者与继承人，在各自的自然书写中对荒野意象进行了新的阐释。自此，不同于殖民时期的美国文学，荒野的意象开始发生重要的变化，出现了"新世界荒野"（New World Wilderness）的概念。

二　"新世界荒野"概念的消解

"新世界荒野"将荒野自然看作田园牧歌式的"避难之所"，荒野不再是令人惧怕的场所，或者仅仅是应当征服和剥削的对象，而是人们可以获得慰藉的地方。人们与"新世界荒野"的接触常常可以引向一个更加"真实的存在"①。在美国文学作品中，"新世界荒野"的出现以梭罗的《瓦尔登湖》一书为标志，这本书也终结了美国文学中的旧世界田园书写②。相比于田园图景，梭罗对荒野尤感兴趣，甚至声称自己"比起书本，更接近于岩石上的青苔"，认为其自身似乎具有"野性的特质，渴望一切形式的野性"③。作为"美国荒野的第一信徒"④，梭罗对荒野极为推崇，声称"荒野其实是一个比我们的文明更高级的文明"⑤ 在一次对缅因州卡塔丁山（Katahdin）的描写中，梭罗曾这样惊叹于原始荒野的威严："想到我们在自然中生活……可以与之接触——岩石、树木以及吹在脸上的微风！实在的地球！真实的世界！常识！接触！接触！我们是谁？我们又在哪里？"⑥ 与荒野自然的接触使梭罗感到激动，同时也促使他开始思考"自己是谁"以及"自己在哪里"这

---

① Greg Garrard, *Ecocriticism*, p. 71.

② Ibid. , p. 73.

③ Henry David Thoreau, *The Journal of Henry David Thoreau, 1837 – 1861*, New York：New York Review of Books, 2009, p. 20.

④ Bradley P. Dean, "Natural History, Romanticism, and Thoreau," in Michael Lewis ed. , *American Wilderness：A New History*, p. 77.

⑤ 转引自［美］约翰·纳什《大自然的权利：环境伦理学史》，杨通进译，青岛出版社1999 年版，第 43 页。

⑥ Henry David Thoreau, *The Maine Woods*, Princeton：Princeton University Press, 1983, p. 71.

些终极的哲学问题。正如里昂（Thomas J. Lyon）在《地方的伦理》一文中指出，对某一处地方的敬畏之情会使"自我的界限自然而然地变得宽松"，将人和宇宙中各种"存在与流动"联系在一起，最终促成对宏观自然环境的更大关怀。

相比于对原始自然的观察，梭罗对荒野概念的认知恐怕更多地源于关于美和真理的浪漫主义理想。有西方学者认为，"吸引他（梭罗）的或许并不是真实存在的自然，而更应说是一种理想化的、梭罗本人称之为'荒野'的自然类型。"① 在这一方面，梭罗受到同时代超验主义作家爱默生的很大影响。爱默生在探讨荒野与文明、自然与艺术之间的关系时，将荒野自然定义为"未被人类改造的精华"，认为文明是"人类意志"与这些"精华"的混合。② 换言之，对于浮躁的现代人而言，荒野是人们在文明的重压之下得以寻求慰藉的庇护所，是一个远离喧嚣的精神世界的桃花源，这种对荒野的浪漫化建构也成为 19 世纪美国荒野概念的重要维度之一。

在这一时期，美国的荒野文化也逐渐凸显出与欧洲自然经验的不同。在"寻找'美国'特有的物品"时，美国民众意识到，"至少在一点上自己的国家是［与欧洲］不同的：那就是在旧世界中，没有与荒野相对应的存在。"③ 虽然高级文化与悠久历史是美国所欠缺的，但是在景色雄伟的荒野自然方面，美国甚至可以说比欧洲"明显更胜一筹"④。这种对荒野自然的民族自豪感也反映在美国艺术家兼博物学家奥杜邦（Audubon）的一段旅行书信中："虽然这里［欧洲］过剩的精

① Robert Kuhn McGregor, *A Wider View of the Universe*: *Henry Thoreau's Study of Nature*, Urbana: University of Illinois Press, 1997, p. 93.

② Ralph Waldo Emerson, *Nature and Other Essays*, New York: Dover Publications, 2009, p. 2.

③ Roderick Nash, *Wilderness and the American Mind*: *Fifth Edition*, p. 67.

④ Barbara Packer, "'Man Hath No Part in All This Glorious Work'; American Romantic Landscapes," in ed. Kenneth R. Johnston et al. eds., *Romantic Revolutions*: *Criticism and Theory*, Bloomington: Indiana University Press, 1990, p. 259.

致本身便是一种无穷的奇迹来源，但是我所偏爱的将永远是深爱的美国那无限的自由［大地］。"① 奥杜邦在欧洲旅行时，见到了修剪整齐的欧洲花园，虽然这种精致的田园之美非常吸引人，但是他本人还是更喜欢狂野不羁的美国荒野，甚至每每闭上眼睛便会想象自己正在美国的"溪流边漫步和森林中穿梭"。此外，原生态荒野的生物多样性也是吸引美国人的另外一个原因。例如，奥杜邦便认为，伦敦动物园中精心饲养的自然生物还不如他一个早晨在美国湿地中能找到的多。因此，身处欧洲时的奥杜邦热烈地宣称"美国将永远是我的祖国"，这也折射出荒野书写不仅对美国独特的地理空间具有重要的建构作用，也使荒野成为"爱国者的热爱对象"②。

经过浪漫主义时期自"旧世界荒野"到"新世界荒野"的过渡，人们对荒野的态度从最初的厌恶与惧怕，逐渐变为热爱与尊重。可以说，19世纪上半叶时，人与荒野之间的亲密关系开始"形成一种模式"。③ 文学界对荒野的崭新评价强调荒野与人类社会相比的纯净与美丽，而这也导致了以荒野为代表的自然环境与人类文明之间的二元对立。随着19世纪后半叶城市化进程的推进，原生的荒野地区开始遭到迅速蚕食。朴素荒野所面临的威胁使一部分人感到荒野经验已经岌岌可危，因此在19世纪与20世纪之交，一批卓越的荒野活动家在美国应运而生，其中约翰·缪尔"作为美国荒野的宣传者堪称无出其右"④。缪尔不仅是与梭罗齐名的自然书写作家，更是著名的环境改革家与社会活动家，在保护荒野运动中发挥了无法忽视的重要作用⑤。缪尔对荒野保

---

① qtd. in Richard Rhodes, *John James Audubon*：*The Making of an American*，New York：Knopf Doubleday Publishing Group，2004，p. 297.

② 朱新福：《美国文学上荒野描写的生态意义述略》，《外国语文》2009年第3期。

③ Hans Huth，*Nature and the American*：*Three Centuries of Changing Attitudes*，Berkeley：University of California Press，1957，p. 84.

④ Roderick Nash，*Wilderness and the American Mind*：*Fifth Edition*，p. 123.

⑤ Daniel G. Payne，*Voices in the Wilderness*：*American Nature Writing and Environmental Politics*，Hanover：University Press of New England，1996，p. 85.

护有着自己独特的见解，他主张人们应当重视世界上所有的生物，认为即使是"最小的显微的生物"（smallest transmicroscopic creature）① 也具有内在价值。缪尔如其自己所说，是"一位经验丰富的政治说客"②。1890 年，在他的呼吁下，优胜美地（Yosemite）被联邦政府列为保护对象并建立了国家公园。自此，美国掀起了第一波大规模建设国家公园的浪潮，这也从侧面促使荒野成为美国民族身份的重要组成部分。

如果说，欧洲的民族文化身份的建构源于使用共同的语言、相连的种族血脉、宗教或文化历史的话，那么美国的民族身份建构则始终与"自然"有着紧密的联系③，其"自然民族"（nature's nation）④ 的身份很大程度上根植于大地本身。因此，美国民族身份的建构与荒野自然有着不可分割的关联，荒野保护运动与国家公园的设立也承载了重要的意识形态意义。1963 年，美国国家公园管理局（National Park Service）指出，设立国家公园的最初宗旨是"保留公园原有的生物关联性，如若必须进行重建，则要尽可能使之接近白人［欧洲人］初次踏上这片土地之时的样貌"⑤。也就是说，国家公园设立的直接目的是保护荒野自然，以期保持其最原生态的风貌。在美国大众文化中，荒野是"［再］建构自我的最佳场所"⑥。例如，大力推行国家公园建设的美国总统罗斯福便将荒野的概念浪漫化和政治化，与"自由、自立而充满冒险精神的生

① John Muir, *The Wilderness World of John Muir*, Boston: Houghton Mifflin, 1976, p. 317.

② John Muir, *John Muir: His Life and Letters and Other Writings*, Seattle: The Mountaineers Books, 1996, p. 350.

③ Richard A. Grusin, *Culture, Technology, and the Creation of America's National Parks*, New York: Cambridge University Press, 2004, p. 1.

④ Perry Miller, *Errand into the Wilderness*, Cambridge: The Belknap Press of Harvard University Press, 1956, pp. 204 – 216.

⑤ Aldo S. Leopold, et al., "Wildlife Management in the National Parks," *Compilation of the Administrative Policies for the National Parks and National Monuments of Scientific Significance*, Washington, D. C.: US Department of the Interior, 1963, p. 92.

⑥ Mei Mei Evans, "'Nature' and Environmental Justice," in Joni Adamson, Mei Mei Evans, Rachel Stein (eds.), *The Environmental Justice Reader: Politics, Poetics, & Pedagogy*, Tucson: University of Arizona Press, 2002, p. 182.

活"联系在一起，认为荒野可以"孕育出一个民族和个体所需要的活力"①。换言之，对荒野自然的保护不仅关系到美国文化空间的建构，也与美国民族身份的形成休戚相关。

19世纪末至20世纪初，在荒野保护运动的推动下，对荒野的推崇已在美国民众中成为一种国民情感和伦理价值。针对这种荒野情结，纳什曾归纳出三项主要特征②。首先，很多美国人民所推崇的美德，如独立、创新和自立等，都被认为与美国的边疆荒野历史有着密切的联系。其次，荒野被看作是生命力顽强旺盛的象征，这种属性代表了达尔文主义所定义的健康。最后，许多人开始提出荒野具有美学价值与伦理价值，如强调重视荒野具有的"内在价值"③，罗斯福更是将荒野视作"国家价值"④ 的象征。这些源于荒野情结的哲学伦理促使人们对荒野进行深入思考，为荒野保护运动的未来发展提供了关键的指引。例如，奥尔多·利奥波德（Aldo Leopold）主张现代人类对自然世界的态度需要发生根本性的改变，他在《沙乡年鉴》（*A Sand County Almanac*）中提出"大地伦理"（land ethics）的观点，认为应当将大地看作一个整体，从长远的角度出发进行思考。具体而言，人们应当扩大"共同体的界限"，囊括"土壤、水、植物和动物"，或者说将大地整体纳入其中⑤。利奥波德关于荒野的哲学主张被后世的荒野保护者奉为信条，成为人们保留荒野地区的不可分割的理论依据。

进入20世纪后半叶，随着地理空间的变化和人类社会的发展，荒野概念的建构、评价与书写的方式变得更加多元化。例如，有的学者开

---

① Theodore Roosevelt, *The Wilderness Hunter*, New York：Collier & Son，1893，p. 7.

② Roderick Frazier Nash，*Wilderness and the American Mind：Fifth Edition*，pp. 146 – 150.

③ Holmes Rolston，III. "The Wilderness Idea Reaffirmed," *The Environmental Professional* Vol. 13（1991），pp. 370 – 377.

④ Nash，Roderick，"The Value of Wilderness," *Environmental Review* 1. 3（1976）：pp. 12 – 25.

⑤ ［美］奥尔多·利奥波德：《沙乡年鉴》，侯文蕙译，吉林人民出版社1997年版，第193页。

始重视荒野在心理层面的涵义，提出人们"应当强调的不是荒野究竟是什么，而是人们认为什么是荒野"。① 无论是何种类型的荒野，其万变不离其宗的共同点是荒野意象带给观者的体验，如有的学者认为"任何让人感到失去方向、迷失、无助的地方都可以被称为荒野"。在这个范畴内，"荒野"概念本身丰富的修辞可能性使之超越了原本的用法，甚至人造产物——如人工的花园式迷宫——也可以被认为是一种"荒野"。② 总之，随着人造空间的不断扩张和文明社会的发展，荒野概念本身也遭受着更多的冲击，原始荒野的概念逐渐消解，重新建构为后现代世界的荒野。

三 "荒野"与"野性"的概念之辨

20 世纪后半叶以来，人类与原始荒野之间的矛盾日益突出，迫使人们重新冷静思考人与荒野的关系以及人与自然之间的关系。此前，人们关于荒野自然的想象强调"无人涉足"这一特征，是人们基于对野性与原始的幻想而创造的一种印象。这种构想中的荒野拥有纯净、朴素、洁净等特征，容不得一丝杂质。有的学者认为，荒野必须彻底远离人类文明。如罗伯特·马歇尔（Robert Marshall）提出，荒野应是在不依靠机械工具的情况下无法一天穿越的区域③，利奥波德的标准则是可以"消耗为时两周的背包旅行"的地带④。如此以来，荒野的概念强调的是自然环境的纯粹性与排他性，甚至像是为了与城市空间所象征的文明和工业相对比而有意制造出来的概念。

那么，这种状态的纯粹的荒野自然现在是否还存在呢？这一概念是

① Roderick Frazier Nash, *Wilderness and the American Mind*: *Fifth Edition*, p. 5.

② Ibid., p. 3.

③ Robert Marshall, "The Problem of the Wilderness," *Scientific Monthly* 30. 2（1930）, p. 141.

④ Aldo Leopold, "The Wilderness and its Place in Forest Recreational Policy," *Journal of Forestry* 19. 7（1921）, p. 719.

不是现代人出于对工业社会的焦虑和对乡村田园的怀恋而建构起的神话呢？ 1964 年，美国颁布了《荒野保护法》 （The National Wilderness Act），提出荒野是一种值得保护的自然形态与概念，这也标志着美国 20 世纪 60 年代荒野运动的兴起。这项运动的衍生物之一便是美国国家公园的设立。国家公园每年都会吸引无数游客前往徒步旅行或观赏野生动物。迈克尔·刘易斯（Michael Lewis）认为，进入 20 世纪以后，荒野运动已经蔓延为一种普遍的"荒野崇拜"（a wilderness cult），甚至连消费社会的广告也打起了"荒野"的旗号。以城市中产阶级为主的美国人几乎疯狂地信仰荒野，认为荒野可以治愈工业社会的弊病："21 世纪的美国人热爱荒野，我们将荒野理想化、浪漫化了。人们在荒野中野营，渴望去体验荒野……成千上万的美国人参观同一片山脉或森林，假装自己是第一个踏上这片土地的人。"①

　　然而，这样一个原始而无人的荒野自然的形象背后实际上隐藏着许多问题。譬如，它完全忽视了北美大陆的土著印第安人的存在——荒野只不过是美国白人眼中的无人生存的原始环境，而不是印第安人多年生活的家园。如此一来，荒野的概念便带有了殖民主义色彩。另外，城市与社会的发展也对荒野的概念造成了影响。以上文提及的国家公园为例，国家公园作为荒野保护运动的产物，本身便受到了许多人为的干扰与管理，因此似乎已经不再符合人们关于纯粹荒野的传统想象。这里便产生了另外一个问题，即"一个区域究竟有多'野'（wild）才能被称之为'荒野'（wilderness），或者反过来说，'荒野'可以允许多少来自文明社会的影响？"正如纳什指出：

　　　　如果我们坚持绝对纯净的"荒野"，那么不可避免地会导致荒野只能是人类足迹从未沾染过的地域。然而，对于很多人而言，与人类或人造产物的少量接触并不会毁坏荒野的品质。这是一个程度

---

① Michael Lewis, *American Wilderness*: *A New History*, pp. 3 – 14.

的问题。印第安人或野牛的存在是否会破坏一个地区作为"荒野"的资质？一个空的啤酒瓶罐呢？天空中的飞机呢?①

在二十世纪末，人类已经可以做到上天入海，对周围的自然环境造成了不可估量的影响。如果人们仍然严格遵守荒野是"无人的原始自然"这一设定的话，那么包括国家公园等在内的许多自然环境似乎都将被排除在荒野自然的范畴之外。但实际上，正是这些区域构成了美国现在主要的荒野地区。美国后现代作家加里·斯奈德（Gary Snyder）在散文集《荒野实践》（*The Practice of the Wild*）中也直白地指出，对于大部分北美人而言，荒野是"官方认可的公有土地，或是由森林服务处和土地管理局掌管，或隶属于州立公园与国家公园。有些小规模土地则由一些私立的非营利性组织持有…这是整个北美大陆保留下来的圣地…这类土地只占整个美国领土的百分之二"②。换言之，这些荒野区域或是公有的，或归私立组织持有，都是受到人类管理的。

即使除去目前这些由人类管理的荒野自然，更早时候的荒野中是否完全无人的呢？斯奈德对此也持怀疑态度。他认为，"在荒野文化中生活的经历一直是人类基本经验的一部分。从来没有一片荒野几十万年都不曾留下过人类的足迹。"也就是说，在斯奈德看来，并不存在真正"无人的"荒野自然，但这一点并没有让荒野不再是荒野。斯奈德宣称，"文明是可以渗透的，正如荒野会有人入住一样"。换言之，文明与荒野之间并无明确的界限，而是可以彼此渗透的。在这个渗透过程中，荒野并不会因为文明的渗透而改变自身的属性。显然，当今现实社会中人们关于荒野的概念，已经距离最早的"朴素而无人的自然环境"有了一定的偏差。

旧有的荒野概念强调荒野与文明之间的区别，建立起文明与荒野之

① Roderick Frazier Nash, *Wilderness and the American Mind：Fifth Edition*, p. 4.
② Gary Snyder, *The Practice of the Wild*, San Francisco：North Point Press, 1990, p. 14.

间的二元对立，这固然与当时的历史环境以及思想潮流有关，蕴含了人们对纯净的朴素自然与田园乡愁的向往，也表达了人们保护荒野的迫切诉求。表面看来，以荒野为代表的自然环境与象征了人类文明的城市空间似乎大相径庭。但实际上，二者之间却有着不可分割的联系，都是宏观环境的一部分。在《荒野的条件》一文中，纳什曾将环境比喻为一个在荒野与文明的两极范围之内波动的光谱（spectrum），当刻度偏向荒野一方时，人类的干涉便不那么频繁；反过来，当刻度更加靠近文明一侧时，人类对自然环境的影响便增强了。因此，不论是朴素的荒野自然还是人造的城市空间，都是在同一个范围内波动的环境类型。即便自然环境中有个别的人造产物也不会损害其作为自然环境的属性，只不过会使该环境整体更靠近文明一点而已。随着时代的发展，人类文明对环境的影响愈来愈大。在后现代的城市化社会中，人们不可能一边居住在城市空间中，一边始终假装荒野才是自己真正的家。现代人们生活和工作的场所是城市无形的大网中的一环，城市环境对人类的自我建构和空间认知也有着十分深刻的影响。相反，如果人们认为自己居住的城市环境并不是荒野所代表的需要保护的自然环境，那么人们便会不免在对这个环境进行破坏的同时而毫不自知，并且将人类自身置于荒野自然之外。实际上，人类本身及其生活的城市环境都与荒野有着千丝万缕的联系。利奥波德在强调荒野具有的文化意义时，曾将荒野称为"文明成品的原材料"，指出"荒野从来不是一种具有同样来源和构造的原材料。它是极其多样的，因而，由它而产生的最后成品也是多种多样的。"①作为人类文明结晶的城市空间，便是这"多种多样"的成品之一。因此，文明本身便源于荒野，具有荒野的属性。换言之，都市、城镇、乡村、公园、森林等各种环境之间并无"绝对"的区别与界限，只是荒野或文明的"强度"有所差异而已。

因此，在后现代社会高度城市化的背景下，如果我们依旧坚持旧有

---

① ［美］奥尔多·利奥波德：《沙乡年鉴》，第178页。

的关于原始荒野的定义，便会面临一种现实与文本之间的矛盾。在《荒野的困境》（"The Trouble with Wilderness; Or, Getting Back to the Wrong Nature"）一文中，这种矛盾被环境史学者威廉·克罗农（William Cronon）称为"荒野的矛盾"。① 克罗农以美国西部拓荒时期与耶稣荒山悟道的情景为例，提出了对现有荒野概念的质疑。他认为，传统观念中的"荒野"的定义是为不受人类干扰的淳朴自然，而这种定义实际上是在西方世界中持续已久的荒野/文明、自然/人类的二元对立思想的产物，是一种人为的建构物。克罗农提出，这种"荒野"的概念实际上阻碍了旨在改善工业社会的环境运动的出现和发展。原因在于，如果人们认为受到任何程度的人类干扰的自然环境，或者带有任何工业文明痕迹的自然环境都失去了保护价值的话，那么我们也就没有必要改进我们生活和工作的本地环境。这样便会形成一个颇具讥讽意味的情景，即拯救了遥远地区的自然环境的人们却在破坏自己的日常生活环境。换言之，很多美国人可能是一个热爱荒野的环境主义者，但他们在自己的家中却参与了许多破坏环境的行为。总之，克罗农认为保护荒野非但不是反对工业化进程的行为，反而是促进这一进程推进的力量。在这里，我们姑且不论工业化进程是否与保护荒野相悖，只讨论克罗农的态度和主张。克罗农的观点是，保护无人的荒野的做法实际上是与保护人居环境相悖的，他主张人们应当关注"野性"（wildness），即处于人造空间和自然环境之间的中间状态，而不仅仅是脱离现实历史环境的朴素的"荒野"（wilderness）。

这种对"野性"的关注，构成了后现代世界中"荒野"概念的新维度。在很长一段时间内，这两个概念曾被研究者所混淆。纳什在《荒野与美国精神》中引用梭罗时，便将"世界存乎于野性"（In wildness

---

① William Cronon, "The Trouble with Wilderness; or, Getting Back to the Wrong Nature," *Environmental History* 1.1 (1996): pp. 7 – 28.

is the preservation of the world）① 误作"世界存乎于荒野"（In wilderness is the preservation of the world）②。由于《荒野与美国精神》一书影响深远，因此很多后来的研究者在引用梭罗时都延续了这一谬误。实际上在梭罗的原文中，梭罗强调的是"野性"具有的重要意义，他将"野性"视作一种抽象的属性，而非某种遥远的自然环境。在梭罗看来，"生活与野性相循"③，并宣称"具有野性的事物…中含有自然的骨髓——自然神圣的琼浆玉液——那才是我热爱的酒"④。"野性"作为一种存在状态，是"荒野"的起源；二者有着紧密的联系，却又是两个不可互相替代的概念。换言之，荒野是野性的衍生物，在荒野中我们可以发现野性；但是反过来，荒野却并不一定是野性的唯一避难所。

　　关于荒野与野性之间的关系，我们也可以借用斯奈德对自己的一番评价来进一步理解。在与中国学者区鉷的通信中，斯奈德写道：

　　　　至于说我象寒山一样"醉于山"（mountain drunk），可以说是，也可以说不是……也许我与其说仅仅"醉于山"，不如说是"醉于野"（drunk with the wild），这种情形很奇怪。我越观察就越发现"野性"也蕴藏在城市和政府、大学和公司里，特别是在艺术和高级文化之中。……"野性"成了谈论现实、现实的边界以及事物内部的动力的一种方式。⑤

　　在这里，斯奈德所说的"醉于山"指的也就是醉于"荒野"，而"醉于野"则指的是醉于"野性"。此处的"野"不止存在于"山"

---

①　Henry David Thoreau，*Natural History Essays*，Layton：Gibbs Smith，1980，p. 112.

②　Ibid.，p. 114.

③　Ibid..

④　Henry David Thoreau，*I to Myself*：*An Annotated Selection from the Journal of Henry D. Thoreau*，New Haven：Yale University Press，2007，p. 42.

⑤　区鉷：《加里·斯奈德面面观》，《外国文学评论》1994 年第 1 期。

中，并不仅仅指向无人的、原初的、真实的荒野，而是也包括了"城市和政府、大学和公司"等与人类文明紧密相关的区域。在《荒野实践》中，斯奈德也强调称，"野性"并不只存在于占据美国国土百分之二的官方认定的"荒野"区域，而是"无处不在"的。[①] 如果人们改变一下界定的标准，就会发现野性"不仅存在于我们周围，而且也寄居在我们体内。"也就是说，相比于日益减少的荒野，野性却是广泛存在的；荒野可能会暂时缩小，但野性绝不会消失无踪。

野性是荒野的核心内涵，也是人们获得的自然经验的关键特征。台湾自然书写作家吴明益指出，"必须要强调的是，自然经验着眼在'野性'（wildness），而非仅止于'荒野'（wilderness）"。[②] 在城市化高度发展的美国后现代社会中，人们的自然经验已经濒临碎片化，如果只依赖于及其有限的"百分之二"的传统荒野地区，那么人们与自然环境接触的机会将更加岌岌可危。在这种背景下，受到人类文明浸染的城市空间中的自然环境——即城市自然（urban nature）——便更加由于其中具有的"野性"自然元素而值得人们重视。当然，这并不是说朴素原始的荒野自然只是人类的一种幻想，也不是说荒野本身是一种并不存在的过时的人为建构，而是指人们不应忽视城市自然，应当重视和发掘人造环境中"野性"的部分。也正因如此，斯奈德便曾呼吁人们"环顾一下我们周围所有的土地，诸如农业用地、郊区地方、都市区域等。我们应将它们归属于同一领地……当我们漫步街头时，大棕熊将与我们相随，鲑鱼也将逆流而上同我们嬉戏。"[③] "大棕熊"和"鲑鱼"代表了斯奈德所倡导的"野性"，这种野性的存在不仅存在于原始荒野中，也出现在人们散步的城市街道上。重新审视自己的生存环境，发掘其中野性的存在，成为后现代世界的人们延续自然经验的重要方法。

---

① Gary Snyder, *The Practice of the Wild*, p. 14.

② 吴明益：《台湾自然写作选》，台北二鱼 2003 年版，第 12 页。

③ Gary Snyder, *The Real Work: Interviews and Talks, 1964–79*, New York: New Directions Publishing, 1980, p. 37.

　　在重构后现代世界的荒野时，如何处理荒野与文明之间的边界也是十分重要的问题，而野性则是将二者联系为一体的必要一环。在这一方面，斯奈德有着自己独特的见解。斯奈德融合了美国本土的印第安文化和儒释道精神等多元化的视角，在元叙事解体的后现代语境中建构起"微小叙述"（micro-narrative）。① 他曾说过一段令人深思的话："梭罗说：'给我一种文明无法容忍的野性。'显然，这并不难找，困难的是想象一种野性能够容忍的文明，而这正是我们必须尝试的事情。世界不仅仅'存乎于野性'，野性本身即是世界。"② 斯奈德认为，在后现代的无序时代里，人们应将"文明的文化与野性的自然共同融入未来的世界结构之中"③，而不是将其割裂开来；只有这样，才能建设一种融入野性之中的文明世界。他主张人们"消解文明与荒野之间的对立"，积极地在后现代视域之内寻求野性自然的存在，把以"野性"为核心特征的荒野自然与人类环境视为"一个世界"，在"一个世界"的视野内保护所有具有"野性"的生存环境，探寻使人类重新栖居的方法。

　　斯奈德所言的"一个世界"是一种开放的生态视域，并没有封闭于原始荒野的范畴之内，他对人类文明与荒野自然一视同仁，在人造空间与自然环境之间寻找平衡点。换言之，斯奈德认为乡村、郊区和城市之间并无区别，都是属于"同一个领地"。心理学家詹姆斯·吉布森曾指出，"将人工环境与自然环境区分为两种环境是错误的……只有一个世界"④。在"一个世界"中，对整体性的强调是一个关键的特

---

① 王卓：《后现代主义视野中的美国当代诗歌》，山东文艺出版社 2005 年版，第 103 页。

② Gary Snyder, *The Practice of the Wild*, p. 6.

③ Gary Snyder, *Back On the Fire：Essays*, Berkeley：Counterpoint, 2007, p. 24.

④ 传统心理学理论将世界分为自然世界与人文世界两个范畴，以前者为主，后者为次，人类在环境中只是观察者而不是参与者。在视知觉生态论中，吉布森使用"可供性"（affordance）的概念阐释有机体与环境的交互作用，指出自然的可供性与人类活动产物的可供性并无本质不同，因为人类活动产物也是由自然物质制成的。他反对自然世界与人文世界的二元划分，认为只存在一个包括人类在内的所有动物都栖居其中的世界（one world）。可参见 J. J. Gibson, *The Ecological Approach to Visual Perception*, Boston：Houghton Mifflin, 1979, p. 130.

征。这也就是斯奈德所提出的，"谈及荒野便是谈及整体性（wholeness）。人类便是自那种完整性中而来的"[1]。后现代的荒野概念打破了自身与文明之间的边界，使二者逐渐融合为"一个世界"。这种观点与纳什的论述在一定程度上也是契合的。纳什在试图解构荒野与文明之间的隔阂时曾提出，是"文明创造了荒野"，认为人们对荒野的赞美始于作为后现代西方文明中心的"城市空间"。[2] 在这里，文明不再是人类驯化荒野的产物，反而似乎成了荒野的源头；或者说，文明与荒野本身便是可以互相转化的。因此，文明与荒野之间的隔离是可以解构的："有一条依稀可辨的界线，文化入侵者能从此跨过：走出过去的历史，进入永恒的现在，这一生活方式适应于一种更为缓慢而稳定的自然进程。"[3] 在后现代世界中，文明与荒野的逐渐融合便是这样一个消解"依稀可辨的界线"的过程，人们从"过去的历史"中的"荒野"走出，最终迈入了关注"野性"的"更为缓慢而稳定的自然进程"。

四 变而未变的"荒野"概念

从殖民时期的旧世界荒野叙述，到 19 世纪浪漫主义文学提出的"新世界荒野"，再到去中心化的后现代世界，荒野的概念内涵经历了一个嬗变、消解与重构的过程。在这个过程中，人们所认知的荒野从超越文明界限的蛮夷之地，渐变为田园牧歌的避难所，最后建构起消解一切中心主义的"一个世界"，似乎拥有着多张完全不同的面孔。面对荒野形象的嬗变，有的学者认为"荒野本身并没有发生改变，变的是我们自己"[4]。那么，几百年来的荒野真的没有改变

---

[1]　Gary Snyder, *The Practice of the Wild*, p. 12.

[2]　Roderick Frazier Nash, *Wilderness and the American Mind：Fifth Edition*, p. xiii.

[3]　Gary Snyder, *The Practice of the Wild*, p. 14.

[4]　Bradley P. Dean, "Natural History, Romanticism, and Thoreau," in Michael Lewis ed. , *American Wilderness：A New History*, pp. 73 – 90.

吗？根据前文的论述，可以说，荒野既发生了改变，也没有发生改变。

之所以说发生了改变，一方面是因为在思想意识层面，几百年来人们对荒野内涵的认知的确存在着较大的起伏变化，尤其是从最初的憎恶与恐惧，转变为歌颂与保护的对象；另一方面是在现实世界层面，随着欧洲移民登陆美洲大陆，人类文明在这片大陆上逐渐繁荣与扩张，荒野自然不可避免地发生了改变，与人造空间彼此杂糅在一起，后现代世界中已不再存在原始纯粹的朴素荒野。原始荒野的概念强调淳朴自然的无人涉足性，折射出西方世界中持续已久的荒野/文明的二元对立思想，深化了现实与文本之间的矛盾。在后现代世界的挑战下，后现代荒野建构的缺失愈加明显，最终导致了原始荒野概念的解构与后现代荒野概念的建构。

与之相对，之所以说从旧世界到后现代世界，荒野的概念并没有发生改变，是因为其核心的维度——"野性"——实际上始终未曾远离，这也是后现代荒野概念建构的关键。梭罗在 1849 年写下的"世界存乎于野性"，依然适用于现今的后现代荒野叙述。野性作为荒野的起源，成为人们在后现代空间中获得自然经验的重要特征，也是后现代荒野概念的核心维度。后现代世界中荒野概念从"荒野"到"野性"的蜕变，并非单纯的替代关系，而是一种螺旋式的上升。后现代荒野叙事超越了现今的荒野叙事模式，而且没有一味地停留在悲叹与谴责人类破坏环境行为的层面。通过超越二元对立思想的束缚，后现代荒野叙事解构了一切形式的中心主义，达到了对人类世界与非人类世界的统一认同，将二者融合为"一个世界"，建立起一种缓和的、更加成熟的后现代话语模式。

第二节　"城市自然"概念的再发现

如果说，传统生态批评的研究对象是文学书写和文化现象中的"荒野自然"的话，那么城市生态批评的关注对象则是文学书写和文化现象中的"城市自然"（urban nature）。那么，什么是"城市自然"呢？"城市自然"与"荒野自然"之间是怎样的关系呢？"城市自然"概念又有怎样的哲学内涵和批评价值呢？这些都是城市生态批评的理论建构的核心问题。

历史上，"城市自然"的概念由于各种原因曾经被很多人所忽视，关于其内涵和价值人们也有着不同甚至完全相反的观点。可以说，"城市自然"的概念是经过一番比较艰辛的发展历程之后，才最终成型并得到研究者认可的。本节将从理论和实践两个角度切入，梳理"城市自然"概念的早期争议和后期成型过程，对"城市自然"概念进行再发现，为对城市生态批评感兴趣的读者和研究者展现"城市自然"概念的哲学内涵与研究潜力。

一 围绕"城市自然"概念的争议

在城市生态批评出现之前，"城市自然"（urban nature）的概念曾是一个具有争议的话题。暂且不论"城市自然"概念的哲学内涵，人们首先关于"城市自然"是否真的存在便有着截然不同的观点。此外，关于"城市自然"是否具有价值、价值如何的问题，不同的研究者也一度有比较多元的观点。围绕"城市自然"概念的种种争议，也使得"城市自然"概念在很长一段时间内都没有获得良好的发展或定义，这也是在生态批评的其他分支流派蓬勃发展之时，城市生态批评发展滞后的重要原因之一。

1. "城市自然"是否存在？

表面看来，城市自然（urban nature）这一概念本身似乎是一种"矛盾修辞"（oxymoron）。例如，李·罗泽尔（Lee Rozelle）认为，"当'城市'与'生态'两个词放在一起时，这看起来就是一种冒险的矛盾修辞；无论这种语义学上的混合看起来多么具有学术潜力，还是会让它的所指——即无言的自然——处于被限制的地位。"① 罗泽尔的观点实际上代表了很多学者的印象，即将城市与自然看作彼此对立的范畴，认为城市建构的封闭空间造成了自然的消亡。例如，克里斯托夫·曼恩斯（Christopher Manes）在《自然与沉默》中曾宣称，自然被迫在人类文化和文学社会中陷于沉默，因为"作为可以言说的主体的身份被狭隘地限定为人类独有的特权"。② 这种"沉默"的自然的形象被剥夺了言说的权利，成为一种无言的缺席的存在。无论是在文学文本还是文化再现中，城市中的自然环境都似乎成了一种隐身的存在，或者说，人们认为城市中的自然环境已经消亡，从而失去了对其进行研究的必要。也正因如此，生态批评研究大都只钟情于朴素的"荒野自然"，或其他的看似较少受到人类影响的田园空间③，而很少关注城市文学文本。

长期以来，城市化被认为是一种环境形式——即自然环境——被另外一种更加粗糙的"人造"环境所替代的过程。④ 例如，社会学家默里·布克金（Murray Bookchin）认为，"现代城市实际上是各种退化的侵入，即人造物侵入自然物，非有机物（水泥、金属和玻璃）侵入有机物，粗糙单一的刺激物侵入多种多样的原生物。"⑤ 换言之，城市化过程中对自然环境的改造被认为是一种人造空间对自然空间的替代关系，而非二者共存的关系。在这层意义上，城市人造空间的出现似乎也就意味朴素自然空间的减灭。因此，城市变为了自然的对立面，被看作

---

① Lee Rozelle, "Ecocritical City: Modernist Reactions to Urban Environments in *Miss Lonelyhearts* and *Paterson*", *Twentieth-Century Literature* 48. 1（2002）: pp. 100 – 115.

② Christopher Manes, "Nature and Silence," in Cheryll Glotfelty and Harold Fromm（eds.）, *The Ecocriticism Reader: Landmarks in Literary Ecology*, Athens and London: University of Georgia Press, 1996, p. 15.

③ Christopher Schliephake, "Re-Mapping Ecocriticism: New Directions in Literary and Urban Ecology," *Ecozon@* 6. 1（2015）: pp. 195 – 207.

④ Cheryll Glotfelty, "A Guided Tour of Ecocriticism, with Excursions to Catherland," *Cather Studies*, Vol. 5（2003）: pp. 28 – 43.

⑤ Murray Bookchin, *Toward an Ecological Society*, Montreal: Black Rose Books, 1979, p. 26.

象征着"令人厌恶的、由混凝土构成的生态不公正（ecological iniqui-ty）"，而自然则往往被人们认为是纯洁的未经开发的荒野。① 可以说，城市与自然的对立"在西方文化中根深蒂固"②，似乎一方成了纯粹的大地母亲的象征，而另一方则成为贪婪无厌的人类所建造的藏污纳垢之处。

这种认为城市造成了自然世界消亡的观点在文学文本中也是非常常见的。以英美文学中的田园文学为例，这类文学作品普遍理想化自然环境和乡野生活，而在一定程度上妖魔化了城市空间，其内容多是描述人们从城市逃离至乡野中生活，而在浪漫化的乡野叙述中，作者隐去了在这类地区实际生活时需要从事的艰苦劳作。在古典田园文学中，自然往往被塑造为人类的休憩之所，承载了众多的怀旧之情。在工业革命后出现的浪漫主义田园文学作品中，作者则常常将"乡野的独立性"作为与城市扩张相对抗的存在，田野成为作者的浪漫主义情怀的最后阵地，可以缓解和规避工业化带给人们的不适之感。美国田园主义则推崇一种唯农论的哲学思想，使农田成为城市空间与荒野自然之间的分界线，暗示城市工业的发展导致了农业田园世界的衰败与消解。③

在 20 世纪美国诗人罗伯特·弗罗斯特（Robert Frost）的《与我们同在的潘》（"Pan with Us"）一诗中，我们可以清晰地看到这种情绪的抒发：

> 时代在变迁，往昔已不复
> 魅力陡然减弱的芦笛声
> 还不如一阵阵飘过的清风

① Ingrid Leman Stefanovic, "In Search of the Natural City," in Ingrid Leman Stefanovic and Stephen Bede Scharper（eds.）, *The Natural City*: *Re-envisioning the Built Environment*, Toronto: University of Toronto Press, 2012, p. 11.

② Greg Garrard, *Ecocriticism*, New York: Routledge, 2004, p. 33.

③ Ibid., pp. 37 – 49.

难以拨动那挂满果实的杜松枝

和一簇簇纤弱的矢车菊。

芦笛声曾经歌唱异教徒的欢乐

而当前的世界已经找到了新的价值

大地被阳光烤得灼热

他躺下来，撕裂一朵花，放眼望去：

吹奏？吹奏？——他哪里还有乐曲可奏呢？①

诗中的"他"指的是题目《与我们同在的潘》中的"潘"，"潘"实际上是希腊神话中的牧神，其有着长角、人身和羊足，总是在荒野自然中吹奏着美妙的芦笛曲。弗罗斯特在诗中描绘的情景便是牧神"潘"在现代工业世界中的感受，他面对业已凋零的农业不禁叹息，乡村世界中荒凉衰败的景象让他感到已经没有"乐曲可奏"。通过牧神的悲叹，弗罗斯特向读者传达出20世纪初美国的工业化进程对传统的农业世界所造成的巨大的冲击，"潘"所面临的乐感的枯竭也是美国20世纪农业世界的荒芜。

从根本上言，这种认为城市造成了自然的消亡，因此"城市自然"并不存在的观点，实际上将城市与自然相对立，其本质是将人类与自然相对立，认为人类所建设的人造空间——如城市——是对自然环境的剥削或者替换，二者是彼此取代的关系，而非同时共存的关系。换言之，这种观点依然受到了在西方文化中根深蒂固笛卡尔式的二元论思想的影响，而本书也将在后文中指出，这种二元对立的思想恰恰是生态批评最为批判的。

2. "城市自然"的内在价值

如果说认为城市造成了自然世界的消亡的观点拒绝接纳城市自然的

---

① Robert Frost, *The Poetry of Robert Frost*, ed. Edward C. Lathem, New York：Holt, Rinehart and Winston, 1969, p. 23.

概念的话，那么另一类观点则着重关注城市意象背后隐藏的工具理性与社会体制的弊端，倾向于将城市建构为"生态恶之花"的脸谱化形象，刻板地贬低了"城市自然"具有的独立价值。尤其是进入 20 世纪后半叶后，受到日益严峻的现实生态问题的驱使，启示录形式的文学书写和艺术作品的数量开始增多，其大多或是描写城市环境中的生态灾难，强调自然环境对城市空间进行的一种报复性反击；或是描写城市空间中比较令人厌恶的生态存在，如垃圾、毒物等，以试图通过恐惧或焦虑的心理来引起人们对生态危机的警示。

在这些文学作品中，关于垃圾的书写是非常有代表性的。垃圾的制造者是人类，虽然在乡村甚至荒野中也有垃圾的存在，但是文学作品大多选择以人口密度较大的现代城市空间作为舞台，来展现垃圾对城市生态环境造成的影响。例如，罗伯特·沙利文（Robert Sullivan）的《梅多兰兹：在城市边缘的荒野探险》（*The Meadowlands*：*Wilderness Adventures at the Edge of a City*）出版于 1998 年，是一部非常独特的梭罗式的旅行手记。梅多兰兹位于纽约的曼哈顿以西，是新泽西东北部最大的湿地生态系统之一。20 世纪以来，梅多兰兹经历了城市化的过程，当地曾修建许多大型的垃圾填埋场，造成了长时间的生态破坏。目前，当地政府正通过多种项目来试图修复梅多兰兹地区的生态资源，并取得了一定的效果。沙利文在《梅多兰兹：在城市边缘的荒野探险》中便记录了其中一座位于新泽西梅多兰兹区域的垃圾山。值得注意的是，在沙利文的笔下，垃圾山并不是死寂沉沉的腐臭物，而是一种具有活力的存在：

> 垃圾山是具有生命力的……在黑暗无氧的地下，有数十亿的微观有机物繁荣生长着…在吸收了新泽西或纽约剩余的最小部分之后，这些细胞在地下呼出大量的二氧化碳与温暖潮湿的甲烷气体；起初，没有生命迹象的热风吹过地面，助长了当地的火力，或者偷偷潜入大气层，侵蚀着……臭氧层……一天下午，我……沿着垃圾

山的边缘行走，这是一座四十英尺高的压缩垃圾堆，其地形构造源于纽瓦克市的垃圾……前一天晚上有雨，所以我很快就发现了一小股渗出的液体，黑色的渗出液沿着垃圾山坡流下，这是垃圾浓缩的精华。再过几个小时，这股液体将会流进……梅多兰兹的地下水；它将与有毒的液体混合起来……但是，在当下的这一瞬间，在它诞生的地方……这一小股渗出液是纯粹的污染物，完全由油脂构成的混合物，含有氰化物、砷、镉、铬、铜、铅、镍、银、汞和锌等。我用手触摸了这股液体，指尖染上了蓝褐色——液体温暖而新鲜。在几码远的地方，液体汇聚为一个散发着苯气味的水坑，还有一只绿头鸭在里面游泳。①

在人们的一般印象中，只有具有生命力的生物才是具有活力的存在，如自然环境中的动物和植物。但是，在梅多兰兹地区，展现出活力的并不是我们想象中的"传统"的自然存在，而是一座庞大的渗出黑色液体和甲烷气体的垃圾山。在这座垃圾山中，含有重金属元素的黑色液体汇聚为一个散发着苯气味的水坑，里面则有一只绿头鸭在游泳。沙利文提醒我们，这些垃圾山、水坑、甲烷气体、野鸭都是具有活力的，都可以产生巨大或细微的影响②——这就是梅多兰兹地区的自然环境。这种自然环境与人们所熟悉的荒野自然大不相同，甚至有些扭曲，不禁会令人感到惊愕和反感，展现出城市自然环境与朴素自然环境之间的截然不同。

受到这类文学文本和艺术作品的影响，文学批判学界相应地出现了垃圾研究、毒物研究、生态恐惧研究、生态恐怖主义等具有代表性的研究方向，一些批评家开始关注给予"城市自然"一定的关注与认可。

---

① Robert Sullivan, *The Meadowlands*：*Wilderness Adventures on the Edge of a City*, New York：Doubleday, 1998, pp. 96 – 97.

② Jane Bennett, *Vibrant Matter*：*A Political Ecology of Things*, Durham and London：Duke U-niversity Press, 2010, p. 6.

然而，正如本书第四章中会着重提到的，尽管"城市自然"的概念进入了这些城市文学研究的论述视域，但多数研究者并未这些文学作品中的"城市自然"的意象看作一种具有独立价值的环境形式。换言之，在一些文学批评家和作家的眼中，城市自然已经不再是真正的自然，而是朴素自然在经过城市化的破坏后剩余的不再完整的残留物，或是原初荒野自然在城市空间中的空荡回音而已①。在他们的解读或书写中，城市自然已经丧失了原初自然的本质和功能，变成了一种被人类摧残或"驯化"了的自然形式，因此其具有的内在价值也大打折扣，甚至已经完全消失殆尽。

例如，在西蒙·埃斯托克（Simon C. Estok）提出的生态恐惧研究中，生态恐惧（"ecophobia"）的概念描绘了一种人们对自然持有的非理性和无理由的敌意。埃斯托克认为，人类自远古初民时代开始，就开始逐渐形成了一种针对自然的敌对态度，他们认为人类如果要取得成功和获取舒适，其方法并不是通过与非人世界形成共生关系或合作关系，而是必须要统治和剥削自然。在埃斯托克看来，这种控制自然的欲望实际上源于对自然的本能的憎恶心理，以及惧怕自己无法掌控和预测自然界的发展。同样，在怀有"生态恐惧"的人类心中，对于"城市自然"也具有"恐惧"心理，而且这种情绪会影响人类更进一步地改造和破坏城市空间中剩余的自然环境。除了"生态恐惧"心理之外，珍妮佛·詹姆斯（Jennifer James）在《生态忧郁症：奴隶、战争与黑人生态想象》（"Ecomelancholia：Slavery，War，and Black Ecological Imaginings"）② 一文中还提出了"生态忧郁症"（ecomelancholia）的概念。她认为，在城市空间内部及其临近的周边潜伏着许多与种族歧视相关的危

---

① Astrid Bracke, "Re-Approaching Urban Nature," *Alluvium* 3.1 (2014), http：//dx. doi. org/10. 7766/alluvium. v3. 1. 02, 2nd November 2015.

② Jennifer C. James, "Ecomelancholia：Slavery, War, and Black Ecological Imaginings," in *Environmental Criticism for the Twenty-First Century*, eds. Stephanie LeMenager, Teresa Shewry, Ken Hiltner, New York & London：Routledge, 2011, pp. 163 – 178.

险因素，如种植园、奴隶史、极端组织等，这些因素造成了非裔美国人与自然世界之间联结的断裂，造成了一种被压抑的城市自然环境。

除了被破坏或被压抑的城市自然意象之外，还有一些文学家和批评家将"城市自然"塑造为一种异化的哥特形象，如好莱坞电影中常见的末日洪水、食人植物、害虫或极端天气等恐怖形象。这种哥特式的自然形象利用人类的恐惧心理，试图通过强化自然环境对城市空间的报复性反击，来号召人们畏惧自然和保护自然。著名城市研究者麦克·戴维斯对洛杉矶的一系列研究也秉承了这个思路。戴维斯对洛杉矶的研究始于 20 世纪 80 年代末，着重于从病理学角度刻画洛杉矶的城市问题，尤其是频繁发生的火灾、飓风、地震等与自然相关的灾难，展现出一个充满反乌托邦色彩的城市形象。[①] 诚然，这类研究和书写描绘了城市中的一部分自然环境，但是笔者认为，这种城市自然的哥特形象不一定会促使人们保护自然。原因在于，在一定程度上，这种"不自然"的城市自然形象实际上也造成了人们对城市自然的畏惧心理，然而畏惧心理既可能会也可能不会转化为敬畏心理；在畏惧心理走向畸形之时，反而可能形成更加强烈的破坏自然的心理，这与前文提及的"生态恐惧"心理的成因是十分类似的。更重要的是，哥特式的城市自然书写或研究所建构的城市意象非常单一而刻板，忽视了城市的多面性与复杂性，仅仅是展现出城市多重形态中的一个层面，尤其是没有关注城市潜在的生态功能与生态价值。这种认为城市空间中的自然已经不再纯粹或变形的观点，将城市自然视为低人一等的自然形式，容易被简化为认为"城市的就是不自然的"，实际上依然没有彻底摆脱自然与城市二元对立的研究范式，这种刻板的印象也会直接影响城市文学研究的广度和深度。近年来，学界开始重新审视"城市自然"的存在和意象，试图更加客观而全面地了解城市自然环境，进而

---

① Mike Davis，*Ecology of Fear：Los Angeles and the Imagination of Disaster*，New York：Metropolitan Books，1998.

对"城市自然"的概念进行再建构。

二 "城市自然"的概念建构

城市空间中是否有自然环境的存在呢? 面对这样一个问题, 也许很多读者会觉得答案是显而易见的。但是, 正如本书前文所提及的那样, 在人文学界, 尤其是文学批评领域内, 城市自然是否存在的问题实际上曾经有过一些哲学争议。尤其是随着现代社会的发展, 地球上各类生物的生存环境日益复杂, 人文学科内的环境想象在人文景观与自然环境的相互关系的议题上开始走向一个新的十字路口。

环境伦理学家如罗尔斯顿认为, "人类文明进程就其'本质'而言是对自然进化过程的干扰, 文明与自然之间的关系不是共生, 而是对立"。[1] 而近些年来, 也有学者提出不同观点。例如, 布依尔在《城市与自然: 对立还是共生》("Nature And City: Antithesis or Symbiosis?")[2]一文中指出, 自然与城市之间的关系非常复杂, 人们无法以"对立"或"共生"的单一模式来进行定义, 而是应当根据不同的具体情况来阐释特定的场景。布依尔从正反两面详尽地论述了生态批评话语中六种常见的隐喻模式, 并旁征博引了众多的文学作品与大量现实范例。他呼吁城市生态学者和环境学者在概念、伦理以及美学层面共同迎接环境的挑战, 进而探寻一种可行的城市生态秩序。

关于城市与自然之间关系的争议之所以会出现, 其中一个重要的原因就是, 很多作家和批评家认为城市空间与自然环境是截然不同的两种空间, 二者之间的差异是如此之大, 以至于成了二元对立的存在。因此, 若要建构起城市自然的完整概念, 首先需要解决的便是二者之间表

---

[1] Holmes Rolston, III, "The Wilderness Idea Reaffirmed," in J. BairdCallicott and Michael Nelson (eds.), *The Great New Wilderness Debate*, Athens, GA: The University of Georgia Press, 1998, p. 371.

[2] Lawrence Buell, "Nature and The City Antithesis Or Symbiosis?," *Yearbook of Research in English and American Literature*, Vol. 26 (2010): pp. 3 - 20.

面看来的视觉差异问题。诚然，城市环境与自然环境有着明显的区别，人们可以轻易区分在繁华熙攘的城市购物中心里所获得的环境体验与身处非洲大草原之中的体验。然而，这种体验的差距并不能说明城市与自然之间存在着不可调和的对立，更不能作为忽视甚至否定城市自然存在的依据。芬兰哲学家海伦娜·斯伊普（Helena Siipi）提出，所谓的淳朴自然与人造环境实际上都是"抽象物"（abstractions）：

> 自然性并不是"非是即非"的问题，而是一个连续的梯度变化…绝对的自然性是位于这种梯度变化末端的一种抽象状态，也就是说，只是有一些生态系统比其他的生态系统更加接近这种理想状态而已。[①]

换言之，虽然人们可以凭借直觉辨别未经开发的草原和城市购物中心之间的区别，判断出二者与这种"理想状态下的自然性"之间的差距，但我们不能因此认为"城市"与"自然"是两个完全彼此分离、相互独立、截然不同的实体，那种想法只是简单化的抽象罢了。在哲学思辨的层面上，我们不能武断地认为城市与自然是完全相异的两极存在。

城市作为人与自然相遇的场所，是一种约束环境，允许人们在某种程度上对自然进行控制。[②] 换言之，虽然人类对城市空间内的自然环境给予一定程度的约束，城市空间首先是人类与自然同时共存的空间。城市中的人类活动无疑会对包括土地、空气、水源和气候等在内的自然环境产生影响；而反过来，城市也并非完全独立于自然界的影响而存在，甚至在面对自然灾害等时常常彰显出无力感。例如，美国新奥尔良市在

---

① Helena Siipi, "Naturalness in Biological Conservation," *Journal of Agricultural and Environmental Ethics*, Vol. 17（2004）：p. 469.

② Richard Lehan, *The City in Literature：An Intellectual and Cultural History*, Berkeley：University of California Press, 1998, p. 13.

遭受飓风灾害时便损失惨重。实际上，城市与自然不仅相互联系，彼此影响，而且城市也是无法完全独立于自然世界而存在的。最直接的例子即是城市中的水源、空气和土壤。水源、空气和土壤不仅是最基础的自然元素，也是支持城市的建设、运转以及城市中人类生存的基础。其中，经过水文循环和大气循环，水源和空气在城市空间与自然世界间反复地流动，在任何一方空间内的变化都会对另一方造成影响。换言之，从宏观角度看，整个城市空间的发展变化与自然世界的客观运转是彼此联系、互相影响的。因此，自然并非简单地从"水泥森林"逃离。相反地，"自然支撑着城市，并且无时无刻地在向内渗透"。① 城市空间与自然环境之间的界限并不存在，二者彼此相通，共同构成了宏观的地球生态系统。

马克思主义地理学家大卫·哈维在《正义、自然和差异地理学》（*Justice*，*Nature and the Geography of Difference*）中提出著名的论断，指出"纽约并没有不自然之处"。他认为，人类活动并非存在于生态系统功能的外部，并呼吁将城市性纳入生态思想之中："我们不能一方面承认世间万物是相互联系的——正如生态学家所推崇的那样——另一方面又拒绝将人造空间与城市结构纳入到理论和实践中考虑。这种行为导致了对城市化进程的解读无法被整合入环境–生态的分析中。"② 哈维的观点不仅印证了上文关于城市空间与自然环境不可分割的观点，指出城市的建造离不开对自然资源的利用，而且将建造城市的实践行为也自然化了。也就是说，生产人造环境的行为本身既是社会行为，也是一种环境行为。只有将城市的运作过程像对待自然世界的运转一样，同样纳入生态系统功能的研究范畴之内，人们才能全面认知生态系统本身以及人

---

① Ingrid Leman Stefanovic，"In Search of the Natural City," in Ingrid Leman Stefanovic and Stephen Bede Scharper（eds.），*The Natural City*：*Re-envisioning the Built Environment*，Toronto：University of Toronto Press，2012，p. 13.

② David Harvey，*Justice*，*Nature and the Geography of Difference*，Oxford：Blackwell，1996，p. 427.

类所身处的宏观环境。在这种情况下，把人文与环境二元对立的思想将极大地阻碍人们对环境问题的理解。

为了促进人们更好地在文学批评实践中使用城市自然的概念，也有学者试图通过创造一个新词语的方法来阐释这一概念。例如，艾什顿·尼可拉斯（Ashton Nichols）为了强调"城市"与"自然"之间内在的紧密联系，发明了"城市自然"（"urbanature"）一词以对抗自然/文化的二元划分。^①他解释称，"城市自然"一词的概念可以证明"自然和城市生活并不像我们一直认为的那样截然不同"，称城市既不可能完全位于自然环境之中，也不可能完全脱离自然。他写道，"我们在北京的街道上时并未脱离自然，而是就像我们在喜马拉雅山上时一样置身于自然之中。"此外，他引用梭罗创作《瓦尔登湖》为例，指出梭罗在瓦尔登湖边的小木屋并非位于遥远的荒野，而是在一个小镇旁边，而梭罗甚至经常去这个小镇上的餐馆吃晚餐。因此，他认为梭罗追求的只是"思想上的荒野化"，而不是真的逃离城市生活。换言之，瓦尔登湖不仅是一个物理场所，更是一种思想状态。无论是在小镇的餐馆吃饭，还是居住在湖畔的小木屋里，这并非最重要的一点；最重要的是，梭罗心中所具有的对自然环境的热爱与敬畏之心，以及愿意接近自然，能够在与自然环境的交流之中获得启发与提升的内心世界的生态。

自 20 世纪末开始，城市自然环境开始引起人们的关注，越来越多的人认识到城市自然环境的重要性。虽然目前相比于数量众多的以荒野和边疆为主题的自然书写，自然书写尚未真正来到城市空间中，城市自然书写文本还处于严重的稀缺状态，但是随着时间发展，以城市自然为主题的城市书写的数量正在不断增加。此外，对现有的文学文本的再发现和再挖掘，也将为我们提供更多新的研究思路。例如，生态批评界虽然非常关注美国诗人沃尔特·惠特曼和加里·斯奈德的生态意识研究，

---

① Ashton Nichol, "Thoreau and Urbanature: From *Walden* to Ecocriticism," *Neohelicon*, Vol. 36 (2009): pp. 347-354.

但是一直专注于其笔下的荒野自然书写，却大多忽略了两位诗人实际上都创作了许多著名的城市诗歌，而且二人也对城市空间抱有较高的好感度，实际上可以称为城市生态批评研究的良好研究对象。对此，本书的第五章中将通过具体的文本分析实践来进行阐释，此处不再赘述。

由于新的城市自然书写的不断出现以及对旧的城市自然书写文本的挖掘，城市生态批评实际上并不缺少可以作为研究对象的文学文本。可以说，自新世纪开始，"城市自然书写"已经开始成为文学与环境研究领域的重要组成部分。[①] 在城市自然书写中，"城市自然"不只是文本叙事的背景，而是整部作品的主要主题。目前，现有的城市自然书写作品不仅涵盖了小说、散文、诗歌等多种文学类型，在作者身份、意识形态、创作风格、叙事形式以及想象自由度等方面都呈现出多元化的趋势，为我们提供了了解城市自然全景的可能性。在这些文学文本中，城市自然以丰富多样的形式出现，包括城市中的植物，如社区公园、私人花园、公寓内小型的园艺活动；城市中的动物，如动物园、公园中的鸟类与昆虫、钓鱼以及家中饲养的宠物；以及与城市自然的动态接触，如散步、徒步、作环保志愿者、河上泛舟、湖中游泳等等个人或集体活动。与城市中自然环境的接触可以时刻提醒人们反思自己在城市生态系统中所处的位置，这种与自然环境之间的联系也促进了人们对城市文化和城市生活的理解。

城市自然与荒野自然既是不同的，也是各有千秋的。由于城市自然与荒野自然的一些固有差异，源于城市自然的经验也与传统的荒野自然经验有所不同，这也使作家笔下的城市自然与我们熟悉的传统自然文学相比有一些差异。关于这一点，迈克尔·波伦（Michael Pollan）关于荒野自然与人造自然（花园）的对比阐释非常形象：

---

① Terrell Dixon（eds.），*City Wilds*：*Essays and Stories About Urban Nature*. Athens：University of Georgia Press，2002，p. xvi.

　　的确，我们可以从荒野自然中学到很多东西；迄今都难以超越的自然书写传统便是对这一点最好的证明。但是，我本人在花园中获得的经验使我确信，有许多关于人与自然关系的重要道理在那个世界（荒野）中无法学到。首先，人们现在非常需要知道如何在不损害自然的前提下利用自然……如何在自然与文化之间找到中间地带？……花园作为现实的场所和隐喻的场所，实现了自然与文化在双赢状态下的融合——在这层意义上，花园可以像过去的荒野一样给我们带来有益的知识。①

　　正如波伦指出，荒野自然虽然是极为重要的环境形式，但是并不能完全涵盖人类全部的自然经验。以人工栽植的花园为例，这种受到人类干预的自然环境可以被看作是城市自然的一个缩影，比荒野自然更加直观地见证了人类与自然的互动过程。在这个过程中，人类从旁观者转为参与者，在直接的接触中重新建立人与自然之间的联系。

　　对于城市化程度较高的地区而言，城市自然还是延续自然经验的重要途径。以北美地区为例，由于较早的进入了城市化阶段，因此很多新生一代的城市居民自出生后便一直在城市空间中生活，因此其与荒野自然的接触机会很少。这种情况下，新生一代对自然环境的了解途径极为有限，甚至有可能出现派尔（Robert Michael Pyle）在《雷电之树》（*The Thunder Tree*）中所描述的"经验灭绝"（extinction of experience）②的现象。同样，对于因各种原因如健康、金钱等因素而没有机会经常离开城市空间前往荒野自然探险的群体而言，也存在着同样的情况。在这种背景下，城市自然便是非常重要的自然经验源泉了。例如，加拿大城市自然主义者韦恩·格莱迪（Wayne Grady）曾这样回忆道：

---

　　① Michael Pollan, *Second Nature：A Gardener's Education*, London：Bloomsbury, 1991, p. 5.
　　② Robert Michael Pyle, *Thunder Tree：Lessons from an Urban Wildland*, New York：The Lyons Press, 1993, p. 140.

由于我是一个在城市长大的男孩，我并没有父母或老师带我出城呼吸新鲜空气的记忆……我记忆更深刻的是在家对面空地玩耍，整个夏天我都躺在横跨空地的小溪旁边的草丛里，观察蚱蜢、蟋蟀、蝌蚪和小蛇……城市中的自然与城市外的自然一样多。①

格莱迪指出，城市空间并非将自然关在门外的封闭的军事要塞；相反，自然可以以各种各样的方式侵入城市环境，带给人们意料之外的亲密的自然经验，而这些经验便是在城市化的今天，延续人类对自然环境的感知经验，同时避免自然"经验的灭绝"的关键方法。

城市自然是无处不在的，只是人们可能会因为各种原因而将其忽略掉，这也使得我们更有必要珍惜、留心发现甚至自行创造城市自然。例如，在英国作家海伦·巴布斯（Helen Babbs）的《花园、城市与我：伦敦荒野的屋顶探险》（*My Garden*, *the City and Me*: *Rooftop Adventures in the Wilds of London*）一书中，作者的经历便向读者展现出这样一个事实，那就是城市自然实际上要比人们预期中的多得多，只是我们可能还欠缺一颗发现城市自然的心。在书中，作者居住在伦敦喧闹地区的一栋公寓的二层，由于自己的公寓并不配备花园，作者在一个寒冬里借用了邻居家厨房的屋顶，将这片不足三平米的狭窄空间改造为一个美丽的屋顶花园。在这个过程中，通过播种、浇灌、护理和收获，作者经历过挫折，也经历了自然迸发出的喜悦之情，建立起与自然世界之间的强大的羁绊，进一步了解了在伦敦城中蔓生的绿色世界与生态系统："花园使我睁开了双眼，发现了伦敦与城市生活的崭新一面。"② 与城市自然的接触促使作者开始在伦敦的荒野中"探险"，寻找更多的城市自然的痕迹：她发现了住处附近自己一直忽略的小公园，了解到伦敦各处实际上

---

① Wayne Grady, *Toronto the Wild*: *Field Notes of an Urban Naturalist*, Toronto: Macfarlane, Walter & Ross, 1995, pp. 2 – 3.

② Helen Babbs, *My Garden*, *the City and Me*: *Rooftop Adventures in the Wilds of London*, London: Timber Press, 2011, p. 123.

有许多悄悄进行的社区绿化项目，她还在摩天大楼楼顶观察飞翔的鹰隼，在泰晤士河边端详变化的水流和栖息的水鸟。在探索城市自然的过程中，作者也改变了自己的生活方式甚至工作类型，堪称是一个类似于梭罗在瓦尔登湖畔所经历的自我内省的历程。

因此，理解城市自然的概念的关键在于重新定义人与自然的关系，即如何从旁观者转为参与者。传统的荒野自然研究更多地关注自然是如何被叙述的，忽视了人类在自然环境的作用，即人类是缺席的。与之相对，城市自然的概念基于对人类与自然紧密联系性的强调，主张通过人类在自然环境中获得的经验和亲身参与的活动来完成对自然环境的认知，在这个过程中人类是在场的。

虽然目前而言，城市自然书写在数量上尚少于关于荒野自然和乡村自然的文学文本，但是现存资料已有足够的深度和广度可供文学研究者探讨。此外，无处不在的城市自然也促使越来越多的作家开始着眼于以城市自然为题材进行创作，城市自然书写数量的不断增加也折射出大众文化对周边自然环境的兴趣逐日攀升①。不断涌现的新文本和对现有文本的再解读为我们超越传统自然书写，将生态批评的研究范围从荒野自然扩大至城市空间提供了坚实的文本基础。以城市自然书写为研究对象的城市生态批评研究不仅可以补充城市文化研究中欠缺的生态视角，也可以弥补目前生态批评研究中城市视角的不足，最终帮助研究者将生态批评研究向纵深方向推进。

第三节 "环境"与"自然"概念的再讨论

在生态批评发展的第三波浪潮后，生态批评学界的不同流派开始在人类与自然、城市与荒野等议题上出现更多新的声音。在此背景下，

① Don Scheese, *Nature Writing: The Pastoral Impluse in America*, New York and London: Routledge, 2013, p. 36.

"环境"和"自然"等词的内涵也被重新定义,以荒野为代表的"纯粹的"自然环境不再是唯一具有内在价值(intrinsic value)的环境类型,城市环境等人文景观的价值也逐步引起了学者的重视。这类研究以环境伦理学研究内部的自我批判为代表。安德鲁·赖特(Andrew Light)在《环境伦理学的城市盲点》("The Urban Blind Spot in Environmental Ethics")一文中指出,起源于20世纪70年代的环境伦理学与文学生态批评更加关注以"荒野"为代表的原始状态的自然环境,在理论建构或文本解读中,城市长期处于"缺席"或"盲点"① 的位置。传统上,以奥尔多·利奥波德(Aldo Leopold)和霍尔姆斯·罗尔斯顿(Holmes Rolston III)等为代表的环境伦理学研究将道德德性与自然环境联系在一起,推崇自然环境具有的内在价值。然而,这一主张逐渐为学者们所质疑。

环境哲学家罗伯特·柯克曼(Robert Kirkman)指出,"自然是大家最爱用的武器:若想不受争议地推崇一件物品的价值,常见的做法就是给它打上'自然'的标签"。② 詹姆斯·谢泼德(James W. Sheppard)和安德鲁·赖特(Andrew Light)也在《罗尔斯顿与城市环境》("Rolston On Urban Environments")③ 一文中对此提出了直接的质疑。他们认为,罗尔斯顿对城市环境持有一种没必要的负面态度,而这也代表了新世界环境伦理学对人类形式价值的偏见。二人尖锐地指出,这种反城市的地理偏见缺乏论据,甚至可以说是"厌恶人类的"。他们在文中提出了一些在城市环境中常常被忽视的自然价值形式,论证了在城市土壤、水源以及地质构型中蕴含的自然价值。此外,他们还证明城市中存在着

---

① Andrew Light, "The Urban Blind Spot in Environmental Ethics," *Environmental Politics* 10. 1 (2001): pp. 7 – 35.

② Robert Kirkman, *Skeptical Environmentalism: The Limits of Philosophy and Science*, Bloomington: Indiana University Press, 2002, p. 47.

③ James W. Sheppard and Andrew Light, "Rolston On Urban Environments," in Christopher J. Preston & Wayne Ouderkirk (eds.), *Nature, Value, Duty: Life On Earth With Holmes Rolston, III*, Dordrecht: Springer, 2007, pp. 221 – 236.

系统自然价值和自然价值与文化价值的混合现象。在指出罗尔斯顿的环境伦理学理论仍有改进的可能性的同时，詹姆斯和安德鲁也承认罗尔斯顿或许永远不会像他们所希望的那样接纳城市环境——而罗尔斯顿在文集末尾文章中的回应也证实了这一点——但他们仍然希望，他们的论述至少可以证明罗尔斯顿的立场不需像现在这样彻底地将城市环境排除在外。

除了针对"环境"概念及其范畴所做的探讨，研究者关于"自然"的内涵也经历了一个重新反思的过程。随着生态批评理论的发展，生态批评的研究方法愈来愈多样化，出现了许多分支的研究流派。在这个过程中，如果说文本实践是批评理论的应用的话，那么对理论本身的反思则是大量文本实践所积累的经验的结果。在生态批评发展至第三波浪潮时，西方学界内部开始出现了一种针对生态批评理论本身的批评，也就是针对"批评的批评"。其中，最具有代表性的讨论便是对生态批评的核心概念"自然"所进行的反思、解构与再定义。

"自然"的概念既是生态批评研究的根，也是生态批评研究的果。一方面，生态批评的主要研究对象便是文学文本和文化现象中的自然，如果没有自然，生态批评研究也失去了存在的根基；另一方面，生态批评之所以出现的根本原因是现实的自然世界遭遇危机，因此其主张通过笔头而为自然发声，呼吁人们重视和呵护自然。然而，处于生态批评研究中关键位置的"自然"也有可能成为影响生态批评发展的障碍。在生态批评诞生伊始，尚未被文学批评界认可时，生态批评曾一度被认为是"软性"研究，不过只是主张"拥抱树的玩意儿"（"hug-the-tree stuff"）①。当然，这种偏见已经随着生态批评的蓬勃发展而消失了，但是这种曾经的偏见也在一定程度上映射出生态批评研究的一些局限性，那就是传统的生态批评研究大多只关注自然书写和田园文学，尤其青睐

---

① qtd. in Scott Slovic, "Ecocriticism: Containing Multitudes, Practicing Doctrine," *ASLE News* 11.1（1999）: pp. 5-6.

无人涉足的原初的未受科技改变的荒野自然，而不是包罗广泛的环境——即包括了自然环境、城市环境以及介于二者之间的任何景观。正如斯文·伯克茨（Sven Birkerts）一针见血地指出，这种只关注自然和自然保护的倾向，使整个生态批评运动的纲领变得简单化，很有可能成为生态批评继续发展的障碍。① 随着生态批评的不断深入发展，如何突破瓶颈期并登上一个新的平台，开始成为一个严峻的问题。

在这一背景下，针对生态批评的研究纲领的自我批判开始出现，其中以当代哲学研究领域作为主要阵地。例如，美国学者迪莫西·莫顿（Timothy Morton）在其著作《没有自然的生态学：环境美学再思考》（*Ecology Without Nature：Rethinking Environmental Aesthetics*）（2007）中指出，当前主流的生态意识形态非常保守，认为任何生态变化都只会朝糟糕的方向发展。他认为，这种保守的生态意识背后的原因就是"自然"（首字母大写的"Nature"）。莫顿指出，现今用于描述和分析非人的自然环境的词汇依旧依赖于浪漫主义和维多利亚时期关于自然的概念。因此，他大胆地提出"自然是不存在的"，主张真正的深层生态学研究应当摒弃"自然"（首字母大写的"Nature"）这一概念，因为现在的"自然"概念本身便是阻碍生态学研究进行环境思考的主要障碍，是造成"我们"（人类）与"它"（非人环境）二元对立的根源。他指出"自然"同时涵盖了实体和本质两者，既是树木和森林，也指代了"树木"本身的内涵（希腊语中的"hyle"一词既表示物质也表示树木）：

> 我们越是研究"自然"的概念，就越会发现不仅很多人对"自然"概念的认知各不相同，而且"自然"本身也在不同范畴之

---

① Sven Birkerts, "Only God Can Make a Tree: The Joys and Sorrows of Ecocriticism," Review of *the Ecocriticism Reader: Landmarks in Literary Ecology*, eds. Cheryll Glotfelty and Harold Fromm, *The Boston Book Review*, Vol. 3, no. 1 (Nov./Dec. 1996), p. 6.

间徘徊——自然既有可能是"不仅—而且"（both/and）的情况，也有可能是"既非—亦非"（neither/nor）的情况。自然在不同事物之间的徘徊影响了人们对之的书写。自然是……动物、树木、天气……生物区域、生态系统。自然既是这些集合本身，也是这些集合的内容。自然既是世界，也是这个世界中的各种实体。自然就像一个鬼魂，出现在无限序列中无法抵达的终点：螃蟹、海浪、闪电、兔子、硅片……自然。自然应当是自然的。但是我们却无法具体地指向它。①

　　莫顿从哲学讨论的角度切入，指出人们对"自然"的认知实际上是模糊不清的，对于什么才是"自然"，人们目前无法给出确切的定义或指代，而更多的是一种暗示性的属性。他认为，这种情况使得"自然"有可能陷入超自然的泥潭之中，或是让人们继续不断地划分出无限多的二元对立，在"中间区域"中进行无谓的区分，如什么是人类的，什么是非人的等等。在莫顿看来，这种无穷的分离和对立使"自然"的概念在"自然的"与"超自然的"之间走入了无解的末路。

　　在对"自然"概念进行反思和批判的基础之上，莫顿提出了一种新的激进式的生态批评——暗生态学（dark ecology）。在暗生态学的研究范式中，莫顿创制了一系列他认为更适用于21世纪人类/自然复杂而模糊的关系的新术语，如将生态意识（ecological awareness）一词用"ecognosis"来表示，将自然书写（nature writing）称为"ecomimesis"等等，力图体现21世纪受人类影响的环境的独特性，从内容到形式重新解读文艺作品中的"环境性"因素。在这里，莫顿所强调的其实并非真的要脱离"自然"来谈论生态学研究，而是强调并指出现存的"自然"概念在内涵上的局限性，呼吁人们以开放的视角看待自然，接

---

　　① Timothy Morton, *Ecology Without Nature：Rethinking Environmental Aesthetics*, Cambridge, MA：Harvard, 2007, p. 18.

收自然的"非自然性",关注文本的"环境性"(environmentality)。莫顿指出,面临如今已经遭受了严重损害的环境,人们既不应过于乐观,也不必过于悲观地沉溺于世界末日式的宿命论之中,而是应当采取一种现实主义的立场,探寻生态问题的解决方法。

在 2016 年出版的《暗生态学:未来的共存逻辑》(*Dark Ecology: For a Logic of Future Coexistence*)一书中,莫顿进一步阐释了暗生态学的未来指向。莫顿指出,正如侦探本人也是罪犯一样,哲学家本身也是芸芸众生中的一员,是正在破坏环境造成大规模物种灭绝的元凶之一。莫顿认为,人类的"生活哲学伴随着蠕虫、蜜蜂、犁耕、猫和静止不流动的池塘",但是目前的生态学研究范式却对这些存在表示"沉默"①。这种沉默意味着忽视,而忽视背后的原因在于,人类和大型企业始终将"自然"视作一种简单易懂的存在,未能意识到人类和企业本身在全球变暖等环境问题中的动因作用。

莫顿对"自然"概念的反思也回应了长期以来人们关于自然究竟是真实实体还是社会建构的争论。在人类历史的发展过程中,自然的概念在不断被重新塑造,尤其自工业革命后,城市空间和人造环境至少应该同样被看作是生态批评研究的沃土。② 在城市环境中,各个组成部分彼此连结成为整体不可分离,其各自的发展也联系在一起,超越了孰优孰劣的机械式划分。所有的生命形式,包括人类,都既无法脱离自然环境生存,也不可能完全独立于人类世界的影响,而这一点也是我们重新思考"自然"内涵、重新发现城市自然的基本出发点。生态批评作为一种"为自然言说"③ 的文学批评理论,对自然的解读与关注将是一条贯

---

① Timothy Morton, *Dark Ecology: For a Logic of Future Coexistence*, New York: Columbia University Press, 2016, p. 46.

② Lawrence Buell, "Ecocriticism: Some Emerging Trends," *Qui Parle: Critical Humanities and Social Sciences* 19. 2 (Spring/Summer 2011): pp. 87 – 115.

③ Lawrence Buell, *The Environmental Imagination: Thoreau, Nature Writing, and the Formation of American Culture*, Cambridge: Harvard University Press, 1995, p. 11.

穿始终的主线。如今，学界虽然出现了像莫顿这样的针对"自然"概念的激进抨击，但与其说是要完全摒弃使用"自然"这个词语，更多地是强调要研究者脱离禁锢和解放思想，在广义的层面上拓展"自然"概念的内涵，重视自然与周围环境之间的互相影响，将对自然的关爱波及至更加广泛的受众对象。

此外，生态批评各个流派的陆续出现和不断发展，也有利于研究者进一步拓展和深入思考"自然"概念的内涵。例如，在物质主义生态批评中，不仅动物和植物是批评者的关注对象，连以往被认为是所谓的"死物"的石头、金属、电流等也都成了生态批评的研究对象。同样，随着"城市自然"的概念因城市生态批评而复兴，城市人造空间和自然环境之间的界限逐渐被瓦解，也为我们进一步理解"自然"概念的解构与再建构提供了新的平台。

第四章　城市生态批评的研究路径

　　城市生态批评作为一种跨学科的文学批评理论，其研究路径既带有传统生态批评研究的特色，也表现出许多其他理论的影响痕迹。在第二章中，我们曾梳理了城市生态批评的理论源起，包括社会学、文学批评、生态学研究、空间地理学和新物质主义等研究都对城市生态批评的研究方法造成了影响，这也体现在其研究路径和研究特色之中。

　　城市生态批评的主要研究对象是"城市自然"，这也是本书在第三章中详细论述过的重要概念。由于"城市自然"与"荒野自然"之间的殊异性，城市生态批评也带有一些不一样的研究特征，如代入感强、亲密度高、善于建构处所感、具有多样性以及独特的美学价值等等，这些不同于传统的关注荒野自然的生态批评的研究特色，可以帮助研究者和读者更好地理解自己日常生活的城市环境，也使生态批评的研究内容变得更加多元化和灵活化。

　　在对城市生态批评的研究特点进行梳理之后，本章的第二节和第三节将分别探讨城市生态批评的早期研究特色以及目前国外学界的城市生态批评研究热点，力图为感兴趣的研究者展现一副较为宏观而全面的研究图景。城市生态批评在历史上曾经经历过比较艰难的发展历程，在早期刚刚出现和初步发展时期，主要以社会学和政治学方面的研究为主，这些研究虽然具有拓荒式的重要意义，但是并未引起文学批评界的大量关注。在长时间的沉寂之后，城市生态批评在近几年绽放出引人注目的研究潜能，引起了多个国家的文学研究者的较大规模的关注。目前，城市生态批评的研究方向开始出现了细化的趋势。一是在跨学科的研究框架之下，与政治学、病理学、非文本研究等相结合，出现了一些对城市环境中的族裔问题、生态污染、非地理空间的讨论；二是开始反思城市环境的自然属性，逐渐关注城市生态系统的存在及其功能，对城市/自然的二元对立关系进行了一些有益的挑战。当然，城市生态批评还是一个正在成熟的研究理论，目前还存在这一些研究不足和局限之处，这也为我们进一步拓展城市生态批评的研究视野提供了空间。

本章最后一部分将针对我国国内学界与城市生态研究相关的一些原创性研究进行述评。目前，虽然城市生态批评的概念尚未正式出现在我国的文学研究视野之内，但是我国的学者们在生态美学、城市美学、生态正义甚至中国文学研究领域都进行了一些与城市生态研究相关的讨论，展现出中国特色研究话语的魅力。虽然这些探讨的研究方法与外国文学中的城市生态批评研究有一定区别，但是也可以为城市生态批评的理论建构与实践提供有益的参考，因此本节也对这些研究进行了简单的介绍，以期为相关的研究者带来可能的启发。

第一节　城市生态批评的研究特点

如果说"荒野自然"是传统生态批评的研究对象的话，那么"城市自然"则是城市生态批评的关注对象。虽然城市自然环境与荒野自然环境都属于同一个宏观的自然环境的范畴，但是二者之间也具有一些差异，而且源于城市自然的经验也与传统的荒野自然经验有所不同，这也令城市生态批评具有与传统的荒野生态批评不同的一般特征。虽然城市生态批评与传统荒野生态批评之间的区别并不是绝对的，城市自然经验与传统的荒野自然经验也存在例外情形，在某些方面也会有相似之处；

但是，对城市生态批评的一般特征有所认知不仅对研究生态批评的"城市"转向具有重要意义，也可以帮助人们建构起全面的城市自然经验，进一步理解城市生态批评的价值与意义。①

一 代入感与共鸣性

城市生态批评关注人类的日常栖居地，注重从文化的角度看待城市化进程造成的环境影响。相比于传统的生态批评研究，城市生态批评的研究更容易引起人们的共鸣感和代入感。究其原因，城市中人与自然之间联系的代入感之所以强，是由于城市自然比较容易接触。首先，比起遥远而神秘的荒野或乡野地区，城市自然环境存在于人类日常生活的城市空间内，是人们平时更容易接触到的。这种触手可及的自然环境可以是家边的公园，街道旁的树木，社区里的花园，天空中的野鸟，甚至公寓中饲养的宠物。例如，在《大城市的河流》（"Big City Waters"）中，美国作家、罗格斯大学教授迈克尔·艾伦·罗克兰（Michael Aaron Rockland）便记述了一次与朋友在河中划独木舟环绕曼哈顿，之后在附近公园中露营的有趣经历：

> 纽约的地形非常迷人。城市中五分之四的区域位于岛屿之上，周围被海洋和河流所环绕；大约三十座桥梁架在河岸之间。虽然纽约看起来是一座固体之城，但也是一座液体之城，同威尼斯十分的相似。……我曾多次乘坐游船环绕曼哈顿岛，现在想自己划船尝试一次。……我们的独木舟之旅在八月周六一个温暖的午后开始……河水就像海水一样波浪起伏……我们的左侧是高耸的紫色的新泽西峭壁群；在我们的右侧，成片的曼哈顿高楼群缓缓退去。……随着太阳落到峭壁群之后，我们也抵达了曼哈顿的最远处。在纽约中央

---

① 本节的部分内容曾出现在本书作者的论文《超越末日论：城市生态批评的复归与未来》中，载《华南师范大学学报》2017 年第 5 期，特此说明。

铁路大桥下右转，我们便进入了斯派腾戴维尔溪（*Spuyten Duyvil Creek*）。①

　　对于生活在纽约的人而言，罗克兰在曼哈顿划独木舟环游的经历既独特，又是非常容易模仿的。即使不是生活在纽约的我们，对于这种同城市河流亲密接触的行为也能较为容易地代入，唤起对自己生活的周围环境中自然水域的记忆与关注。像曼哈顿河流这样容易获得的自然经验，也是罗克兰本人非常推崇城市自然的原因。他甚至曾经提出，在20世纪末，有着野草和垃圾的城市空间或许比荒野自然更加适合让人们思考自己与自然之间的关系②。

　　此外，接触城市自然不同于去荒野探险或景区游玩，不必须消耗大量的金钱与体力，对年龄或健康状况没有严格要求，亦不受制于收入水平和物理距离。例如，在美国诗人沃尔特·惠特曼晚年健康受损、行动不便时，他便是依靠包括渡船、铁路与公路等在内的城市现代交通网络来与自然环境进行接触，城市交通的便捷为他"在户外生活"③提供了可能。惠特曼认为，哈德逊河沿岸的铁路是与自然的完美契合，拥有"自然构成的路基"④。在这里，自然元素是构成城市中的人造产物的基础，反过来城市中的人造产物如铁路又为在健康、金钱、时间等方面受到限制的人们提供了可以近距离接触自然的机会，这也是一种不同于荒野探险的自然经验。

　　如今，世界大部分人口都在城市中生活，或是拥有曾经生活在城市之中的经历。正因如此，作家所描绘的城市自然经验总是很快地得到城

---

　　① Michael Aaron Rockland, *Snowshoeing Through Sewers*: *Adventures in New York City*, *New Jersey*, *and Philadelphia*, New Brunswick, NJ.: Rutgers University Press, 2008, pp. 11 – 26.

　　② Ibid., p. 6.

　　③ Walt Whitman, Complete Poetry and Collected Prose, New York: The Library of America, 1982, p. 923.

　　④ Ibid., p. 842.

市居民的理解和共鸣，使读者能够在日常生活中找到对应的场景，甚至可以在合上书本之后立即付诸实践，去亲身体验和感知文学或文化作品中讲述的城市自然。可以说，城市自然的这种容易接触的特性也使读者在阅读这类作品时更容易有代入感，引起读者的生态共鸣，这也为城市生态批评的文本实践提供了更加宽广的受众群体。

二 处所感的建构

除了较强的代入感和共鸣性，城市生态批评比荒野生态批评更有助于建构处所感与空间归属感。本书在第二章曾提到，现代城市中的人造空间具有一定的雷同性。人类建造的建筑——如连锁店——似乎让全国甚至世界范围内的城市共享同一张面孔，大大削弱了不同地区城市空间的独特性。这种雷同感让人们丧失了处所感与归属感，让人感觉自己似乎不再属于"任何地方"（nowhere）。然而，无论人造建筑如何千篇一律，城市自然环境都会基于当地气候与地理条件的不同而展现出不可磨灭的独特特征，这一点也非常符合生物区域主义的主张。

例如，芝加哥的密歇根湖与曼哈顿的东河在塑造人类认知和经验方面便不会完全相同，而这种来源于自然环境的殊异性正是建立处所感的重要条件。与传统的荒野自然经验一样，城市自然经验也会激起人们的环境意识或责任感。正如格拉迪指出，城市中的自然体验可以让人"在一分钟内体会到整个地球上生物的生存史…意识到自己在这张生命大网中所处的位置"①。换言之，城市空间的归属感并非人们不再属于"任何地方"（belong nowhere），而是一种动态而纵深的归属感，即属于"任何地方"（everywhere）。

此外，城市生态批评的研究视角立足于万物的相互联系性，其对城市自然的关注不仅有助于重建城市中人与自然之间的联系，还可以促进

---

① Wayne Grady, *Toronto the Wild：Field Notes of an Urban Naturalist*, Toronto：Macfarlane, Walter & Ross, 1995, p. 12.

城市空间中人与人之间和谐生态关系的建构，体现出城市的生态功能。城市书写与传统自然书写的一大不同在于，后者往往强调一种孤独感，人与自然的互动多为一人独自完成。例如，传统荒野生态批评的一大部分文学文本来源于美国自然探险叙事。在美国自然探险叙事中，主人公往往是一个英雄化的角色，其对自然的探索主要依靠个人体力与生存技能，与自然的接触甚至会演变为对个人成就的衡量①。另外，传统自然叙事中人与自然的互动多为一人独自完成，带有孤独性的特征。例如，梭罗的《瓦尔登湖》便是他在瓦尔登湖畔独居两年的记录。与之相对，城市中人与自然的接触一般是多人一起完成的集体行为，更强调人与自然、人与人之间的彼此关联与相互影响，人与人之间的关系也被城市牵引而联系得更加紧密，营造了一种基于周围环境的地方感与空间归属感。

以社区中的园艺活动为例，这种对体力并无太高要求的活动是大部分人都可以参加的，其间人们不仅可以与自然亲密互动，也是与他人接触、培养社区感与地方感的有效手段。在美国本土作家、著名导演耶素斯·萨尔瓦多·特莱维诺（Jesús Salvador Treviño）的短篇小说《神奇的水坑》（"The Fabulous Sinkhole"）中，作者讲述了在德克萨斯一个城市居民的院子里突然出现了一个水坑，水坑中喷涌出巨大水柱引起了居民的关注。神奇的水柱不仅直接或间接地影响了许多人的生活，而且还唤起了一种社区联系感以及对人生的感悟，使读者对城市自然具有的神秘

---

① 实际上，这种对依靠个人能力进行荒野探险的推崇思想，直至今日仍然在美国社会中非常流行，对大众文化具有很强的吸引力。例如，现在很受欢迎的由美国探索频道录制的写实档电视节目《荒野求生》（*Man vs. Wild*）便是由一位来自英国的冒险家贝尔·格里尔斯主持，他在每一期节目中都会来到沙漠、沼泽、森林、峡谷等危险的荒野地带进行生存挑战和个人探险。如果我们换一个角度看，实际上这类挑战个人能力极限的荒野探险类节目主要是满足了坐在电视机前观众的好奇心理，因为这是普通人难以实现的经历；但是在无形中，这类节目也将"荒野自然"与普通观众之间的距离拉得越来越远，让人们感到荒野自然的不可企及。因此在一定程度上，相比于容易接触的城市自然，这类节目对荒野自然的强化塑造并不利于建立起大众群体与自然环境之间的紧密联系。

和力量有了新的认知：

> 罗密欧太太家前院里的深坑喷涌出火山爆发般的大量水流，一股水柱飞向了八英尺高的空中。水柱在空中停滞了一会儿，在阳光的照耀下像水晶做的摩天大楼一样闪烁着，然后落回原地，汇入了一股从地下涌出的稳定水流。……不到一个小时，罗密欧太太前院里出现了一个深坑的消息便传遍了大阿罗约（Arroyo Grande）小城，远至市场和第七街的居民都跑来参观这一景象。……小学六年级的楚·托雷斯（Choo Choo Torres）在下午班上的"讲故事"时间中讲述了当天的见闻……他在纸上记录了那天来参观罗密欧太太家前院的人名…足足有五页纸那么长。①

在这里，一次发生在城市居民花园中的自然界现象一天之内便吸引了"五页纸那么长"的邻友前来参观。在这个过程中，人们开始一起修整这个深坑，在劳动中彼此探讨自然世界之种种神秘。共同参与的花园劳动的经历使人们逐渐生成一种奇妙的社区归属感和地方感，以及因城市自然而引起的对整个自然世界、乃至地球的强烈兴趣。正如里昂（Thomas J. Lyon）在《地方的伦理》一文中指出，在这种地方感的基础之上，城市自然经验能够进一步激起人们的环境意识与责任感，因为地方感会使"自我的界限自然而然地变得宽松"，将人和宇宙中各种"存在与流动"联系在一起。也就是说，对某一处环境的敬畏之情最终也会促成对宏观环境整体的更大关怀，这也是一种立足于万物之间的相互联系性的视角。

三 研究对象多样化

城市生态批评的另一个重要特点便是研究对象的规模更加多样化。

---

① Jesús Salvador Treviño, *The Fabulous Sinkhole and Other Stories*, Houston: Arte Publico Press, 1995, pp. 11 – 38.

具体而言，传统生态批评关注的所谓原始状态下的自然环境往往规模较大，强调地点的陌生感与感官的新奇性，如充满异域色彩的亚马逊雨林或国家公园等。与之相对，城市自然的规模比较多元化，大多一般较小（当然也有例外）。在城市空间中，与一棵树或一只鸟的接触，甚至对一株花的栽植过程也是一种与自然的接触。这种与自然的关联在感观上更加纤细和私密，而且更加多种多样。正如加里·斯奈德（Gary Snyder）在散文集《荒野实践》（*The Practice of the Wild*）中指出，所谓的"荒野"具有"不同的规模"（shifting scales），并不只存在于仅占美国国土2%的官方认定的荒野地区，而是"无处不在的"。这种无处不在、变化多元的城市自然类型也为人们接触城市自然提供了更加多样化的渠道，也增进了人们对自然环境的多元类型的认知。

　　由于城市自然的规模大多比荒野自然要小一些，因此城市自然经验在感观上比较纤细和私密，而且看重与自然反复多次的接触经验。莱昂纳多·杜步金（Leonard Dubkin）在散文《接触昆虫的一些经验》（"Some Experiences with Insects"）中，

　　　　在我最初坐在草地上时，耳边萦绕着的依然是全是城市的噪音：街车的叮当声，汽车的鸣笛声，远处某地的车辆的引擎轰鸣声，以及警车发出的尖锐笛声。在这种时候，地上应该看不到什么生命活动的迹象，草丛中也没有生物移动。我不禁觉得，自己大概是选择了一片荒芜的土地，这里可能什么昆虫都没有。然而，随着我继续盯着面前的草地，我的目光转向了小型的物体，我发现草丛中有移动的迹象，这可能是一只蚂蚁，也可能是一只毛茸茸的棕色毛毛虫，或者一只有着金色身体的苍蝇。很快，我发现了第一只昆虫：一只斑点的瓢虫正在安静地顺着草尖向上爬。①

———————————

① Leonard Dubkin, *Enchanted Streets: The Unlikely Adventures of an Urban Nature Lover*, New York: Little, Brown and Company, 1947, pp. 21 – 33.

在散文中，杜步金诙谐地记录了自己在城市公园的草地上观察昆虫的趣事。从刚开始认为草丛中并没有生物，到后来发现了第一只昆虫，杜步金逐渐打开了发现城市中各种小型动物的大门。在后文中，杜步金随着时间发展而积累了更多的经验，也发现了越来越多有趣的昆虫，他津津有味地沉溺其中，以至于没有注意到周围已经聚集了许多以为他是因病而倒地的人群。这样一段幽默的记述也以昆虫为例，从侧面映射出城市自然规模的多种多样：城市自然不仅是大山大河，也包括了极小的昆虫。杜步金观察昆虫的经历也是一种典型的随时间而不断积累经验的个人化的自然体验。换言之，城市自然经验更加具有可重复性，这种经验往往是经过一定时间积累而建立起来的亲密感，是一个逐渐熟悉的过程。无论是杜步金与昆虫的接触经历，还是城市居民公寓中的小型园艺活动等，人们与自然所建立的联系都比荒野自然叙事中的经历更加敏感和私密。

像城市社区中的绿化区域这样的城市自然，是居民每日都可以接触到的一种自然环境类型。相比于或许一年才能去一次的国家公园或其他偏远的原始自然环境，城市绿化区域是城市居民日常生活中反复出现的自然存在，更容易在日积月累中与人类建立起亲密的联系。惠特曼在《草叶集》中便经常使用渡口作为一个核心意象，而渡口恰恰是作为城市通勤上班族每日必会搭乘的交通工具；随着时间的逐日流逝，人们在每日与渡口接触的过程中，人类与河流的关系也变得熟悉和亲密起来。这种与小规模的城市自然的接触经验以及较为亲密的私人体验，也是城市生态批评研究的一大特色。

四　城市的自然之美

最后值得一提的是，城市生态批评是一个再发现"美"的过程。长期以来，人们习惯于将城市等同于"丑"，下意识地认为美只存在于更遥远荒凉的原始自然中，忽视城市日常空间中的自然环境。正如我们之前提及的，城市自然是一种在日常生活中无处不在的自然环境形式。换言之，在观察、书写和研究城市自然的过程中，"看"的能力是关键。这种"看"不仅是一种生物学行为，更是怀着自然意识与环境意识来认知周围的非人世界，"看"到城市空间中的自然之"美"。

城市自然之美既可以是一种细微之美，如一棵草、一朵花、一片雪花、一只蝴蝶或鸟；也可以是一种宏大之美，如一座山、一片湖。这种自然美有可能隐藏于城市的高楼大厦之间，也有可能存在于个人居住的公寓居所，只要人们选择去欣赏，都可以激起审美反应，进而将人与自然相连，促进人们对非人的物质世界的接受以及对其福祉的道德关怀与环境意识。

此前，城市在文学作品中往往以消极的意象出现，甚至被认为是缺乏价值的[①]；城市空间中的某些人造空间如连锁商店、摩天大楼常常以类似的形象出现，似乎缺乏自身的特色，这也导致城市被视作一种由钢筋水泥构成的丑陋之物。城市生态批评通过引导人们发掘城市中的自然之美，促使人们意识到不同的城市即使其中的人造建筑外形相仿，却总会拥有独特的自然特征，因此有必要发现并且努力保护城市自然的生态之美。

第二节　西方城市生态批评的早期研究

相比于城市规划、自然科学、社会学、城市史研究等学科对城市与生态研究的重视，文学批评领域内的城市生态批评研究可谓起步晚、发展慢。尽管生态批评学者一直强调有必要在理论层面将城市系统地整合入生态批评的研究范畴内，却一直少有学者真正从事这方面的研究，而是更多地关注诸如"荒野"或其他看似较少受到人类影响的田

---

① Mary Ann Caws, "Introduction：The City on Our Mind," in Mary Ann Caws（ed.）, *City Images：Perspectives From Literature, Philosophy, and Film*, New York：Routledge, 2013, p. 2.

园空间。① 在生态批评第一波发展浪潮中，生态研究普遍将荒野和乡村空间的价值置于城市空间之上；至第二波发展浪潮时，研究界开始意识到，城市与自然之间的隔阂是一种长期形成的人为建构，城市自然环境逐渐进入了研究者的视野。

在城市自然环境进入生态批评视野之后，城市生态批评研究却并没有一马平川地开始发展。早期的城市生态批评经历了一个漫长而曲折的发展历程，先是在社会学研究方向初露锋芒，后又陷入沉寂；随后，随着生态正义研究的兴起，城市生态环境开始为研究者所关注，但是其研究思路多偏向于政治学方法，与生态批评的文学维度的交叉稍显欠缺。尽管这两拨研究方向都未能使城市生态批评真正蓬勃发展起来，但是作为一个新的研究领域的开创者和探路者，依旧具有十分重要的探索意义。社会学方向和政治学方向的城市生态批评研究，也为之后城市生态批评的热点研究打下了重要的理论基础。

一 早期城市生态批评的社会学指向

城市生态批评领域的拓荒之作，第一次将城市的概念引入生态批评视野的包括两部著作，即本内特和蒂格共同编写的《城市的自然：生态批评与城市环境》（*The Nature of Cities*：*Ecocriticism and Urban Environments*）和劳伦斯·布依尔的《为濒危的世界写作：美国及其他国家的文学、文化和环境》（*Writing for an Endangered World*：*Literature*，*Culture*，*and Environment in the U. S. and Beyond*）。

1999 年，本内特和蒂格编写并出版了《城市的自然：生态批评与城市环境》（*The Nature of Cities*：*Ecocriticism and Urban Environments*）一书，将"环境"的概念延伸至包括人类在自然环境中所造成的影响——

---

① Christopher Schliephake，"Re-Mapping Ecocriticism：New Directions in Literary and Urban Ecology，" *Ecozon@* 6. 1（2015）：pp. 195 – 207.

例如城市的建设。① 这是学界最早的一部专门研究城市环境的生态批评专著，具有开拓性的重要意义。书中提出，城市生态批评的研究目的是"重新认知自然与自然的各种文化再现，以更好地理解当代城市空间……处理那些当人们试图采用环境视角分析城市生活时出现的理论议题"。② 本内特和蒂格认为，生态批评研究中的"自然"、"文化"与"环境"等概念都将城市空间排除在外，"生态批评研究往往与自然书写、美国田园主义和文学生态学相联系"，而这对生态批评运动本身而言是一种不必要的限制。③ 比起所谓"淳朴的"未经人类开发的荒野自然环境，受到人类活动直接影响的城市自然环境更加直观地见证了人类社会与自然环境的互动过程。二人在序言中指出，城市生态批评与社会学研究有着紧密的联系，通过关注人们身边的日常城市空间与城市环境中人们社会生活之间的关系，城市生态批评旨在回应其中的各种"社会诉求"④。

《城市的自然：生态批评与城市环境》一书分为"城市自然书写"、"城市公园"、"城市'荒野'"、"生态女性主义与城市"与"城市空间的理论化"五部分，收录了包括凯思林·沃勒斯（Kathleen Wallace）、迈克尔·布兰奇（Michael Branch）和特里尔·迪克森（Terrell Dixon）等知名美国生态批评学者在内的文章。文集重新审视了自然以及自然的各种文化再现，立足于环境视角研究城市生活，例如对奥德烈·罗尔蒂（Audre Lorde）等人的作品进行再读，关注美国犹太电影中的"城市荒野"等。文集拒绝将乡村和荒野以外的自然环

① Michael Bennett and David W. Teague（eds.），*The Nature of Cities*：*Ecocriticism and Urban Environments*，Tucson：University of Arizona Press，1999.

② Michael Bennett and David W. Teague，"Urban Ecocriticism：An Introduction，" in Michael Bennett and David W. Teague（eds.），*The Nature of Cities*：*Ecocriticism and Urban Environments*，Tucson：University of Arizona Press，1999，p. 10.

③ Ibid.，p. 3.

④ Andrew Ross，"The Social Claim on Urban Ecology，" in M. Bennett and D. W. Teague（eds.），*The Nature of Cities. Ecocriticism and Urban Environments*，p. 28.

境排除在外，致力于修复环境主义、文化研究与城市经验之间的历史隔阂。

本内特和蒂格二人都是乡下出身，后来到城市空间中工作生活。他们在序言中戏称自己被"移植"至城市生态系统中，而城市环境也重塑了他们对自然与生态学的认知。一方面，城市加深了他们对原本认为理所应当的"淳朴而自然的"居住地的欣赏；另一方面，他们也质疑生态批评偏倚"未被破坏的自然环境"，将自己如今的居住之所即城市环境排除在研究范畴之外的行为。本内特和蒂格强调，人们应当避免理想化自己记忆中的乡村环境，因为即使所谓"纯粹的"自然环境依然会受到在城市中心制定的决策的影响。文集的其他文章也指出，对城市空间、生活实践或城市文学进行生态解读可以映射出城市是如何作为生态系统而运作的，以及自然/文化与农郊/城市的概念本身的相互关联性。因此，本内特和蒂格认为，有必要"让城市居住者意识到自己在生态系统中的位置，以及这一事实对城市生活和文化具有的重要影响"。①这部文集对城市生态批评的发展产生了重要影响，被格罗费尔蒂评价为城市生态批评研究的入门之作。②

二　早期城市生态批评的政治学指向

在社会学研究领域内提出城市生态批评的概念之后，文学研究学界的回应并不积极，这也使城市生态批评一度陷入了沉寂。之后，在生态批评的第二波发展浪潮中，生态批评的研究视野逐渐拓宽，开始有学者提出应当将城市空间也纳入生态批评的研究视野之内。这其中，最具有代表性的就是劳伦斯·布依尔和他的环境批评理论。

劳伦斯·布依尔（Lawrence Buell）是哈佛大学荣休教授、原英文

---

① Michael Bennett and David W. Teague, "Urban Ecocriticism: An Introduction," p. 6.

② Cheryll Glotfelty, "A Guided Tour of Ecocriticism, with Excursions to Catherland," *Cather Studies*, Vol. 5 (2003), pp. 28 – 43.

系主任，他发表于 20 世纪 90 年代末至 21 世纪初的"生态批评三部曲"对学界产生了深远的影响。三部曲的第一部《环境的想象：梭罗、自然写作与美国文化的构成》（*The Environmental Imagination：Thoreau，Nature Writing，and the Formation of American Culture*）① 于 1995 年问世，被誉为"生态批评的里程碑"②。三部曲之二的《为濒危的世界写作：美国及其他国家的文学、文化和环境》（*Writing for an Endangered World：Literature，Culture，and Environment in the U. S. and Beyond*）③ 荣获 2001 年度"卡威迪杰出文学批评奖"。第三部《环境批评的未来：环境危机和文学想象》（*The Future of Environmental Criticism：Environmental Crisis and Literary Imagination*）在 2005 年问世，已被译为多国语言。其中，《为濒危的世界写作：美国及其他国家的文学、文化和环境》被他本人评价为三部曲中最具代表性、也是最完善地阐释了他的批评理念的一部。

　　《为濒危的世界写作》一书采用广阔的跨学科视角，相比于理论研究的方法，更多地立足于历史研究方法。在书中，布依尔呼吁生态批评学者将关注点转向"城市空间与未开发地区之间的相互关联性以及人们是如何对这种关联性进行想象的"④，将代表乡野的"绿色"空间与代表工业的"棕色"空间放入同一框架内进行对话，进而提出环境批评的概念。除了呼吁学者将注意力转向城市空间尤其是城市文本中的环境，布依尔还以现代主义作家弗吉尼亚·伍尔夫（Virginia Woolf）和威廉·卡洛斯·威廉姆斯（William Carlos Williams）的城市作品为例，指出城市经验也可以像自然书写那样令人产生地方感。

---

① Lawrence Buell, *The Environmental Imagination：Thoreau，Nature Writing，and the Formation of American Culture*, Cambridge：Harvard University Press, 1995.

② Richard Kerridge and Neil Sammells（eds. ）, *Writing the Environment：Ecocriticism and Literature*, London：Zed Books Ltd. , 1998, p. 32.

③ Lawrence Buell, *Writing for an Endangered World：Literature，Culture，and Environment in the U. S. and Beyond*, Cambridge：Belknap Press of Harvard University Press, 2001.

④ Ibid. , p. 8.

　　劳伦斯·布依尔对生态批评的另一个重要贡献便是提出了环境批评（environmental criticism）的概念，实际上，他本人在研究著述中也是使用的"环境批评"术语。布依尔认为"环境批评"的说法比"生态批评"的术语囊括了更加宽广的研究范畴。在与中国学者程相占的对谈中，布依尔指出，如果说"深层生态学"这样的理论曾经是生态批评第一波发展浪潮中隐含的伦理模式的话，那么生态批评的修正主义者则日益将其研究的基础放在"环境正义（公平）"（environmental justice）的伦理范式上。① 布依尔试图通过环境批评的概念强调应当将生态批评的关注对象扩大化，更加关注生态问题中发挥作用的各种复杂的社会因素，呼吁人们挽救"濒危的自然"。此外，环境批评研究重视人类在建构环境伦理中所发挥的作用，关注各类空间所具有的"环境性"（environmentality）。

　　"环境批评"术语的提出曾在文学批评界引起极大关注，但是之后却后劲不足，并未在学界大规模流行开来，目前"生态批评"依然是学界的主流术语。"环境批评"呼应了生态批评第二波发展浪潮对环境不平等问题的日益关注，例如环境风险在不同文化、种族、社群之间的不公正的分布。在实际的文本实践中，环境批评主要关注的是环境与人类、人与人、族裔与族裔以及社区和社区之间的环境公正，是一种更加偏向政治学方向的研究方法。

　　除了以上提及的社会学与政治学方向的研究，早期的城市生态批评发展比较缓慢，其中一个主要的原因即是城市自然文本的极度匮乏。针对这一困境，2002 年生态批评学者、环境正义运动的重要人物特里尔·迪克森（Terrell Dixon）搜集了并主编出版了重要的作家作品集《城市荒野：关于城市自然的散文与短篇小说集》（*City Wilds: Essays and Stories about Urban Nature*）一书。这部书虽然是一部作家作品集，

---

① 程相占、劳伦斯·布依尔：《生态批评、城市环境与环境批评》，《江苏大学学报》（社会科学版）2010 年第 5 期。

但是十分及时地应对了当前生态批评研究中缺少城市自然文本的现状，被本内特称赞为"是一部已经期待已久的作品"。① 迪克森在序言中提出，人们在提到自然书写时往往只会想到以荒野或乡村为题材的文学作品，这部作品集拓宽了人们对美国自然书写的认知，将城市生活中的动物、植物、地理与气候等元素带入研究视野。迪克森认为，城市自然书写与其他当代自然书写的区别在于三大中心思想，即对失去之物的哀叹与冥想；强调要学会重视和珍视郊区的自然环境；呼吁制定城市使用土地政策，形成教育理念并通过文学作品避免人类的文化背离自然。

《城市荒野：关于城市自然的散文与短篇小说集》中收录的作品以 20 世纪之后诗歌和短篇小说为主，涵盖了包括约翰·汉森·米切尔（John Hanson Mitchell）、里克·拜斯（Rick Bass）、罗伯特·迈克·派尔（Robert Michael Pyle）、艾莉森·霍桑·丹宁（Alison Hawthorne Deming）等人在内的共 35 篇作品。这些作品的写作对象并不是所谓的淳朴的自然或异域风情，而是带读者重返城市中的河流、公园、空地、昆虫、湖泊、宠物、花园与动物园等场所。尤其值得一提的是，这部文集注意收入了女性作家和少数族裔作家的作品，展现了来自多元文化背景的作家是如何看待城市中的自然环境的。迪克森指出，环境问题日益严重的当今也是重建城市与自然关系的关键时刻，城市生态批评研究可以防止城市自然意识的消退，促使人们保护现存的城市自然环境，营造更多的可以和自然接触的开放空间。只有这样，才能在城市空间中延续自然经验，有效防止出现派尔在《雷电之树》（*The Thunder Tree*）中所描述的"经验灭绝"（extinction of experience）的现象。

---

① Michael Bennett, "Book Review: *City Wilds: Essays and Stories About Urban Nature*", *ISLE* 10. 1（2003）：pp. 269 – 270.

第三节　西方学界城市生态批评的研究热点

城市生态批评在生态批评第二波浪潮的沉寂期之后，在近五年，尤其是 2013 年之后的研究中，其沉默处境逐渐浮现出转变的迹象。2011 年，赛匹尔·奥帕曼（Serpil Oppermann）也再次指出，将城市生态批评纳入生态批评的实践范畴，可以拓展生态批评作为一门学科的定义。①

从宏观上说，近年城市生态批评在国外学界的接受更加广泛，除了美国文学，也有对英国、南非与澳大利亚等国作品的研究。此外，其研究方向也呈现出细化的趋势②，例如结合了生态政治学与族裔研究的生态正义运动研究，致力于揭露向少数族裔等边缘群体转嫁环境污染与资源匮乏的现实与后果；针对反乌托邦城市的研究，包括城市环境的生态不稳定及其导致的城市异化现象；环境话语的病理化研究，如针对城市环境中的垃圾、污物和毒物的生态批评研究；借用西蒙·埃斯托克（Simon Estok）的生态恐惧（ecophobia）概念的相关研究；生态恐怖主义研究以及生态无政府主义研究等等。

总体而言，城市生态批评研究在生态批评的第三波浪潮后逐渐崛起，展现出各式各样的研究角度与推进的可能性。本节将对城市生态批评目前的一些研究热点进行分类和述评，以期为感兴趣的学者提供一个城市生态批评的宏观研究视野，在未来进一步拓展城市生态批评的研究领域。

---

① Serpil Oppermann, "The Future of Ecocriticism: Present Currents," in Serpil Oppermann, Ufuk özda, Nevin özkan and Scott Slovic（eds.）, *The Future of Ecocriticism: New Horizons*, Newcastle-upon-Tyne: Cambridge Scholars Publishing, 2011, pp. 14–29.

② 需要说明的是，这些近期研究并非全部在"城市生态批评"的框架之下进行的。换言之，尽管有一些学者并未有意识地使用"城市生态批评"这一术语，但是他们所关注的研究对象与城市生态批评研究相近，也就是从生态批评的角度解读文学作品中的城市环境，因此也被纳入了本文的讨论范围。

一　国别文学研究

2010 年后，尤其是近两年，城市生态批评经过长期的积累，研究成果开始有数量增多、研究范围变广的趋势，如涉及的研究领域包括了生态政治学、族裔研究、文学生态学等，涉及的国别也更加多样化，出现了英国、南非、澳大利亚等国学者的研究。

在英国文学方面，代表论文有阿斯特丽德·布拉克（Astrid Bracke）的《城市自然的再思考》（"Re-Approaching Urban Nature"）一文。① 布拉克以摄影师杰森·奥顿（Jason Orton）和作家肯·沃尔坡（Ken Worpole）在 2013 年合作出版的《新英国环境》（*The New English Landscape*）一书为文本，研究了英国最近的"新自然书写"（new nature writings）。② 布拉克认为，生态批评在对待非传统环境如城市环境和其他人造空间方面明显缺乏耐心：生态批评的第二波浪潮只是理论上提出了城市环境的重要性，实际上却更加偏向社会学研究；在生态批评研究中，生态批评学者依旧把城市自然看做是"理想"自然的"回音"或"残余物"。她主张寻找更适合 21 世纪环境研究的语言、词汇、照片和文本，认为现在存在着"对环境的美学再现与阐释的危机"。此外布拉克指出，《边缘之地：走进英国真正的荒野》（*Edgelands：Journeys into England's True Wilderness*）（2011）和《来自隐藏城市的田野笔记：一本城市自然日记》（*Field Notes from a Hidden City：An Urban Nature Diary*）（2013）两部作品中都出现了只有可以"被命名"的环境才能"被看到"、"被体验"甚至"被歌颂"的观点，而《新英国环境》中的很多照片虽然取材于城市及其附近的环境，却选择故意不拍人像，使这些环

---

① Astrid Bracke, "Re-Approaching Urban Nature," *Alluvium* 3.1（2014），http：//dx.doi. org/10.7766/alluvium.v3.1.02，2nd November 2015.

② "新自然书写"一词来自格兰塔 2008 年编辑出版的文集《新自然书写?》（*The New Nature Writing?*），书中收录了包括罗伯特·麦克法伦（Robert Macfarlane）、凯瑟琳·嘉米（Kathleen Jamie）和提姆·迪（Tim Dee）等人的作品，多为 2000 年后出版的作品。

境看起来似乎是遥远的浪漫之所。布拉克认为，"人的'缺席'深刻影响了人们如何体验现代世界及其环境"，呼吁生态批评采取跨学科的城市研究视角以更好地诠释和定义环境。

南非文学方面，丹·威利（Dan Wylie）的论文《南非的郊区花园与马瑞斯·埃弗里特的诗歌》（"Playing God in Small Spaces?: The Ecology of the Suburban Garden in South Africa and the Poetry of Mariss Everitt"）① 聚焦南非诗人马瑞斯·埃弗里特（Mariss Everitt）花园诗歌中的体验维度与现象学维度，填补了对南非城市化研究和南非文学研究对郊区花园生态的忽视。威利借助城市规划等相关学科，认为城市生态批评应当立足于本地文学的学术研究。

澳大利亚文学的城市生态批评代表作有斯特里克勒（Breyan Strickler）的论文《环境话语的病理化：残疾研究与生态批评在垃圾小说研究中的结合》（"The Pathologization of Environmental Discourse: Melding Disability Studies and Ecocriticism in Urban Grunge Novels"）。② 文章以原住民小说家穆诸鲁·纳罗金（Mudrooroo Narogin）的《沃拉迪医生承受世界末日的良方》（*Dr. Wooreddy's Prescription for Enduring the End of the World*）和美国后现代小说家唐·德里罗（Don DeLillo）的小说《白噪音》（*White Noise*）为例，讨论了城市垃圾与社会焦虑情绪的关联性，认为在澳大利亚垃圾小说（grunge fiction）中塑造的人物常常可以积极地接纳环境的模糊性，而美国的毒物小说则对之持有惧怕的态度。

二 城市生态正义与生态政治学

除了国别的多元化，城市生态批评的研究主题也出现了多样化趋势。其中，城市空间中的生态正义问题和生态政治学角度是一些城市生

① Dan Wylie, "Playing God in Small Spaces?: The Ecology of the Suburban Garden in South Africa and the Poetry of Mariss Everitt," *Journal of Literary Studies* 27. 4 (2011): pp. 71 – 90.

② Breyan Strickler, "The Pathologization of Environmental Discourse: Melding Disability Studies and Ecocriticism in Urban Grunge Novels," *ISLE* 15. 1 (2008): pp. 112 – 134.

态批评的关注点。这些研究相比于城市生态批评此前的早期研究中的生态正义研究，其研究中的政治学色彩有所减弱，更加具有文学批评性，也更加重视对文学文本的阐释。

其中，艾伊·卡农（Eoin Cannon）在其论文《沃尔特·莫斯利的〈总是输给数量和武器〉：作为一种文学生态学形式的城市小说符号学》（"Semiotic Mapping in Urban Fiction as a Model of Literary Ecology：Walter Mosley's *Always Outnumbered, Always Outgunned*"）[①] 中，将城市符号学与地理学概念整合为一种新型的文学生态学研究范式，从城市符号学和后现代空间认知的角度研究了美国黑人作家沃尔特·莫斯利的作品，探讨了其中复刻的人类栖居空间与城市符号。卡农对反城市修辞进行了历史分析，关注二十世纪中期城市政策的城市生态学含义，主张将城市政治学、城市规划与环境正义问题结合起来看待，指出符号学和关于地方概念的研究既依赖于种族、阶级和社会地位的相互作用，也会对之产生重大的影响。

2014 年，德国学者克里斯托弗·施里菲克（Christopher Schliephake）出版了著作《城市生态学：当代文化的城市空间、物质能动性与环境政治学》（*Urban Ecologies：City Space, Material Agency, and Environmental Politics in Contemporary Culture*）。[②] 这本书聚焦媒体研究和电影研究，进一步拓宽了城市生态批评的视域，提出以城市生态批评、社会科学和自然科学的城市生态学研究以及"新物质主义"理论共同构成"文化城市生态学"的复杂框架。施里菲克通过分析城市在当代文化话语中的重现，追溯城市世界的物质结构及其对环境的影响，将城市文化与非人物质过

---

① Eoin Cannon, "Semiotic Mapping in Urban Fiction as a Model of Literary Ecology：Walter Mosley's Always Outnumbered, Always Outgunned," in Karen Waldron and Rob Friedman（eds.）, *Toward a Literary Ecology：Places and Spaces in American Literature*, Lanham, MD：Scarecrow Press, 2013, pp. 61 – 80.

② Christopher Schliephake, *Urban Ecologies：City Space, Material Agency, and Environmental Politics in Contemporary Culture*, Lanham, MD：Lexington, 2014.

程相联系，进而把视角从"朴素自然"转向如今大多数人居住的城市空间，强调文化在城市生态学中的作用。施里菲克指出，作为一种空间现象的城市既是生态系统空间，也是文化空间。城市空间不仅与相应的自然环境之间有着复杂多面的物质关联，而且也与观念、想象和解读等文化话语紧密联系，这种文化与艺术的再现共同构成了城市生活的文化象征与文化话语。

最后，生态无政府主义研究也是一个比较有特色的研究角度。在新近发表的《詹姆斯·乔伊斯的城市生态无政府主义》（"James Joyce's Urban EcoAnarchism"）一文中①，蕾切尔·尼斯百特（Rachel Nisbet）以詹姆斯·乔伊斯的《芬尼根守灵夜》（Finnegans Wake）为例，指出在 20 世纪早期的都柏林，定期爆发的伤寒疫情让城市内的新生儿的死亡率不断走高。在这个过程中，由于利菲河（River Liffey）三角区无法消解从城市富裕城镇排放的大量污水，因此污水向上游涌去，加倍造成了滋生伤寒病菌的温床。《芬尼根守灵夜》暗示了一种使都柏林城市生态变得平衡的可能性，即通过减少人口增长、分配财富和抑制贪欲三种方法，来减少对自然资源的消耗。尽管这三种方法可能会导致都柏林逐渐成为一个平等主义的社会，但是其可以增加城市中居民对自身行为的意识。蕾切尔援引了俄国无政府主义理论家和社会活动家彼得·克鲁泡特金（Peter Kropotkin）的生态无政府主义（EcoAnarchism）理论，在跨代际的视域内审视了都柏林城市与其周边环境形成平衡关系的可能性，指出这也是詹姆斯·乔伊斯试图改变都柏林城市生态的一种方法。

三 反乌托邦城市研究

在城市生态批评研究中，反乌托邦城市研究是一个重要的部分。具体而言，反乌托邦城市研究延续了传统生态批评对城市的普遍的负面态

---

① Rachel Nisbet，"James Joyce's Urban EcoAnarchism，" *Ecozon@* 7. 2（2016）：pp. 10 – 28.

度与论述逻辑，关注城市空间的环境异化与病理进程，包括生态污染、城市自然异化、生态忧郁症、生态恐惧、垃圾、污物和毒物等环境病理学以及生态恐怖主义的议题。这类研究也是目前城市生态批评中所占比例较大的一种阐释视角。

　　首先是针对人类纪时代的城市生态恶化对城市社区所造成的负面影响。例如，谢丽尔·卢思丽（Cheryl Lousley）的论文《伦理、自然与陌生人：迪翁·布兰德长诗〈饥渴〉和〈目录〉中的世界主义》（"Ethics, Nature, and the Stranger: Cosmopolitanism in Dionne Brand's Long Poems *Thirsty* and *Inventory*"）① 关注了世界城市与环境破坏的问题。此外，杰西卡·摩西恩（Jessica Maucione）的论文《文学生态学与城市：重新定位山下凯伦〈橘子回归线〉中的洛杉矶》（"Literary Ecology and the City: Re-Placing Los Angeles in Karen Tei Yamashita's *The Tropic of Orange*"）指出，社会问题与生态问题彼此关联，而作为文化文本的文学作品可以引起人们关于社会与生态问题观点的改变。② 摩西恩以山下凯伦的《橘子回归线》（1997）为例，探索了其中对城市的人类纪意象的塑造。摩西恩提出，人类纪指代了一种由人类驱动的影响占据主导地位的地质年代，这也意味着人类与自然之间界限开始逐渐变得更加模糊。然而，目前的文学与生态批评研究大多将城市视为一种典型的非自然空间。在《橘子回归线》中，山下凯伦借用魔幻现实主义的手法将洛杉矶刻画为一个复杂的生态空间，清晰地追踪了全球经济时代的物质元素在城市空间中流动的轨迹。摩西恩认为，《橘子回归线》中的人群已经成为城市经济的一

---

　　① Cheryl Lousley, "Ethics, Nature, and the Stranger: Cosmopolitanism in Dionne Brand's Long Poems *Thirsty* and *Inventory*," in Stefan L. Brandt, Winfried Fluck and Frank Mehring (eds.), *Transcultural Spaces: Challenges of Urbanity, Ecology, and the Environment*, Tübingen: Narr Verlag, 2010, pp. 295 – 309.

　　② Jessica Maucione, "Literary Ecology and the City: Re-Placing Los Angeles in Karen Tei Yamashita's *The Tropic of Orange*," in Karen Waldron and Rob Friedman (eds.), *Toward a Literary Ecology: Places and Spaces in American Literature*, Lanham, MD: Scarecrow Press, 2013, pp. 81 – 100.

部分，换言之，支撑城市运转的人类和生态系统已经物质化了，城市空间成为了一个社会物质构成的生态系统。在这一视域内，人们必须正视人类纪时代对自然、生态和人类责任所带来的挑战。摩西恩将文化研究理论和后现代理论家詹姆逊的研究相结合，认为城市居民的异化感与归属感的流失背后是城市环境的生态不稳定和全球化导致的雷同与从众现象，呼吁将文学文本作为改造城市和城市社区的力量。

佩雷兹·拉莫斯（Pérez Ramos）近期发表的论文《水资源的末日：西南部反乌托邦虚构文学中的威尼斯沙漠城市与乌托邦理想城市》（"The Water Apocalypse：Venice Desert Cities and Utopian Arcologies in Southwestern Dystopian Fiction"）[1] 也是反乌托邦城市研究的典型论述。文章以美国西南部城市的未来建设为例，援引了诸多相关的虚构文学与非虚构文学作品作为文本例证。美国西南部地区的城市是美国国内发展最为迅速和人口最为稠密的，其中洛杉矶是美国人口第二大城市，菲尼克斯则是第六大城市。在地理环境方面，西南地区还是一个拥有四个大沙漠的半干燥地带，地下水自然资源退化迅速，其未来的水源供给情况非常的不容乐观。因此，拉莫斯指出，在与西南部地区相关文学作品中，作者所塑造的西南部城市的未来发展往往与水源的盛衰兴废息息相关。拉莫斯将生态批评、环境史研究和去殖民化理论统一在跨学科的研究框架之下，审视了美国西南部地区在水资源管理方面的社会与技术问题，尤其是其中的城市环境以及城市环境所造成的一系列社会层面和环境层面的影响。

其次，城市自然的哥特式的异化形象也是反乌托邦城市生态研究的热门话题和常见主题。在文学与艺术文本中，绿地、动物与弹性的物理环境常常以"不自然"的形象出现，例如好莱坞电影中经常出现的洪水、食人植物、疾病、害虫或极端天气等恐怖形象。通过将城市自然塑

---

① Pérez Ramos, "The Water Apocalypse：Venice Desert Cities and Utopian Arcologies in Southwestern Dystopian Fiction," *Ecozon@* 7.2（2016）：pp. 44 – 64.

造为恐怖的哥特式形象，文学家和批评家强调的是自然在城市空间中的改变或者说反常的异化，暗示了自然环境对人造环境压迫的反击与回应。例如，桑亚·佐吉（Sonja Georgi）的论文《族裔空间与城市的商业化》（"Ethnic Space and the Commodification of Urbanity"）① 研究了加拿大华裔女作家拉丽莎·赖（Larissa Lai）的小说《咸鱼女孩》（*Salt Fish Girl*）中城市空间与族裔问题的交织。佐吉认为，小说中作者描绘的贫穷、暴力与生态灾难问题不仅污染了人类社会，也影响了自然世界，造成了城市中自然环境变得异化而反常，不再是原始的荒野自然一般的纯粹与朴素。

类似的研究还有西蒙·埃斯托克（Simon Estok）提出的生态恐惧（ecophobia）② 的概念。生态恐惧指的是人类具有的对自然界的非理性和无理由的憎恶的本能，其中一方面包括人类对自然世界的恐惧，另一方面也包括人类对生态问题及其可怖后果的恐惧心理。埃斯托克认为，生态恐惧的根源是人类缺乏对自然界的掌控和预见能力，尤其是与人类在远古时代始终受制于原始自然的畏惧心理有着直接的联系。在人类能动性逐渐增强和进入人类纪时代之后，人类群体对自然环境的影响达到了最高的程度，于是生态恐惧心理也逐渐促使人类文化走向了一种"反自然"的文化，驱动人们进行了各种针对自然环境的破坏行为。

与"生态恐惧"类似的概念还有珍妮佛·詹姆斯（Jennifer James）在《生态忧郁症：奴隶、战争与黑人生态想象》（"Ecomelancholia：Slavery，War，and Black Ecological Imaginings"）③ 一文中提出的"生态

① Sonja Georgi，"Ethnic Space and the Commodification of Urbanity," in Stefan L. Brandt，Winfried Fluck and Frank Mehring（eds.），*Transcultural Spaces：Challenges of Urbanity，Ecology，and the Environment*，Tübingen：Narr Verlag，2010，pp. 159 – 172.

② Simon C. Estok，"Reading Ecophobia：a Manifesto," *Ecozon@* 1. 1（2010）：pp. 75 – 79.

③ Jennifer C. James，"Ecomelancholia：Slavery，War，and Black Ecological Imaginings," in *Environmental Criticism for the Twenty-First Century*，eds. Stephanie LeMenager，Teresa Shewry，Ken Hiltner，New York & London：Routledge，2011，pp. 163 – 178.

忧郁症"（ecomelancholia）的概念。珍妮佛分析了查尔斯·切斯纳特（Charles Chesnutt）、佐拉·尼尔·赫斯顿（Zora Neale Hurston）、斯特尔林·K. 布朗（Sterling Brown）和托尼·莫里森（Toni Morrison）等众多作家的文学书写，指出在非裔美国文学中地球是承载了黑人记忆的重要场所，使黑人记忆与自然空间之间生成了一种特殊的关联。这种黑人记忆源于河流，生于海洋，在水流和田野中长大，如岩石一样滚动。因此，受到城市空间周边与种族歧视相关的因素影响，如种植园、奴隶史、极端组织等，这些黑暗的记忆严重影响了非裔美国人的自然经验，最终造成了非裔美国人与自然世界之间的联结的断裂。

第三，最近兴起的垃圾、毒物与污物研究也得到了许多学者的关注，属于是环境病理学研究的范畴。例如，海瑟·沙利文（Heather I. Sullivan）的污物美学研究①指出，绿色思想往往忽视了人造空间或其他景观中的不那么引人注目的污物，而这种做法有可能加深了二元论式的世界划分方法，即将现实世界划分为"纯粹的洁净自然"与肮脏的人类世界。沙利文认为，围绕在人类周围的污物、土壤、土地和灰尘无处不在，无论是鞋面、身体、电脑屏幕等人类居住的空间，还是田野、森林和空气中，都有它们的身影。污物和土壤、土地、灰尘一样，都是一种大地本身的地理结构，都像人类身体一样具有移动性，都是可以激起审美反应的。

苏珊·莫里森（Susan Morrison）②和维罗尼卡·布拉格达（Véronique Bragard）等学者则从物质主义生态批评角度对垃圾进行了研究③。莫里森在《垃圾的文学：物质生态诗学与伦理物质》（*The Literature of Waste：*

---

① Heather I. Sullivan, "Dirt Theory and Material Ecocriticism," *Interdisciplinary Studies in Literature and Environment* 19. 3（2012）：pp. 515–531.

② S. Morrison, *The Literature of Waste：Material Ecopoetics and Ethical Matter*, New York：Palgrave Macmillan, 2015.

③ Véronique Bragard, "Introduction：Languages of Waste：Matter and Form in our Garb-Age," *Interdisciplinary Approaches to Literature and Environment* 20. 3（2013）：pp. 459–463.

Material Ecopoetics and Ethical Matter）一书中，以跨学科研究框架为依托，审视了从《贝尔武甫》（*Beowulf*）到塞缪尔·贝克特（Samuel Beckett）的诸多文学作品，对"垃圾"的内涵与寓意进行了全新的探讨。莫里森认为，目前关于垃圾物质的认知已经将其分解为多种关于毒物的比喻，研究者有必要在物质主义生态批评的关照下，将垃圾视作一种具有动态能动性的物质，审视其对人类的伦理价值观念产生的重要影响。

最后，还有学者将生态恐怖主义研究纳入了城市生态批评的视域。例如，雷拉·哈弗卡普（Leyla Haferkamp）的论文《"有人会生气…"：卡尔·希尔森作品中的生态恐怖主义》（"'Somebody's got to get angry......'：Ecoterrorism in the Work of Carl Hiaasen"）① 以美国记者兼作家卡尔·希尔森（Carl Hiaasen）的环境政治学主题的作品为研究对象，聚焦卡尔·希尔森作品中最受争议的人物克林顿·蒂里（Clinton Tyree），探讨希尔森对生态恐怖主义的宣传是否可以被看作是对美国环境的商业化现象的一种后现代式反抗。

四　城市空间的自然化研究

随着现代社会的发展，地球上各类生物的生存环境日益复杂，人文学科内的环境想象在人文景观与自然环境的相互关系的议题上开始走向一个新的十字路口。环境伦理学家如罗尔斯顿认为，"人类文明进程就其'本质'而言是对自然进化过程的干扰，文明与自然之间的关系不是共生，而是对立"。② 而最近几年，随着后现代主义和新物质主义等思潮的影响，城市生态批评研究也开始关注此前占据主导地位的城市/

---

① Leyla Haferkamp, "'Somebody's got to get angry...': Ecoterrorism in the Work of Carl Hiaasen," in Stefan L. Brandt, Winfried Fluck and Frank Mehring（eds.）, *Transcultural Spaces: Challenges of Urbanity, Ecology, and the Environment*, Tübingen: Narr Verlag, 2010, pp. 41-52.

② Holmes Rolston, III, "The Wilderness Idea Reaffirmed," in J. BairdCallicott and Michael Nelson（eds.）, *The Great New Wilderness Debate*, Athens, GA: The University of Georgia Press, 1998, p. 371.

自然的二元对立，并开始对这种二元论的划分方法发起挑战，探索城市空间可能具有的自然属性。

其中，布依尔在《城市与自然：对立还是共生》（"Nature And City：Antithesis or Symbiosis？"）① 一文中指出，自然与城市之间的关系并非"对立"或"共生"的单一模式，而是根据不同的具体情况衍生出多种情境。他从正反面详尽论述了生态批评话语中六种常见的隐喻模式，即城市/自然的二元对立；城市作为整体的宏观有机体；城市作为碎片化的集合体；城市的羊皮纸效应（palimpsest）；作为网络的城市以及作为启示录的城市。布依尔旁征博引，不仅涉及了包括惠特曼的《草叶集》 （*Leaves of Grass*）、詹姆斯·乔伊斯的《芬尼根守灵夜》（*Finnegans Wake*）、非裔美国小说家约翰·埃德迦·韦德曼（John Edgar Wideman）的《费城之火》 （*Philadelphia Fire*）、约翰·汉森·米切尔（John Hanson Mitchell）的《仪式时间》 （*Ceremonial Time*）、山下凯伦（Karen Tei Yamashita）的《穿越雨林之弧》（*Through The Arc of The Rain Forest*）和《橘子回归线》（*Tropic of Orange*）等在内的文学作品，还借用了大量现实范例，如新墨西哥州坐落在沙漠之上的绿色城市阿尔布开克市和美国的中央公园等。他呼吁城市生态学者和环境学者在概念、伦理以及美学层面共同迎接环境的挑战，探寻一种可行的城市生态秩序。

另外，德国学者安德里亚·埃德尔（Andrea Edl）的专著《从生态批评的诞生到城市生态批评的世界主义研究方法：美国荒野与城市反乌托邦中的空间与场所》 （*Vom Ursprung ökokritischen Denkens zu einem kosmopolitanen Ansatz der urbanen ökokritik—Ort und Raum von der amerikanischen Wildnis bis zur urbanen Dystopie*）② 聚焦城市环境等人类主宰的空间，

---

① Lawrence Buell，"Nature and The City Antithesis Or Symbiosis？," *Yearbook of Research in English and American Literature*，Vol. 26 （2010），pp. 3 - 20.

② Andrea Edl, *Vom Ursprung ökokritischen Denkens Zu Einem Kosmopolitanen Ansatz Der Urbanen ökokritik—Ort Und Raum Von Der Amerikanischen Wildnis Bis Zur Urbanen Dystopie*, Frankfurt A. M. ：Peter Lang，2013.

试图展现自然和文化的相互作用及其对全球范围内人类生存条件的影响。埃德尔将城市空间看作自然与文化相遇的场所，指出这是一个长期以来在生态分析中只有少数研究涉及的空间。她在概念隐喻的层面上将城市看作"复杂的有机体"，将环境理解为既包括人造物也包括自然物的空间。埃德尔结合城市学研究指出，全球网络将城市地域性与全球经济发展联系在一起，城市生态批评应当用世界主义视角取代本地/全球的二元对立，探寻城市的地方意识。埃德尔的研究采用了跨学科框架，把生态批评、世界主义研究与生态中心主义哲学相结合，以保罗·奥斯特（Paul Auster）1987 年的小说《末世之城》（*In the Country of Last Things*）中的反乌托邦城市为例，指出城市反乌托邦会促使读者反思社会的环境变化，将反乌托邦文学看作一种可以分析环境危机的文学生态学模式，而不是一种惨淡的城市未来。她认为，很多环境研究的反乌托邦或启示录倾向是对导致生态危机意识的自然世界不平衡性的文化解读。

此外，乌苏拉·海瑟（Ursula Heise）的《都市主义者的地球化》（"Terraforming for Urbanists"）① 一文探讨了科幻小说中的地球化主题与人类纪议题之间的互动，并且在讨论中塑造出一个自然化的城市形象。海瑟在文中塑造的城市形象并非自然的对立面或生物荒原的形象，而是一个自然的生态系统。此前，城市往往被视作剥削、危机与灾难发生的场所，营造了反乌托邦式的惨淡的城市未来。海瑟的论文援引了金·斯坦利·罗宾逊（Kim Stanley Robinson）的科幻小说《2312》与哈里特·默林（Harryette Mullen）的极简主义风格诗集《城市风滚草》（*Urban Tumbleweed*）。在《2312》中，作者利用文学创作手法将城市与地球建构为一种虽然受到人类影响、但依然属于自然环境的范畴。同样，在诗集《城市风滚草》中，哈里特·默林借助笔下的漫游者的叙事视角，

① Ursula Heise，"Terraforming for Urbanists，" *Novel：A Forum on Fiction* 49. 1（May 2016）：pp. 10 – 25.

描绘了大都市即洛杉矶中的自然街道。默林指出，城市和自然是由相同的变形过程而生成的元素，因此，城市也是自然的一部分：在地球化的过程中，城市空间之内和城市空间之外都有自然的生成，同时也有对自然和政治社区进行的解构。

　　另外值得注意的是，近两年有学者开始反对针对文学城市空间的脸谱化的负面评价，这也是城市生态批评在城市研究和生态批评领域内最具创新性的一点。卡特林·吉尔多夫（Catrin Gersdorf）的论文《网格中的自然：美国文学、城市主义与生态批评》（"Nature in the Grid：American Literature, Urbanism, and Ecocriticism"）① 从城市的网格形态入手，重新审视城市空间性、自然与文化之间的关系。她指出，一方面，网格形态被称为空间生产中最理智和民主的形式；而另一方面，尽管大多数国家的城市中心采用了网格形态的结构，城市的概念常在美国文化想象中被否定。文章分为三部分，以托妮·莫里森（Toni Morrison）的小说《爵士乐》（*Jazz*）为例，借助列斐伏尔的空间研究理论，深入探析了空间——尤其是城市空间——的心理生产。吉尔多夫将小说文本置于新城市主义的背景下，从城市空间的叙述生产角度论述了城市在美国文化中的位置与功能，揭示了自然对城市网格形态的侵入是如何被叙述一个非毁坏性过程，而这种做法则可以有力的帮助生态意识脱离对启示录式修辞话语，或者对反城市感伤情绪的依赖。

　　此外，也有学者立足于后911时代的文学，对城市空间做出了正面的评价。其中，伊万·卡勒斯（Ivan Callus）的论文②以约瑟夫·奥尼尔（Joseph O'Neill）的小说《荷兰》（*Netherland*）和唐·德里罗（Don DeLillo）的小说《欧米茄点》（*Point Omega*）为文本，分析了近期以美

　　① Catrin Gersdorff, "Nature in The Grid：American Literature, Urbanism, and Ecocriticism," in Stefan L. Brandt, Winfried Fluck and Frank Mehring（eds.）, *Transcultural Spaces：Challenges of Urbanity, Ecology, and the Environment*, Tübingen：Narr Verlag, 2010, pp. 21 – 40.

　　② Ivan Callus, "Enigmas of Arrival：Re-Imagining（Non-）Urban Space in Contemporary American Narrative," *Litteraria Pragensia* 20. 40（2010）：pp. 115 – 133.

国为背景的小说对一些传统观念——如认为广阔的非城市空间更适宜重新发现自我、无限的自然空间为救赎式生存提供了最佳环境——展现出的模糊态度。卡勒斯提出了一种针对非城市空间的新的情感与认知方法，指出自然环境与城市空间之间的关系在美国文学史中经历了多次变形，而这两部小说的叙事都将寻找自我的场所从非城市转到了城市空间内。他认为，"重新发现自我的行为如果可能发生的话，一定会发生在城市空间中"。卡勒斯借助阿甘本、鲍德里亚与德里达的理论，对开放的自然空间与城市空间之间的传统二元对立提出质疑，讨论了美国后911时代的地理、政治与文化的开放性。

　　总体而言笔者认为，这类对城市空间自然属性进行的研究是目前城市生态批评研究中比较具有革新性和发展前景的一个类别。长期以来，城市与自然的对立影响了研究者在生态批评领域对城市文本的解析，而城市生态批评的主要研究目标之一便是脱离这种城市与自然之间的二元对立思想的禁锢。城市与自然之间的对立反映在文学文本中是其建构的城市意象大多是黑暗压抑的，被认为是导致生态问题的源头所在，或是将人类与自然环境隔离开来的障碍。这种城市意象在国内外的文学作品中具有压倒性的优势。然而，如果认为城市是与自然环境绝缘的人造空间，那么根本不包括自然环境的城市空间中又何来与自然相关的生态问题呢？如果正是城市导致了生态问题，我们又为何要在生态批评研究中排斥城市文本，而不是对其更加关注以探寻解决之道呢？此外，随着城市的不断发展，城市的功能变得更加复杂。除了城市的社会功能和经济功能之外，城市是否也形成了生态功能？这些问题都是值得城市生态批评研究者深入探讨的疑问与话题。

　　诚然，只依靠城市生态批评在文学与文化领域内的研究也许并不能完全回答这些问题，但人文学科的研究者至少能够以此为契机，扩大城市与自然之间对话的可能性，加深人们对城市自然环境的理解，将城市置于生态整体链条的一部分，力求让城市空间变得更加生态而和谐。生态批评理论的核心主张之一是脱离人类中心主义的窠臼，但这种脱离并非是离开人类世界和城市空间，而是思想层面上对中心论提出质疑。换言之，对城市文学或城市文化现象的研究应当将其置于生态语境之内，注重城市生态意象的建构，在生态问题日益突出的背景下探寻实现城市的生态功能与实现自然城市的可能性。同样，对作家生态意识的研究也要将城市文本纳入视野之内，才能全面地解读作家的生态主张。正如有学者指出，"人与其他物种之间的相互依赖决定了人类生态学的存在。因此，人与动物之间的关系也是自然与文化不可分离的核心例证"①。换言之，文化的繁荣离不开重视自然，因为二者是不可分离的。不同于目前的城市对环境与人类个性的双重机械压制，未来的城市应当会在最大程度上积极促进区域、文化与个性发展的多样性和特殊性②。

五 诗歌与生态诗学研究

值得注意的是，迄今为止的城市生态批评较少有诗歌研究，大多研究只是提及个别诗歌文本作为例证，很少有学者以诗歌为文本进行系统的城市生态批评研究，这也与诗歌文本难以被提炼整合为文学理念有关。同理，生态批评研究中也较少有诗歌文本研究，这也使得对诗歌作品的解读成为一个具有潜力的探索领域。

在生态诗歌的诗歌语言与诗歌形式方面，莎拉·诺兰（Sarah Nolan）的《非自然的生态诗学：诗歌语言与形式中的自然/文化》（"Un-Natural Ecopoetics：Natural/Cultural Intersections in Poetic Language And Form"）③ 一文进行了有益的探索。诺兰认为，生态诗学的早期里程碑

---

① David R. Shumway, "Nature in the Apartment：Humans, Pets, and the Value of Incommensurability," in *The Nature of Cities：Ecocriticism and Urban Environments*, ed. Michael Dana Bennet and David W. Teague, University Arizona Press, pp. 255 – 275.

② Lewis Munford, *The City in History：Its Origins, Its Transformations, and Its Prospects*, New York：Harcourt Brace Jovanovich Publishers, 1961, p. 570.

③ Sarah Nolan, "Un-Natural Ecopoetics：Natural/Cultural Intersections in Poetic Language and Form," in Serpil Oppermann（ed.）, *New International Voices in Ecocriticism*, New York：Lexington Books, 2014, pp. 87 – 100.

著作，如约翰·埃尔德（John Elder）的《想象地球》（*Imagining the Earth*）、英国批评家乔纳森·贝特（Jonathan Bate）的《地球之歌》（*The Song of the Earth*）以及伦纳德·西格杰（Leonard Scigaj）的《可持续诗歌》（*Sustainable Poetry*）主要依靠生态诗歌对自然世界的关注而对其进行定义。这些研究不同于近期学界在后殖民生态批评和物质主义生态批评领域的研究，主要考虑文本中的自然元素，不考虑自然与文化的相互融合。

诺兰指出，环境不只是"生物"空间，也包括作为组成部分的自然元素。早期的生态诗歌研究倾向于将自然作为不同于人类思想的有价值的存在，而如今的生态批评在积极接纳物质主义生态批评、酷儿理论与生态学研究、社会与环境正义研究等的基础上，进一步复杂化环境中的各类边界和早期研究中的自然/文化对立现象。诺兰认为，生态诗歌不同于自然诗歌，生态诗歌研究可以将一些原本可能被排除在自然诗歌之外的作品也纳为研究对象。她将生态诗歌看作"非自然诗歌"（un-natural ecopoetry），包括不太多涉及自然的、甚至根本不考虑自然的诗歌，指出尽管在生态批评的其他领域中已经出现了这种向"非自然的环境"（un-natural environment）转变的趋势，这种思想在生态诗学领域才刚刚开始起步。

此外，关于加里·斯奈德的城市生态诗学也有一些零散的研究。例如，埃德尔在专著《从生态批评的诞生到城市生态批评的世界主义研究方法》中将加里·斯奈德的文学生态学思想与瑞士作家胡戈·罗彻尔（Hugo Loetscher）作了比较研究，指出二者都把自然的或非人的生命形式看作后现代城市性的组成部分。① 吉尔·加特林（Jill Gatlin）的论文《加里·斯奈德的城市文学生态学中交互性的可能性与局限性》（"The

---

① Andrea Edl, *Vom Ursprung ökokritischen Denkens Zu Einem Kosmopolitanen Ansatz Der Urbanen ökokritik—Ort Und Raum Von Der Amerikanischen Wildnis Bis Zur Urbanen Dystopie* (*From The Origins of Ecocritical Thinking to A Cosmopolitan Approach of Urban Ecocriticism—Space and Place From The American Wilderness to The Urban Dystopia*), Frankfurt A. M.：Peter Lang, 2013.

Potential and Limitations of Interactivity in Gary Snyder's Urban Literary Ecology")① 在生物区域主义框架内解读了斯奈德的城市诗歌对人造环境与非人世界之间交互性的思考，指出城市空间是社会机构和非人代理（non-human agents）相融合的区域。

乔西·温斯坦（Josh A. Weinstein）的文章《城市生态学与加里·斯奈德的〈三个世界、三个领域、六条路〉和〈洛杉矶夜曲〉》（"Urban Ecology and Gary Snyder's 'Three Worlds, Three Realms, Six Roads' and 'Night Song of the Los Angeles Basin'"）② 则对斯奈德的城市文学生态学进行了文本细读和文学分析，提出斯奈德的城市文学生态学思想对语义学和诗歌结构的论述构成了"深层栖息"（deep inhabitation）的概念，即城市空间"不是由人类主宰的脱离周围生态系统的孤岛，而是与更加宏观的生态系统交织相联的一部分"。

六　非文学文本研究

最后，除了文学文本，城市生态批评在其他领域如音乐学、历史学、城市规划等方面也出现了一些有新意的论述，值得我们予以一定的关注。例如，杰弗里·迈耶斯（Jeffrey Myers）的《重返想象的自然：曼哈顿计划与环境正义》（"Getting Back to an Imagined Nature：The Mannahatta Project and Environmental Justice"）③ 一文从历史学角度分析了

---

① Jill Gatlin, "The Potential and Limitations of Interactivity in Gary Snyder's Urban Literary Ecology," in Karen E. Waldron and Rob Friedman (eds.), *Toward a Literary Ecology*：*Places and Spaces in American Literature*, Lanham：Scarecrow Press, 2013, pp. 3 – 20.

② Josh A. Weinstein, "Urban Ecology and Gary Snyder's 'Three Worlds, Three Realms, Six Roads' and 'Night Song of the Los Angeles Basin'," in Karen E. Waldron and Rob Friedman (eds.), *Toward a Literary Ecology*：*Places and Spaces in American Literature*, Lanham：Scarecrow Press, 2013, pp. 41 – 58.

③ Jeffrey Myers, "Getting Back to an Imagined Nature：The Mannahatta Project and Environmental Justice," in Joni Adamson and Kimberly N. Ruffin (eds.), *American Studies*, *Ecocriticism*, *and Citizenship*：*Thinking and Acting in the Local and Global Commons*, New York：Routledge, 2013, pp. 64 – 75.

《曼哈顿：一部纽约自然史》（*Mannahatta：A Natural History of New York City*），指出反城市的态度并非解决 21 世纪环境问题的良方。《曼哈顿：一部纽约自然史》是一项耗时十年的研究项目，其在历史跨度的视野下对纽约城市的生态学进行了重建。迈耶斯认为，曼哈顿计划的很多视觉材料与文本语言之间存在着差异，有着继续改进的空间。迈耶斯认为，人们不仅低估了现代曼哈顿的人类多样性的重要性，而且对其实际的生物多样性也展现不足，因此有必要以更多的手段呈现城市的绿色资源，让城市自然资源发挥其生态功能。此外，迈耶斯还援引了纽约中央公园的建设等现实案例，对纽约城市的生态规划进行了探讨。此前，纽约的城市规划者中曾有人认为经济不那么富裕的阶层，即少数族裔和移民，并不知道如何使用城市公园类型的设施——这种观点也反映出长久以来人们将田园风光和纯净自然与白人群体相关联的旧传统。迈耶斯指出，人们应当以此为鉴，重视生态建设与少数族裔社区之间的关系，综合考量纽约的建筑、基础设施、公共空间和邻里发展，避免将大型的城市生态建设项目变为以城市中心区域为核心进行规划，导致对少数族裔社区造成破坏和变形，加剧阶级的分层、隔离与固化。只有打破种族与阶级的束缚，才能使城市的绿化建设不仅惠及了富裕的白人阶层和曼哈顿地区的居民，也保护了居住在城市外围区域的有色人种的利益。

2008 年，柏林召开了以"跨文化空间"为主题的国际学术会议。这次会议出版了一部涉及了生态城市主义研究的论文集《跨文化空间：新世纪的城市、生态学与环境的挑战》（*Transcultural Spaces：Challenges of Urbanity，Ecology，and the Environment in the New Millennium*）。① 文集通过研究城市性、生态学与环境之间的联系，试图追溯环境认知的变化过程，在面临环境危机的当今寻找另一种认知自然景观与声音的方式。

其中，伯恩德·贺兹更拉斯（Bernd Herzogenrath）的论文《"声音

---

① Frank Mehring, Winfried Fluck and Stefan Brandt（eds.），*Transcultural Spaces：Challenges of Urbanity，Ecology，and The Environment in The New Millennium*，Tübingen：Narr，2010.

的气象学"：20 世纪与 21 世纪的自然》（ "A 'Meteorology of Sound'：Composing Nature in the 20th And 21st Centuries"）① 从音乐学角度探讨了当代美国文化中自然、气象与音乐的关系等。贺兹更拉斯使用一种跨文化和跨媒介的研究方法，集中关注了查尔斯·艾夫斯（Charles Ives）、约翰·米尔顿·凯奇（John Milton Cage）和约翰·路德·亚当斯（John Luther Adams）等人的音乐作品。贺兹更拉斯指出，18 世纪和 19 世纪的音乐所着重展现的是气象现象的主观影响，而在 20 世纪和 21 世纪的先锋派音乐家那里，作曲家转为关注气象动态过程的多种复制模式。贺兹更拉斯认为，亚当斯认为自然不需要被翻译或重现为一种音乐生态的观点，实际上一个多世纪之前梭罗的观点是相通的。

七　目前的研究局限和不足

从上文的述评与划分中，我们可以看到城市生态批评研究在近年来已经取得了较多的突破。然而与此同时，城市生态批评研究仍然存在着一些的局限和不足，这对城市生态批评的未来发展有一定的影响。

第一是城市生态批评的研究起步较晚，目前仍缺少整体性或对比性研究。虽然城市环境在生态批评的第二波浪潮中便被纳入了研究范畴之内，但是在城市生态批评早期发展阶段，相比于生态批评其他研究流派近年来所取得的丰硕的研究成果，城市生态批评研究的发展缓慢而不连贯，其相关研究著作多是零散出现，这也造成了其先天发展不足。尤其是相比于传统的生态批评研究，目前城市生态批评方面的成果不仅数量少，其研究也大多缺乏系统性，少宏观层面的整体研究或与其他研究方法之间的对比研究。目前，城市生态批评尚处于新兴勃发的阶段，正不断涌现出新的研究思路和研究著作，未来具有很大的发展潜力。2011

---

① Bernd Herzogenrath, "A 'Meteorology of Sound'：Composing Nature in the 20th and 21st Centuries," in Stefan L. Brandt, Winfried Fluck and Frank Mehring (eds.), *Transcultural Spaces：Challenges of Urbanity, Ecology, and the Environment*, Tübingen：Narr Verlag, 2010, pp. 247 – 259.

年，赛匹尔·奥帕曼（Serpil Oppermann）也再次指出，将城市生态批评研究纳入生态批评的实践范畴之中，可以拓展生态批评作为一门学科的定义。① 从国内外研究的发展态势也可以看出，关于城市于生态批评研究的研究成果自 1999 年至 2010 年前后尚处于缓慢爬行和奠基阶段，也是一个摸索理论基础和搜集文本的过程。经过这十年的铺垫、近年来城市化的发展状况和愈加严峻的生态境况，城市生态批评在漫长的沉寂期之后，在 2010 年后的近几年里开始逐渐出现较多的研究成果，其中不仅从环境伦理学和生态批评研究的角度对自身理论进行了反思，而且还开始出现了生态政治学、后殖民主义研究、文学生态学等多个研究领域，也证明城市生态批评研究领域逐渐开始获得越来越多学者的重视。在这一背景下，在城市生态批评视域内进行一些整体性的宏观研究是十分有必要的。

第二，城市生态批评的另一个不足之处在于诗歌研究较少。这一点与城市文学和传统生态批评研究中诗歌研究较少的情况类似，即以小说和散文为文本的研究要多于诗歌研究。由于诗歌较难理解和被整合为解读文本，因此诗歌研究少于小说研究的现象在国内外的生态批评研究界都比较常见。实际上，城市文学中的诗歌作品的数量并不少，英语世界中许多杰出的城市书写都来源于诗篇，如美国城市化的代表性支持者便包括沃尔特·惠特曼和卡尔·桑德堡等著名诗人，这也使在城市化视域内进行以诗歌为文本的生态批评研究变得更加重要。在第五章中，本书将抛砖引玉，在城市生态批评框架内对几位美国诗人的城市书写进行一些探讨。

第三，城市生态批评有将城市形象刻板化和妖魔化的倾向。目前的城市生态批评研究趋向于认为，城市建构的封闭空间造成了自然与真实的消亡，阻挠了城市居民对自然的精神需求与对真实的认知。这些研究

① Serpil Oppermann, "The Future of Ecocriticism: Present Currents," in Serpil Oppermann, Ufuk özda, Nevin özkan and Scott Slovic（eds.）, *The Future of Ecocriticism: New Horizons*, Newcastle-upon-Tyne: Cambridge Scholars Publishing, 2011, pp. 14 – 29.

关注城市对自然环境的破坏作用，将城市塑造为环境污染和垃圾的源头，关注其背后隐藏着工具理性与社会体制的弊端，进而呼吁在生态视域内重新改造城市和城市社区。诚然，这些研究构成了当前城市生态批评的重要内容，尤其在城市生态批评从沉寂到复归的过程中发挥了非常重要的作用。但是，再次回归至文学研究视域内的城市生态批评研究现在依然具有一定的问题和局限性，即一种简单化的反城市倾向。

具体而言，大部分城市生态批评研究只关注城市在生态语境内的负面形象，如毒物、污物、垃圾研究以及城市空间内的生态不公正等问题，将城市意象建构为背负着生态恶化之原罪的恶之花。这些反乌托邦式的城市生态批评研究脉络延续了传统生态批评对城市的普遍的反面态度与论述逻辑，而这种思维定式也是最初阻碍城市自然环境进入生态批评研究范畴的主要原因之一：长期以来，城市化被认为是一种环境形式——即自然环境——被另外一种更加粗糙的"人造"环境所替代的过程①；因此，在漫长的城市文学与自然书写发展历史中，一直存在着诸多对城市的刻板化描写与城市意象的概念化倾向；城市空间作为一种人造环境被认为是对淳朴自然环境的破坏，致使城市与自然之间产生了一种长期的对立与隔阂。

笔者认为，生态批评作为一种"为自然言说"②的文学批评理论，对自然的解读与关注是一条贯穿始终的主线。因此，城市生态批评应当致力于全面地审视城市自然的各个维度，修复环境主义、文化研究与城市经验之间的历史隔阂。城市生态批评研究者有必要关注多面城市的"生态面孔"，将城市置于生态语境之内，在审视启示录与生态灾难式城市书写的同时，厘清城市文学的另一条生态脉络，重视城市生态意象的建构。对城市生态面孔的描摹与生态功能的探讨不仅有助于批评家在

---

① Cheryll Glotfelty, "A Guided Tour of Ecocriticism, with Excursions to Catherland," *Cather Studies*, Vol. 5 (2003), pp. 28 – 43.

② Lawrence Buell, *The Environmental Imagination: Thoreau, Nature Writing, and the Formation of American Culture*, Cambridge: Harvard University Press, 1995, p. 11.

城市文本的视域内全面解读作家的生态主张，而且有利于在城市中建立
人与自然、人与人之间的和谐关系，促使人们重新发现城市的自然之
美。换言之，城市生态批评的目的不是号召人们膜拜自然或反对城市，
而是要引导人们尊重自然、善待自然、呵护自然，探寻人与自然和谐相
处的平衡之道。

　　最后，也是最值得注意的一点是，尽管近三年国外学界的城市生态
批评研究出现了复归之势，但是其研究视角与认知逻辑依然存在着一定
的局限。正如本书第三章曾提到的，城市生态批评研究界对"荒野"、
"城市自然"、"自然"等核心术语概念曾有一些争议，这些争议有的直
至现在也未完全平息。目前，在文学书写与城市生态批评研究中，尽管
城市自然再次进入了论述视域之内，但往往被看作是朴素自然的残留物
或回音，即是一种被人类摧残或"驯化"了的自然形式，已经丧失了
原初自然的本质，并非"真正的"自然；或者，被看作是一种异化了
的自然，大多以哥特式形象出现，譬如启示录式的末日洪水、食人植
物、污物、害虫或极端天气等恐怖形象，映射出自然环境对人造环境压
迫的报复性反击与回应，并没有成为一种具有独立价值的环境形式。然
而，城市自然的这种哥特形象实际上也是一种"不自然"的形象，在
一定程度上造成了人们对城市自然的生态恐惧心理，并非是对真实的城
市自然的全面反映。实际上，这种对城市自然认知的偏差是城市与自然
对立思想的变体，认为二者是非此即彼的二元关系。这也显示出，虽然
城市与自然之间的界限——正如布伊尔指出——是人为建构的①，而且
解构这种人为的界限正是城市生态批评的生成逻辑之一②，但是目前的

---

① Lawrence Buell, "Ecocriticism: Some Emerging Trends," *Qui Parle: Critical Humanities and Social Sciences* 19. 2 (Spring/Summer 2011): pp. 87 – 115.

② 在《城市的自然：生态批评与城市环境》一书的序言中，本内特和蒂格便曾提到，他们之所以提出城市生态批评的概念便是由于质疑生态批评偏倚"未被破坏的自然环境"，即将大多数人的居住之所即城市环境排除在研究范畴之外的行为。See Michael Bennett and David W. Teague, "Urban Ecocriticism: An Introduction," in Michael Bennett and David W. Teague (eds.), *The Nature of Cities: Ecocriticism and Urban Environments*, Tucson: University of Arizona Press, 1999, p. 10.

城市生态批评研究对这一人为建构的二元对立界限的解构尚不彻底。

诚然，生态批评自出现伊始，便致力于批判人类世界与自然环境之间的对立。那么，为何目前的城市生态批评研究，或者说生态批评研究整体上，对这种二元对立的思维方式解构得不够彻底呢？原因在于，长期以来生态批评的论述角度一直立足于被边缘化的"自然"，反对人类世界将"自然"看作"他者"，批驳人们压迫和妖魔化自然的形象。[1]在作家的自然书写和当代生态批评学者的著作中，这一点得到了相当的重视。可以说，其中号召人们重新审视自然、发掘自然之美的论断比比皆是。然而，却甚少有人反过来思考这个问题，即如果我们要解构城市与自然之间的二元对立，是否也要从"城市"的角度出发，重新思索城市是否被刻画为相对于自然的"他者"，城市是否在文学研究中被妖魔化和被压迫了呢？当前城市生态批评研究大多只关注城市对自然环境的破坏作用，将城市塑造为环境污染和垃圾的源头，这样一个脸谱化的负面形象忽视了城市的多面性与复杂性，令其变成自然环境的对立面，这也直接影响了城市生态批评研究的广度和影响生态批评城市维度的完全复归。

总体而言，城市生态批评作为一种以城市自然为研究对象的研究范式，对城市自然的认知构成了城市生态批评研究的重要基石，也对城市生态批评的研究角度有重要的引导作用。正如前文提到的那样，目前的城市生态批评理论中二元论思想的残留导致对城市自然的认知缺乏深度，在当下的城市生态批评研究中滋生出简单化的反城市倾向。甚至，一些城市生态批评研究只重视对城市生态危机与非生态现象的揭露与描述，依赖末日论式的修辞话语或反城市的感伤情绪，最终沉浸于启示录与生态灾难式的城市书写。因此，若要弥补此前城市生态批评在位置上的缺失，我们有必要走出自身的局限与偏误，彻底解构和超越自然与城

---

[1] Rodney James Giblett, *People and Places of Nature and Culture*, Chicago: Intellect Books, 2011, p. 16.

市二元对立的研究模式，重新建构和定位城市的生态面孔。

在未来的发展中，城市生态批评不应过于依赖于末日论式的修辞话语或反城市的感伤情绪，而是应当置身于城市自然的视域之内，彻底解构和超越自然与城市二元对立的研究范式，重新建构并定位城市的生态功能，厘清城市文学的生态脉络。目前，国外的城市生态批评研究大部分依旧只关注城市在生态语境内的负面形象，如毒物、污物、垃圾研究、城市自然的哥特形象、生态恐怖主义以及城市空间内的生态不公正问题等，只有少部分学者逐渐开始从正面视角探寻城市的生态作用，而不是将城市看做生态问题的罪魁祸首，这也为我们在生态批评视阈内辩证地看待城市提供了更多的研究潜力，无疑是具有重要意义的。

第四节　国内城市生态相关的人文研究

自 1999 年，生态批评（Ecocriticism）的术语第一次出现在中国的外国文学研究界，现在已有近二十年的历史。2001 年，程虹的专著《寻归荒野》① 由生活·读书·新知三联书店出版，这也是国内最早从事美国自然书写研究的著作。同年，在王宁选编的《新文学史Ⅰ》中第一次使用了"生态批评"这个中文术语。2003 年，王诺的专著《欧美生态文学》由北京大学出版社出版，是国内第一部生态批评视角的外国文学研究专著。此后，生态批评研究开始在国内学界大面积地展开，出现了大量优秀的研究著作，仅较早期从事生态批评的杰出学者便包括朱新福、夏光武、韦清琦、鲁枢元、胡志红、李美华、苗福光、王晓华、刘蓓等，之后杰出的生态批评学者更是不断涌现，此处限于篇幅不再一一列举。总之，随着国内生态批评研究角度的多样化和现实世界中生态问题的推动，生态批评成为我国学术研究界当之无愧的显学。

目前，虽然我国的生态批评研究进行的如火如荼，但是"城市生态

① 程虹：《寻归荒野》（修订版），生活·读书·新知三联书店 2011 年版。

批评"的概念目前还未成规模地出现在我国外国文学研究的学术话语中，国内学界并没有开展直接针对这一概念进行的研究，外国文学研究领域发表在核心期刊的相关论文仅是出自本书作者。当前，国内关于城市与生态的交叉研究还是主要以城市规划与城市设计等研究领域为主导。虽然如此，国内的中国文学与文艺理论研究领域依然出现了一些涉及生态研究与城市环境的研究成果值得我们注意，这些研究虽然不是在城市生态批评框架下进行的，其研究角度和阐释路径与外国文学研究的方法论也有所差异，但是颇具有中国学派的研究特色，可以为我们带来一些有益的启发。

一 生态美学领域的原创尝试

首先也是最主要的是国内学者在生态美学研究与对西方环境美学的研究中关于城市生态美学的论述。国内的城市生态美学研究是在生态美学研究基础上的延伸，既回应了人类在现代城市发展过程中面临的困境，也反映了城市居民对幸福生活的诉求，是对现存生态美学理论的重要突破。这一领域也是国内学者研究相对较多，也更具有原创性的一方面。

曾繁仁在《美学走向生活："有机生成论"城市美学》① 一文中，对"有机论城市美学"命题进行了直接论述，关注作为生态美学的实践形态的城市美学，指出城市美学的发展加深了美学与生活的联系，使城市成为愈来愈多人的生活"场所"与"家园"。在我国速度空前的现代化与城市化发展的背景下，有必要建设一种具有中国特色的城市美学的核心概念，即一种"有机生成论城市美学"。曾繁仁将"有机生成论"城市美学的基本原则总结为五点，即有机性、生成性、生命力、个性化和和谐性，指出只有遵循这五条原则人们才能逐步建成真正有机的、有生命活力的城市。2013 年，曾繁仁出版了《生态文明时代的美

---

① 曾繁仁：《美学走向生活："有机生成论"城市美学》，《文艺争鸣》2010 年第 21 期。

学探索与对话》① 一书。在其中收录的《生态美学与当今城市建设大潮》一文中，他进一步在生态研究的视野内对城市美学进行了阐释。文章指出，当代城市建设的根本目标是生态美学的"家园意识"，而就近期目标而言，当代城市建设的目标是生态美学的"场所意识"，贯彻以人为本的原则，将城市建设成人们美好生活的场所。他认为，生态美学不同于传统美学，并将东方的生命美学纳入了理论范畴并作为主要内涵。曾繁仁呼吁人们充分发挥美学的批判功能，运用生态美学理论从建设性的角度评析当代城市建设。

此外，鲁枢元也对生态研究中的城市问题进行了一些论述。他在《生态批评的空间》② 中指出，最初的生态批评对文学作品题材的关注只局限于"环境文学"、"自然写作"、"公害文学"等范围内。这类研究虽然是必要的，但毕竟是一种狭义的生态批评研究。随着生态运动的不断扩大，生态批评的涵义也越来越复杂，其所涉及的空间也在不断扩大。可以说，人类的文学艺术迄今为止所有表现形式都可以从生态学的角度进行批判。在书中收录的《现代都市生活的生态批评》一文中，鲁枢元在与学生的对话中比较了乡村生活与城市生活的经验，探讨了现代都市让人们失去了什么，而这些失去背后又蕴含着何种深意。文章认为，就大多数出身乡村和乡镇的人们而言，现代都市让人失去了种族的童年和个人的童年，而乡村作为与城市相对的概念，是乡愁意识的情结之所。城市带来的生态灾难最终会让人们失去大地母亲，失去肉体和灵魂的双重家园。

在《文化生态与生态文化——兼谈消费文化、城市文化与美学的生活化转向》③ 一文中，鲁枢元也对城市文化表达了疑虑。他认为，当今的文化生态已经严重失衡，而造成文化生态危机的原因就是物质文化、

---

① 曾繁仁：《生态文明时代的美学探索与对话》，山东大学出版社 2013 年版。
② 鲁枢元：《生态批评的空间》，华东师范大学出版社 2006 年版。
③ 鲁枢元：《文化生态与生态文化——兼谈消费文化、城市文化与美学的生活化转向》，《文艺争鸣》2010 年第 21 期。

科技文化、消费文化与城市文化的急速扩张。他提出，有机文化网络中任何一种文化的缺失都将带来文化网络的破损和失衡，因此在谈论文化生态的健全发展时，人们不能忽视生态文化的存在。文章认为，社会的进步不一定要以对农业文明和田园文化的抛弃为代价，呼吁在探讨当下人类消费问题时也同时关注地球的生态状况。此外，鲁枢元在"挑战全球知识——2006 年中英开封论坛综述"上的发言①也提出，消费社会不能为生态解困，后现代对数码、符号、信息、图像的消费并不能取代人们对有限的自然资源的消费，因为这些文化性的消费最终还是要消耗地球的自然资源，因此并不能缓解如今的生态困境。

周膺与吴晶关于城市美学与生态学的一系列交叉研究也值得我们注意。2009 年，周膺与吴晶出版了《生态城市美学》②一书，作者在序言中提出，此书是在国内外环境美学和生态美学研究基础上形成的第一部生态城市美学专著。书中回顾了生态城市美学的发展过程及其建构性，并从生态城市美学存在论、生态城市美学自然论、生态城市美学文化论、生态城市美学社会论、生态城市美学语言论、生态城市美学系统论以及生态城市美学范畴论等方面对生态城市美学作了详细论述。在《生态城市美学的归约及其可能性》③一文中，周膺与吴晶对生态美学的嬗变历程与生态城市美学的特征做了进一步论述。文章认为，现代或后现代意义上的生态美学正在回归至生态城市美学研究，作为生态美学核心概念的生态城市美学不仅仅是一种理论建构，还具有很强的社会现实感。文章总结了生态城市美学的三条特征，认为生态城市美学是现代城市社会关系的反照，一种强调哲学主体间性的哲学社会学以及一种新的人性论。

---

① 周敏：《挑战全球知识——2006 年中英开封论坛综述》，《哲学动态》2007 年第 6 期；《河南大学学报》2007 年第 4 期。

② 周膺、吴晶：《生态城市美学》，浙江大学出版社 2009 年版。

③ 周膺、吴晶：《生态城市美学的归约及其可能性》，《哲学动态》2011 年第 7 期。

2013 年，周膺和吴晶又出版了专著《城市文化生态学》①，从城市、文化与生态的角度进行了交叉研究。书中指出，城市、文化与生态构成了当今世界的基本问题，也是城市文化生态学的研究对象。作者认为，人类正在面临继饥荒、瘟疫、战争之后最大的灾难——生态危机。作者认为，目前人类生活的外部环境与人类的内部环境都变得"不自然"，城市是导致自然界的终结的强大工具，是一个"完全的自然异类"。书中从各个角度对城市文化生态学的基本概念与子领域进行了论述，包括城市文化生态学的研究范式与研究纲领、城市文化生态系统论、城市文化生态学存在论、城市文化生态学价值论、城市文化生态学经济论、城市文化生态学实践论和生态城市美育论等。

此外，还有其他学者从美学救赎、美学维度和城市生态环境的角度对城市进行过论述。高建平在《生态、城市与美学的救赎》② 中指出，将哲学美学引入实践层面的实践美学可以促进城市个性的形成，规避"千城一面"的现象。文章认为，城市是一个生命体存在，人们只有将城市当作自己的"无机的身体"，城市才会具有活力。此外，文章认为美学中的城市存在着"围城"现象，即认为美来源于乡村，而美学本身作为一个学科却是城市发展的产物。因此，人们应当通过城乡一体化改造拆除这堵"围墙"，回归多样性本身，找回生态精神，实现生态救赎。

苏宏斌的《自然·乡村·城市——生态美学三维》③ 一文则考察了作为人类生态学的组成部分和生态美学的基本维度的自然、乡村以及城市三者的审美特征及其相互关系，并且深入地探讨了它们在农业文明、工业文明、生态文明三种文明形态中的演变过程。文章回顾了人类自然观的演变过程，探讨了与这些自然观相适应的人类对自然的审美态度的

① 周膺、吴晶：《城市文化生态学》，浙江工商大学出版社 2013 年版。
② 高建平：《生态、城市与美学的救赎》，《探索与争鸣》2013 年第 3 期。
③ 苏宏斌：《自然·乡村·城市——生态美学三维》，《鄱阳湖学刊》2013 年第 1 期。

发展变化，认为工业城市并不是城市文明的未来，人们应当在生态文明关照下建设生态城市，瓦解自然、乡村、城市三者泾渭分明的格局，最终缓和并解决人类与自然之间的矛盾。

黄春华和马爱花在《基于城市生态美学视野中的城市生态环境探析》① 中对城市生态环境的内涵、研究视域与城市生态环境的建设进行了探讨。文章论述了城市生态美学的狭义和广义两种理解，指出城市生态环境美的建设就是建设人类美好的城市生态环境，并总结了三条原则，即以自然生态环境美为前提，以人工环境美的建设为基础，以城乡一体化的环境美为归宿。除了以上对生态城市美学研究有直接论述的专著与论文外，还有一些学术成果如岳友熙的《生态环境美学》② 等对城市与生态美学的话题也有所触及，此处就不再一一详细介绍了。

二 对国外环境批评相关著述的译介与研究

在对国外环境批评相关研究的译介与研究中，国内的美学研究学者依然走在了前面。其中，主要是国外的生态城市美学思想的引介工作，尤其是阿诺德·伯林特（Arnold Berleant）环境美学思想。例如，程相占在《从环境美学到城市美学》③ 一文中便记录了在对伯林特的采访中关于生态城市美学议题的直接而重要的探讨。文章指出，伯林特的环境美学也被称为"参与美学"，认为人类作为环境的积极构建者，处在一个持续性的环境中。城市环境作为一个"生态系统"已经演化到一个十分复杂的阶段，我们不应将城市与乡村或者与荒野在审美上对立起来。文章强调环境概念的人类维度，指出人类的环境就是人类的家园。

除了在生态城市美学领域的研究，近些年国内的生态文学与文学批评研究也对国外学者的文学批评理论尤其是劳伦斯·布依尔的环境批评

---

① 黄春华、马爱花：《基于城市生态美学视野中的城市生态环境探析》，《前沿》2009 年第 8 期。

② 岳友熙：《生态环境美学》，人民出版社 2007 年版。

③ 程相占：《从环境美学到城市美学》，《学术研究》2009 年第 5 期。

理论做了许多引介与研究。例如，岳友熙翻译了劳伦斯·布依尔的《为濒危的世界写作——美国及其他地区的文学、文化和环境》，刘蓓翻译了布依尔的《环境批评的未来：环境危机与文学想象》等。

在对布依尔的环境批评的研究方面，代表作有朱振武和张秀丽的《生态批评的愿景和文学想象的未来》①、程相占的《生态批评、城市环境与环境批评》②、方丽的《文学与"环境的想象"——论劳伦斯·布尔生态批评"三部曲"》③、刘蓓的《着眼于"环境"的生态批评——劳伦斯·布伊尔的研究特色及其启示》④、生安锋的《人文关切与生态批评的"第二波"浪潮：劳伦斯·布依尔教授访谈录》⑤、方红的《论劳伦斯·布尔的环境文学批评理论》⑥、李晓明的《文学研究视野中环境的重新阐释——评析劳伦斯·布依尔的生态批评话语》⑦ 等。通过将布依尔的环境批评理论介绍至国内并加以分析，这些研究也是国内最早一批提出将城市空间纳入文学生态批评研究的论述，具有引路者的重要意义。

三 环境正义与毒物研究

在对国外生态批评理论——尤其是环境批评理论——的引介基础之上，国内的环境文学研究开始兴起，其中也出现了一些涉及城市文学的

---

① 朱振武、张秀丽：《生态批评的愿景和文学想象的未来》，《外国文学》2009 年第 2 期。

② 程相占：《生态批评、城市环境与环境批评》，《江苏大学学报》（社会科学版）2010 年第 5 期。

③ 方丽：《文学与"环境的想象"——论劳伦斯·布尔生态批评"三部曲"》，《当代外国文学》2010 年第 3 期。

④ 刘蓓：《着眼于"环境"的生态批评——劳伦斯·布伊尔的研究特色及其启示》，《东方丛刊》2010 年第 3 期。

⑤ 生安锋：《人文关切与生态批评的"第二波"浪潮：劳伦斯·布依尔教授访谈录》，《外国文学研究》2009 年第 3 期。

⑥ 方红：《论劳伦斯·布尔的环境文学批评理论》，《当代外国文学》2009 年第 3 期。

⑦ 李晓明：《文学研究视野中环境的重新阐释——评析劳伦斯·布依尔的生态批评话语》，《学术论坛》2008 年第 5 期。

研究成果。其中，涉及城市空间的环境文学研究可以大体分为环境正义和毒物研究两个角度。

首先，有一些国内学者的文学研究关注了城市空间中的环境正义/公正问题。例如，龙娟的《环境正义视阈下的美国环境文学批评》① 将环境正义与环境批评相结合，指出相对于环境文学在美国蓬勃发展的状况，环境文学批评在美国的兴起非常滞后，其研究也经历了一个蹒跚学步阶段。她认为，尽管从环境正义的视角来审视，美国环境文学批评目前还存在缺陷与不足，但其蕴含的一些理念、价值诉求和实践品格是值得充分肯定的。

胡志红和周姗的书评《试论生态批评的学术转型及其意义：从生态中心主义走向环境公正——兼评格伦·A. 洛夫的〈实用生态批评〉》② 从生态批评的发展历程切入，对 1972—1997 年即第一阶段的生态批评中城市空间的缺席进行了论述，指出 1997 年以后即第二阶段是环境公正生态批评的形成与发展时期。后一阶段在环境公正诉求的语境内，主张重新界定主流环境主义中"环境"的概念，呼吁环境公正生态批评回到人与自然交汇的中间地带或城市空间中。

我国环境正义研究的另一大特色是与少数族裔文学研究相结合。在李长中主编的《生态批评与民族文学研究》③ 一书中，石平萍认为国内学者的"西天取经"大多尚停留在美国生态批评第一波浪潮的阶段，未克服一味强调乡村风景地貌和资源保护主义或自然保护主义的传统，鲜有探讨城市环境和环境正义的理论著作。她指出，少数族裔文学的背景多以城市为居住环境，同时致力于推动社会正义和环境运动，检视人、城市、文化与自然之间的关系和种族、族裔、性别、阶级与文化的差异，揭示美国历史上殖民和族裔文化的形成过程对人与自然关系的影

---

① 龙娟：《环境正义视阈下的美国环境文学批评》，《鄱阳湖学刊》2011 年第 3 期。

② 胡志红、周姗：《试论生态批评的学术转型及其意义：从生态中心主义走向环境公正——兼评格伦·A. 洛夫的〈实用生态批评〉》，《社会科学战线》2013 年第 6 期。

③ 李长中主编：《生态批评与民族文学研究》，中国社会科学出版社 2012 年版。

响，揭露向少数族裔、穷人和女性转嫁环境污染与资源匮乏的现实和后果，致力于促进生态意识和环境正义意识的建构。

除了环境正义／公正问题，还有学者关注城市空间中的毒物描写（toxic texts）。这类研究着眼于城市空间的负面影响，内在仍然延续着传统荒野自然研究的论述逻辑。其中，李玲在这一领域的研究最有代表性。李玲和张跃军的《从荒野描写到毒物描写：生态批评的发展趋势》① 一文指出，随着环境危机的恶化，生态批评理论和研究视域也相应拓展，从荒野主题延伸到对城市化景观、中毒问题、种族问题、性别问题等题材的关注。作者认为，生态文本的毒物描写使用了反面书写的技巧，是荒野描写的修正与延伸。此外，李玲的《毒物描写：〈一千英亩〉的隐型环境伦理主题》② 以简·斯迈利的小说《一千英亩》为文本，从环境伦理思考、环境伦理话语、环境伦理诉求三方面分析其中的环境伦理主题，指出小说中滥用化学毒物以提高土地产量的行为构成了环境危机背景下典型的环境伦理话语。

2013 年，李玲在《从荒野描写到毒物描写：美国环境文学的两个维度》③ 一书中认为，环境文学的出世表现为荒野描写，环境文学的介入表现为毒物描写，二者共同在环境问题已成全球关注焦点的当今构成了环境文学的两个维度和主题。书中对美国环境文学的源起、发展、环境文学与生态批评、环境文学的出世、环境文学的介入、环境文学的想象等几方面对环境文学进行分析论述，指出荒野描写与毒物描写二者互为影响，互相促进，相得益彰，是继承与创新，延续与拓展的关系。

除了环境主义与毒物描写视角外，国内也有其他零散的对城市与生

---

① 李玲、张跃军：《从荒野描写到毒物描写：生态批评的发展趋势》，《当代外国文学》2012 年第 2 期。

② 李玲：《毒物描写：〈一千英亩〉的隐型环境伦理主题》，《湖南大学学报》（社会科学版）2014 年第 5 期。

③ 李玲：《从荒野描写到毒物描写：美国环境文学的两个维度》，北京理工大学出版社2013 年版。

态的文学批评研究，其大多数对城市持负面态度，认为城市是导致生态问题的根源。例如，卢志博在《卡尔维诺笔下的城市与生态》[1] 中从生态批评视角分析了卡尔维诺小说的重要主题——城市。作者认为，卡尔维诺的城市文学将城市塑造为环境污染和垃圾的源头，其背后隐藏着工具理性与社会体制的弊端。城市中雷同的建筑和商业景观使城市异化为无差别的城市迷宫，使得具体的城市消失了。文章认为，城市作为消费的核心区域，对立了人们的生存空间和精神空间。城市建构的封闭空间造成了自然与真实的消亡，阻挠了城市居民对自然的精神需求与对真实的认知。

四　中国文学的城市生态研究困境

除了以上对外国城市文学的研究，国内的中国文学研究领域对城市书写与生态批评的结合研究堪称凤毛麟角。这背后有着许多原因，其中中国生态文学的发展困局便是其中之一。在《中国生态文学发展困局之破解探究》[2] 一文中，陈文良指出中国生态文学在日渐繁荣的表象背后潜伏着一些不利因素，无论是生态文学本身的内涵建设还是生态文学创作环境的营造方面，都存在着一些影响生态文学良性发展的弊病。文章指出，中国的生态文学存在着如创作雷同化的现象，生态文学对人与自然关系的反思与批判也有"矫枉过正"的倾向，常常走入简单化、情绪化甚至偏执化的误区。文章呼吁，生态文学不应号召人们膜拜自然，而是要引导人们尊重自然、善待自然、呵护自然。

隋丽在《中国生态文学的症候式分析》[3] 中也指出，有的生态作品牺牲人物和情节的合理性以生硬地套用某些生态观念，如在一些生态文

---

① 卢志博：《卡尔维诺笔下的城市与生态》，见胡惠林、陈昕、王方华编《中国都市文化研究》第 2 卷，上海人民出版社 2010 年版，第 285—294 页。

② 陈文良：《中国生态文学发展困局之破解探究》，《思想战线》2013 年第 3 期。

③ 隋丽：《中国生态文学的症候式分析》，《沈阳师范大学学报》（社会科学版）2009 年第 2 期。

学作家的笔下，城市总是破坏生态和谐的人间地狱，城市人几乎都是奸诈残忍的破坏自然环境的刽子手，与真实淳朴的农村人形成了紧张的冲突与对立，这种对立甚至蔓延至城市狗与农村狗的对立。文章指出，这些过于夸张的文学描写并不符合逻辑与常识，反而未必能激起读者的环境意识与生态共鸣。

除了中国生态文学本身的问题之外，国内文学研究界面临的另一问题便是城市文学的发展困境。陈晓明在《城市文学：弯路与困境》① 中指出，尽管中国文坛呼唤城市文学已然有近三十年的历史，但至今尚未见到多少"纯正"而又有冲击性的城市文学。对城市文学的期盼，也是缘于中国当代文学中乡土叙事长期占据主导地位的困扰。虽然乡土叙事创造了具有世界意义和水准的大作品，但对于一个已经卷入全球化，并且正处于高度城市化之中的时代来说，文学始终面向着乡村的情况也是一种欠缺。此外，在现有的城市文学作品中，也存在着严重的将自然与城市相对立的偏见。

黄仲山在《生态文学与城市文学的融合困境——反思当代生态文学中的城市意象建构》② 一文中分析了生态文学尤其是中国生态文学的城市化与反城市化倾向，指出中国当代生态文学对充斥着"现代病"的城市采取了漠视和拒斥的态度，将城市意象建构为背负着生态恶化的"原罪"的"恶之花"，与乡野的"生态乌托邦"意象形成鲜明的对照。文章认为，造成这一现象原因除了中国当前城市本身生态问题的凸显之外，还与西方生态文学的影响、中国文学根深蒂固的原乡情结以及人们在走出乡土环境转向城市时的面临的陌生感和焦虑感有关。作者认为，当代生态文学对城市的刻板化描写以及城市意象的概念化倾向对文学自身的发展而言是一种缺失与偏误。文章指出，随着时代的发展，城市化

---

① 陈晓明：《城市文学：弯路与困境》，《文艺研究》2014 年第 12 期。
② 黄仲山：《生态文学与城市文学的融合困境——反思当代生态文学中的城市意象建构》，《浙江学刊》2015 年第 6 期。

已成为不可逆转的趋势，生态文学应走出自身局限，超越城乡二元对立的书写模式，重新建构并定位生态文学中的城市形象，探寻生态文学与城市文学的融合渠道，促进两者的共同发展。

综上可以看出，目前国内在城市与生态批评方面的研究主要集中在对生态城市美学理论的研究或者对国外文艺理论的引介，在具体的文本解读方面真正将城市生态批评应用于文本研究的并不占据主导，而且主要是对单个作家或单个作品的零散评介，并且倾向于将城市作为造成生态问题的根源，强调城市的负面作用。如今，随着城市生态批评开始在西方研究界崭露头角，中国作为处于城市化快车道之中的大国，既有进行城市生态批评的现实土壤，也有进行城市生态批评的理论必要性。无论是针对外国文学作品的解读，还是对中国本土文学作品的解读，都是城市生态批评可以深入探究的领域，具有很大的研究潜力。中国已有的一些具有本国特色的美学理论和城市生态研究方法，也可以为城市生态批评的理论建构提供一些宝贵的启发。

第五章　城市生态批评的文本实践

　　在城市生态批评的研究视域中，城市与文学都具有文本性，因此阅读城市书写的同时也是在阅读城市。城市生态批评与生态批评一样，自诞生起便是一种实践性较强的文学理论，而不是"从理论到理论"的研究范式，因此在文本分析中有着广泛的应用。可以说，正是通过对实际文学文本的分析与解读，我们才能验证城市生态批评理论的可行性，进一步打磨城市生态批评的研究敏感度，促使其理论向更深更广的方向发展。

　　本章将以美国城市诗歌为例，选取了浪漫主义时期主要在美国东部城市纽约创作的沃尔特·惠特曼，现代主义时期在美国中部城市芝加哥创作的卡尔·桑德堡，以及后现代主义时期以美国西海岸城市洛杉矶为创作对象的加里·斯奈德的作品为代表，在城市生态批评视域内对这三位诗人的城市诗歌进行文本细读，以期抛砖引玉，为感兴趣的读者展示一下城市生态批评可能带来的研究视野。①

　　惠特曼、桑德堡和斯奈德这三位诗人分别生活在城市化初期、中期以及依然处于进行时的当下，三人的城市书写既有共通性，也展现出很多的殊异性。随着城市化进程的不断深入，三位诗人对城市、自然以及城市中人与自然关系的刻画也有所变化，具有各自历史地理背景的特色。三人在时间维度和地理空间上较为完整地涵盖了美国城市文学文

---

①　本章的部分内容曾经以论文的形式发表在《外国文学》2018 年第 2 期、《社会科学辑刊》2015 年第 3 期、《河南大学学报》2013 年第 2 期中，特此说明。

本，可以为我们展现美国城市诗歌的生态脉络的雏形，也显示出城市生态批评理论对不同时期城市文本的适用性。

在惠特曼生活的十九世纪，美国城市化从刚刚兴起进入白热化，惠特曼面对城市的崛起并没有像大部分浪漫主义作家一样悲叹伊甸园的逝去，而是热情地赞美一个充满绿色声音、万物相连的城市空间。此前，研究界关于惠特曼生态思想的研究大多局限于对其纯自然书写的解读，关于他的城市生态思想的研究几乎是一片空白。本章的第一节以惠特曼早期的《一路摆过布鲁克林渡口》一诗为中心，结合对其他诗歌的文本阐释指出，惠特曼以城市为文本，对人与自然、人与人、人与自我之间关系的生态本质进行了探讨。通过对自然环境的体验，惠特曼描绘了一个由自然环境与人工环境共同构成多圈层的城市生态系统，将生态环境的范畴由单纯的自然环境扩展至整个城市空间，彰显出深刻的生态整体意识。这种生态整体意识不仅影响了惠特曼对周围地理环境的认知，也促使他重新发掘了人与人之间的相互关系，并最终在城市化视野内重新对自我进行认知和定位，建构出一个普遍性与特殊性兼具的生态自我。

桑德堡是继惠特曼之后最有影响力的美国诗人之一，同时也是一位传记作家和民俗学者。在一生的创作生涯中，桑德堡共创作了近千首诗歌，共获得三次普利策奖。本章的第二节立足于城市生态批评视域内，重新解读并梳理了卡尔·桑德堡城市诗歌中隐含的生态叙事线索。桑德堡认为现代城市是一种自然建构，并在其诗歌文本中刻画出一张纵横交错的城市生态地图。垂直向度的摩天大楼作为一种有机的生命体，为栖居其中的人们带来跨空间的生态体验。水平向度的路发挥生态过渡带的功能，消解了自然与城市之间的界线，将边缘地带融入杂糅的生态混合体。在宏大的历史时间中，桑德堡的现代性叙事点线面结合地交织起城市的生态网络，书写出一部关于城市的"野玫瑰的自传"。

相比于惠特曼和桑德堡，斯奈德是现今仍不停变化的城市环境的见证者。斯奈德是当代美国诗人、散文家与翻译家，1987 年入选美国艺术与文学院院士。斯奈德先后出版了 16 卷诗文集，其中诗集《龟岛》于 1975 年获得普利策奖，被认为是环境保护运动进入美国文化主流的标志。斯奈德融合了美国本土的印第安文化和儒释道精神等多元化的视角，在解构与重构的过程中试图消除荒野（自然）与文明（城市）之间的二元对立，致力于重新发现城市自然及其内在价值。城市自然深深影响了斯奈德的生物区域主义思想，促使他以后现代城市空间为舞台，在流域意识的关照下平等看待人造空间与自然环境，进行一种新时代的"荒野实践"。斯奈德所实践的荒野并非苦行，并不主张将自己封闭在"纯粹"的荒野之地，而是具有积极的入世倾向。他强调生物区域主义的重要性，注重培养出一种扎根于本地城市环境的地方感，呼吁人们在后现代的无序世界中通过生态实践找到属于自己的位置，实现在城市环境中和平的重新栖息。

第一节　论惠特曼城市书写中的生态意识——
以《一路摆过布鲁克林渡口》为中心

沃尔特·惠特曼（Walt Whitman，1819—1892）是美国 19 世纪最杰出的文学家之一，他的作品雄浑壮阔，气势磅礴。关于惠特曼的生态思想，国内学界有若干研究，但多着眼于惠特曼的自然作品，如诗歌《雨的声音》《傍晚的风》《歌唱丁香花季节》《只是些根和叶而已》《红杉树之歌》《当我与生命之海一起退潮时》《黑夜，在海滩上》《夜里独自在海滩上》，散文《海边的一个冬日》和《我和橡树》等①，尚鲜有人以城市为文本对惠特曼的生态意识进行系统解析。实际上，惠

---

① 参见刘翠湘《惠特曼的海洋诗歌及其生态意义》，《世界文学评论》2009 年第 1 期；夏光武：《美国生态文学》，学林出版社 2009 年版，第 61—64 页；朱新福：《惠特曼的自然思想和生态视域》，《苏州大学学报》2006 年 3 月第 2 期；耿纪永：《从生态意识看 20 世纪美国自然诗的流变》，《国外文学》2010 年第 2 期等。

特曼笔下的城市形象不仅是其作品中最鲜明和值得注意的意象之一，也具有被纳入生态批评视野内进行解读的研究价值。惠特曼生活的年代是美国城市化进程由兴起走向繁荣的时期，无论是对于当时的普通美国民众还是知识分子，城市化都为他们带来了全新的体验。一方面，城市化带来了财富增长和经济腾飞，城市规模逐步扩大，人们的生存环境发生了巨大改变；另一方面，城市化也催生了关于城市生活中不同层面的生态问题以及城市与生态环境的关系的热议。在与城市有关的文学创作中，城市对自然和人类的影响及其之间的相互关系也成为最核心的主题之一，为我们以城市为文本对文学作品进行生态解读创造了理想条件。

在 19 世纪的城市化和工业化浪潮中，美国作家在其城市书写中对城市的态度和表现出的生态意识不尽相同。受欧洲浪漫主义思想影响，美国知识分子中存在一股颇为强烈的反对城市化的思潮。"对我们的梦想者们而言，美国是一个花园，一个土地的伊甸园，而它正在随着城市化而失去纯真。"① 在与惠特曼同时代的许多重要作家笔下，城市往往以负面的形象出现，其形象是黑暗、单调、令人压抑的。这些作家的生态意识主要呈现为对城市的厌倦和对朴素自然的偏爱，带有追求原始自然、否定人类行为的生态中心主义倾向。在这些作品中，城市往往被看作是自然的对立面，而城市书写的重点则放在伴随城市发展造成的环境污染和生态失调上，自然与人类的关联也被认为因城市的介入而日趋疏远。纳桑尼尔·霍桑（Nathaniel Hawthorne）在《古宅传奇》中塑造的城市即是一座与自然脱离的荒芜之城，其中充斥着钢筋水泥、噪音与灰尘，却不见盎然绿意或蔚蓝天空，换言之，"大自然被淹没"② 了。亨利·大卫·梭罗（Henry David Thoreau）厌倦城市文明，认为城市割断

① Levin, Harry, *The Power of Blackness: Hawthorne, Poe, Melville*, New York: Knopf, 1958, p. 234.

② ［美］霍桑：《古宅传奇》，方博译，上海译文出版社 1991 年版，第 92 页。

了人与自然的联系，他转而推崇自然界中的荒野，认为荒野"其实是一个比我们的文明更高级的文明"①。另外，城市还被认为催生了个体与他人之间关系的异化和人际交往中的隔阂。与梭罗同为超验主义作家的爱默生（Ralph Waldo Emerson）对城市缺乏好感，认为都市是"巨大的阴谋"②，其中隐藏着欺骗、虚伪和冷漠；在城市中人们陷于尔虞我诈之中，缺少真诚的相互交流，总是"躲避彼此的目光"③。总之，这些作家对城市生活感到幻灭和厌恶，认为随着城市化的迅猛发展，大自然日益沦为人类征服和奴役的对象，人类亦在商业化潮流中迷失了真我，变得愈来愈孤立，故而他们呼吁人类应该远离城市，回归到自然气息浓厚的淳朴乡村，选择最朴素的生活方式，凝听自然的声音，重新获得大自然的启示，体味人生的价值。

在这股反城市化的浪潮中，惠特曼是个值得注意的例外④。惠特曼歌颂自然，但并不因对自然的热爱而抵触城市发展。惠特曼的生态意识并不仅仅体现为对城市发展带来的环境问题进行批评和讽谏，或者抨击揭露城市中的冷漠人情与交流隔阂，而是更加深入地对城市中人与自然、个人与他人的关系进行思考，试图体悟出使自然运转与城市发展彼此促进、个人与他人和谐相处的途径。

一　万物相连：城市空间中的人与自然

《一路摆过布鲁克林渡口》最初发表于 1856 年，原题为《日落诗》，是惠特曼以城市为题材最出色的作品之一，也是惠特曼城市生

---

① 转引自［美］纳什《大自然的权利：环境伦理学史》，杨通进译，青岛出版社1999年版，第43页。

② Carlyle, Thomas, *The Correspondence of Thomas Carlyle and Ralph Waldo Emerson*, *1834 – 1872*, Teddington：The Echo Library, 2007, p. 151.

③ Emerson, Ralph Waldo, *Heart of Emerson's Journals*, Whitefish, MT：Kessinger Publishing, 2003, p. 264.

④ Morton, White & Lucia White, *The Intellectual versus the City*, Cambridge：Harvard University Press, 1962, p. 2.

态思想的典型体现。这首诗以城市化进程中的纽约为背景，描写了作者搭乘渡船横过连接布鲁克林和曼哈顿的富尔顿渡口（The Fulton Ferry）时的体验。在诗中，惠特曼描写的城市充满了自然气息与和谐氛围，它不是横亘于人与自然之间的障碍，而是个体与他人建立交流的桥梁。

惠特曼笔下的城市与自然是相通的。《一路摆过布鲁克林渡口》以自然环境为全诗的叙述起点，在开篇即展现了一幅磅礴壮阔的自然图景："在我下面滚滚前来的潮水！我面对面看见你！西天的云彩——太阳在那里还有半个小时那么高——我也是面对面看见你。"① 这幅画面中包含有若干个充满象征意味的自然意象，即"潮水"、"云彩"和"太阳"。"潮水"指的是位于布鲁克林和曼哈顿之间的东河，即惠特曼在诗中搭乘渡船横跨的河流，它围绕着城市，最终注入浩瀚的大西洋。惠特曼喜欢在诗中称纽约为"曼纳哈塔"，即曼哈顿的土著名字，意为"被海浪环绕的岩石岛屿"。通过对潮水的描述，惠特曼点明了城市的地理位置和岛屿地形，即是一个拥有"大大小小的岛屿"的城市。"那高涨的潮水奔腾而来，那退去的潮水又回到海里。"雄壮的河流奔腾着前进，将渡船上的人从曼哈顿岛带至另一岸的布鲁克林。潮水的涨退不仅为城市注入生机和活力，也使城市与海洋成为一个动态的整体。"云彩"在日落时变为"瑰丽云朵"，它的"华彩"将人们"浸透"，象征了自然与人类的彼此融合。"太阳"则是一个贯穿《一路摆过布鲁克林渡口》全诗的重要意象，它不仅是"开篇处一片壮丽场景的中心点，后来的一切事物和活动也都在它的光辉照耀下进行"②。太阳代表了城市生活的丰富与活力，是城市蒸蒸日上的象征，是惠特曼的城市诗中经常出现的重要意象，如在《想一想时间》一诗中，太阳

---

① ［美］惠特曼：《一路摆过布鲁克林渡口》，赵萝蕤译，《草叶集》，上海译文出版社1991年版，第277页。以下凡引此诗不再一一注明。

② 李野光：《惠特曼研究》，上海外语教育出版社2003年版，第114页。

的升起隐喻了城市中生机勃勃的一天的开始，使惠特曼感到"一切都是有生命的"[①]。惠特曼还在《一路摆过布鲁克林渡口》中描写了"布鲁克林的高地"、让他心旷神怡的"欢腾的河和它那明亮的流波""十二月的海鸥""美丽群山"等一系列自然意象，勾勒出一个充满浓厚自然气息的城市形象。

城市中人与自然的关系也是亲密的。这一点在人与海洋的关系中体现得最明显。东河将城市与海洋系在一起，拉近了人与海洋的距离。惠特曼在《一路摆过布鲁克林渡口》第五节中说："我也曾在曼哈顿岛的大街上走过，曾经在它周围的海水里洗过澡。"在海水里洗澡使惠特曼与海洋进行了最亲密的接触，而在曼哈顿岛大街上的散步，则让惠特曼体验到城市的海滨美，"正像欢腾的河和它那明亮的流波使你们心旷神怡，我也曾经心旷神怡"。站在渡口，惠特曼"面对面"地望着"滚滚前来的潮水"，感受到海洋为城市注入的能量。这一点在惠特曼的其他城市诗中也有所体现，如在《船的城市》一诗中，欢快的潮水"在不断前涌后退的城市，带着涡流和泡沫进进出出地旋转"，使得城市这个最宏大的人类产物变得"骄傲而火热""生气勃勃、疯狂"[②]。海洋对城市本身以及生活在其中的人类都有着重要的直接的影响，这种影响伴随着海潮在城市内外的往复运动而加深变强，使海洋与城市逐渐融为一体，成为惠特曼描绘的城市自然图景中的核心部分。正如有批评家指出的那样，吸引惠特曼的与其说是城市本身，不如更确切地说其实是城市的岛屿地形[③]。惠特曼不仅"非常喜爱那些城市"，而且"非常喜爱那条庄严而湍急的河"。

---

① ［美］惠特曼：《想一想时间》，赵萝蕤译，《草叶集》，上海译文出版社1991年版，第748页。

② ［美］惠特曼：《船的城市》，赵萝蕤译，《草叶集》，上海译文出版社1991年版，第505页。

③ Killingsworth, M. Jimmie, *Walt Whitman and the Earth: A Study in Ecopoetics*, Iowa: University of Iowa Press, 2004, p. 139.

城市还是个体与他人的交流的重要桥梁。城市的联系作用不仅体现于同时代的不同个体之间，还囊括了不同区域、不同时代的人们。

首先，城市促使人们跨越区域限制进行交流。毗邻海滨的特殊地理位置，使纽约成为一个繁华的海港城市和交运枢纽。《一路摆过布鲁克林渡口》创作时的19世纪五六十年代，大量淘金者乘蒸汽船经纽约的港口开往加利福尼亚①。诗中描述的富尔顿渡口，就是纽约熙熙攘攘景象的缩影。站在渡口，惠特曼看到"穿着平时服装的成群男女"和"在渡船上过河回家的千百位乘客"，而在"远处的海湾"里则有悬挂着"各国的旗帜"的船只。此外，那时的纽约同现今一样，也吸引了大量来自全世界的移民。惠特曼在《船的城市》中热烈称赞纽约为"世界的城市……因为所有民族都在这里出现，所有地球上的国家都在这里作出贡献"②。渡口不仅仅是纽约本地人流的交汇中心，还使城市成为全球性的交流舞台。

其次，城市为生活于其中的个体与他人提供了交流的平台。许多诗人如华兹华斯认为城市生活是孤立和分裂的，而在《一路摆过布鲁克林渡口》中，人们在城市中的生活既平等和谐，又亲密无间。惠特曼在第六节中说：

> 看见我走进或经过时年轻人那响亮的声音用最短的名称叫唤着我，
> 我站着时能够感觉到他们的手臂搁在我脖颈上，
> 我坐着时他们的肉体随意地靠在我身上，
> 在街上、渡船上或公共的集会场所上我看见许多我喜爱的人们，

---

① Mona, Domosh, *Invented Cities：The Creation of Landscape in Nineteenth-Century New York and Boston*, New Haven：Yale University Press, 1996, p. 86.

② ［美］惠特曼：《船的城市》，赵萝蕤译，《草叶集》，上海译文出版社1991年版，第505页。

然而却没有向他们说过一句话，

和大家过着一样的生活，照例哈哈大笑，受着折磨、睡着觉。

青年人"用最短的名称"称呼作者，把"手臂搁在"他的"脖颈上"，"随意地靠在"他身上，显示出亲密友好的关系。而"大街""渡船""公共的集会"等公共场所，则为人们提供了共处的契机，成为交流的舞台。惠特曼虽然和一些人没有"说过一句话"，但他们之间并没有隔阂，他称他们为"我喜爱的人们"。惠特曼赞美公共而暴露的城市生活以及城市的建筑和设计，认为它们促进了陌生人之间的社会接触和交流。城市生活的公开性虽然在某种意义上缩减了人们的"小空间"，但增加了人们彼此接触的机会，扩大了人类的生存活动范围，使人们拥有更为广泛的"大空间"。

最后，在《一路摆过布鲁克林渡口》中城市的和谐关系是超越时空间限制的。惠特曼在诗中不仅将同时代的人放入他的"默念之中"，并且在第三节中直接与过往的时代进行对话：

时间和地点是无能为力的——距离是无能为力的。

我和你们在一起，你们这一代或距今多少代的男人和女人，

正像你们在望着那条河和天空时所感受的，我也曾经感受，

正像你们每个人都是活泼的人群中的一员，我也曾经是人群中的一员，

正像欢腾的河和它那明亮的流波使你们心旷神怡，我也曾经心旷神怡，

正像你们站在那里倚着栏杆，却随着急流匆匆而去，我也曾经站着而匆匆，

正像你们望着船只的无数桅杆和汽轮的粗大烟囱，我也曾经这样望着。

惠特曼同渡船上的其他人一样,都是"活泼的人群中"匿名的一员,但惠特曼感受到了自己与其他人的联系,因为他们被河流联结在一起,被城市系在一处。在这种联系中,惠特曼公然宣称时间、地点或距离都是"无能为力的","这一代或距今多少代的男人和女人"都曾在城市中"望着那条河和天空","站在那里倚着栏杆"或是"望着船只的无数桅杆和汽轮的粗大烟囱",分享着共同的体验和类似的感受。批评家密勒认为,惠特曼"以戏剧化的手法将一种平凡的生活经验作为象征来表现那个遍及全人类和宇宙的神秘的一致性"①,城市生活中的"神秘的一致性"加强了人们与未来或过去的时代的彼此认同,使人们达到精神的一致性,建立了亲密和谐的关系。

二　城市空间与生态自我的建构

西方传统哲学的本体观念以自我为中心,自我与自然环境是分离的,即人类中心主义。人类中心主义认为"人类是地球上最重要和核心的实体"②,优越于其他一切生物形式。惠特曼在他的城市书写中对人类中心论进行了解构与颠覆,并对城市中人类所处的地位进行了重新定位。在《一路摆过布鲁克林渡口》中,生活在城市中的人类不是自然环境的主宰者,而是体验者。人类通过对自然环境的观察与感受认知自我,而人类对自我的认知程度也反映在自然环境中,如在第三节中,惠特曼以"目录诗"③的形式描写的一系列港口附近的自然景物即颇具有象征意味:

　　我过去也曾一次又一次地渡河,

---

① 李野光:《惠特曼研究》,上海外语教育出版社 2003 年版,第 160 页。

② Newman, Julie, *Green Ethics and Philosophy*, Los Angeles: SAGE Publications, 2011, p. 15.

③ Coffman, Stanley K., Jr., "'Crossing Brooklyn Ferry': A Note on the Catalogue Technique in Whitman's Poetry", *Modern Philology*, 51. 4 (1954): pp. 225 – 232.

望着十二月的海鸥，看见它们在高空平展着翅膀浮游，摇动着身子，

看到黄色闪光如何照亮了它们身躯的局部，而把其余部分留在浓重的黑影中，

看到它们缓慢地一圈圈盘旋，又渐渐侧身飞向南方，

看到水中夏日天空的倒影，

闪烁着的一道道光柱使我的两眼眩晕，

望着那阳光照亮的水里那环绕我头部的一轮离心放射的细密光圈，

望着南方和西南方山上的薄雾，

望着蒸汽，看着它像羊毛似地飘飞着，微带紫色。

惠特曼的叙述视角从上至下、由近及远，展现了一幅城市自然全景。"十二月的海鸥"在空中"缓慢地一圈圈盘旋，又渐渐侧身飞向南方"，犹豫徘徊，始终没有找到落脚之处；太阳照射在河面上，反射出浮动的"一道道光柱"使惠特曼"两眼眩晕"；"离心放射的细密光圈"环绕在诗人头边，挥之不去；"南方和西南方山上的薄雾"以及"微带紫色"的"蒸汽"笼罩在城市上空，带来飘渺阴郁的氛围。海鸥在空中绕圈找不到落脚点，而远远凝视着海鸥的惠特曼也分享着这种感受。海鸥的游移不定象征了城市化过程中人与自然环境的分离，以及人们在城市中无根无土、迷失自我的困惑状态。惠特曼在探寻自我的过程中产生的痛苦与徘徊，表现了他对认知自我、重构自我的渴望，这与第三节中自然环境中展现出的犹疑、飘忽、不稳定的基调是相符的。

而与第三节遥相呼应，完成了自我探索的惠特曼在第九节中再次对港口的自然景物进行了描写。此前在第三节中带有犹疑和不确定色彩的自然意象，在第九节中都呈现出积极肯定的意味：

坚定些吧，俯瞰着河流的栏杆，以便托住那些闲适地倚靠着你

的人们，虽然他们也在随着急急的流水在急急地行进！

继续飞吧，海鸟！侧着身子飞，或者在高空绕着大圆圈盘旋；

接受那夏日的天空吧，流水啊，忠实地拥抱着它，直到所有低垂着的眼睛得以从容地从你那里把它取走！

细密的光轮啊，请离开我或别人的头，把自己散布在日光照耀着的水面上吧！

河上的"栏杆""俯瞰着河流"，"坚定"地托起行人，使人们能够从容地追随奔腾的河流；海鸥"侧着身子飞，或者在高空绕着大圆圈"飞翔，一扫此前犹疑不定的氛围，展现出自由随意的姿态；"流水"怀抱着"夏日的天空"，让所有人都得以"从容地"欣赏天空在河面上的倒影；"细密的光轮"离开惠特曼和其他人的头边，使人们能够清晰地在水中看到真实的自我，而不是被斑斓的闪光迷住了眼睛。人与自然中的万物构成了和谐的画面，象征了"自我与自然环境的和谐"①。

在《一路摆过布鲁克林渡口》中，惠特曼从自然万物中获得生命体验，在城市化视野中重新对自我进行建构。这个自我不是孤立、分裂的，而是与万物交织、"不断扩张"②的，显示出广阔的包容性。爱默生在《美国学者》中说："这个世界最伟大的辉煌就是抚育了人。因为一个人，假如正确地看待，是包含着所有人的性格特征。"③惠特曼的自我不仅包含了所有人的特征，还容纳了整个自然环境中的各种生命形式。它包罗万象，"每天每时每刻从所有的事物中提取""无形食粮"，

---

① James L. Machor, *Pastoral Cities: Urban Ideals and the Symbolic Landscape of America*, Madison: University of Wisconsin Press, 1987, p. 337.

② Gay Wilson Allen, *Walt Whitman Hand Book*, Chicago: Packard & Company, 1946, p. 133.

③ Ralph Waldo Emerson, *The Complete Prose Works*, New York: Ward, Lock & Co., 1891, p. 336.

是"一种既具有普遍性又不失特殊性的自我"①。这种自我突破了狭义自我的概念，与挪威哲学家阿恩·奈斯倡导的"生态自我"的基本主张是一致的。生态自我"包含了地球上的连同个体自我在内的所有生命形式"②，是一种"不脱离广阔自然群落的自我境界"③。这种自我中包含了自然环境中的各种元素，是一种只有在自然中才能真正实现的自我。

惠特曼对城市中自我的地位也进行了重新定位。《一路摆过布鲁克林渡口》中的城市是一个有机的整体，恰如一个"单纯、紧凑、衔接得很好的结构"，而人类只是其中普通的一部分：

　　　　那单纯、紧凑、衔接得很好的结构，我自己是从中脱离的一个，
　　　　人人都脱离，然而都还是这个结构的一部分，
　　　　过去的类似处和未来的类似处，
　　　　我在街上走路和在过河时所看见、听见的最细微的事物，
　　　　像珠子穿成的一连串无上光荣，
　　　　那奔腾的急流随同我在远处游泳。

城市中的自然万物都属于"结构的一部分"，人类不是结构的中心，而是其中普通的一分子。作为一个单独的个体，自我是"脱离"的。在这种"脱离"中存有一种连续感，"在街上走路"与"过河"的运动轨迹都同河水的奔流平行，展现出融合的整体感。尽管自我在一定程度上是脱离的，但始终是整个城市的一部分。惠特曼深受美国著名学

---

　　① 马特：《城市化与自我身份建构——解读惠特曼〈横过布鲁克林渡口〉》，《社会科学辑刊》2011 年第 3 期。
　　② 杨通进：《现代文明的生态转向》，重庆出版社 2007 年版，第 63—64 页。
　　③ F. Marina Schauffler, *Turning to Earth: Stories of Ecological Conversion*, Charlottesville: University of Virginia Press, 2003, p. 44.

者爱默生的影响，他所表述的这种自我与自然的关系，同爱默生在《论自然》中的观点是类似的：

> 站在空旷的土地上，我的头脑沐浴在清爽的空气里，思想被提升到那无限的空间中，所有卑下的自私都消失了。我变成了一个透明的眼球，我是一个"无"，我看见了一切，普遍的存在进入到我的血脉，在我的周身流动。我成了上帝的部分或分子。①

与惠特曼认为自我是"结构的一部分"类似，爱默生认为自我是"上帝的部分或分子"。在自然中"所有卑下的自私都消失了"，自我"变成了一个透明的眼球"，爱默生所关注的不是自我，而是"一切"，即"普遍的存在"。由于发现了"人与植物之间那种玄奥的关系"，自我"并不是孤立的、不被承认的"，而是融为整个环境的一部分。

自然是人栖居于其中的地域，而非与人类相对的客体。作为天地间的一员，人与万物等同。惠特曼对待自然元素与对待人类的态度没有差别，在他的笔下自然也像人一样拥有思想和品格。如在《一路摆过布鲁克林渡口》第九节中，惠特曼对河流与天空的描写即采用了拟人的手法：

> 向前流吧！河啊！和来潮一起奔流，和退潮一起退走！
> 继续游戏吧，冠状扇贝形的波浪！
> 日落时的瑰丽云朵！用你的华彩把我或后来世代的男女浸透！
> 从此岸摆渡到彼岸吧，数不清的成群乘客！
> 站起来吧，高高耸起的曼纳哈塔的桅杆！站起来吧，布鲁克林的美丽群山！

---

① Ralph Waldo Emerson, *The Complete Prose Works*, New York：Ward, Lock & Co., 1891, p. 311.

河流潮水的涨起和退去不再是简单的自然运动，而是有意识地在城市和海洋之间奔流；在河中翻腾的"冠状扇贝形的波浪"，也被赋予如孩童般"游戏"的面孔；天空中"日落时的瑰丽云朵"则像母亲一样，温柔地用它的"华彩"浸浴了城市中的人们；"布鲁克林的美丽群山"也不再呆板地矗立在河岸旁边，而是如同壮士一样，高耸地站了起来。通过拟人化处理，自然景物被赋予人类的特性和品格，展现出惠特曼与自然为友、和谐共处的思想。

三　城市语境中的生态整体意识

惠特曼表述的生态环境并不局限于自然界，他立足于更宏大的角度对生态环境进行审视，将其范畴从单纯的自然环境拓展至整个城市空间。惠特曼将自然环境与城市中的人工环境同等对待，视为一个连续的整体，试图从空间划分上解除自然与人类的二元对立。在《一路摆过布鲁克林渡口》中，惠特曼并不十分区分人类产物和自然事物，而是将二者一并描述，穿插在一起。例如，他把"高高耸起的曼纳哈塔的桅杆"和"布鲁克林的美丽群山"并列提及，对轮船的"轮轴"的描写也与"白色浪花"结合在一起。站在河畔，惠特曼不仅遥望着东河的"明亮的流波"，也注视着"船只的无数桅杆和汽轮的粗大烟囱"。在第三和第九节中描写渡口时，惠特曼不仅刻画了由"海鸟""夏日的天空""流水"和"日光"等景物构成的自然环境，还用同样的笔触在其后紧接着描写了城市中的人工环境，如穿梭往来的船只、"得意地随风招展"的"世界各国的旗帜"和"铸造厂的烟囱"等等。这种对自然环境和人工环境的并置在惠特曼的其他作品也时常出现，最典型的如在长诗《我自己的歌》中，惠特曼有意识地借助想象的力量让思绪从一种空间跳跃至另一种空间内。在此诗的第15节中，前一行内惠特曼的注意力还集中于人工环境中"机械工卷起了袖子"和"新到的一群群移民站满了码头或大堤"的情境，而到下面几行时他已经把视线转到田园农牧世界里"鬈发的在甜菜田里锄地"① 等。这种频繁的空间切换拉近了两类不同空间之间的距离，使二者交织成章，不分彼此。批评家托马斯曾指出，惠特曼在其城市书写中对城市生活进行了"自然化"（natu-ralization），使城市成了"自然的延续体"（continuation of nature）②。这种自然化的手法使城市中的人工空间和自然环境绵延成为一个整体，带来一种全新的阅读体验。惠特曼对人类与自然二元划分的解构不只体现在艺术技巧和行文安排上，还深入至对两类空间固有属性的探讨和比较。在描写人工空间与自然世界时，他着力于展现两者共同具有的多样性和丰富性特质。诗歌《给我那光彩夺目的沉默的太阳》曾被认为证明了惠特曼在对人类世界和自然环境进行选择时决意摒弃自然世界，转而投向人类空间。然而，正如 James E. Miller 所指出，"惠特曼展现出（二者的）不同只是为了对其（不同）进行消解"③。通过展现自然环境和人类世界间的相似之处，这首诗"将两处情景如镜像般连结起来"④。自然界中丰盛的收获和城市街道中无尽的人群带给他同样的愉悦，因为二者都是"多种多样"⑤ 且令他感到欣慰的。可以说，比起在二者之间进行选择，惠特曼更强调对借助二者的相似之处对其进行融合。

在对生态环境的体验和探索中，惠特曼主张人们应当全面地深入其中，因为无论是城市中的自然环境还是人工环境都会为人们带来生命的启迪，揭示人生的哲理。在《一路摆过布鲁克林渡口》第九节中，惠特曼将城市中的万物统称为"沉默的、美丽的使者"：

---

① ［美］惠特曼：《我自己的歌》，赵萝蕤译，《草叶集》，上海译文出版社1991年版，第78页。

② Thomas, M. Wynn, "Whitman's Tale of Two Cities", *American Literary History*, 6. 4 (1994)：pp. 633 –657.

③ Miller, James E., Jr., *Walt Whitman*, New York：Twayne, 1962, p. 134.

④ Machor, James L, "Pastoralism and the American Urban Ideal：Hawthorne, Whitman, and the Literary Pattern", *American Literature*, 54. 3 (1982)：pp. 329 –353.

⑤ ［美］惠特曼：《给我那光彩夺目的沉默的太阳》，赵萝蕤译，《草叶集》，上海译文出版社1991年版，第540页。

你们曾经等候过，你们总在等候着，你们这些沉默的、美丽的

使者，

我们最后解放了思想接待你们，而且今后将永远不知满足，

你们也不可能再使我们迷惑或拒绝接近我们，

我们要使用你们，绝不把你们弃置在一旁——我们要永久把你

们栽植在我们心中，

我们测不透度你们的高深——我们爱你们——你们也有完美的

部分，

你们为永生做出了你们的贡献，

不论是伟大还是渺小，你们为灵魂做出了贡献。

　　"沉默的、美丽的使者"一直在城市中一言不发地"等候着"人们发掘它们身上的潜力，直至人们最终"解放了思想"，感受到它们是"最富有精神价值的存在"和"最能够持久的物体"。惠特曼在散文《民主展望》中也曾流露出类似的思想："每当我横渡东河和北河时……我发觉自然是伟大的，因为自然拥有自由的露天原野、暴风雨、日夜交替、山脉、森林和海洋等等；那些人类产物也是同样伟大的……例如那些精巧的创造、街道、商品、房屋、船只，以及充满活力的忙碌人群。"① 惠特曼对整个生态环境心怀谦卑之心，认为人类"测不透度你们的高深"。他如同敬畏自己的生命一样赞叹其他一切生命和创造，并在体验其他一切生命和创造的过程中领悟自我的神秘和生态环境的奥妙。

　　在惠特曼看来，城市是一个由各种元素彼此交织构成的多圈层的生态网络，其中各个圈层地位平等，超越了孰优孰劣的机械式划分。惠特曼看待生态环境的广阔视野，与现代生态批评的发展趋势是吻合的。当代著名学者劳伦斯·布依尔（Lawrence Buell）即指出："任何环境——

---

① Whitman, Walt, *Complete Poetry and Collected Prose*, New York: The Library of America, 1982, p. 939.

城市、郊区、小城镇，农业的或工业的、陆地或海洋、户外或室内——都能是生态批评的出彩点。"① 随着城市化进程的不断推进，城市与乡村的距离不断被拉近，之间的界限也变得模糊，纯粹的原始自然已不复存在。各色各样的人类产物不断渗入到自然环境中，使人工环境与自然环境逐渐相互融合，形成一种混杂的嘈杂的和谐。在城市中，各个组成部分彼此连结成为整体不可分离，其各自的发展也联系在一起。所有的生命形式，包括人类，都既无法脱离自然环境生存，也不可能完全脱离人类世界的干预。"生态批评的任务不只在于鼓励读者重新去与自然接触，而是要灌输人类存在的环境性意识——人类作为一种物种只是他们所栖居的生态圈的一部分。"② 人类只有如惠特曼所言那样"解放了思想"，将整个生态环境作为一个复合的整体来接纳，把生态环境中的万物"栽植"在心里，才能真正了解"自己的特性"，了解自己"过去的存在"和"将来该是什么样的"。换言之，惠特曼以预言家般的直觉，指出了解决城市化过程中诸多问题的途径，即只有使整个城市成为一个和谐的有机生态系统，才能使城市、自然和人类都获得真正长足的发展。

综上所述，惠特曼笔下的城市是一个由人工环境与自然环境共同构成的多圈层的复合生态系统，其中的各个圈层既相互独立，又彼此交织。这个充满生态气息与和谐氛围的城市形象，是惠特曼生态意识的具体体现。惠特曼的生态观念并未停留在保护环境、反对城市化的层面上，而是就人类、城市与自然环境之间的关系进行了更深入的思考与探索。在他看来，城市非但不是隔离人类与自然、疏远个体与他人的障碍，反而能够促进人与自然、个体与他人的交流和融合。人类不是自然环境的主宰者，而是体验者。通过对自然环境的体验，惠特曼在城市化

① ［美］劳伦斯·布依尔：《文学研究的绿化现象》，《国外文学》2005 年第 3 期。
② Buell, Lawrence, *Writing for an Endangered World*：*Literature, Culture, and Environment in the U. S. and Beyond*, Cambridge：Belknap Press of Harvard University Press, 2001, p.66.

视野内重新对自我进行认知和定位，建构出一个普遍性与特殊性兼具的生态自我。在惠特曼的城市书写中，人类与自然、个体与他人、城市与自然彼此交织，共同演奏了一支和谐的城市生态交响曲。时至今日，城市化已经成为全世界的共同议题。惠特曼对自我、城市与自然环境之间和谐关系的探寻，也为我们带来一些有益的启示。

第二节　城市的生态地图：论卡尔·桑德堡的现代性城市叙事

卡尔·桑德堡（Carl Sandburg，1878－1967）是继惠特曼之后最有影响力的美国诗人之一，他一生共创作近千首诗歌，并三次获得普利策奖。作为"芝加哥诗派"的代表人物，桑德堡多被视作一位城市诗人而非生态诗人，学界也鲜有针对其现代主义城市诗歌的生态叙事研究。传统生态批评研究大多关注荒野自然，将城市自然（urban nature）视作一种"矛盾修辞"①置于边缘位置。近年来，只关注纯粹的"荒野自然"的观点开始遭到质疑，学界逐渐认可城市空间等人造环境均应被看作生态批评研究的沃土②。尤其是随着城市生态批评（urban ecocriticism）在西方学界的复兴，生态批评的城市维度开始受到越来越多研究者的重视③，这也为我们重读桑德堡的现代性城市叙事提供了可能的切入点。

不同于同时代许多美国诗人逃避至欧洲田园或哀叹自然在美国城市发展中的消亡，桑德堡始终将城市视作其生态叙事的灵感来源。桑德堡的现代性叙事聚焦城市空间，直接展现工业化和城市化背景下的自然环

---

① Lee Rozelle, "Ecocritical City: Modernist Reactions to Urban Environments in *Miss Lonelyhearts* and *Paterson*," *Twentieth-Century Literatur*, 48. 1 (2002), p. 109.

② Lawrence Buell, "Ecocriticism: Some Emerging Trends," *Qui Parle: Critical Humanities and Social Sciences*, 19. 2 (2011), p. 89.

③ 马特：《从缺席到在场：生态批评的城市维度》，《外国文学研究》2017 年第 4 期。

境及其发展嬗变，关注美国荒野的城市转型。因此，城市书写也是体现桑德堡独特的生态思想的绝佳文本。在桑德堡的现代性城市叙事中，自然并不是被动的地理景观、简单的背景板或远离政治漩涡的世外桃源，而是引导了城市自然的非人叙事线索。桑德堡立足于城市化热潮的中心位置，自城市空间内部审视其生态功能与自然属性，将看似对立的城市与自然整合成为一种杂糅的统一，在现代性叙事中勾勒出一幅经纬纵横、立体多维的城市生态地图。

一　路：城市生态地图的横轴

长期以来，"自然"往往被等同于纯洁的未经开发的荒野，"城市"则被视作"自然"的对立面，象征着"令人厌恶的、由混凝土构成的生态不公正（ecological iniquity）"①。然而，在人类历史的发展过程中，"自然"的概念实际上在被不断地重新塑造，如美国当代哲学家莫顿（Timothy Morton）便主张人们应当以开放的视角看待自然，接受自然的"非自然性"②。随着城市化与工业化进程的推进，城市与自然之间的界限也在变得愈加模糊。在桑德堡的现代城市叙事中，"路"作为一种"生态过渡带"，消解了城市社会与自然环境之间的隔阂，构成了城市生态地图的横轴。

在生态学术语中，生态过渡带（ecotone）又称生态交错带，指的是两个或多个空间之间的边界性或过渡性区域③。例如，田野和森林、高山和海洋、大海和陆地等地理空间之间的区域，或者虚拟的空间如南方与北方、东方与西方之间的过渡性区域。在桑德堡的城市诗歌中，

---

① Ingrid Leman Stefanovic, "In Search of the Natural City," in Ingrid Leman Stefanovic and Stephen Bede Scharper eds., *The Natural City：Re-envisioning the Built Environment*, Toronto：University of Toronto Press, 2012, p. 11.

② Timothy Morton, *Dark Ecology：For a Logic of Future Coexistence*, New York：Columbia University Press, 2016, p. 16.

③ Eugene P. Odum, *Fundamentals of Ecology*, Philadelphia：W. B. Saunders Company, 1971, p. 157.

"路"作为一种生态过渡带，模糊了人类社会与自然环境之间的界限，成为连接了城市人造空间和自然环境的中间区域。

芬兰哲学家海伦娜·斯伊普（Helena Siipi）指出，自然环境与人造环境实际上都是一种"抽象物"（abstraction），自然性"并不是'非是即非'的问题，而是一个连续的梯度变化……绝对的自然性是位于这种梯度变化末端的一种抽象状态，换言之，只是有一些生态系统比其它的生态系统更加接近这种理想状态而已"①。这种"自然性"的梯度变化与界限的模糊性，在生态过渡带的属性中体现得非常清楚。在桑德堡笔下，城市中的马路是一种介于城市人造空间和自然环境之间的模糊区域。如在《半途》（"Half Way"）一诗中，桑德堡写道："大路伸向远方，阳光闪耀的群山/……新命名的市镇，磨坊的风车/旋转着指向神圣的十字路口"②。身处十字路口，人们既可以走向人造空间，也可以融入原始的荒野自然。路的存在使城市与自然的距离变得可有可无，愈加凸显了城市作为人类与自然相遇的场所的生态功能。再如，在《街道不会入眠》（"The Street Never Sleeps"）一诗中，百老汇街道也时刻提醒着人们，"荒野在等待"、"荒野在靠近"③。可以说，"路"在某种程度上成为城市中的人造空间和荒野自然之间的缓冲地带，是连接二者的过渡性区域。在路上的人们或沿着小路行走，或开车行驶在高速路上，获得了更多与自然接触的机会，成为了游走在城市与自然之间的漫游者。

在生态过渡带中，通常包含有各种区域的生物和其他过渡带所特有的边缘种生物④。在桑德堡的城市叙事中，通过"马路"这一过渡性区域，游走在路上的人们可以获得独特的生态体验。在路上的漫游者的所见所闻既带有人造空间的色彩，也包含有自然世界的元素，是融合了两

---

① Helena Siipi, "Naturalness in Biological Conservation," *Journal of Agricultural and Environmental Ethics* l. 17（2004），p. 469.

② ［美］卡尔·桑德堡：《桑德堡诗选》，第 82 页。

③ Carl Sandburg, *The Complete Poems of Carl Sandburg*, p. 663.

④ Eugene P. Odum, *Fundamentals of Ecology*, pp. 157 – 158.

类空间特点的独特存在。在《汽车的肖像画》（"Portrait of a Motorcar"）一诗中，桑德堡便刻画了一幅颇有趣味的汽车肖像。在诗中，人们在马路上遇到的交通工具呈现出介于人造和自然两类空间之间的状态：

> 这是一辆瘦削的车…长腿的狗之车…灰鹰之车。
> 它的脚吃的是路上的污垢…它的翅膀吃的是山峦。
> 驾驶者丹尼在梦中见到穿红衣红袜的女人时就会梦到这辆车。
> 这是丹尼的生活，流淌在他的血液中…一辆瘦削的灰车。①

　　20 世纪初，现代交通工具的速度开始超过依赖马匹的传统运输手段。汽车等交通工具的出现不仅是现代社会的重要一维，移动性的增强也逐渐促使旧式的空间关系开始解体②。值得注意的是，桑德堡在诗中使用了多种动物的比喻来描写典型的人造产物：汽车。在桑德堡的眼中，汽车既是狗又是鹰，它的脚食用的是马路上的尘土，它的翅膀吃的是周围的山峦。这样，人造空间与自然环境同时出现在城市的马路上，奔驰在马路上的则是一个动物化了的汽车的意象。机械构成的汽车既吸收了人造元素，也以自然存在物为食，是两类空间的不同成分杂糅而成的产物。这样一个跨越人造产物和自然生物的汽车意象对它的驾驶者也产生了极重要的影响：它不仅是诗中的驾驶员丹尼的生活的一部分，而且"流淌在他的血液中"。可以说，诗中的人类与人造产物都成为一种杂糅式的存在，既与自然环境不可分离，也与人造环境有着非常紧密的联系。

　　生态过渡带没有明确的分界线，是一个范围不断变化的空间或带状

---

① Carl Sandburg, *The Complete Poems of Carl Sandburg*, p. 106.

② David Hafemeister, *Physics of Societal Issues: Calculations on National Security, Environment, and Energy*, New York: Springer Science & Business Media, 2014, p. 507.

区域①。伴随"路"带来的移动性，地理上的距离对桑德堡的生态想象
已不再是障碍，人们可以在更大范围内体验人造空间与自然世界之间的
过渡性的想象空间。在这一方面，"铁路"比"马路"发挥了更明显的
生态过渡带功能。1875 年，美国国会为了促进美国西部铁路的修建，
通过了铁路法法案（the Railroad Act），为政府使用私人和公共用地来修
建铁路提供了极大的便利。桑德堡的《铁路路权》（"On A Railroad
Right of Way"）一诗便是对这一史实的反映。在诗中，桑德堡描写了铁
路与歌唱着的溪水之间的故事。在诗人笔下，欢快的溪水在"砾石"
和"溪谷"中吟唱着自然的歌谣，当轰鸣的火车开来时，铁路承载着
人们从城市运送到全国各地，穿过原本淳朴的自然环境，形成了自然元
素与人造产物共存的过渡空间，呈现出一幅生态的图景：溪水"在布满
苔藓的岩石上留下水流的痕迹"，鱼儿在"在早秋的阳光下/水中的鹅
卵石上游过"②。铁路带来的移动性使人们可以身处在相对静止的人造
车厢内，观看移动的自然图景，游走在人造空间和自然环境之间的中间
地带。铁路作为中间的过渡带，连接并整合了两个环境空间；在火车行
驶过的瞬间，溪水的潺潺声和火车的轰隆声此起彼伏、相应相和，两个
空间彼此接合，融为一个杂糅的混合体。

如果说在桑德堡的现代城市叙事中，各式各样的"路"象征了城市
的水平向度，将不同的环境经验与空间环境混合于生态过渡带中，构成
了桑德堡城市生态地图的横轴的话；那么，城市生态地图的纵轴也是一
种十分特殊的现代性产物，其代表便是工业化时期迅速崛起的摩天
大楼。

二　摩天大楼：城市生态地图的纵轴

在桑德堡生活的 19 世纪末至 20 世纪中期，美国工业化运动正值汹

---

① William Ashworth, *The Encyclopedia of Environmental Studies*, New York: Facts on File, 1991, p. 116.

② Carl Sandburg, *The Complete Poems of Carl Sandburg*, p. 357.

涌澎湃之际，城市化进程也进一步加剧。这一时期的美国作家对现代主义的接纳，不仅体现在他们所使用的一套全新的文学形式和写作技巧上，也体现在他们对机器时代的城市环境的融入①。在关于城市的诸多意象中，摩天大楼（skyscraper）作为城市生活经验与动态变化的象征，为人们提供了新的空间体验与环境感知维度，成为现代城市性的代名词。

在现代主义文学作品中，摩天大楼是最具有潜力、也最带有矛盾性的意象之一。有的人将摩天大楼看做资本主义非人化的象征，也有人认为摩天大楼象征了人类意图侵蚀天际的欲望。与这些意象不同，桑德堡笔下的摩天大楼并非冰冷的混凝土建筑，而是一个具有生命力的、自然化了的有机体，展现出生态系统的特征。在代表作《摩天大楼》（"Skyscraper"）（1916）一诗中，桑德堡便着力刻画了一个"筋骨"已经"深入地底岩层"的摩天大楼：

> 每时每刻大楼的根基深入地底岩层，紧附在旋转的地球之上。
> 每时每刻大梁就如筋骨一般突出，整合了石墙和地板。
> 每时每刻泥瓦工的双手和灰浆捏紧各个零件，构成建筑师欣赏的式样。
> 每时每刻太阳和雨水，空气和尘土，紧迫的时间汇为世纪，在大楼的内外嬉戏，损耗。②

表面看来，《摩天大楼》这首诗似乎是关于建筑结构的。然而，经过细读我们会发现，这座摩天大楼就如威廉姆斯（William Carlos Williams）在《帕特森》（"Paterson"）一诗中塑造的巨人一样，拥有一个

---

① John Timberman Newcomb, "The Footprint of the Twentieth Century: The American Skyscraper and the Modernist Poem," *Modernism/modernity* 10. 1 (2003), p. 97.

② Carl Sandburg, *The Complete Poems of Carl Sandburg*, New York: Houghton Mifflin Harcourt, 2003, p. 31. 诗歌译文除特别注明，其余均为笔者自译，下同。

庞大的形体：供应商提供的"大梁"构成了它的"筋骨"，"石墙和地板"是它的肌肉，泥瓦工挥汗如雨地用"灰浆"将各式各样的"零件"捏合，按照建筑师的设计图将材料整合为一个完整的巨人的形体。此外，这座拥摩天大楼不仅具有有机的结构，而且与大地有着紧密的联系。一方面，摩天大楼的根基"深入地底岩层"，固定住整个建筑，使其"紧附在旋转的地球之上"。另一方面，构成摩天大楼的材料不仅有"大梁"、"石墙"和"灰浆"，还与原始自然的材料进行交换，如"太阳和雨水""空气和尘土"一直与摩天大楼"嬉戏"，侵融入大楼的楼体之内。

正如城市研究学者指出，在现代社会中，"自然支撑着城市，并且无时无刻地在向内渗透"[1]。桑德堡笔下的摩天大楼既扎根于自然世界，也不断地将自然元素吸收至体内。在《风之城》（"The Windy City"）一诗中，摩天大楼还从错置的荒野中汲取原材料，甚至连"大地的垃圾"也一并吸收转化，最终"形成一座新城"[2]，构成一个亚当式的存在。可以说，桑德堡笔下的摩天大楼并不是有着明确界限的实心结构，其源于大地，又与大地万物交融为一体，是一个与周围环境彼此作用的小型的有机生态系统。

摩天大楼作为一个有机的生命体，也给栖居其中的人们带来了全新的生态体验。摩天大楼的建设开启了一种新的空间扩张形式，即从水平方向的平面扩张，转为立体扩张的垂直维度。正如美国现代主义作家卡明斯（E. E. Cummings）所言，摩天大楼是"精细的庞然大物"和"具有神秘感官的垂直存在"[3]。形态各异的摩天大楼化身为城市空间的标志性建筑，给美国人民带来了冲击性的视觉体验。实际上，现代意义上的"摩天大楼"（skyscraper）一词最早便是用于描绘芝加哥的天际线。

---

①　I. Stefanovic, "In Search of the Natural City," in *The Natural City: Re-envisioning the Built Environment*, p. 13.

②　Carl Sandburg, *The Complete Poems of Carl Sandburg*, p. 217.

③　E. E. Cummings, *Tulips and Chimneys*, New York: Liveright, 1996, p. 103.

作为芝加哥诗派的代表人物，桑德堡多次刻画了高耸如云的摩天大楼带来的空间体验，而这种体验往往是与自然环境有着紧密关联的生态图景。

在摩天大楼的垂直向度内，挑战天际的空间体验可以无限缩短人造空间与自然环境之间的距离，获得一种跨空间的体验。在短诗《帽子》（"Hats"）一诗中，桑德堡便简洁地刻画了身处摩天大楼之上俯瞰到的头戴帽子的人流：

> 在摩天大楼前部的边缘，
> 我低头看到了：帽子：五万顶帽子：
> 涌动时发出蜜蜂、羊群、牛群和瀑布般的噪音，
> 停滞时寂静如海草，草原上的玉米。
> 帽子：告诉我你的愿望是什么。①

在离地数十米的垂直空间内俯瞰，人群在喧嚣时可以与"蜜蜂、羊群、牛群和瀑布"联系起来，而在陷入静寂时则让人联想到"海草"和"草原上的玉米"。在这里，诗人并不是地面上人群中的一员，而是在远离人群的上空旁观，这种垂直的视角使诗人收获了不同的城市空间体验，在感知层面将人造空间与自然环境联系起来。高楼使人们与天空更加接近。坐在摩天大楼里，映入眺望之人眼帘的是"南面鸽蛋蓝的天空/银色的月光下飘着长长的云朵"②。在《肖像》（"Portrait"）一诗中，桑德堡再次讨论了这种跨空间的生态体验的可能性，并通过"空间跳跃"的手法着重强调了摩天大楼对自然与城市二元对立的消解：

> 一个坐在芝加哥摩天大楼里的写字台前的人

---

① Carl Sandburg, *The Complete Poems of Carl Sandburg*, p. 160.
② Ibid., p. 716.

能否同时也是爱荷华玉米小镇里的马具制造者

感受到六月里生长的高草

和草原上随风歌唱的

棉白杨的痛楚？①

在这里，桑德堡笔下的空间感知完成了两次空间跳跃：一是不再局限于某一具体的城市，从芝加哥转向爱荷华州，二是从摩天大楼这一典型的人造空间转至"高草"和"棉白杨"所象征的大草原即自然环境中。桑德堡通过空间越界的手法，挑战了自然环境与城市人造空间之间的界限，对空间的二元划分传统进行了解域，使看似对立的两个世界调和为一体，揭示出城市本身作为一种自然建构的属性。

桑德堡这种将城市中的人造产物与自然环境并置的手法，在现代主义诗歌中是不多见的。长期以来，城市与自然的对立"在西方文化中根深蒂固"②。城市化被认为是一种环境形式——即自然环境——被另外一种更加粗糙的人造环境所"替代"的过程③。因此，美国现代主义诗人在提及城市时，也大多都将城市与乡村、机械或建筑与自然进行二元的对立。如弗罗斯特便延续了 19 世纪田园诗的传统，认为城市是不自然的，更多地钟情于淳朴的荒野自然。然而，由于现代意义上的"田园"经常被定义为对城市环境的厌倦或敌意，导致荒野自然一方面呼唤人类前来居住，另一方面却又拒绝人类的侵入，自然世界的田园梦想成为一个无法实现的悖论。与之相对，在桑德堡创作的城市文本中，这种城市与自然的二元对立不断被打破，消隐，甚至消失。在桑德堡笔下，摩天大楼作为一种城市生态有机体，给人们带来了超越二元划分的跨空间的生态体验，构成了城市生态地图的纵向经度。

① Carl Sandburg, *The Complete Poems of Carl Sandburg*, p. 229.

② Greg Garrard, *Ecocriticism*, New York：Routledge, 2004, p. 33.

③ Cheryll Glotfelty, "A Guided Tour of Ecocriticism, with Excursions to Catherland," *Cather Studies*, Vol. 5 (2003)：pp. 28 – 43.

就这样，桑德堡的城市生态叙事以"路"所代表的城市水平空间为横轴，以"摩天大楼"所代表的城市垂直空间为纵轴，二者经纬交织，纵横相连，共同编织成一幅现代城市的立体生态网络。

三　城市生态地图的立体网络

在《诗歌的试定义》（"Tentative（First Model）Definitions of Poetry"）中，桑德堡曾给出38条诗歌的定义。在其中的第26条，桑德堡写道："诗歌是清晨新织成的蛛网，讲述着月夜中编织和等待的故事。"① 在桑德堡看来，诗歌本身是一张网，在夜幕下编织着故事。实际上，不仅桑德堡的诗歌是一张网，他在诗中所建构的城市生态系统也拥有一个网状的立体结构。

首先，在桑德堡的笔下，城市的地理格局呈现为由点、线、面等几何图形构成的网状结构。其中，城市生态地图的基础元素是"点"和"线"：

> 河流转了一个半圆形的弯。
> 鹅岛桥的弧度
> 悬在河流的弯道上方。
> 然后，河流的全景
> 为了桥而表演，
> 点…线…点…线，
> 六六七七的点与线，
> 灯光和探照灯，
> 灰色和黄色的灯光绕着圈。②

---

① Carl Sandburg, *The Complete Poems of Carl Sandburg*, p. 318.
② Ibid. , p. 280.

　　在河面上观摩的城市全景是一个由点和线构成的油画般的景象。点和线"六六七七"地交织成画，河岸和桥面形成"半圆形"，楼房的灯光和船只的探照灯构成灰色和黄色的圆圈。在光影的"表演"中，桥梁、大楼与河流被连接在一起，将自然环境与人造空间有机地联系起来。

　　随后，在"点"与"线"的基础之上，二者进而交织成"面"，形成了多种几何图形：

> 在五大湖，
> 大迪图尔和大草原之间，
> 活着的摩天大楼亮着灯，
> 在蓝色的薄雾中可以看到黄色的格子状的灯火，
> 蒸汽船吞吐着银色的烟，
> 暗灰的值夜人的平行四边形。[①]

　　在诗中，城市被湖泊、河流和草原拥在怀中，富有生命力的摩天大楼在城市中闪烁着。在蓝色的薄暮中，有黄色的"格子"、银色的流线型以及暗灰色的"平行四边形"。伴随各种色彩的交织，城市的街景说的是"山的语言"[②]，摩天大楼等高层建筑也隐匿在天际的薄雾中。各种彩色的几何图形拼接相连，点缀成图，构成一张流光溢彩的城市网络。

　　作为城市空间网络的一部分，人类、人造产物和自然元素等各类存在之间也呈现为网状的关系。在小诗《网》（"Webs"）中，桑德堡对此作了清晰的阐释："每个人都在编织一张光线绕成的网/或者把这张网悬在空中/或者发现已经有一张为他悬挂的网，/是一条为他写好的道

---

① Carl Sandburg，*The Complete Poems of Carl Sandburg*，p. 272.
② Ibid.，p. 280.

路。/白色的蜘蛛知道地理的走向。"① 在桑德堡看来，城市空间中的各类存在就像蛛网上的蜘蛛，其中有"白色的蜘蛛，也有黄色和蓝色，/以及黑色和紫色的蜘蛛"，每个个体都有属于自己的网，并沿着这些网络前进，书写生存的轨迹。这些网既与自然环境紧密相连，也是人造空间的一部分。"白色的蜘蛛"高悬在空中，一边在各种植物如榆树、枫树、萝卜甚至野草中织网，一边在人造世界如地窖和民宅里结网。在桑德堡的城市叙事中，每一个人类或非人个体都在自己周围形成一张网，无数的微观小网再进一步交织，共同编织成城市空间的宏观大网。

那么，这些微观的小网是以怎样的形式交织成为宏观世界的网状结构的呢？桑德堡在《时间之流》中的诗句或许可以作为一种回答：

> 这些轮子中的轮子，
> 这些叶子包着的叶子，
> 这些轮子般转的风，
> 这些卷绕的叶子，
> 这些链轮
> 来自那些种子，
> 这些螺旋的弹道
> 来自那阵雨——
> 旋转的地球
> 能对它的轴说什么？②

在桑德堡的诗篇中，或许是受到惠特曼《草叶集》（*Leaves of Grass*）的影响，"leaves"（叶子）常用于指代个体或自我。在《时间之流》一诗中，叶子包着叶子，轮子裹着轮子，旋转的轮子和卷绕的叶子恰如织

---

① Carl Sandburg, *The Complete Poems of Carl Sandburg*, p. 426.
② 卡尔·桑德堡：《桑德堡诗选》，第139—140页。

网的蜘蛛一样旋转，层层相叠，层层相套，形成"螺旋的弹道"。这种螺旋型的轨道是无尽循环的，就像蜗牛壳上的纹路。世间的一切生物，一个人、"一个瓜"、"一个葫芦"甚至整个"旋转的地球"都"交织在长绳和长丝的网络中"，最终都会"回归到尘土的丝线中"。宏观世界便是这样一个孕育、生长、消逝、再孕育、再生长、再消逝的无尽循环的过程。

　　桑德堡看待事物的视野是极为宏大的。在他看来，无论是人类社会几千年发展的起伏兴衰，还是城市化的几十年中对自然环境进行的各种改造，都不过是整个地球演化过程中的惊鸿一瞥，是地球这张大网中普通的一个环节。在《时间之流》一诗中，桑德堡将粗犷的城市比喻为一朵"野玫瑰"，诗中叙述的时间则可以追溯至宇宙空间中地球刚刚诞生之时：

　　　　地球是一片被灰却的炉渣。
　　　　是一团冷却了的熊熊火球。
　　　　这就是岩石的历史。
　　　　每条河都是冷却后才产生。
　　　　下一步就该是冻结。
　　　　一个肿胀的地球孤独地旅行。
　　　　河流会冷得没法流动。
　　　　每个开花的山谷都成了回忆。
　　　　野玫瑰的自传该这样写：
　　　　我的花瓣夹在两个时代之间
　　　　一个火球与一个冰球。①

　　城市自然作家格拉迪指出，城市中的自然体验可以让人"在一分钟

---

① ［美］卡尔·桑德堡：《桑德堡诗选》，第 140 页。

内体会到整个地球上生物的生存史…意识到自己在这张生命大网中所处的位置"①。在诗中，"野玫瑰"是桑德堡笔下城市与自然的结合体，是一段统一于时代发展大背景之下的变迁历程。桑德堡将叙述视野从微观的个体的小网扩张至宏观的地球的大网，将地球诞生之初及其后的冰河时代等地貌变化的阶段都纳入其中。人类社会的发展变化，包括城市空间的变迁和自然环境的嬗变，都是历史时间流逝中的自然过程。从"熊熊火球"到"被灰却的炉渣"再到被"冻结"，每一个发展阶段都会在大自然中留下"回忆"。正如有学者评价所言，"整体性"是桑德堡诗歌的一大特色，他的作品中始终存在着"一种连续而统一的思想"②。在桑德堡的现代性叙事中，地球上的万物及其发展变化都被夹在"一个火球与一个冰球"之间，都是浩瀚的时间河流中的一支分流，既具有本身独立的特色，也是整体不可分离的一部分。桑德堡笔下的城市大网也在这个过程中伸缩与收张，每一个个体都如根根蛛丝般有机相连，相互作用，立体交织构成了现代性视域内的城市生态地图。

黑兹尔·多奈尔（Hazel Durnell）曾说："没有任何一位美国诗人像桑德堡那样成功地反映了机械时代关于城市生活的印象。"③ 在经过19世纪的城市化发展后，20世纪初的美国开始全面步入工业化发展时期。在工业水平与科学技术的飞速发展的同时，城市发展与自然世界之间的关系成为人们关注的焦点。不同于同时代的美国诗人如弗罗斯特对工业文明表现出的冷淡和厌恶，桑德堡选择投身于新兴城市的日常生活，立足于美国城市发展与生态变化的现实，将其笔下城市书写的焦点置于现代化视域内的生态叙事。

---

① Wayne Grady, *Toronto the Wild: Field Notes of an Urban Naturalist*, Toronto: Macfarlane, Walter & Ross, 1995, p. 12.

② R. H. Crowder, "Carl Sandburg's Influence on Modern Poetry," *Western Illinois Regional Studies* 2 (1978), p. 56.

③ Hazel Durnell, *The America of Carl Sandburg*, Atlanta: Cherokee Publishing, 1990, p. 13.

现代城市是一个城市性、生态学与环境相遇而交织构成的复杂空间。① 桑德堡笔下的现代城市并不是程式化印象的"水泥森林"，而是一个颇具生态活力的城市形象。桑德堡在现代性叙事中勾勒的城市生态地图沿着经纬两条线索展开，横轴为城市中各式各样的"路"，纵轴为新兴的摩天大楼。其中，路发挥了生态过渡带的功能，将各种边缘环境杂糅为一体；摩天大楼则呈现出有机体的属性，给人带来新颖的空间维度与生态体验。横轴与纵轴彼此交织、交错成维，共同构成了立体的城市生态网络。

桑德堡将现代性城市叙事与宏大历史的书写视角相结合，在漫长的历史河流中，无论是以个体为中心的微观小网，还是兼及地球演变过程的宏观大网，都折射出现代性叙事中城市生态网络的嬗变轨迹。桑德堡以辩证而发展的眼光看待工业发展和城市化进程，解构城市与自然之间的对立关系，在现代性叙事中将二者整合成为一种杂糅的统一。现代城市空间中的非人叙述与人类叙述或交叉，或平行，始终处在不断前进的过程中，桑德堡笔下的城市也如野玫瑰一般绽放，书写出现代性视野下的城市生态叙事。

第三节　城市自然的再发现：论加里·斯奈德的后现代城市叙事

美国当代作家加里·斯奈德（Gary Snyder，1930—）被誉为深层生态学桂诗人，也是引领环境保护运动进入美国主流文化的核心人物。斯奈德的作品"复杂地交织了各种知识与经验"②，其广袤的涉及面吸引

---

① Stefan L. Breandt, Winfried Fluck and Frank Mehring, "Introduction: Transcultural Spaces," in Stefan L. Brandt, Winfried Fluck and Frank Mehring (eds.), *Transcultural Spaces: Challenges of Urbanity, Ecology, and the Environment*, pp. ix – xviii.

② Patrick D. Murphy, "Complexity Integration, Ecocritical Analysis, and Gary Snyder Studies," *ANQ: A Quarterly Journal of Short Articles, Notes And Reviews* 30.2 (2017): pp. 93 – 100.

了国内外众多研究者的关注。目前，国内外生态批评学界对斯奈德作品的研究持续升温，主要集中在对其自然书写、生态诗学思想以及与儒释道文化的对比研究等①。其中，对斯奈德生态思想的研究虽然已经较为成熟，但依然存在一块有待开发的空白之地，那就是少有生态批评学者关注的斯奈德的后现代城市叙事。实际上，斯奈德虽然常年居住于乡野，却并非一位反城市的作家。相反地，后现代城市空间是斯奈德作品中反复论及的母题，城市空间中的生态维度也是经常被斯奈德研究者忽略的一点②。

随着西方生态批评学界出现的"城市"转向，城市生态批评③开始复苏，以往作为生态批评研究"盲点"甚至是"禁地"的城市空间再次受到批评者的关注，这也为我们重新解读斯奈德的城市书写提供了绝佳的契机，用以弥补目前生态批评研究对斯奈德后现代城市叙事的关注不足，从而更加全面地审视斯奈德的生态主张。斯奈德作为"垮掉派"的代表人物之一，与传统的垮掉派诗人有着重要不同。如果说，其他垮掉派诗人的作品和主张以破坏性成分居多，那么斯奈德的作品实际上则

---

① 近五年的代表性相关著作可参见：Manel Msalmi, *Material Ecocriticism in Joy Harjo and Gary Snyder's Selected Poems*, LAP Lambert Academic Publishing, 2015；D. B. Wankhade, "Gary Snyder as Poetic Voice of Natural Neutrality and Spirituality," *Int. J. of Multidisciplinary and Current research*, Vol. 3 (Jan/Feb 2015), pp. 91 – 93；Patrick D. Murphy, "Spatiality, Temporality, and Inhabitation：Gary Snyder's Great Un-American Non-epic," *The Scholastic International Research Journal of Language and Literature* 1. 5 (January 2014)：pp. 1 – 10；Raghavendra Nayak, "Green Comes out of the Ground：An Ecocritical Perspective in Gary Snyder's Myth & Texts," *IJELLH* 3. 4 (2015)：pp. 653 – 665；耿纪永，《生态诗歌与文化融合：加里·斯奈德生态诗歌研究》，同济大学出版社 2012 年版；毛明：《野径与禅道：生态美学视域下美国诗人斯奈德的禅学因缘》，中国社会科学出版社 2014 年版等。

② 例如，在《"森林垮掉派"与"都市梭罗"》（"*Forest Beatnik*" And "*Urban Thoreaus*"）一书中，作者也只是将斯奈德列入"森林垮掉派"，并没有探究斯奈德作为"都市梭罗"的可能性。Rod Phillips, "*Forest Beatniks*" and "*Urban Thoreaus*"：*Gary Snyder, Jack Kerouac, Lew Welch, and Michael McClure*, New York：Peter Lang, 2000.

③ 城市生态批评的概念最初出现在 1999 年本内特和蒂格的《城市的自然：生态批评与城市环境》（*The Nature of Cities：Ecocriticism and Urban Environments*）一书中，但当时并未得到生态批评学界的足够重视。直至 2013 年之后，西方学界的城市生态批评研究才再次出现复兴的迹象，2016 年 12 月欧洲生态批评重要阵地@ *Ecozon* 杂志出版了"城市生态批评"特刊。

是建设性的尝试居多。① 他以"后现代城市的缩影"② 洛杉矶为文本，积极地在城市化视域之内寻求野性自然的存在，探寻在后现代城市环境中建构地方感和实现生态栖息的方法。

一　"来自土壤和岩石"：后现代城市空间

后现代城市空间作为人类文明的结晶，是新世纪以来美国绝大部分人口聚居的场所。③ 城市中人口密度大，文明化程度高，充斥着光怪陆离的人造产物，可谓是人类对原始自然环境进行改造的典型产物。表面看来，以荒野为代表的自然环境与象征了人类文明的城市空间似乎大相径庭。但实际上，二者之间却有着不可分割的联系，都属于宏观环境的一部分。在《荒野的条件》一文中，纳什曾将环境比喻为一个在荒野与文明的两极范围之内波动的光谱（spectrum），当刻度偏向荒野一方时，人类的干涉便不那么频繁；反过来，当刻度更加靠近文明一侧时，人类对自然环境的影响便明显增强了。④ 因此，不论是朴素的荒野自然，还是人造的城市空间，都是在同一个范围内波动的环境类型。即便自然环境中有个别的人造产物存在，也并不会损害其作为自然环境的属性，只不过会使该环境在整体上更靠近文明的一端而已。换言之，自然既可以是荒野的同义词，也可以指代城市中的某个公园。都市、城镇、乡村、公园、森林等各种环境类型之间并无"绝对"的区别，只是荒野或文明的"强度"不同而已。

----

① 赵毅衡：《诗神远游：中国如何改变了美国现代诗》，四川文艺出版社 2013 年版，第 73 页。

② Boris Vormann, *Global Port Cities in North America：Urbanization Processes and Global Production Networks*, New York：Routledge, 2015, p. 87.

③ United Nations, Department of Economic and Social Affairs, Population Division, *World Urbanization Prospects：The 2014 Revision（ST/ESA/SER. A/366）*, New York, 2015, Http：// Esa. Un. Org/Unpd/Wup/Finalreport/, Accessed on June 1st, 2017.

④ Roderick Frazier Nash, *Wilderness and the American Mind：Fifth Edition*, New Haven：Yale University Press, 2014, pp. 6 - 7.

在斯奈德的后现代城市叙事中，消解荒野/文明以及自然/城市之间的界限是一条重要的书写线索。后现代生态学主张解构文明与自然之间的二元对立，认为这种划分将自然看作是相对于文明的"它者"，是对自然的妖魔化和压迫。① 在自然书写作家和当代生态批评学者的著作中，这一点得到了相当的重视。可以说，其中号召人们重新审视自然、发掘自然之美的论断比比皆是。然而，却甚少有人反过来思考这个问题，即如果我们要解构城市与自然之间的二元对立，是否也要从城市的角度出发，重思城市是否被刻画为相对于自然的"它者"，城市是否在文学作品中被妖魔化和被压迫了呢？在这一点上，斯奈德的城市书写做了一些阐释。在收录于《真正的工作》（*The Real Work*）的访谈中，斯奈德指出，城市中的人们也许会发出诸如"到森林中去"这样的感叹，而这种想法实际上是十分有限的。他认为，人们应当"把视野放得更宽"。斯奈德强调，"城市与乡村一样，也是自然的——我们不能忘记这一点。从基本定义上说，宇宙中没有什么是不自然的。… 我们应当抛掉这些二元对立的思想"。去除任何形式的中心化，平等对待自然环境与人造空间，这才是斯奈德眼中的"真正的工作"。

长期以来，由于城市/自然的二元对立思想的主导地位，城市自然（urban nature）的概念一直被人们视作一种"冒险的矛盾修辞"（oxymoron）②。"城市中是否有自然存在"这一看似明显的问题，在文学界却始终是一个复杂而微妙的问题。对城市自然的再发现，既是斯奈德试图在城市书写中解决的问题，也是其城市生态意识的建构基础。他将自己对自然的歌颂延续到城市空间内，呼吁人们关注城市自然的存在，打破认知层面上城市与自然之间的长期隔阂。1974 年出版的诗集《龟岛》中收录了《夜鹭》（"Night Herons"）一诗，这也是斯奈德本人最喜欢

---

① Rodney James Giblett, *People and Places of Nature and Culture*, Chicago: Intellect Books, 2011, p. 16.

② Lee Rozelle, "Ecocritical City: Modernist Reactions to Urban Environments in *Miss Lonelyhearts* and *Paterson*", *Twentieth-Century Literature* 48. 1（2002）: pp. 100 – 115.

的诗作之一。在这首诗中，斯奈德生动地描绘了作为城市的洛杉矶的"自然性"（naturalness）①，将目光投向了洛杉矶的"水泵站"：

> 夜鹭在柏木中筑巢
> 就在洛杉矶的
> 水泵站旁
> 高耸的烟囱
> 在水边：
> 蒸汽涡轮泵
> 把咸水送入
> 城市的静脉
> 主要管道
> 在发生
> 地震。以及停电时。②

在极具城市文明痕迹的洛杉矶梅森堡中心码头畔的"水泵站"中，生活着一群"在柏木中筑巢"的"夜鹭"。水泵站的"高耸的烟囱"矗立在"水边"，一件人造产物——"蒸汽涡轮泵"——将自然界的"咸水"化为蒸汽，注入"城市的静脉"，如血液一般支撑着城市的运行。换言之，城市不再是与自然对立的另一极，而是一个由自然元素支撑存在的城市，一个具有生命力的鲜活的实体。在这里，城市的生存不仅与自然环境息息相关，而且受到自然界的剧烈变化——如自然灾害——的影响。在诗中，水泵站便是在1960年洛杉矶大地震后为了备用水压而修建的。

---

① Gary Snyder, *The Real Work：Interviews and Talks，1964 - 79*，New York：New Directions Publishing，1980，p. 91.

② Gary Snyder, *Turtle Island*，New York：New Directions Publishing，1974，p. 35.

水作为城市的血液，是柔软的，变化的，具有可塑性的。后现代城市的生存正是依赖于地理结构、自然环境和科学技术之间复杂的相互作用。在《夜鹭》中，斯奈德写道：

> 一支被废弃衰落的军队。
> 一座烂锈的岛屿监狱
> 周围振翅飞翔的
> 是真实从未遗忘的
> 令人眩晕的
> 神般的鸟儿。①

如果没有鸟儿的存在，水泵站一带就只是"一座烂锈的岛屿监狱"，缺乏灵气；正是那些拍着翅膀飞翔在水泵周围的"神般的鸟儿"给这里带来了活力，"是真相从未遗忘的"。在斯奈德的笔下，运动着的夜鹭是神圣的，相比于周边废弃萧条、转瞬即逝的人造环境——如军事基地、联邦监狱、水泵站——夜鹭似乎是不朽的。在诗中，夜鹭也是叙述者本人的化身，二者都曾经离开过城市喧哗的港湾，但最终依然选择了城市作为自己的栖居地。作为自然世界的象征，夜鹭蕴含着荒野的气息，并且将这些气息延伸到"管道和车道"、"下水道"和"净化处理厂"② 中，打破了城市/乡村的二元对立③。值得注意的是，在斯奈德笔下，城市自然不是朴素自然的遗留物，或是失去自然性的异化了的非人存在。城市自然在城市中的存在不是委曲求全的，而是充满"欢乐"的。在"常新的可爱的黎明"到来之时，自然的气息顺延着"城市的边缘"进入城市空间，早早地在天空中弥漫开

---

① Gary Snyder, *Turtle Island*, New York: New Directions Publishing, 1974, p. 35.
② Ibid., p. 36.
③ Timothy Gray, *Gary Snyder and the Pacific Rim: Creating Countercultural Community*, Iowa City: University of Iowa Press, 2006, p. 278.

来，成为城市环境不可分割的一部分，是一种具有独立价值的自然形式，

在《沙乡年鉴》（*A Sand County Almanac*）中，奥尔多·利奥波德（Aldo Leopold）在强调荒野的文化意义时，将荒野称为"文明成品的原材料"。他指出，"荒野从来不是一种具有同样来源和构造的原材料。它是极其多样的，因而，由它而产生的最后成品也是多种多样的。"[1]在斯奈德的笔下，洛杉矶和纽约等城市作为人类文明的结晶，便是这些"多种多样的"成品的代表。收录在《留在雨中》（*Left Out in the Rain*）中的《来自土壤和岩石》（"Out of the Soil and Rock"）[2]一诗，是斯奈德早期以纽约为题材创作的诗歌。在这首诗中，斯奈德谱写了一首"城市与街道的音乐"。他宣称，这些飘扬于城市与街道的音乐的来源是城市自然，即"来自土壤和岩石"。城市之乐的灵感源于四季的变换，如"万物生长的春季"和"万物凋零的冬季"，而"寒冷与雨水"和"尘土与阳光"则构成了其中的音符，将"城市烟雾和建筑钢材"与城市自然整合为一体，是一首面向"未来"的"超越边缘"的乐曲。

城市自然不仅是构成后现代城市的重要元素，也成为城市居民本身的一部分。正如斯奈德在《来自土壤和岩石》一诗中指出，城市的自然之歌已经深深渗透到城市居民的体内，人们"将那音乐/纳入了体内"。在城市中，人与自然的关系是极为亲密、不分彼此的，因为人类恰恰是由自然元素构成的，是由"盐、碳、氮、水构成的生物"。可以说，在斯奈德笔下，后现代城市空间以及生活在其中的形形色色的居民都是大自然孕育而出的"成品"，都"来自土壤和岩石"。

这种文明与自然之间二元对立的解构，不仅有利于人们重视自然的内在价值，也促使人们关注人类文明中带有的那一抹"绿色"。斯奈德

---

[1]　奥尔多·利奥波德：《沙乡年鉴》，侯文蕙译，吉林人民出版社1997年版，第178页。

[2]　Gary Snyder, *Left Out in the Rain：New Poems* 1947–1985, New York：North Point Press, 1986, p. 8.

认为，无论是荒野自然中，还是城市空间内，都有着"野性自然"的存在。城市作为一种受人类文明影响十分明显的环境类型，其中有着大量的人造空间，如大楼的垂直空间、街道的移动空间等。在这些人造空间中，都存在着不可忽视的自然维度。斯奈德曾对此解释道，"能量网络中奇异而复杂的生物，依循荒野系统的生存法则，栖息在城市土壤肥沃的偏僻之处。"① 只有更好地了解城市中的自然，才能更好地建设自然中的城市，与自然万物和谐相处。正如城市研究学者安娜·斯伯恩（Anne Spirn）指出，"看到城市自然的存在只是一个观察力的问题。"② 换言之，即使是高度文明化的城市空间中，仍然存在着许多具有"野性"的生物，这一点也是讨论一切城市生态问题的基本出发点。

在《荒野实践》一书中，斯奈德刻画了各种各样栖居在城市中的野生生物，例如在后门廊活动的鹿鼠、穿越高速公路的野鹿、公园里嬉戏的鸽子、角落里织网的蜘蛛、游轮油漆间里的蟋蟀、空地和铁路边的耐寒花茎与叶柄、一队队坚忍生存的浣熊、滋生在沃土与酸奶里的各种细菌等等。在《三世，三界，六道》（"Three Worlds, Three Realms, Six Road"）（1997）中，斯奈德则详细记录了在西雅图、波特兰、洛杉矶等美国城市中与各种动植物的日常接触。例如，《西雅图附近那些事儿》（"Things To Do Around Seattle"）一诗便这样记录了城市自然：

> 听电线杆嗡嗡响
> 抓束带蛇。斩断蜥蜴尾巴；
> 骑车去华盛顿湖，捉浑身是泥的小鱼。

---

① Gary Snyder, *The Practice of the Wild：Essays by Gary Snyder*, San Francisco：North Point Press, 1990, p. 15. 陈登、谭琼琳将本书题目译为《禅定荒野》，并在译者序中解释道："我们将书名 The Practice of the Wild 译为《禅定荒野》，而非国内学术界通译的《荒野实践》，是因为 practice 暗指佛教中的'修行'，亦即日本道元禅师所说：'行即道'。"本文出于学术研究的需要，仍然沿用了目前学界通用的《荒野实践》的书名。

② Anne Whiston Spirn, *The Granite Garden：Urban Nature and Human Design*, New York：Basic Books, 1984, p. 29.

剥开浆果鹃树的老皮，看看纯洁的红色新皮

擦掉手上冷杉的树脂

大学区 Goodwill 连锁店后边读书。

铁路轨道下普吉湾里游泳

挖蛤蜊

乘卡拉卡拉号渡轮去布雷默顿

美术馆旁水塔上眺望康斯坦斯

伍德兰野生动物园里吃软糖冰淇淋，看鹰，看骆驼。①

　　嗡嗡作响的电线杆、铁路轨道、美术馆旁的水塔、动物园等都是典型的城市建筑；与这些人造产物相映成章的，是城市中的各类自然生物。无论是动物类，如束带蛇、蜥蜴、小鱼、蛤蜊、鹰、骆驼，还是植物类——如浆果鹃树等——都是城市中人与自然接触的重要途径。同样地，在《旧金山附近的那些事儿》（ "Things to Do Around San Francisco" ）一诗中，斯奈德描写了在 "荣军美术馆下捕捉岩石间的鳗鱼。/……对水上公园兴致盎然——海鸥偷吃当作诱饵的沙丁鱼/……海滩上的旋转木马，直达悬崖屋宇的山道，海狮和游客——洪水冲蚀的古老道路/……在植物园里找出梧桐树"② 等，无一不是人们可以在旧金山城区与自然相遇的方法。自然侵入了城市空间的每一个角落，与人类的生活息息相关。甚至，在人的身体内部也有自然生物的痕迹，如 "生活中不可或缺的各种真菌、苔藓、霉菌、酵母菌等等"③，这些都是斯奈德再发现的或生长在人类生活环境周围，或存在于人类体内的生物。

　　除了上文所说的静态空间中存在的城市自然，城市中人与自然的相遇与碰撞也体现在动态的移动过程中。在斯奈德的作品中，城市自然的

---

　　①　［美］盖瑞·斯奈德：《盖瑞·斯奈德诗选》，杨子译，江苏文艺出版社 2013 年版，第273—274 页。

　　②　同上书，第 277 页。

　　③　Gary Snyder, *The Practice of the Wild：Essays by Gary Snyder*, p. 14.

存在方式十分多样化，其中一个明显的特征便是在高速公路旅行中城市与自然之间的快速切换。这一点也与洛杉矶当地的特殊地理环境有关：在洛杉矶，高速公路是一种重要的交通手段，因为在这里"汽车移动的速度正适宜欣赏景色；步行则十分无趣"①。在创作后期，斯奈德曾再次创作了一首同样名为《夜鹭》（"Night Herons"）的诗歌。在这首诗中，斯奈德实验了新的写作方法。他首先以一小段散文开篇，讲述了自己在高速公路上发现夜鹭的故事："在普塔溪边茂密的橡树丛中。从太阳底下走出，进入树荫里开阔的低地——从树丛里飞出了不起眼的小鸟。"在橡树交织的枝桠中，夜鹭便隐藏在"树叶的阴影中"。之后，诗人将文体由散文转换为诗歌：

> 开车行驶在东 80 号高速，在布莱特弯桥上
> 横跨萨克拉门托河
> 迎着路过的大卡车带来的风，
> 想到了夜鹭
> 在那树叶的宫殿里，树荫深处，池塘旁边。②

将两首《夜鹭》相比较，我们可以看到发表于 1974 年的《夜鹭》一诗着重描绘的是同一个地点内——即水泵站周边——人与自然的碰撞，而后者所关注的则是两个地点之间的移动，是在高速路上旅行时的所见所闻。正在开车的叙述者在跨越河流上方的桥梁时，"想到了夜鹭/在那树叶的宫殿里，树荫深处，池塘旁边"，在想象的世界中体验到一种崇高的愉悦感，与城市自然进行了"亲密的接触"③。通过观察和想象，叙述者与城市自然相遇并互动，彰显出城市中自然环境的价值，建

---

① Joseph Giovaninni, "I Love New York and L. A., Too," in *New York Times Magazine*, September 11, 1983, p.149.

② Gary Snyder, *Danger on Peaks*, Washington, D. C.：Shoemaker Hoard, 2004, p.88.

③ Gary Snyder, *The Practice of the Wild：Essays by Gary Snyder*, p.94.

构起人类世界与非人世界共同构成的城市环境。

在《洛杉矶盆地的夜曲》（"Night Song of the Los Angeles Basin"）（1986）① 一诗中，斯奈德进一步讨论了这种在高速公路上与自然接触的情景。不同于《夜鹭》，《洛杉矶盆地的夜曲》这首诗以城市的夜景为背景，展现出一系列在野生动物和高速公路之间切换的意象。最先出现的是自然意象，即鸣叫着的"猫头鹰"和空中飘洒的"花粉"，而这些自然事物的所在地却并非荒野自然，而是诗人在后面紧接着交代的"令人炫目的交缠的光线／交叉的亮灯道路"。布依尔认为，在斯奈德的城市想象中，洛杉矶既拥有工业道路如"交叉的亮灯道路"式的高速公路交通，也拥有非人类建造的道路如"囊鼠挖的弯弯曲曲的地道"。在这两种道路的交织中，城市与自然之间的界限开始和平地瓦解，叙述者也将视线从高速公路转向河流，迎来"城市中自然的再次复苏"。虽然公路路况曲折而复杂，但诗人并没有表现出厌烦，而是将熙熙攘攘的车水马龙称为"车的书法"。在斑驳的光影下露出的是"高速公路的／花环"、"草地上老鼠留下的痕迹"和"土拨鼠生活的岩石坡"。无论是诗中写到的蜥蜴、老鼠、老鹰和猫头鹰，还是"高速路上／夜之光的书法"，都是城市夜间图景中不可缺少的元素。

值得注意的是，斯奈德在《洛杉矶盆地的夜曲》一诗的后半部还描写了被人类改造的自然景观——洛杉矶的城市运河。在斯奈德的眼中，洛杉矶与河流有着密切的联系，也与绿色城市设计的核心原则有关。他主张重视河流在城市生活中的作用，认为河流和地下河是城市自然的重要组成部分。可以说，斯奈德的城市书写就是这样在城市中探寻着自然的维度，又在自然中刻画着城市的运行。城市自然不仅为人类提供了除荒野自然之外的另一种与自然接触的途径，对城市自然的再发现也深深

---

① Gary Snyder, *Mountains and Rivers Without End*, Berkeley：Counterpoint, 1996, pp. 64 - 66.

影响了斯奈德的生物区域主义思想，帮助他更好地在后现代城市中建构起基于地方（place）的归属感。

二 "第一社区"：生物区域主义的城市建构

生物区域主义运动（bioregionalism）是美国环境运动的重要分支之一，其核心概念"生物区域"（bioregion）主张"通过其生物成分、流域边界、土地类型以及文化现象等特征来划分"生物居住的地方①，重新思考实现可持续生存的方式②，强调"重新审视家园的价值……将家园看作是维持人类的各种关系的总和，是孕育人类文化的地方"③。在生态批评研究中，学者大多将生物区域主义运的与自然书写相结合进行分析，却很少关注城市作家在这一领域内的贡献④，尽管生物区域主义运动本身与城市空间有着极为密切的关联⑤。其中，斯奈德作为生物区域主义运动的重要人物，学界对斯奈德的生物区域主义思想的研究也一直忽略了他书写城市的作品。⑥ 实际上，在经过对城市自然的深入再思考之后，城市维度已经成为斯奈德的生物区域主义思想中极为重要的范畴。斯奈德在论述生物区域意识时曾反复提出，生物区域主义意识不仅适用于乡村和郊区，同样也适用于城市环境，主张探讨城市、郊区、乡

---

① 雷毅：《深层生态学思想研究》，清华大学出版社 2001 年版，第 101 页。

② Michelle Summer Fike and Sarah Kerr, "Making the Links: Why Bioregionalism Needs Ecofeminism." *Alternatives* 21: 2 (1995): pp. 22 – 27.

③ V. Andruss, C. Plant, J. Plant, and E. Wright, *Home! A Bioregional Reader*, Gabriola Island, BC: New Society Publishers, 1990, p. 3.

④ Paul Lindholdt, "Literary Activism and the Bioregional Agenda", *Interdisciplinary Studies in Literature and Environment* 3. 2 (Fall 1996): pp. 121 – 37.

⑤ 生物区域主义运动不同于传统的荒野保护运动，它实际上非常关注万物之间的关联性和城市生态环境，在原则上承认城市网络作为地区历史和文化一部分的重要性。因此，生物区域主义既重视大型的宏观生态系统，也关注小型的基于地方的有机社区，是美国环境运动中最关注城市生态问题的流派之一，但是这一点经常为人们所忽视。

⑥ Michael Kowalewski, "Bioregional Perspectives in American Literature," in David Jordan (ed.), *Regionalism Reconsidered: New Approaches to the Field*, New York: Gale, 1994, pp. 29 – 46.

村和荒野地区之间的相互联系性。

一般而言，在谈及城市建设时，人们往往会将之与对自然环境的破坏相联系。对此，斯奈德的生物区域主义思想立足于城市空间，超越了这种城市与自然之间的对立。在《神话与文本》（*Myths and Texts*）中，他便消解了城市建设和森林砍伐这两种行为之间的二元关系：

> 洛杉矶 2x4s
> 是西雅图周边的森林：
> 有的人杀戮，有的人建造，一座房子，
> 一片森林，毁坏或养育。①

从第一印象来看，为了建设城市似乎必然会砍伐和摧毁森林。而在诗中，斯奈德在描写洛杉矶的城市建设过程时，将对森林的改造分为了"毁坏或养育"两类；也就是说，斯奈德是以辨证的眼光看待城市建设中的生态变化的，而不是将城市与自然作为对立的两极。城市的成长可能会伴随森林的砍伐，也可能会出现森林的养育，这是一个充满多种可能性的问题，并不是简单的非此即彼。这种充满了辩证式智慧的生态意识，不再受束缚于任何形式的中心主义，是斯奈德的城市生态思想的重要体现。

在这种辩证式思想的关照下，斯奈德的生物区域主义思想超越了简单的城市/自然的划分。他主张，人们应当像重视乡野的生态系统一样，对城市生态系统予以同样的关注：

> 人们可以在任何一种环境中学习并深入接触野生系统——从城市空间到大型的甜菜农场都可以。鸟儿在迁徙，野生植物在伺机侵入……凌晨两点，浣熊轻步走过十字路口，苗木试图分辨出它们的

---

① Gary Snyder, *Myths and Texts*, New York：Totem Press/Corinth Books, 1960, p. 4.

　　身份。这些都是令人激动的、欢乐的、根本的知识。①

　　诚如斯奈德指出，无论是乡下的甜菜农场，还是繁华的现代都市，都可以是人们深入学习和体验原生生态系统的"地方"（place）。② 在这些不同的生态社区中，人们可以目睹各种生物的生存状态，获得斯奈德最看重的关于生态世界的"令人激动的、欢乐的、根本的知识"。

　　斯奈德用"地方"这一概念取代了人造空间与荒野自然的二元划分范畴，将"地方"看作一个复杂的自然与文化的构成物，强调用多元的、联系的眼光来理解地方的概念，而不是局限在某一个单一的地点。他认为，无论是城市空间还是荒野自然中，生物区域主义运动"不仅仅是一个乡村运动"，而是可以在所有的"地方"中发生。③ 在斯奈德看来，生物区域主义运动主张"恢复城市邻里生活关系"和"绿化城市"，指出"我们所有人都能自由地穿梭于多个领域，包括灌溉区、固体废物处理区、长途区域代码地区等"。④ 换言之，人们应当注重本地生存环境中的生态细节及其对人类产生的影响。人类作为世界上各种存在中的一员，始终无法脱离其所生存的环境。城市环境作为后现代社会中大部分人的栖居地，对人们地方感（sense of place）的建构和对周围环境的认知具有极为重要的影响，而地方感正是斯奈德生态思想的基本内容和核心概念⑤。斯奈德倡导人们从多角度理解的地方的概念，尤其是城市空间中地方意识的培养，因为从思想和意识层面开始忽视城市是

---

　　① Gary Snyder, *Place in Space：Ethics, Aesthetics, and Watersheds*, Washington, D. C.：Counterpoint, 1995, p. 233.

　　② 地方（place）是生态批评研究的重要术语，也有学者将其译为"处所"。

　　③ David Meltzer, *San Francisco Beat：Talking With the Poets*, San Francisco：City Lights Books, 2001, p. 148.

　　④ Gary Snyder, *The Practice of the Wild：Essays by Gary Snyder*, p. 43.

　　⑤ Jill Gatlin, "The Potential and Limitations of Interactivity in Gary Snyder's Urban Literary Ecology," in Karen E. Waldron and Rob Friedman（eds.）, Toward a Literary Ecology：Places and Spaces in American Literature, Lanham：Scarecrow Press, 2013, pp. 3 – 20.

极其危险的。①

此前，人们对生物区域主义的讨论往往都犯下了这样的"忽视城市"的危险错误。实际上，城市自然不仅是生物区域主义运动重要的基本意象，而且在斯奈德建构城市的地方感的过程中，也发挥了核心的作用。这一点在斯奈德的"流域意识"（watershed consciousness）中体现得尤为明显。在《走进流域》（"Coming into the Watershed"）一文中，斯奈德这样阐述了自己关于流域的观点：

> 从山顶极小的小河到涌向低洼地的大河干流，河流就是一个地方和一个大地。
>
> 水循环包括泉水和井水，山脉的积雪融水，灌溉沟渠，洗车水，以及春季的三文鱼洄游。池塘里的春雨蛙和橡树啄木鸟正在交谈。流域超越了有序/无序的二元对立，流域的形式既是自由的，也在一定程度上是必然的。在流域内繁衍生存的生物共同构成了第一社区（the first kind of community）。②

布依尔认为，这段话堪称斯奈德对"流域"的概念所下的一个完整而理性的"非教科书式的定义"。③ 斯奈德在文中着重强调了水循环对人类生存环境的重要影响，而这一水循环不仅限于天然形成的湖泊、泉水、池塘等自然环境，也包括人工开凿的沟渠、运河、深井等，甚至连人们洗车用的水也被囊括在内。关于这一点，环境哲学学者曾进行过类似的讨论，反问"城市中的水究竟有多么'城市化'？"④ 也就

---

① James Hillman, *Blue Fire*, New York：Harper & Row, 1989, p. 169.

② Gary Snyder, *A Place in Space*：*Ethics, Aesthetics, and Watersheds*, pp. 229 – 230.

③ Lawrence Buell, *Writing for an Endangered World*：*Literature, Culture, and Environment in the U. S. and Beyond*, Cambridge：The Belknap Press of Harvard University Press, 2001, p. 248.

④ James W. Sheppard and Andrew Light, "Rolston On Urban Environments," in Christopher J. Preston & Wayne Ouderkirk（eds.）, *Nature, Value, Duty*：*Life On Earth With Holmes Rolston, III*, Dordrecht：Springer, 2007, pp. 221 – 236.

是说，尽管很多城市的水源存在着污染或滥用的现象，但它们是否完全不同于所谓"淳朴的"自然界中的水源，或者说是与之毫无关联的呢？答案是否定的。原因在于，经过全球范围内的水文循环，全世界的水源实际上是共享的，即天下水总归一源也。因此，即使是存在于完全未经污染的湖泊底部的水最终也会以某种形式出现在城市的某个池塘，乃至厨房的水槽之中。可以说，这与人们看待自然的传统观点有着较大的差异。

因此，在这层意义上，人们实际上无法将水区分为"城市中的水"和"自然中的水"两类；二者犹如一枚硬币的两面，看似对立，实则总归一体，这也是斯奈德的"流域意识"想要表达的观点。斯奈德认为，河流"超越了有序/无序的二元对立，流域的形式既是自由的，也在一定程度上是必然的"。换言之，各种形式的水源都可以孕育生命，都可以形成斯奈德所说的"第一社区"。斯奈德所说的"第一社区"，与利奥波德所描述的人类与非人存在和谐共处的"生物社区"（biotic community）十分类似。[1] 斯奈德的"第一社区"概念强调，所有的活动或生命形式都是依赖于共享的水源而存在的，它们平等对待共享的各种水源。相比于对景观设计中某个空间位置的关注，"第一社区"更重视空间内各个相互作用的过程，化解了人们关于后现代城市空间中生物区域边界的争议。

在后现代城市中，建立地方感的另一个障碍在于，城市人造空间具有一定的雷同性。例如，有的城市研究理论家认为，现代城市中的人造建筑——如连锁店——似乎让全国甚至世界范围内的城市共享同一张面孔，大大削弱了不同地区的城市空间的独特性。[2] 城市人造空间的雷同

---

① Aldo Leopold, *A Sand County Almanac*, New York：Oxford University Press，2001，p. 189.

② 例如，美国著名社会批评家昆斯勒在《乌有之乡的地理学：论美国人造环境的兴衰》中对美国城市的人造空间进行了批判。他以城市中的连锁商店为例子，认为即使是不同城市的连锁店其外观也是一致的，这使得各个城市看起来千篇一律，似乎难以将拥有同一家连锁店的城市甲区别于城市乙。See James Howard Kunstler, *Geography of Nowhere：The Rise and Decline of America's Man-Made Landscape*，New York：Simon and Schuster，1994.

感有时会让人们丧失了地方感与归属感，让人感觉自己似乎不属于"任何地方"。然而，这里忽视了一个问题，那就是人造建筑无论怎样的千篇一律，城市自然都会基于当地气候与地理条件而展现出不可磨灭的独特特征。自然环境的殊异性可以增加城市空间的多样性，这一点正是建立地方感的重要条件，也是斯奈德所主张的生物区域主义的关键内容。生物区域主义提出，人们应当以河流、地质、气候或植被作为标准，而不是以国家或州的政治边界为标准，来界定的某一地点的可持续生存状况。这种标准要求人们能够"理解地方的含义"，其中既包括当地的自然特征，也包括适应当地的"城市和乡村地区的自然地形而形成的人类文化（和）社会经济情况"。① 在理解"地方"的基础之上，城市自然经验能够进一步激起人们的环境意识与责任感，使"自我的界限自然而然地变得宽松"，最终将人和宇宙中各种"存在与流动"联系在一起②。也就是说，对某一处环境的敬畏之情最终也会促成对宏观环境整体的更大关怀，这也是一种立足于万物之间的相互联系性的视角。

此外，斯奈德的城市生态意识还受到了多元文化的影响，在城市化视域内对城市人口的族裔多元化趋势进行了回应。斯奈德在作品中常将河流看作一个迷你的地球村，主张平等地对待各种文化形式。③ 比如，他以加利福尼亚的中央山谷地区（The Great Central Valley）为例，指出"生物区域"可以将来自于不同文化背景，甚至是对立背景的人们连为一体，超越环境种族主义和文化差异的局限。生物区域"不会偏向英美人而歧视西班牙人或日本人或苗族人"，只要是"选择遵循法则的，心

---

① Kirkpatrick Sale, *Dwellers in the Land：The Bioregional Vision*, Athens：The University of Georgia Press，2000，p. 42.

② Thomas J. Lyon，"An Ethic of Place，"in Robert B. Keiter（ed.），*Reclaiming the Native Home of Hope：Community，Ecology，and the American West*，Salt Lake City：University of Utah Press，1998，pp. 15 – 33.

③ Lawrence Buell，*Writing for an Endangered World：Literature，Culture，and Environment in the U. S. and Beyond*，p. 257.

怀感恩的，使用工具的，愿意学习歌谣"的人，都是可以得到欢迎的。① 斯奈德就是这样以城市自然作为纽带，连结起生活在本地的、来自不同背景的人们，促使人们在后现代城市语境中更好地认知自然，增强人们对本地生活环境的归属感，重新建构起在后现代城市空间中的地方意识，走向生态栖息之路。

综上所述，斯奈德是一位生活在当下的作家，也是现今仍在不停变化的城市环境的见证者。进入 21 世纪以来，美国城市逐渐成熟和定型，然而日益成熟的城市却依旧无法解决迫在眉睫的环境危机和归属感缺失问题。在这一背景下，斯奈德的后现代城市叙事对生态问题的思考凸显出重要的现实意义。环境哲学家麦克斯·奥尔斯拉杰尔（Max Oelschlaeger）曾说，斯奈德是"第一个真正的后现代人"②，这种后现代精神也贯穿着斯奈德的城市叙事。在斯奈德的后现代城市书写中，"真正的工作"是消解自然与城市之间的界限，核心则是重新审视此前人们忽视的城市自然及其内在价值，辩证地看待城市建设过程中的各种生态变化，和平而生态地建构第一社区。在城市化进程白热化的今天，斯奈德的后现代城市叙事既是对城市环境危机的回应，也是在城市空间中对生态栖息的积极探寻。

---

① Gary Snyder, *A Place in Space：Ethics，Aesthetics，and Watersheds*, p. 234.

② Jon Halper（ed.），*Gary Snyder：Dimensions of a Life*. San Francisco：Sierra Club Books，1991，p. 365.

结　　语

城市生态批评是一个新兴的研究领域，在过去的十余年中经历了曲折的发展。从最初的社会学研究起源，到初次问世后的长期沉寂。直至近几年，随着国外生态批评学界中城市维度的复归，城市生态批评研究方逐渐复兴，城市中的自然环境开始被纳入生态批评的研究视野，改变了生态批评原本只关注荒野自然的局限性，这无疑是新世纪生态批评研究的一大进步。面对全球范围内的城市化浪潮与日益热烈的生态话题，城市生态批评的出现与未来发展无疑有着极为重要的意义。总体而言，城市生态批评不仅对城市化视阈内生态批评研究的理论建构做了有益的探索，也具有重要的现实意义。

首先，城市生态批评对城市化视域内生态批评的研究对象进行了扩展。传统的生态批评研究大多关注自然书写和田园文学，尤其青睐无人涉足的荒野自然。与之相比，立足于城市空间的城市生态批评的研究对象是多元化的。城市生态批评的研究范畴着眼于城市空间内部，其研究对象不仅包括了文学文本中的城市自然环境，也囊括了城市中的人造环境、人际关系以及人类自身。此前，曾有学者诟病生态批评的研究对象有简单化的倾向①，城市生态批评通过将研究对象予以拓展，有力地向

---

① Sven Birkerts, "Only God Can Make a Tree: The Joys and Sorrows of Ecocriticism," in Review of *the Ecocriticism Reader*: *Landmarks in Literary Ecology*, eds. Cheryll Glotfelty and Harold Fromm, *The Boston Book Review* 3. 1 (Nov. /Dec. 1996): p. 6 +.

我们展现出虽然生态批评研究密切关注自然，但其研究对象并不仅仅止于自然。

以本书第五章中的文本实践为例，我们可以发现城市生态批评的研究和解读对象至少可以包括以下四个方面。一是可以研究城市中的自然环境，这也是城市生态批评最基本的研究对象。例如，第五章的第一节便对惠特曼笔下城市中的绿色声音进行了探索，讨论了城市中人与自然的关系、城市自然对人类自我建构的影响以及如何看待城市中自然环境的变化等问题。

二是研究城市空间中的人造环境，即城市中除了自然环境之外的所有非人环境。比如，通过聚焦惠特曼和斯奈德笔下的渡口、马路、大楼等意象，我们可以看到现代城市的人造空间是如何自然化的，进而探讨这种具有生态机能的人造事物对自然/城市二元对立的解构。

三是研究城市中的人际关系，这一点是从生态学研究的最基本原则"万物的相互联系性"衍生而来的。在一个生态的城市空间中，不仅人与自然之间的关系是亲密的，人与人之间的关系也应当是生态而和谐的。在惠特曼笔下的城市人群和斯奈德建构的生态社区中，这一点体现得尤其明显。这种城市空间中生态和谐的人际关系不仅颠覆了一般城市文学中对异化的人际关系的描写，也不同于传统荒野自然书写中对叙述者孤独感和隐居感的强调。

四是研究了在城市中生活的人类自我。自我身份建构是文学研究中的一个永恒的话题，而在生态批评与城市书写的双重审视下，这一话题又可以焕发出新的活力。例如，惠特曼笔下的人类自我在面对刚刚兴起的城市化进程时曾感到迷失和幻灭，而通过对城市空间中人与自然、人与人之间关系的思考，诗人最终建构起一个与万物相连的、普遍性与特殊性兼具的"生态自我"，是一个源于自然又归于自然的自我形象。需要注意的是，这种在城市空间中建构的"生态自我"与在荒野自然中建构的"生态自我"有着许多不同，譬如城市中人类个体的自我认知必然会与城市人造空间发生对话，进而在城市化与工业化进程中发生一些嬗变，这些都是值得研究者深入探讨的问题，也是城市生态批评不同于此前的其他生态批评研究方法的特色所在。

以上四个研究角度不仅是对传统生态批评研究范畴的拓展，而且也是很容易与读者产生共鸣的角度。随着城市化的迅猛发展，城市人口已经占据了全部人口的极大比例。由于城市环境的一个重要特点便是具有很多公共空间，因此很多城市经验都是为所有城市居民所共享的。正因如此，文学作品中描写的诸多城市自然经验都是普通读者可以很容易体验到的，比如在公园中的散步，在社区花园的劳动，甚至一些个人独处时的经历——如公寓中种植花草的行为——也因共性较多而让人较易取得同感。城市生态批评这种着眼于城市日常空间的研究角度让生态批评研究更加接近绝大多数读者和研究者的日常生活与生存体验，增强了生态批评研究本身的代入感和生命力。

第二，城市生态批评是城市化视域内生态批评研究对城市人口族裔多元化趋势的回应。随着全球化的不断推进与"地球村"概念的普及，发展成熟的国际都市已经更多地成为"全球城市"（global city）。城市环境问题的改善与治理不仅需要获得少数族裔居民的支持，人口多元化的大环境下的人际关系与社区管理也变得愈加重要。例如，在本书的第五章中，惠特曼在《船的城市》一诗中将吸引了大量来自全世界的移民的纽约描述为"世界的城市"，因为"所有民族都在这里出现，所有地球上的国家都在这里作出贡献"①，称赞了纽约作为全球性的交流舞台所发挥的枢纽作用；在斯奈德的《走在信息海洋纽约的基石上》一诗中，诗人也对城市空间中因种族不平等而导致的自然资源分配不均的问题进行了抨击。在生态批评的第二波发展浪潮中，关注族裔问题的生态正义研究开始崭露头角，为城市空间进入生态批评研究视域奠定了最初的基础；而在生态批评的三波发展浪潮中，"全球化"的研究视角成为生态批评的研究重点之一。城市空间作为不同族裔居民的大熔炉，成

---

① ［美］惠特曼：《草叶集》，赵萝蕤译，上海译文出版社1991年版，第505页。

为生态批评的族裔维度的典型研究文本。城市空间中不同族裔作家的自然书写传统的差异，以及城市环境问题对有色人种的影响等，都是城市生态批评研究可以深入探讨的主题。

第三，城市生态批评研究讨论了一个重要的现实问题，即城市化视域内自然经验的延续及其方法。现代化意义上的城市本身经过几百年的发展，居住于其中的城市人口构成与居民的个人经验已经发生了巨大的变化。以城市化程度较高的美国为例，美国城市化兴起于 19 世纪，城市本身经过两百多年的发展，21 世纪的城市居民的自然经验与 19 世纪末时已经有了很大的差异。城市空间扩张不仅使许多原农郊地区被纳入城市版图，而且城市生活也吸引了越来越多出身农郊地区的人们投身其中，而从农村转居城市的这部分人口的后代有很多也会继续居住在城市中。这些年轻一代自小生活在城市，并不像上一辈那样拥有孕育于乡村的自然回忆。因此，对于生于城市、长于城市甚至或许一生都在城市空间内度过的城市居民而言，每天都能接触到的城市自然环境是极为重贵的第一手的自然经验。同样，对于因健康或金钱等因素无法经常离开城市前往荒野徒步的城市居民而言，城市自然的存在也具有同样珍贵的价值。相比于强调个人体力与生存能力的荒野探险，在城市生活空间周边的公园或公寓内的花园是更加容易接触到的自然环境，也是维系城市居民与自然环境之间纽带的关键存在。

例如，在本书第五章所探讨的三位作家的城市诗歌中，城市化视域内自然经验延续的途径是多样的。一方面，人们既可以通过与城市自然进行直接接触，如惠特曼与河流、斯奈德与鸟儿的接触；另一方面，人们也可以通过间接的方式与城市自然进行接触，如在斯奈德所描写的生态社区中，人们在渔业部门工作或撰写关于座头鲸的博士论文时，也通过间接的方法获得了关于自然的知识，巩固了自己与大自然之间的联系。无论是间接的方式还是直接的途径，城市自然都为人们提供了较多的选择，在时间、经济、地理等方面具有较强的灵活性，能够在最大程度上满足人们延续自然经验的需求。城市自然经验将城市中的人们与整个自然世界联系为一体，即使人类在城市空间建造再多的高楼大厦，大楼旁边的一小片绿地也可以将城市居民与更加广阔的自然世界相联系，使人们意识到自然环境与人类世界是不可分割的命运共同体。

最后，本书的研究是对当今城市文化与城市生态问题的重思，具有不可替代的现实文化意义。传统的自然书写与生态批评研究方法认为无人的荒野才是"真正的"自然，而城市中的自然环境是被人类改造或"驯化"了的，已经丧失了自然的本质。实际上，这种思想在一定程度上是对自然与城市的对立，容易导致人们忽视城市自然的存在，无法意识到人们日常接触到的城市自然环境的重要性，间接地形成了纵容城市自然环境恶化的城市文化。城市生态批评重视城市文本中自然环境的存在，从对城市自然的再发现与再评价开始，探讨了城市可能具有的生态功能，试图改变人们的固有观念，呼吁人们摒弃城市/自然的二元对立，在意识层面探寻环境问题的深层原因，而不是将生态问题全部归咎于科技发展和人口增长等表面现象。诚然，如今的城市空间中存在着许多严重的生态问题，其中人类在建设城市的过程中对自然环境无节制的开发便是重要的原因之一。但是，正如斯奈德在一次访谈中所提出的，人类生态栖居的关键在于要在思想深处根植"造成最少的伤害（Cause least harm）"的意识，而不是仅仅流于表面的形式。① 例如，在《荒野的呼唤》一诗中，斯奈德便批评了那些打着重返自然的旗号离开城市、隐居森林，却在森林中从事着破坏自然的行为的人们。换言之，城市本身并没有错误②，错误的是人类建设和管理城市的方法，以及漠视城市自然的内在价值的城市文化。

---

① 在这次访谈中，采访者告诉斯奈德，很多人惊讶于斯奈德本人并不是"一位素食主义的反对现代科技的卢德派，反而是一位拥有苹果电脑的肉食者"。斯奈德则在回应中指出，可持续栖息的关键不在于是否吃素或者用不用文字处理器，而是在于意识层面。参见 Gary Snyder, *The Gary Snyder Reader: Prose, Poetry, and Translations 1952 – 1998*, p. 336。

② Gary Snyder, *The Real Work: Interviews & Talks, 1964 – 79*, p. 143.

在环境问题日益严峻的今天，如果我们仍然延续对城市自然环境的漠视和伤害，无疑会对地球生态系统造成更大的破坏。对城市自然的保护与对遥远的荒野自然的保护同等重要，都值得人们用爱去关怀。在城市生态批评研究中，我们可以看到城市空间中的自然存在是无处不在的，已经渗透到人们衣食住行的各个细节：宏观的如城中的河流，微观的如人体内的微生物，有形的如厨房水槽里的水，无形的如我们每刻呼吸的空气，都是将城市中的我们与整个自然世界联系为一体的纽带，都可以唤起人们的环境意识，引起人们对城市自然的重视，进而意识到自然环境与人类世界是不可分割的命运共同体。

在这一背景下，城市生态批评对城市自然与城市生态面孔的研究加深了人们对城市自然及其重要性的认知，开启了一种全新的审视城市及其生态功能的视角，有利于形成更加重视城市自然的城市文化。换言之，虽然城市生态批评研究并不能直接改变自然环境和城市空间，但是能够帮助人类重新树立正确的生态意识，更加全面客观地看待自己在环境中所处的位置。此外，正如前文所指出的那样，城市生态批评并非只关注城市空间中人与自然之间的关系，也包括人与人、人与自我的关系，重视改善人类在人际关系和精神层面的生态与和谐，使城市中的居民不再是人群中的孤独者。在这层意义上，城市生态批评研究与生态文学写作也是可以拯救世界与人类个体的。

城市生态批评不是"从理论到理论"的研究范式，本身具有一定的实践性和鲜明的现实指向。当前，无论是进入后工业化阶段的西方，还是处于城市化快车道的我国，都面临着人类纪时代严峻的生态危机。相比于传统生态批评对荒野自然的推崇与关注，城市生态批评研究聚焦于城市空间中的各种生态关系，这既符合城市化大背景的时代需要，也有助于我们在城市化视域内重建城市与自然之间的关系，反思城市空间中的可持续栖息问题，合理地发挥城市的生态功能，探寻应对城市生态危机的新方法。可以说，城市生态批评对生态问题的探讨不仅仅是文本层面的论述，也是对现实社会的投射。只有这样，城市生态批评才能弥补此前城市维度在生态批评中的位置缺失，走出自身的局限与偏误，彻底解构自然与城市二元对立的研究模式，超越末日论叙事与感伤情绪的抒发，将城市生态问题的解决回归至城市本身。

参考文献

中文文献

一 专著

巴赫金：《巴赫金全集》，白春仁、晓河译，河北教育出版社 1998 年版。

陈鼓应：《庄子今注今译》，中华书局 1983 年版。

陈小红：《加里·斯奈德的生态伦理思想研究》，中山大学出版社 2008 年版。

陈小红：《加里·斯奈德的诗学研究》，中国社会科学出版社 2010 年版。

程虹：《美国自然文学三十讲》，外语教学与研究出版社 2013 年版。

程虹：《宁静无价：英美自然文学散论》，上海人民出版社 2009 年版。

程虹：《寻归荒野》（修订版），生活·读书·新知三联书店 2011 年版。

戴桂玉：《生态女性主义视角下主体身份研究：解读美国文学作品中主体身份建构》，中国社会科学出版社 2013 年版。

党圣元主编：《生态批评与生态美学》，中国社会科学出版社 2011 年版。

方立天：《中国佛教哲学要义》，宗教文化出版社 2014 年版。

方丽：《环境的想象：劳伦斯·布伊尔生态批评理论研究》，外语教学与研究出版社 2013 年版。

高歌、王诺：《生态诗人加里·斯奈德研究》，学林出版社 2011 年版。

高宣扬：《后现代论》，中国人民大学出版社 2005 年版。

耿纪永：《生态诗歌与文化融合：加里·斯奈德生态诗歌研究》，同济大学出版社 2012 年版。

洪娜：《社会·文明·自然——加里·斯奈德的生态思想研究》，中央民族大学出版社 2015 年版。

胡志红：《西方生态批评史》，人民出版社 2015 年版。

胡志红：《西方生态批评研究》，中国社会科学出版社 2006 年版。

华媛媛：《美国生态女性主义文学批评研究》，人民文学出版社 2014 年版。

江山：《德语生态文学》，学林出版社 2011 年版。

雷毅：《深层生态学思想研究》，清华大学出版社 2001 年版。

李长中主编：《生态批评与民族文学研究》，中国社会科学出版社 2012 年版。

李玲：《从荒野描写到毒物描写：美国环境文学的两个维度》，北京理工大学出版社 2013 年版。

李美华：《英国生态文学》，学林出版社 2008 年版。

李野光：《惠特曼研究》，上海外语教育出版社 2003 年版。

刘文良：《范畴与方法：生态批评论》，人民出版社 2009 年版。

龙娟：《环境文学研究》，湖南师范大学出版社 2005 年版。

龙娟：《美国环境文学 弘扬环境正义的绿色之思》，外语教学与研究出版社 2010 年版。

鲁枢元：《生态批评的空间》，华东师范大学出版社 2006 年版。

鲁枢元：《生态文艺学》，陕西人民教育出版社 2000 年版。

鲁枢元：《文学的跨界研究：文学与生态学》，学林出版社 2011 年版。

毛明：《跨越时空的对话——美国诗人斯奈德的生态学与中国自然审美观》，光明日报出版社 2008 年版。

毛明：《野径与禅道：生态美学视域下美国诗人斯奈德的禅学因缘》，

中国社会科学出版社 2014 年版。

苗福光:《生态批评视角下的劳伦斯》,上海大学出版社 2007 年版。

苗福光:《文学生态学:为了濒危的星球》,复旦大学出版社 2015 年版。

南宫梅芳、朱红梅、武田田等:《生态女性主义:性别、文化与自然的文学解读》,社会科学文献出版社 2011 年版。

宁梅:《生态批评与文化重建——加里·斯奈德的"地方"思想研究》,南京大学出版社 2011 年版。

申富英:《伍尔夫生态思想研究》,山东大学出版社 2011 年版。

王宁等编译:《新文学史 I》,清华大学出版社 2001 年版。

王诺:《欧美生态批评:生态学研究概论》,学林出版社 2008 年版。

王诺:《欧美生态文学》,北京大学出版社 2003 年版。

王诺:《生态批评与生态思想》,人民出版社 2013 年版。

王诺:《生态与心态:当代欧美文学研究》,南京大学出版社 2007 年版。

王育烽:《生态批评视阈下的美国现当代文学》,山东大学出版社 2013 年版。

王岳川:《后现代主义文化研究》,北京大学出版社 1992 年版。

王卓:《后现代主义视野中的美国当代诗歌》,山东文艺出版社 2005 年版。

韦清琦:《绿袖子舞起来:对生态批评的阐发研究》,南京师范大学出版社 2010 年版。

温晶晶:《19 世纪英国女性文学生态伦理批评》,国防工业出版社 2015 年版。

温晶晶:《盖思凯夫人作品伦理思想的生态批评》,吉林大学出版社 2016 年版。

吴国盛编:《自然哲学》第 2 辑,中国社会科学出版社 1996 年版。

吴琳:《美国生态女性主义批评理论与实践研究》,人民出版社 2011

年版。

吴明益：《台湾自然写作选》，台北：二鱼 2003 年版。

夏光武：《美国生态文学》，学林出版社 2009 年版。

肖锦凤、李玲：《生态批评与道家哲学视阈下的弗罗斯特诗歌研究》，西南财经大学出版社 2016 年版。

熊振华：《音乐艺术学》，中国文献出版社 2005 年版。

徐向英：《生态批评视域下的斯坦贝克研究》，华夏出版社 2018 年版。

央泉：《生态批评视域下的麦尔维尔研究》，中南大学出版社 2015 年版。

袁霞：《生态批评视野中的玛格丽特·阿特伍德》，学林出版 2010 年版。

岳友熙：《生态环境美学》，人民出版社 2007 年版。

曾繁仁：《生态美学导论》，商务印书馆 2010 年版。

曾繁仁：《生态美学基本问题研究》，人民出版社 2015 年版。

曾繁仁：《生态文明时代的美学探索与对话》，山东大学出版社 2013 年版。

章海荣：《生态伦理与生态美学》，复旦大学出版社 2005 年版。

赵毅衡：《诗神远游——中国如何改变了美国现代诗》，四川文艺出版社 2013 年版。

赵玉：《道家与儒家的生态观与审美观》，山东大学，博士论文，2006 年。

赵媛媛：《生态女性主义研究》，吉林人民出版社 2012 年版。

钟玲：《史耐德与中国文化》，首都师范大学出版社 2007 年版。

钟再强：《关爱生命、悲天怜人：从后殖民生态批评视阈解读库切的生态观》，苏州大学出版社 2015 年版。

周湘鲁：《俄罗斯生态文学》，学林出版社 2009 年版。

周膺、吴晶：《城市文化生态学》，浙江工商大学出版社 2013 年版。

周膺、吴晶：《生态城市美学》，浙江大学出版社 2009 年版。

［美］奥尔多·利奥波德：《沙乡年鉴》，侯文蕙译，吉林人民出版社1997 年版。

［美］戴斯·贾丁斯：《环境伦理学：环境哲学导论》，林官明、杨爱民译，北京大学出版社 2002 年版。

［美］盖瑞·斯奈德：《盖瑞·斯奈德诗选》，杨子译，江苏文艺出版社2013 年版。

［美］格伦·A. 洛夫：《实用生态批评：文学、生物学及环境》，胡志红、王敬民、徐常勇译，北京大学出版社 2010 年版。

［美］霍桑：《古宅传奇》，韦德培、方博译，上海译文出版社 19911 年版。

［美］加里·斯奈德：《禅定荒野》，陈登、谭琼琳译，广西师范大学出版社 2014 年版。

［美］卡尔·桑德堡：《桑德堡诗选》，赵毅衡译，人民文学出版社 1987年版。

［美］卡洛琳·麦西特：《自然之死》，吴国盛等译，吉林人民出版社1999 年版。

［美］利奥·马克斯：《花园里的机器：美国的技术与田园理想》，马海良、雷月梅译，北京大学出版社 2011 年版。

［美］卢瑟·S. 利德基主编：《美国特性探索》，龙治芳等译，中国社会科学出版社 1991 年版。

［美］庞德等：《美国现代六诗人选集——诗苑译林》，申奥译，湖南人民出版社 1985 年版。

［美］萨莉·J. 肖尔茨：《波伏娃》，龚晓京译，中华书局 2002 年版。

［美］斯科特·斯洛维克：《走出去思考：入世、出世及生态批评的职责》，韦清琦译，北京大学出版社 2010 年版。

［美］沃尔特·惠特曼：《草叶集》，赵萝蕤译，上海译文出版社 1991年版。

［美］约翰·纳什：《大自然的权利：环境伦理学史》，杨通进译，青岛

出版社 1999 年版。

二　论文

陈文良：《中国生态文学发展困局之破解探究》，《思想战线》2013 年
　　第 3 期。

陈小红：《加里·斯奈德的本土意识》，《天津外国语学院学报》2007
　　年第 6 期。

陈小红：《加里·斯奈德的生态地域观》，《外语教学》2009 年第 4 期。

陈晓明：《城市文学：弯路与困境》，《文艺研究》2014 年第 12 期。

程虹：《永恒的瞬间——自然文学中的记忆》，《外国文学》2008 年第
　　5 期。

程相占：《从环境美学到城市美学》，《学术研究》2009 年第 5 期。

程相占：《生态批评、城市环境与环境批评》，《江苏大学学报》（社会
　　科学版）2010 年第 5 期。

楚图南：《关于介绍惠特曼》，《文讯》第 8 卷 1948 年第 5 期。

方红：《论劳伦斯·布尔的环境文学批评理论》，《当代外国文学》2009
　　年第 3 期。

方丽：《文学与"环境的想象"——论劳伦斯·布尔生态批评"三部
　　曲"》，《当代外国文学》2010 年第 3 期。

丰华瞻：《美国诗人桑德堡》，《外国语》1992 年第 3 期。

高建平：《生态、城市与美学的救赎》，《探索与争鸣》2013 年第 3 期。

耿纪永：《从生态意识看 20 世纪美国自然诗的流变》，《国外文学》
　　2010 年第 2 期。

胡志红、周姗：《试论生态批评的学术转型及其意义：从生态中心主义
　　走向环境公正——兼评格伦·A. 洛夫的〈实用生态批评〉》，《社会
　　科学战线》2013 年第 6 期。

黄春华、马爱花：《基于城市生态美学视野中的城市生态环境探析》，
　　《前沿》2009 年第 8 期。

黄仲山：《生态文学与城市文学的融合困境——反思当代生态文学中的城市意象建构》，《浙江学刊》2015 年第 6 期。

李玲：《毒物描写：〈一千英亩〉的隐型环境伦理主题》，《湖南大学学报》（社会科学版）2014 年第 5 期。

李玲、张跃军：《从荒野描写到毒物描写：生态批评的发展趋势》，《当代外国文学》2012 年第 2 期。

李晓明：《文学研究视野中环境的重新阐释——评析劳伦斯·布依尔的生态批评话语》，《学术论坛》2008 年第 5 期。

刘蓓：《着眼于"环境"的生态批评——劳伦斯·布伊尔的研究特色及其启示》，《东方丛刊》2010 年第 3 期。

刘翠湘：《惠特曼的海洋诗歌及其生态意义》，《世界文学评论》2009 年第 1 期。

刘树森：《中国的惠特曼研究：历史与现状》，《国外文学》2014 年第 2 期。

龙娟：《环境正义视阈下的美国环境文学批评》，《鄱阳湖学刊》2011 年第 3 期。

卢志博：《卡尔维诺笔下的城市与生态》，见胡惠林、陈昕、王方华主编《中国都市文化研究》第 2 卷，上海人民出版社 2010 年版。

鲁枢元：《文化生态与生态文化——兼谈消费文化、城市文化与美学的生活化转向》，《文艺争鸣》2010 年第 21 期。

马特：《超越末日论：城市生态批评的复归与未来》，《华南师范大学学报》2017 年第 5 期。

马特：《城市化与自我身份建构——解读惠特曼〈横过布鲁克林渡口〉》，《社会科学辑刊》2011 年第 3 期。

马特：《"城市自然"的再发现：论加里·斯奈德的后现代城市叙事》，《外国文学》2018 年第 2 期。

马特：《从缺席到在场：生态批评的城市维度》，《外国文学研究》2017 年第 4 期。

马特：《惠特曼城市书写中的生态意识》，《河南大学学报》（哲学社会科学版）2013 年第 2 期。

马特：《论惠特曼城市生态诗学中的"道"》，《社会科学辑刊》2015 年第 3 期。

马特：《论美国"荒野"概念的嬗变与后现代建构》，《文史哲》2018 年第 3 期。

马特：《生态社会主义：一种人文现象》，《国外理论动态》2015 年第 9 期。

孟宪忠：《卡尔·桑德堡与东方文化》，《世界文化》1996 年第 1 期。

孟悦：《生态危机与"人类纪"的文化解读——影像、诗歌和生命不可承受之物》，《清华大学学报》（哲学社会科学版）2016 年第 3 期。

区鉷：《加里·斯奈德面面观》，《外国文学评论》1994 年第 1 期。

生安锋：《人文关切与生态批评的"第二波"浪潮：劳伦斯·布依尔教授访谈录》，《外国文学研究》2009 年第 3 期。

司空草：《文学的生态学批评》，《外国文学评论》1999 年第 4 期。

宋丽丽：《生态批评：向自然延伸的文学批评视野》，《江苏大学学报》2006 年第 1 期。

苏冰：《美国西部文学中的生物区域想象》，《江苏大学学报》（社会科学版）2014 年第 3 期。

苏冰：《温暖的生态海洋：自然·环境艺术·生态批评——斯科特·斯洛维克教授访谈》，《鄱阳湖学刊》2013 年第 3 期。

苏宏斌：《自然·乡村·城市——生态美学三维》，《鄱阳湖学刊》2013 年第 1 期。

隋丽：《中国生态文学的症候式分析》，《沈阳师范大学学报》（社会科学版）2009 年第 2 期。

唐建南、郭棲庆：《生态批评中的地方研究》，《外国语文》2012 年第 2 期。

田汉：《平民诗人惠特曼的百年祭》，《少年中国》第 1 卷 1919 年第

1 期。

王诺:《生态批评:发展与渊源》,《文艺研究》2002 年第 3 期。

王岳川:《生态文学与生态批评的当代价值》,《北京大学学报》(哲学社会科学版) 2009 年第 2 期。

韦清琦:《知雄守雌——生态女性主义于跨文化语境里的再阐释》,《外国文学研究》2014 年。

西川:《"当代美国文学"研讨会综述》,《外国文学研究》2007 年第 2 期。

相会锋、史晓丽:《诗人身份与芝城书写——卡尔·桑德堡"城市情结"之解读》,《安徽文学》2008 年第 9 期。

杨爱萍:《追寻人与自然关系的统一——解析桑伯格名诗〈大草原〉》,《绍兴文理学院学报》(哲学社会科学) 2014 年第 3 期。

杨金才:《论美国文学中的"荒野"意象》,《外国文学研究》2000 年第 2 期。

曾繁仁:《美学走向生活:"有机生成论"城市美学》,《文艺争鸣》2010 年第 21 期。

张建国:《生态批评的第三次浪潮:新世纪美英等国生态批评的新动向》,《名作欣赏》2013 年第 3 期。

赵萝蕤:《惠特曼"我自己的歌"译后记》,《北京大学学报》(哲学社会科学版) 1985 年第 4 期。

周敏:《挑战全球知识——2006 年中英开封论坛综述》,《哲学动态》第 6 期;《河南大学学报》2007 年第 4 期。

周铭:《从男性个人主义到女性环境主义的嬗变——威拉·凯瑟小说〈啊,拓荒者!〉的生态女性主义解读》,《外国文学》2006 年第 3 期。

周膺、吴晶:《生态城市美学的归约及其可能性》,《哲学动态》2011 年第 7 期。

朱新福:《惠特曼的自然思想和生态视域》,《苏州大学学报》2006 年第 2 期。

朱新福：《美国文学上荒野描写的生态意义述略》，《外国语文》2009
年第 3 期。

朱振武、张秀丽：《生态批评的愿景和文学想象的未来》，《外国文学》
2009 年第 2 期。

［法］贝尔纳·斯蒂格勒：《逃离人类纪》，《南京大学学报》（哲学·
人文科学·社会科学）2016 年第 2 期。

［美］C. 斯普瑞特耐克：《生态女权主义建设性的重大贡献》，秦喜清
译，《国外社会科学》1997 年第 6 期。

［美］劳伦斯·布依尔：《文学研究的绿化现象》，《国外文学》2005 年
第 3 期。

外文文献

一 专著

Abram, David, 2010, *Becoming Animal: an Earthly Cosmology*, New York: Pantheon Books.

Abu-Lughod, Janet L., 1999, *New York, Chicago, Los Angeles: America's Global Cities*, Minneapolis, MN: University of Minnesota Press.

Alaimo, Stacy, 2010, *Bodily Natures: Science, Environment, and the Material Self*, Bloomington: Indiana University Press.

Alaimo, Stacy, and Susan Hekman, 2008, eds. *Material Feminisms.* Bloomington: Indiana University Press.

Allen, Gay Wilson, 1946, *Walt Whitman Hand Book*, Chicago: Packard & Company.

Allen, Gay Wilson, 1972, *Carl Sandburg*, Minneapolis: University of Minnesota Press.

Allin, Craig W., 2008, *The Politics of Wilderness Preservation*, Fairbanks:

University of Alaska Press.

Allister, Mark (ed.), 2004, *Eco Man: New Perspectives on Masculinity and Nature*, Charlottesville & London: University of Virginia Press.

Ameel, Lieven, Jason Finch and Markku Salmela (eds.), 2015, *Literature and the Peripheral City*, New York: Palgrave Macmillan.

Andermatt Conley, Verena, 1997, *Ecopolitics: The Environment in Poststructuralist Thought*, London and New York: Routledge.

Anderson, Lorraine, Scott P. Slovic, and John P. O'Grady (eds.), 2013, *Literature and the Environment: A Reader on Nature and Culture*, New York: Pearson Longman.

Andruss, V., C. Plant, J. Plant, and E. Wright, 1990, *Home! A Bioregional Reader*, Gabriola Island, BC: New Society Publishers.

Aristotle, *Politics*, I: 2. 1253a.

Armbruster, Karla, and Kathlee R. Wallace (eds.), 2001, *Beyond Nature Writing: Expanding the Boundaries of Ecocriticism*, Charlottesville: University of Virginia Press.

Ashworth, William, 1991, *The Encyclopedia of Environmental Studies*, New York: Facts on File.

Babbs, Helen, 2011, *My Garden, the City and Me: Rooftop Adventures in the Wilds of London*, London: Timber Press.

Bachelard, Gaston, 2002, *Earth and Reveries of Will: an Essay on the Imagination of Matter*, translated by Kenneth Haltman. Dallas: The Dallas Institute Publications.

Barad, Karen, 2007, *Meeting the Universe Halfway: Quantum Physics and the Entanglements of Matter and Meaning*. Durham: Duke University Press.

Barth, Gunther, 1975, *Instant Cities: Urbanization and the Rise of San Francisco and Denver*, New York: Oxford University Press.

Barth, Gunther, 1982, *City People: The Rise of Modern City Culture in*

Nineteenth-Century America, New York: Oxford University Press.

Bate, Jonathan, 2000, *The Song of the Earth*, Cambridge, MA: Harvard University Press.

Bate, Jonathan, 1991, *Romantic Ecology: Wordsworth and the Environmental Tradition*, London: Routledge.

Baudelaire, Charles, 1964, *The Painter of Modern Life*, New York: Da Capo Press.

Beatley, T. , and K. Manning, 1997, *The Ecology of Place: Planning for Environment, Economy and Community*, Washington, D. C. : Island Press.

Benjamin, W. , 1983, *Charles Baudelaire: A Lyric Poet in the Era of High Capitalism*, trans. by H. Zohn, London: New Left Books.

Benjamin, W. , 1985, *One Way Street and Other Writings*, London: Verso.

Bennett, Jane, 2001, *The Enchantment of Modern Life: Attachments, Crossings, and Ethics*, Princeton: Princeton University Press.

——, 2010, *Vibrant Matter: A Political Ecology of Things*, Durham and London: Duke University Press.

Bennett, Michael, and David W. Teague (eds.), 1999, *The Nature of Cities: Ecocriticism and Urban Environments*. Tucson: University of Arizona Press.

Benton-Short, Lisa, and John Rennie Short, 2008, *Cities and Nature*, New York: Routledge.

Bergquist, James M. , 2008, *Daily Life in Immigrant America, 1820 – 1870*, Westport, CT: Greenwood Publishing Group.

Berry, W. , 1985, *Collected Poems*, San Francisco: North Point Press.

Blake, David, and Michael Robertson (eds.), 2008, *Walt Whitman, Where the Future Becomes the Present.* Iowa: University of Iowa Press.

Bookchin, Murray, 1979, *Toward an Ecological Society*, Montreal: Black Rose Books.

Bookchin, Murray, 2007, *Social Ecology and Communalism*, Oakland, CA: AK Press.

Bradford, William, 2002, *Of Plymouth Plantation, 1620 – 1647*, New York: Alfred A. Knopf.

Braidotti, Rosi, 2013, *The Posthuman*. Cambridge: Polity Press.

——, 2002, Metamorphoses: Towards a Materialist Theory of Becoming, Cambridge, UK: Polity.

Branch, Michael, et al. (eds.), 1998, *Reading the Earth: New Directions in the Study of Literature and Environment*, Moscow: University of Idaho Press.

Branch, Michael, and Scott Slovic (eds.), 2003, *The ISLE Reader: Ecocriticism, 1993 – 2003*, Athens and London: University of Georgia Press.

Brand, Dana, 1991, *The Spectator and the City in Nineteenth-Century American Literature*, Cambridge: Cambridge University Press.

Brand, Stewart, 2010, *Whole Earth Discipline: Why Dense Cities, Nuclear Power, Transgenic Crops, Restored Wildlands, and Geoengineering Are Necessary*, New York: Penguin.

Breandt, Stefan L. , Winfried Fluck and Frank Mehring (eds.), 2010, *Transcultural Spaces: Challenges of Urbanity, Ecology, and the Environment*, Tübingen: Narr Verlag.

Brooker, Peter, and Peter Widdowson, 2013, *A Practical Reader in Contemporary Literary Theory*, New York: Routledge.

Burnside, John, (2008) 2010, *The Glister*, New York: Anchor Books.

Latour, Bruno, 1999, *Pandora's Hope: Essays on the Reality of Science Studies*, Cambridge: Harvard University Press, 1999.

——, 2004, *Politics of Nature: How to Bring the Sciences into Democracy*, Trans. Catherine Porter, Cambridge: Harvard University Press.

Buell, Lawrence, 1995, *The Environmental Imagination: Thoreau, Nature Writing, and the Formation of American Culture*, Cambridge: Harvard University Press.

Buell, Lawrence, 2001, *Writing for an Endangered World: Literature, Culture, and Environment in the U.S. and Beyond*, Cambridge: Belknap Press of Harvard University Press.

Buell, Lawrence, 2005, *The Future of Environmental Criticism: Environmental Crisis and Literary Imagination*, Malden, MA: Blackwell.

Calvino, Italo, 1974, *Invisible Cities*, New York: Houghton Mifflin Harcourt.

Carlyle, Thomas, 2007, *The Correspondence of Thomas Carlyle and Ralph Waldo Emerson, 1834 – 1872*, Teddington: The Echo Library.

Carson, Rachel, 1962, *Silent Spring*, Boston: Houghton Mifflin.

Casteel, Sarah Phillips, 2007, *Second Arrivals: Landscape and Belonging in Contemporary Writings of The Americas*, Charlottesville: University of Virginia Press.

Castells, M., 1977, *The Urban Question: A Marxist Approach*, London: Edward Arnold.

Caws, Mary Ann (ed.), 2013, *City Images: Perspectives From Literature, Philosophy, and Film*, New York: Routledge.

Chase, Richard, 1955, *Walt Whitman Reconsidered*, New York: William Sloane Associates.

Cohen, Michael, 1984, *The PathlessWay: John Muir and American Wilderness*, Madison: University of Wisconsin Press.

Commoner, B., 1972, *The Closing Circle: Nature, Man, and Technology*, New York: Knopf.

Connolly, William E. , 2011, *A World of Becoming*, Durham: Duke University Press.

Conrad, Peter, 1984, *The Art of the City: Views and Versions of New York*, Oxford: Oxford University Press.

Coole, Dianaand Samantha Frost (eds.), 2010, *New Materialisms: Ontology, Agency, and Politics*, Durham, NC: Duke University Press.

Coupe, Laurence (ed.), 2000, *The Green Studies Reader: From Romanticism to Ecocriticism*, London: Routledge.

Crang, Mike, 1998, *Cultural Geography*, New York: Routledge.

Cummings, E. E. , 1996, *Tulips and Chimneys*, New York: Liveright.

Dana, Samuel T. , and Sally K. Fairfax, 1980, *Forest and Range Policy*, New York: McGraw Hill.

Davis, Mike, 1998, *Ecology of Fear: Los Angeles and the Imagination of Disaster*, New York: Metropolitan Books.

De Landa, Manuel, 1997, *A Thousand Years of Nonlinear History*, New York: Zone Books.

Deleuze, G. , and F. Guattari, 1984, *Anti-Oedipus: Capitalism and Schizophrenia*, translated by R. Hurley, M. Seem, and H. Lane, London: Athlone Press.

D'Eramo, Marco, 2002, *The Pig and the Skyscraper: Chicago: A History of Our Future*, trans. by
Graeme Thomson, New York: Verso.

Devall, Bill, and George Sessions, 1985, *Deep Ecology: Living as if Nature Mattered*, Layton, UT: Gibbs Smith.

Dickstein, Morris, 2007, *A Mirror in the Roadway: Literature and the Real World*, Princeton: Princeton University Press.

Dixon, Terrell (ed.), 2002, *City Wilds: Essays and Stories About Urban Nature*, Athens: University of Georgia Press.

Domosh, Mona, 1996, *Invented Cities: the Creation of Landscape in Nine-teenth-Century New York and Boston*, New Haven: Yale University Press.

Dubkin, Leonard, 1947, *Enchanted Streets: The Unlikely Adventures of an Urban Nature Lover*, New York: Little, Brown and Company.

Durnell, Hazel, 1990, *The America of Carl Sandburg*, Atlanta: Cherokee Publishing.

Elliott, Carl., 1999, *A Philosophical Disease: Bioethics, Culture, and I-dentity*, New York: Routledge.

Eliot, T. S., 1963, *Collected Poems, 1909 – 1962*, London: Faber and Faber.

Elton, C. S., 1927, *Animal Ecology*, New York: Macmillan Co.

Emerson, Ralph Waldo, 1891, *The Complete Prose Works*, New York: Ward, Lock & Co.

Emerson, Ralph Waldo, 1992, *The Selected Writings of Ralph Waldo Emerson*, New York: The Modern Library.

Emerson, Ralph Waldo, 1995, *Heart of Emerson's Journals*, New York: Dover Publications, Inc.

Emerson, Ralph Waldo, 2009, *Nature and Other Essays*, New York: Dover Publications.

Festiner, John, 2009, *Can Poetry Save the Earth: A Field Guide to Nature Poems*, New Haven: Yale University Press.

Fisher, Colin, 2015, *Urban Green: Nature, Recreation, and the Working Class in Industrial Chicago*, Chapel Hill, NC.: University of North Carolina Press.

Francis, Richard, 2007, *Transcendental Utopias: Individual and Community at Brook Farm, Fruitlands, and Walden*, New York: Cornell University Press.

Friedman, Susan Stanford, 1998, *Mappings: Feminism and the Cultural*

Geographies of Encounter, Princeton: Princeton University Press.

Frost, Robert, 1969, *The Poetry of Robert Frost*, ed. Edward C. Lathem, New York: Holt, Rinchart and Winston.

Garrard, Greg, 2004, *Ecocriticism*, New York: Routledge.

Giblett, Rodney James, 2011, *People and Places of Nature and Culture*, Chicago: Intellect Books.

Glotfelty, Cheryll, and Harold Fromm (eds.), 1996, *The Ecocriticism Reader: Landmarks in Literary Ecology*, Athens and London: University of Georgia Press.

Grady, Wayne, 1995, *Toronto the Wild: Field Notes of an Urban Naturalist*, Toronto: Macfarlane, Walter & Ross.

Gray, Timothy, 2006, *Gary Snyder and the Pacific Rim: Creating Countercultural Community*, Iowa City: University of Iowa Press.

Griffin, Susan, 1978, *Woman and Nature: The Roaring Inside He*, New York: Harper & Row.

Grimm, Jacob, and Wilhelm Grimm, et al., *1854 – 1960*, *Deutsches Wörterbuch*, Leipzig: S. Hirzel.

Grinnell, Joseph, 1917, *The Niche-Relationships of the California Thrasher*, *The Auk*, Vol. 34.

Grusin, Richard A., 2004, *Culture, Technology, and the Creation of America's National Parks* (New York: Cambridge University Press.

Hafemeister, David, 2014, *Physics of Societal Issues: Calculations on National Security, Environment, and Energy*, New York: Springer Science & Business Media.

Halper, Jon (ed.), 1991, *Gary Snyder: Dimensions of a Life*. San Francisco: Sierra Club Books.

Harvey, D., 1973, *Social Justice and the City*, London: Edward Arnold.

Hawthorne, Nathaniel, 1982, *Tales and Sketches*, New York: The Library of America.

Hayles, N. Katherine, 1999, *How We Became Posthuman*: *Virtual Bodies in Cybernetics*, *Literature*, *and Informatics*, Chicago: University of Chicago Press.

Heise, Ursula, 2008, *Sense of Place and Sense of Planet*: *The Environmental Imagination of the Global*, Oxford: Oxford University Press.

Helmreich, Stefan, 2009, *Alien Ocean*: *Anthropological Voyages in Microbial Seas*, Berkeley: University of California Press.

Herbrechter, Stefan, 2013, *Posthumanism*: *A Critical Analysis*, London: Bloomsbury.

Heynen, Nikolas C., Maria Kaika, Erik Swyngedouw (eds.), 2006, *In the Nature of Cities*: *Urban Political Ecology and the Politics of Urban Metabolism*, New York: Taylor & Francis.

Homberger, Eric, 2002, *New York City*: *A Cultural and Literary Companion*, Oxford: Signal Books.

Hillman, James, 1989, *Blue Fire*, New York: Harper & Row.

Hunter, Lawrence E., 2009, *The Processes of Life*: *An Introduction to Molecular Biology*, Cambridge, MA: MIT Press.

Huth, Hans, 1957, *Nature and the American*: *Three Centuries of Changing Attitudes*, Berkeley: University of California Press.

Inoguchi, T., E. Newman and G. Paoletto (eds.), 1999, *Cities and the Environment*: *New Approaches for Eco-Societies.* Tokyo: United Nations University Press.

Iovino, Serenella, 2016, *Ecocriticism and Italy*: *Ecology*, *Resistance*, *and Liberation*, London: Bloomsbury.

Iovino, Serenella, and Serpil Oppermann (eds.), 2014, *Material Ecocriticism*, Bloomington: Indiana University Press.

James, Henry, 1907, *The American Scene*, London: Chapman and Hall.

Jameson, Fredric, 1991, *Postmodernism, or, The Cultural Logic of Late Capitalism*, Durham: Duke University Press.

Jenks, Chris, *Aspects of Urban Culture*, 2000, Taipei: The Institute of European and American Studies, Academia Sinica.

Kaplan, Justin, 1980, *Walt Whitman: A Life*, New York: Simon and Schuster.

Kerridge, Richard, and Neil Sammells (eds.), 1998, *Writing the Environment: Ecocriticism and Literature*. London: Zed Books Ltd.

Killingsworth, M. Jimmie, 2004, *Walt Whitman and the Earth: A Study in Ecopoetics*, Iowa City: University of Iowa Press.

Killingworth, M. Jimmie, 2007, *The Cambridge Introduction to Walt Whitman*, Cambridge, UK: Cambridge University Press.

Kirby, Vicki, 1997, *Telling Flesh: The Substance of the Corporeal*, New York: Routledge.

Kirkman, Robert, 2002, *Skeptical Environmentalism: The Limits of Philosophy and Science*, Bloomington: Indiana University Press.

Klee, P., 1961, *Notebooks, Volume 1: The Thinking Eye*, London: Lund Humphries.

Knox, Paul, and Steven Pinch, 2006, *Urban Social Geography: An Introduction*, New York: Routledge.

Kroeber, Karl, 1994, *Ecological Literary Criticism: Romantic Imagining and the Biology of Mind*, New York: Columbia University Press.

Kunstler, James Howard, 1994, *Geography of Nowhere: The Rise and Decline of America's Man-Made Landscape*, New York: Simon and Schuster.

Latour, Bruno. 1993. *We have Never Been Modern*, translated by Catherine Porter. Cambridge, MA: HarvardUniversity Press.

Latour, Bruno. 2004. *Politics of Nature: How to Bring the Sciences into Democracy*, translated by Catherine Porter. Cambridge, MA: Harvard University Press.

Lefebvre, H., 1991, *The Production of Space*, Oxford: Blackwell.

Lefebvre, H., 2000, *Writing on Cities*, trans. Kleonore Kofman and Elizabeth Lebas, Oxford: The Blackwell Publishers.

Lehan, Richard, 1998, *The City in Literature: An Intellectual and Cultural History*, Berkeley: University of California Press.

Leopold, Aldo, 2001, *A Sand County Almanac*, New York: Oxford University Press.

Levin, Harry, 1958, *The Power of Blackness: Hawthorne, Poe, Melville*, New York: Knopf.

Liu, Alan, 1989, *Wordsworth: The Sense of History*, Stanford: Stanford University Press.

Loving, Jerome, 1999, *Walt Whitman: The Song of Himself*, Berkeley: University of California Press.

Lowell, Amy, 1921, *Tendencies in Modern American Poetry*, New York: Haskell House Publishers, Ltd.

Lynch, Kelvin, 1960, *The Image of the City*, Massachusetts: The MIT Press.

Macfarlane, Alan, 1997, *The Savage Wars of Peace*, Cambridge, MA: Blackwell.

Machor, James L., 1987, *Pastoral Cities: Urban Ideals and the Symbolic Landscape of America*, Madison: University of Wisconsin Press.

Mack, Stephen, 2002, *The Pragmatic Whitman: Reimagining American Democracy*, Iowa: University of Iowa Press.

Marshall, Ian, 1998, *Storyline: Exploring the Literature of the Appalachian Trail*, Charlottesville: University of Virginia Press.

Marx, Leo, 1964, *The Machine in the Garden: Technology and the Pastoral Ideal in America*, New York: Oxford University Press.

Massey, Doreen, 1994, *Space, Place and Gender*, Cambridge: Polity Press.

Matthiessen, F. O., 1968, *American Renaissance: Art and Expression in the Age of Emerson and Whitman*, Oxford: Oxford University Press.

Mazel, David, 2000, *American Literary Environmentalism*, Athens, GA: University of Georgia Press.

McGregor, Robert Kuhn, 1997, *A Wider View of the Universe: Henry Thoreau's Study of Nature*, Urbana: University of Illinois Press.

Mcnamara, Kevin R., 2014, *The Cambridge Companion to The City in Literature*, Cambridge: Cambridge University Press.

Meeker, Joseph W., 1974, *The Comedy of Survival: Studies in Literary Ecology*, New York: Charles Scribner's Sons.

Mehring, Frank, Winfried Fluck and Stefan Brandt (eds.), 2010, *Transcultural Spaces: Challenges of Urbanity, Ecology, and The Environment in the New Millennium*. Tübingen: Narr.

Meltzer, David, 2001, *San Francisco Beat: Talking With the Poets*, San Francisco: City Lights Books.

Melville, Herman, 1979, *Moby-Dick, Or, The Whale*, Berkeley: University of California Press.

Miller, James E., Jr., 1962, *Walt Whitman*, New York: Twayne.

Miller, Perry, 1956, *Errand into the Wilderness*, Cambridge: The Belknap Press of Harvard University Press.

J. J. Gibson, 1979, *The Ecological Approach to Visual Perception*, Boston: Houghton Mifflin.

Mona, Domosh, 1996, *Invented Cities: The Creation of Landscape in Nineteenth-Century New York and Boston*, New Haven: Yale University Press.

Moore, Jason, 2015, *Capitalism in the Web of Life: Ecology and the Accumulation of Capital*, London: Verso.

More, Paul Elmer, 1963, *Shelburne essays on American literature* (San Diego: Harcourt, Brace & World.

Moretti, Franco, 1998, *Atlas of the European Novel, 1800 – 1900*, London: Verso.

Moretti, Franco, 2005, *Graphs, Maps, Trees: Abstract Models for a Literary History*, London: Verso.

Morris Dickstein, 2007, *A Mirror in the Roadway: Literature and the Real World*, Princeton: Princeton University Press.

Morton, Timothy, 2007, *Ecology Without Nature: Rethinking Environmental Aesthetics*, Cambridge, MA: Harvard.

Morton, Timothy, 2016, *Dark Ecology: For a Logic of Future Coexistence*, New York: Columbia University Press.

Morton, White, and Lucia White, 1962, *The Intellectual versus the City*, Cambridge: Harvard University Press.

Muir, John, 1996, *John Muir: His Life and Letters and Other Writings*, Seattle: The Mountaineers Books.

Muir, John, 1976, *The Wilderness World of John Muir*, Boston: Houghton Mifflin.

Munford, Lewis, 1961, *The City in History: Its Origins, Its Transformations, and Its Prospects*, New York: Harcourt Brace Jovanovich Publishers.

Murphy, Patrick D., 1992, *Understanding Gary Snyder*, Columbia: University of South Carolina Press.

——, 2000, *A Place for Wayfaring: The Poetry and Prose of Gary Snyder*, Corvallis: Oregon State University Press.

——, 2000, *Farther Afield in the Study of Nature-oriented Literature*, Charlattesville: University of Virgina Press.

Nash, Roderick Frazier, 2014, *Wilderness and the American Mind: Fifth Edition*, New Haven: Yale University Press.

Nayar, Pramod K. , 2014, *Posthumanism*, Cambridge: Polity Press.

Newman, Julie, 2011, *Green Ethics and Philosophy*, Los Angeles: SAGE Publications.

Niven, Penelope, 1993, *Carl Sandburg: A Biography*, Urbana: University of Illinois Press.

Nixon, Rob, 2011, *Slow Violence and the Environmentalism of the Poor*, Cambridge, MA: Harvard University Press.

Odum, Eugene P. , 1971, *Fundamentals of Ecology*, Philadelphia: W. B. Saunders Company.

Oelschlaeger, Max, 1991, *The Idea of Wilderness: From Prehistory to the Age of Ecology*, New Haven and London: Yale University Press.

Pahl, Ray, 1975, *Whose City?*, Harmondsworth: Penguin.

Partridge, Eric, 1958, *Origins: A Short Etymological Dictionary of Modern English*, London: Routledge & Kegan Paul.

Passmore, John, 1974, *Man's Responsibility for Nature: Ecological Problems and Western Tradition*, London: Gerald Duckworth.

Payne, Daniel G. , 1996, *Voices in the Wilderness: American Nature Writing and Environmental Politics*, Hanover: University Press of New England.

Philips, Dana, 2003, *The Truth of Ecology: Nature, Culture, and Literature in America*, New York: Oxford University Press.

Phillips, Rod, 2000, *"Forest Beatniks" and Urban Thoreaus": Gary Snyder, Jack Kerouac, Lew Welch, and Michael McClure*, New York: Peter Lang.

Poe, Edgar Allan, 1984, *Poetry and Tales*, New York: Library of America.

——, 2009, *Tales of Mystery and Imagination*, London: Bloomsbury.

Pollan, Michael, 1991, *Second Nature: A Gardener's Education*, London: Bloomsbury.

Preston, Christopher J. , and Wayne Ouderkirk (eds.), 2010, *Nature, Value, Duty: Life On Earth With Holmes Rolston, III*, Dordrecht: Springer.

Pyle, Robert Michael, 1993, *Thunder Tree: Lessons from an Urban Wildland*, New York: The Lyons Press.

Raban, Jonathan, 1974, *Soft City*, London: Collins.

Reznikoff, Charles, 2005, *The Poems of Charles Reznikoff: 1918 – 1975*, Jaffrey: Black Sparrow Books.

Rhodes, Richard, 2004, *John James Audubon: The Making of an American*, New York: Knopf Doubleday Publishing Group.

Robson, Justina, 2004, *Natural History*, London: Pan Books.

Rockland, Michael Aaron, 2008, *Snowshoeing Through Sewers: Adventures in New York City, New Jersey, and Philadelphia*, New Brunswick, NJ. : Rutgers University Press.

Roden, David, 2015, *Posthuman Life: Philosophy at the Edge of the Human*, New York: Routledge.

Rolston, Holmes, III, 1988, *Environmental Ethics: Values in and Duties to the Natural World*, Philadelphia: Temple University Press.

Rolston, Holmes, III, 1989, *Philosophy Gone Wild: Environmental Ethics*, Prometheus Books.

Roosevelt, Theodore, 1893, *The Wilderness Hunter*, New York: Collier & Son.

Runte, Alfred, 1997, *National Parks: The American Experience*, 3rd ed. (Lincoln: University of Nebraska Press.

Sagan, Dorion, 2013, *Cosmic Apprentice: Dispatches from the Edges of Science*, Minneapolis: University of Minnesota Press.

Sale, Kirkpatrick, 2000, *Dwellers in the Land: The Bioregional Vision*, Athens: The University of Georgia Press.

Sandburg, Carl, 2003, *The Complete Poems of Carl Sandburg*, New York: Houghton Mifflin Harcourt.

Santayana, George, 1994, *The Last Puritan: A Memoir in the Form of a Novel*, Cambridge, Mass: The MIT Press.

Schauffler, F. Marina, 2003, *Turning to Earth: Stories of Ecological Conversion*, Charlottesville: University of Virginia Press.

Scheese, Don, 2013, *Nature Writing: The Pastoral Impluse in America*, New York and London: Routledge.

Schliephake, Christopher, 2014, *Urban Ecologies: City Space, Material Agency, and Environmental Politics in Contemporary Culture*, Lanham, MD: Lexington.

Sennett, Richard, 1990, *The Conscience of the Eye: The Design and Social Life of Cities*, New York: Alfred A. Knopf.

Slovic, Scott P. , 2008, *Going Away to Think: Engagement, Retreat, and Ecocritical Responsibility*, Reno: University of Nevada Press.

Smith, C. , 1984, *Chicago and the American Literary Imagination, 1880 – 1920*, Chicago: University of Chicago Press.

Snyder, Gary, 1960, *Myths and Texts*, New York: Totem Press/Corinth Books.

——, 1974, *Turtle Island*, New York: New Directions Publishing.

——, 1980, *The Real Work: Interviews and Talks, 1964 – 79*, New York: New Directions Publishing.

——, 1986, *Left Out in the Rain: New Poems 1947 – 1985*, New York: North Point Press.

——, 1990, *The Practice of The Wild*, Berkeley, CA: Counterpoint Press.

——, 1992, *No Nature: New and Selected Poems*, New York: Pantheon Books.

——, 1995, *Place in Space: Ethics, Aesthetics, and Watersheds*, Washington, D. C. : Counterpoint.

——, 1996, *Mountains and Rivers Without End*, Berkeley: Counterpoint.

——, 1999, *The Gary Snyder Reader: Prose, Poetry, and Translations 1952 – 1998*, Washington, D. C. : Counterpoint.

——, 2004, *Danger on Peaks*, Washington, D. C. : Shoemaker Hoard.

——, 2007, *Back On the Fire: Essays*, Berkeley: Counterpoint.

Soja, Edward, 1996, *Thirdspace: Journeys to Los Angeles and Other Real-and-Imagined Places*, Malden: Wiley-Blackwell.

Spann, E. K. , 1981, *The New Metropolis: New York City, 1840 – 1857*, New York: Columbia University Press.

Spengler, Oswald, 1926, 1928, *The Decline of the West*, Vol. I, Vol. II, New York: Alfred A. Knopf.

Spirn, Anne Whiston, 1984, *The Granite Garden: Urban Nature and Human Design*, New York: Basic Books.

Steuding, Bob, 1975, *Gary Snyder*, Boston: Twayne Publishers.

Stow, John, 1908, *A Survey of London*, *Reprinted from the Text of* 1603, Cambridge: Cambridge University Press.

Sullivan, Robert, 1998, *The Meadowlands: Wilderness Adventures on the Edge of a City*, New York: Doubleday.

Tallmadge, John, 2004, *The Cincinnati Arch: Learning from Nature in the City*, Athens, Georgia: University of Georgia Press.

Thomas, M. Wynn, 1987, *The Lunar Light of Whitman's Poetry*, Cambridge: Harvard University Press.

Thoreau, Henry David, 1854, *Walden*, New York: Thomas Y. Crowell & Company.

——, 1990, *The Essays of Henry David Thoreau*, Albany: NCUP, Inc.

——, 2007, *I to Myself: An Annotated Selection from the Journal of Henry D. Thoreau*, New Haven: Yale University Press.

Thornber, Karen, 2012, *Ecoambiguity: Environmental Crises and East Asian Literatures*, Ann Arbor: University of Michigan Press.

Thorpe, James, 1977, *Thoreau's Walden*, San Marino: The Huntington Library.

Tichi, Cecelia, 1979, *New World, New Earth: Environmental Reform in American Literature from the Puritans Through Whitman*, New Haven: Yale University Press.

Treviño, Jesús Salvador, 1995, *The Fabulous Sinkhole and Other Stories*, Houston: Arte Publico Press.

Untermeyer, Louis, 1958, *Modern American Poetry*, New York: Harcourt Brace & World Inc.

Vormann, Boris, 2015, *Global Port Cities in North America: Urbanization Processes and Global Production Networks*, New York: Routledge.

Warren, James Perrin, 2006, *John Burroughs and the Place of Nature*, Athens: University of Georgia Press.

Weber, M., 1966, *The City*, trans. & ed. D. Martindale and G. Neuwirth, New York: Free Press.

Webster, Noah, 1832, *A Dictionary of the English Language*, Vol. II., New York: Black, Young, and Young.

Wheeler, Wendy, 2006, *The Whole Creature: Complexity, Biosemiotics and the Evolution of Culture*, London: Lawrence & Wishart.

Whitman, Walt, 1963, *Specimen Days*, New York: New York University Press.

——, 1982, *Complete Poetry and Collected Prose*, New York: The Library of America.

Williams, Raymond, 1973, *The Country and the City*, New York: Oxford University Press.

Williams, Raymond, 1976, *Keywords: A Vocabulary of Culture and Society*,

New York: Oxford University Press.

Wilson, Alexander, 1992, *The Culture of Nature: North American Land-scape from Disney to the Exxon Valdez*, Cambridge, MA: Blackwell.

Wolfe, Cary, 1998, *Critical Environments: Postmodern Theory and the Pragmatics of the "Outside"*, Minneapolis: University of Minnesota Press.

——, 2013, *Before the Law: Humans and Other Animals in a Biopolitical Frame*, Chicago: University of Chicago Press.

Wolfreys, Julian, 2002, *Introducing Criticism at The 21st Century*, Edinburgh: Edinburgh University Press.

Woodward, Wendy, 2008, *The Animal Gaze: Animal Subjectivities in Southern African Narratives*, Johannesburg, South Africa: Wits University Press.

Woolf, Virginia, 1992, *Mrs. Dalloway*, Fort Washington: Harvest Books.

Yannella, Philip, 1996, *The Other Carl Sandburg*, Jackson: University Press of Mississippi.

Young, Iris Marison, 1990, *Justice and the Politics of Difference*, Princeton: Princeton University Press.

二 论文

Adamson, Joni, and Scott Slovic, 2009, "Guest Editors' Introduction: The Shoulders We Stand On: An Introduction to Ethnicity and Ecocriticism," *MELUS*, Vol. 34, No. 2.

Alaimo, Stacy, 2008, "Trans-corporeal Feminisms and the Ethical Space of Nature," in Stacy Alaimo and Susan Hekman (eds.), *Material Feminisms*, Bloomington: Indiana University Press.

Alberti, M., Marzluff J. M., Shulenberger E., Bradley G., Ryan, C. and Zumbrunnen C., 2003, "Intergrating Humans into Ecology: Opportunities and Challenges for Studying Urban Ecosystems," *Bioscience*,

Vol. 53, No. 12.

Allen, Barbara, 1990, "The Genealogical Landscape and the South Sense of Place," in Barbara Allen and Thomas J. Schlereth (eds.), *Sense of Place: American Regional Cultures*, Lexington: University Press of Kentucky, 1990.

Anderson, Ben, and John Wylie, 2009, "On Geography and Materiality," *Environment and Landscape*, Vol. 41, No. 2.

Anderson, Kayla, 2015, "Ethics, Ecology, and the Future: Art and Design Face the Anthropocene," *Leonardo*, Vol. 48, No. 4.

Angel, S., J. Parent, D. L. Civco, A. Blei, and D. Potere, 2011, "The Dimensions of Global Urban Expansion: Estimates and Projections for All Countries, 2000 – 2050," *Prog. Plan.*, Vol. 75, No. 2.

Barad, Karen, "Reconceiving Scientific Literacy as Agential Literacy, or Learning How to Intra-act Responsibly Within the World," In R. Reid & S. Traweek (Eds.), *Doing Culture & Science*.

——, 2011, "Nature's Queer Performativity," *Qui Parle*, Vol. 19, No . 2.

——, 2008, "Posthumanist Performativity: Toward and Understanding of How Matter Comes to Matter," in Stacy Alaimo and Susan Hekman (eds.), *Material Feminism*, Bloomington: Indiana University Press.

Barlow, Arthur, 2010, "The First Voyage Made to the Coasts of America," in Joseph Black et al. (eds.), *The Broadview Anthology of British Literature: The Renaissance and the Early Seventeenth Century*, *Volume* 2, Peterborough, ON: Broadview Press.

Bennett, Michael, 1998, "Urban Nature: Teaching Tinker Creek by The East River", *ISLE*, Vol. 5, No. 1.

Bennett, Michael, 2003, "Book Review: *City Wilds: Essays and Stories About Urban Nature*," *ISLE*, Vol. 10, No. 1.

Birch, Thomas H. , 1995, "The Incarceration of Wildness: American Wilderness Areas as Prisons," in Max Oelschlaeger (ed.) , *Postmodern Environmental Ethics*, Albany, NY: State University of New York Press.

Birkerts, Sven, 1996, "Only God Can Make a Tree: The Joys and Sorrows of Ecocriticism," in Cheryll Glotfelty and Harold Fromm (eds.) , Review of *the Ecocriticism Reader: Landmarks in Literary Ecology*, *The Boston Book Review*, Vol. 3, No. 1 (Nov. /Dec.) .

Blair, R. , 2004, "The Effects of Urban Sprawl on Birds at Multiple Levels of Biological Organization," *Ecology and Society*, Vol. 9.

Bondi, Liz, and Joyce Davidson, 2005, "Situating Gender," in Lise Nelson and Joni Seager (eds.) , *A Companion to Feminist Geography*, Malden: Blackwell.

Bracke, Astrid, 2014, "Re-Approaching Urban Nature," *Alluvium*, Vol. 3, No. 1, http: //dx. doi. org/10. 7766/alluvium. v3. 1. 02.

Bradbury, Malcolm, 1976, "The Cities of Modernism," in Malcolm Bradbury and James McFarlane (eds.) , *Modernism (1890 – 1930)*, London: Penguin Books.

Bragard, Véronique, 2013, "Introduction: Languages of Waste: Matter and Form in our Garb-Age," *Interdisciplinary Approaches to Literature and Environment*, Vol. 20, No. 3.

Bragg, E. A. , 1996, "Towards Ecological Self: Deep Ecology Meets Constructionist Self-Theory," *Journal of Environmental Psychology*, Vol. 16, No. 2.

Bridge, Gary, and Sophie Watson, 2003, "City Imaginaries," in Gary Bridge and Sophie Watson (eds.) , *A Companion to the City*, Malden, MA: Blackwell Publishing.

Buell, Lawrence, 2010, "Nature and The City Antithesis Or Symbiosis?," *Yearbook of Research in English and American Literature*, Vol. 26.

Buell, Lawrence, 2011, "Ecocriticism: Some Emerging Trends," *Qui Par-*

le: *Critical Humanities and Social Sciences*, Vol. 19, No. 2.

Burgess, E. W. , 1925, "The Growth of the City: An Introduction to A Research Project," in R. Park et al. (eds.), *The City*, Chicago: University of Chicago Press.

Callicott, J. B. , 2003, "The Role of Intrinsic Values for Naturalization of the City," in L. Fusco Girard, B. Forte, M. Cerreta, P. De Toro and F. Forte (eds.), *The Human Sustainable City*: *Challenges and Perspectives from the Habitat Agenda*, Aldershot: Ashgate.

Callus, Ivan, 2010, "Enigmas of Arrival: Re-Imagining (Non-) Urban Space in Contemporary American Narrative," *Litteraria Pragensia*, Vol. 20, No. 40.

Cannon, Eoin, 2013, "Semiotic Mapping in Urban Fiction as a Model of Literary Ecology: Walter Mosley's *Always Outnumbered*, *Always Outgunned*," in Karen Waldron and Rob Friedman (eds.), *Toward a Literary Ecology*: *Places and Spaces in American Literature*, Lanham, MD: Scarecrow Press.

Chakrabarty, Dipesh, "History on an Expanded Canvas: The Anthropocene's Invitation," Keynote Speech, The Anthropocene Project: An Opening, Haus der Kulturen der Welt, January 13, 2013.

Coffman, Stanley K. , Jr. , 1954, "'Crossing Brooklyn Ferry': A Note on the Catalogue Technique in Whitman's Poetry," *Modern Philology*, Vol. 51, No. 4.

Cronon, William, 1996, "The Trouble with Wilderness; or, Getting Back to the Wrong Nature," *Environmental History*, Vol. 1.

Crowder, R. H. , 1978, "Carl Sandburg's Influence on Modern Poetry," *Western Illinois Regional Studies*, Vol. 2.

Crutzen, Paul J. , and Eugene F. Stoermer, 2000, "The Anthropocene," *The International Geosphere-Biosphere Programme News Letter*, Vol. 41.

Dear, M., and Flusty S., 1998, "Postmodern Urbanism," *Annals of the Association of American Geographers*, Vol. 88.

Dean, Bradley P., 2007, "Natural History, Romanticism, and Thoreau," in Michael Lewis ed., *American Wilderness: A New History*, New York: Oxford University Press.

Doane, Mary Ann, 1980, "The Voice in the Cinema: The Articulation of Body and Space," *Yale French Studies*, No. 60.

Estok, Simon C., 2010, "Reading Ecophobia: a Manifesto," *Ecozon@*, Vol. 1, No. 1.

Evans, Mei Mei, "'Nature' and Environmental Justice," in Joni Adamson, Mei Mei Evans, Rachel Stein (eds.), *The Environmental Justice Reader: Politics, Poetics, & Pedagogy*, Tucson: University of Arizona Press, 2002.

Evernden, Neil, 1996, "Beyond Ecology: Self, Place, and the Pathetic Fallacy," in Cheryll Glotfelty and Harold Fromm (eds.), *The Ecocriticism Reader: Landmarks in Literary Ecology*, Athens and London: University of Georgia Press.

Farland, Maria, 2007, "Decomposing City: Walt Whitman's New York and the Science of Life and Death", *ELH*, Vol. 74, No. 4.

Federman, Raymond, 1992, "Discussion: Joseph Schöpp and Timothy Dow Adams Papers," in Alfred Hornung and Ernstpeter Ruhe (eds.), *Autobiographie & Avant-garde: Alain Robbe-Grillet, Sergei Doubrovsky, Rachid Boudjedra, Maxine Hong Kingston, Raymond Federman, Ronald Sukenick*, Tübingen: Gunter Narr Verlag.

Foucault, Michel, 1984, "Space, Knowledge, and Power," in Paul Rabinow (ed.), *The Foucault Reader*, New York: Pantheon.

Foucault, Michel, 1984, "Of Other Spaces: Utopias and Heterotopias," *Architecture /Mouvement/ Continuite*? October.

Frasz, Geoffrey, 2013, "Dwelling in Expanded Biotic Communities: Steps Toward Reconstructive Postmodern Communities," in Richard Malloy et al. (eds.), *Design with the Desert: Conservation and Sustainable Development*, Boca Raton, Florida: CRC Press.

Galeano, Juan Carlos, 2010, "Ecocriticism and the Global Environmental Crisis: Interview of Paul Outka by Juan Carlos Galeano," *Landscapes: The Journal of the International Centre for Landscape and Language*, Vol. 4, No. 2.

Gare, Arran, 2000, "The Postmodernism of Deep Ecology, the Deep Ecology of Postmodernism, and Grand Narratives," in Eric Katz, Andrew Light, and David Rothenberg (eds.), *Beneath the Surface: Critical Essays in the Philosophy of Deep Ecology*, London: MIT Press.

Gatlin, Jill, 2013, "The Potential and Limitations of Interactivity in Gary Snyder's Urban Literary Ecology," in Karen E. Waldron and Rob Friedman (eds.), *Toward a Literary Ecology: Places and Spaces in American Literature*, Lanham: Scarecrow Press.

Georgi, Sonja, 2010, "Ethnic Space and the Commodification of Urbanity," in Brandt, Stefan L., Winfried Fluck and Frank Mehring (eds.), *Transcultural Spaces: Challenges of Urbanity, Ecology, and the Environment*, Tübingen: Narr Verlag.

Gerhardt, Christine, 2004, "Managing the Wilderness: Walt Whitman's Southern Landscapes," *Forum for Modern Language Studies*, Vol. 40, No. 2.

Gerhardt, Christine, 2006, "'Syllabled to Us For Names': Native American Echoes in Walt Whitman's Green Poetics," in Catrin Gersdorf and Sylvia Mayer (eds.), *Nature in Literary and Cultural Studies: Transatlantic Conversations on Ecocriticism*, Amsterdam: Rodopi.

Gersdorff, Catrin, 2010, "Nature in the Grid: American Literature, Urbanism, and Ecocriticism," in Stefan L. Brandt, Winfried Fluck and Frank Mehring (eds.), *Transcultural Spaces: Challenges of Urbanity, Ecology, and the Environment*, Tübingen: Narr Verlag.

Giovaninni, Joseph, 1983, "I Love New York and L. A. , Too," in *New York Times Magazine*, September 11.

Glotfelty, Cheryll, 1996, "Introduction," in Cheryll Glotfelty and Harold Fromm (eds.), *The Ecocriticism Reader: Landmarks in Literary Ecology*, Athens, GA: University of Georgia Press.

Glotfelty, Cheryll, 2003, "A Guided Tour of Ecocriticism, with Excursions to Catherland," *Cather Studies*, Vol. 5.

Haferkamp, Leyla, 1996, " 'Somebody's got to get angry. . . ' : Ecoterrorism in the Work of Carl Hiaasen," in Stefan L. Brandt, Winfried Fluck and Frank Harvey (eds.), *Justice, Nature and the Geography of Difference*, Oxford: Blackwell.

Haraway, Donna, 1991, "Situated Knowledge", *Simians, Cyborgs and Women: The Reinvention of Nature*, New York: Routledge.

——, 2006, "Crittercam: Compounding Eyes in NatureCultures," in Evan Selinger (ed.), *Postphenomenology*, Albany: SUNY Press.

——, 2008, "Otherworldly Conversations, Terrain Topics, Local Terms," in Stacy Alaimo and Susan Hekman (eds.), *Material Feminism*, Bloomington and Indianapolis: Indiana University Press.

Hayden, Patrick, 1997, "Gilles Deleuze and Naturalism: A Convergence with Ecological Theory and Politics," *Environmental Ethics*, Vol. 19, No. 2.

Heise, Ursula K. , 2006, "The Hitchhiker's Guide to Ecocriticism," *PMLA*, Vol. 121, No. 2.

——, 2016, "Terraforming for Urbanists," *Novel: A Forum on Fiction*, Vol. 49, No. 1.

Herzogenrath, Bernd, 2010, "A 'Meteorology of Sound:' Composing Nature in the 20th and 21st Centuries," in Stefan L. Brandt, Winfried Fluck and Frank Mehring (eds.), *Transcultural Spaces: Challenges of Urbanity, Ecology, and the Environment*, Tübingen: Narr Verlag.

Iovino, Serenella, 2009, "Naples 2008, Or, The Waste Land: Trash, Citizenship, and an Ethic of Narration." *Neohelicon*, Vol. 36, No. 2.

——, 2010, "Ecocriticism, Ecology of Mind, and Narrative Ethics: A Theoretical Ground of Ecocriticism as Educational Practice," *Interdisciplinary Studies in Literature and Environment*, No. 17.

——, 2012, "Material Ecocriticism: Matter, Text, and Posthuman Ethics," in Timo Müller and Michael Sauter (eds.), *Literature, Ecology, Ethics: Recent Trends in European Ecocriticism*, Heidelberg: Universitätsverlag.

——, 2012, "Steps to a Material Ecocriticism: The Recent Literature about the 'New Materialisms' and Its Implications for Ecocritical Theory," *Ecozon@*, Vol. 3, Vol. 1.

——, 2012, "Stories from the Thick of Things: Introducing Material Ecocriticism," *ISLE*. Vol. 19, No. 3.

——, 2013, "Toxic Epiphanies: Dioxin, Power, and Gendered Bodies in Laura Conti's Narratives on Seveso," in Greta Gaard, Simon C. Estok, and Serpil Oppermann (eds.), *International Perspectives in Feminist Ecocriticism*, New York: Routledge.

Iovino, Serenella, and Serpil Oppermann, 2012, "Material Ecocriticism: Materiality, Agency, and Models of Narrativity," *Ecozon@*, Vol. 3, No. 1.

James, Jennifer C., 2011, "Ecomelancholia: Slavery, War, and Black Ecological Imaginings," in Stephanie LeMenager, Teresa Shewry, Ken Hiltner (eds.), *Environmental Criticism for the Twenty-First Century*, New York & London: Routledge.

Kalm, Pehr, 2004, "Travels into North America (1753 – 1761)," in Michael P. Branch (ed.), *Reading the Roots: American Nature Writing Before Walden*, London: University of Georgia Press.

Kang, Yong-Ki, 1999, "The Politics of Deconstruction in Snyder's 'Ripples on the Surface'," *Studies in the Humanities*, Vol. 26, No. 1 & 2.

Keil, Roger, 2003, "Urban Political Ecology: Progress Report," *Urban Geography*, Vol. 24, No. 8.

Killingsworth, M. Jimmie, 2002, "The Voluptuous Earth and the Fall of the Redwood Tree: Whitman's Personifications of Nature," in Ed Folsom (ed.), *Whitman East and West: New Contexts for Reading Walt Whitman*, Iowa City: University of Iowa Press.

Konkol, Margaret Elizabeth, 2013, "Modernizing Nature: Modernist Poetry, Gender, and National Identity," Ph. D. diss., State University of New York at Buffalo.

Kowalewski, Michael, 1994, "Bioregional Perspectives in American Literature," in David Jordan (ed.), *Regionalism Reconsidered: New Approaches to the Field*, New York: Gale.

Kroeber, Karl, 1974, "Home at Grasmere: Ecological Holiness," *PMLA*, Vol. 89.

Lannom, Pamela, 1989, "'Chicago' and 'Prairie': Carl Sandburg and a Yearning for Paradise," *Undergraduate Review*, Vol. 3, No. 1.

Latour, Bruno, 1996, "On Actor-Network Theory: A Few Clarifications," *Soziale Welt*, Vol. 47.

Leopold, Aldo, 1921, "The Wilderness and its Place in Forest Recreational Policy," *Journal of Forestry*, Vol. 19.

Leopold, Aldo S., et al., "Wildlife Management in the National Parks," *Compilation of the Administrative Policies for the National Parks and National Monuments of Scientific Significance*, Washington, D. C.: US Department of the Interior, 1963.

Light, Andrew, 2001, "The Urban Blind Spot in Environmental Ethics," *Environmental Politics*, Vol. 10, No. 1.

Lindholdt, Paul, 1996, "Literary Activism and the Bioregional Agenda," *Interdisciplinary Studies in Literature and Environment*, Vol. 3, No. 2.

Lousley, Cheryl, 2010, "Ethics, Nature, and the Stranger: Cosmopolitan-ism in Dionne Brand's Long Poems *Thirsty* and *Inventory*," in Stefan L. Brandt, Winfried Fluck and Frank Mehring (eds.), *Transcultural Spaces: Challenges of Urbanity, Ecology, and the Environment*, Tübingen: Narr Verlag.

Lyon, Thomas J., 1998, "An Ethic of Place," in Robert B. Keiter (ed.), *Reclaiming the Native Home of Hope: Community, Ecology, and the American West*, Salt Lake City: University of Utah Press.

Ma, Te, 2016, "'Who was the Woman?': Feminine Space and the Sha-ping of Identity in *The Sound and the Fury*," *The Faulkner Journal*, Vol. 28, No. 2.

Machor, James L., 1982, "Pastoralism and the American Urban Ideal: Hawthorne, Whitman, and the Literary Pattern," *American Literature*, Vol. 54, No. 3.

Manes, Christopher, 1996, "Nature and Silence," in Cheryll Glotfelty and Harold Fromm (eds.), *The Ecocriticism Reader: Landmarks in Literary E-cology*, Athens and London: University of Georgia Press.

Maran, Timo. "Where Do Your Borders Lie? Reflections on the Semiotical Ethics of Nature," in Catrin Gerdsdorf and Sylvia Mayer (eds.), *Nature in Literary and Cultural Studies: Transatlantic Conversations on Ecocriticism*, Amsterdam, The Netherlands, and New York: Rodopi, 2006.

Marshall, Robert, 1930, "The Problem of the Wilderness," *Scientific Monthly*, Vol. 30.

Maucione, Jessica, 2013, "Literary Ecology and the City: Re-Placing Los Angeles in Karen Tei Yamashita's *The Tropic of Orange*," in Karen Waldron and Rob Friedman (eds.), *Toward a Literary Ecology: Places and Spaces in American Literature*, Lanham, MD: Scarecrow Press.

McDowell, Michael J. , 1996, "Bakhtinian Road to Ecological Insight," in Cheryll Glotfelty and Harold Fromm (eds.), *The Ecocriticism Reader: Landmarks in Literary Ecology*, Athens and London: University of Georgia Press.

Milne, Drew, 2002, "The Beautiful Soul from Hegel to Beckett," *Diacritics*, Vol. 32, No. 1.

Morton, Timothy, 2011, "The Mesh," in Stephanie LeMenager, Teresa Shewry, and Ken Hiltner (eds.), *Environmental Criticism for the Twenty-First Century*, New York: Routledge.

——, 2010, "Ecology and Text, Text as Ecology," *The Oxford Literary Review*, Vol. 32, No. 1.

Myers, Jeffrey, 2013, "Getting Back to an Imagined Nature: The Mannahatta Project and Environmental Justice," in Joni Adamson and Kimberly N. Ruffin (eds.), *American Studies, Ecocriticism, and Citizenship: Thinking and Acting in the Local and Global Commons*, New York: Routledge.

Naess, Arne, 1973, "The Shallow and The Deep: Long-Range Ecology Movements," *Inquiry*, Vol. 16.

Nelson, Lise, and Joni Seager, 2005, "Introduction," *A Companion to Feminist Geography*, Malden: Blackwell.

Newcomb, John Timberman, 2003, "The Footprint of the Twentieth Century: The American Skyscraper and the Modernist Poem," *Modernism/modernity*, Vol. 10, No. 1.

Nichol, Ashton, 2009, "Thoreau and Urbanature: From Walden to Ecocriticism," *Neohelicon*, Vol. 36.

Nolan, Sarah, 2014, "Un-Natural Ecopoetics: Natural/Cultural Intersections in Poetic Language and Form," in Serpil Oppermann (ed.), *New International Voices in Ecocriticism*, New York: Lexington Books.

Opie, John, and Norbert Elliot, 1996, "Tracking the Elusive Jeremiad: The Rhetorical Character of American Environmental Discourse," in James G. Cantrill and Christine L. Oravec (eds.), *The Symbolic Earth: Discourse and Our Creation of the Environment*, Lexington: University Press of Kentucky.

Oppermann, Serpil, 2006, "Theorizing Ecocriticism: Toward a Postmodern Ecocritical Practice," *Interdisciplinary Studies in Literature and Environment*, No. 13.

——. 2010, "The Rhizomatic Trajectory of Ecocriticism," *Ecozon@*, Vol. 1, No. 1.

——, 2011, "The Future of Ecocriticism: Present Currents," in Oppermann, Serpil, Ufuk Özda?, Nevin Özkan and Scott Slovic (eds.), *The Future of Ecocriticism: New Horizons*, Newcastle-upon-Tyne: Cambridge Scholars Publishing.

——, 2013, "Material Ecocriticism and the Creativity of Storied Matter," *Journal of Literary Studies*, Vol. 26, No. 2.

——, 2013, "Feminist Ecocriticism: A Posthumanist Direction in Ecocritical Trajectory," in Greta Gaard, Simon C. Estok, and Serpil Oppermann (eds.), *International Perspectives in Feminist Ecocriticism*, London and New York: Routledge.

Packer, Barbara, 1990, "'Man Hath No Part in All This Glorious Work': American Romantic Landscapes," in Kenneth R. Johnston et al. (eds.), *Romantic Revolutions: Criticism and Theory*, Bloomington: Indiana University Press.

Park, Robert E., 1925, "The City: Suggestions For the Investigation of Human Behaviour in the Urban Environment," in R. Park and R. Burgess (eds.), *The City*, Chicago: University of Chicago Press.

Perreault, Melanie, 2007, "American Wilderness and First Contact," in Michael Lewis (ed.), *American Wilderness: A New History*, New York: Oxford University Press.

Pickering, Andrew, 2008, "New Ontologies," in Andrew Pickering and Keith Guzik (eds.), *The Mangle in Practice: Science, Society, and Becoming*, Durham: Duke University Press.

——, 2008, "Preface," in Andrew Pickering and Keith Guzik (eds.), *The Mangle in Practice: Science, Society, and Becoming*, Durham: Duke University Press.

Pickett, S. T. A., et al., 2011, "Urban Ecological Systems: Scientific Foundations and A Decade of Progress," *Journal of Environmental Management*, Vol. 92, No. 3.

Rendell, Jane, 2000, "Introduction: Gender, Space," in Jane Rendell et al. (ed.), *Gender Space Architecture: An Interdisciplinary Introduction*, New York: Routledge.

Roberts, G., 1999, "London Here and Now: Walking, Streets, and Urban Environments in English Poetry from Donne to Gay," in Bennett and Teague (eds.), *The Nature of Cities: Ecocriticism and Urban Environments*, Tucson: University of Arizona Press.

Robin, Libby, 2008, "The Eco-humanities as Literature: A New Genre?," *Australian Literary Studies*, Vol. 23.

Rolston, Holmes, III, 1998, "The Wilderness Idea Reaffirmed," in J. Baird Callicott and Michael Nelson (eds.), *The Great New Wilderness Debate*, Athens, GA: The University of Georgia Press.

Rolston, Holmes, III, 2006, "Living On Earth: Dialogue and Dialectic

With My Critics," in Christopher J. Preston and Wayne Ouderkirk (eds.), *Nature, Value, Duty: Life On Earth With Holmes Rolston, III.*, Dordrecht: Springer Science & Business Media.

Ross, Andrew, 1999, "The Social Claim on Urban Ecology," in M. Bennett and D. W. Teague (eds.), *The Nature of Cities. Ecocriticism and Urban Environments.*

Routley, Richard, 1973, "Is There a Need for a New, an Environmental Ethic?," *Proceedings of the XVth World Congress of Philosophy*, Varna, Bulgaria.

Rozelle, Lee, 2002, "Ecocritical City: Modernist Reactions to Urban Environments in *Miss Lonelyhearts* and *Paterson*", *Twentieth-Century Literature*, Vol. 48, No. 1.

Rueckert, William, 1978, "Literature and Ecology: An Experiment in Ecocriticism," *Iowa Review*, Vol. 9, No. 1.

Scharper, Stephen Bede, 2012, "From Community to Communion: The Natural City in Biotic and Cosmological Perspective," in Ingrid Leman Stefanovic and Stephen Bede Scharper (eds.), *The Natural City: Re-envisioning the Built Environment*, Toronto: University of Toronto Press.

Schliephake, Christopher, 2015, "Re-Mapping Ecocriticism: New Directions in Literary and Urban Ecology," *Ecozon@*, Vol. 6, No. 1.

Sheppard, James W., & Andrew Light, 2007, "Rolston On Urban Environments," in Christopher J. Preston & Wayne Ouderkirk (eds.), *Nature, Value, Duty: Life On Earth With Holmes Rolston, III*, Dordrecht: Springer.

Shraon, Zukin, 1980, "A Decade of the New Urban Sociology," *Theory and Society*, Vol. 9, No. 4.

Shumway, David R., 1999, "Nature in the Apartment: Humans, Pets, and the Value of Incommensurability," in Michael Dana Bennet and David W. Teague (eds.), *The Nature of Cities: Ecocriticism and Urban Environ-*

ments, Tucson: University Arizona Press.

Siipi, Helena, 2004, "Naturalness in Biological Conservation," *Journal of Agricultural and Environmental Ethics*, Vol. 17.

Simmel, Georg, 1903, "The Metropolis and Mental Life," in P. Kasnitz (ed.), *Metropolis: Center and Symbol of Our Times*, Basingstoke: Macmillan.

Singer, Peter, 1973, "Animal Liberation", *New York Review of Books*.

Slovic, Scott, 1999, "Ecocriticism: Containing Multitudes, Practicing Doctrine," *ASLE News*, Vol. 11, No. 1.

Slovic, Scott, 2012, "Editor's Note," *ISLE*, Vol. 19, No. 4.

Soja, E., 1995, "Postmodern Urbanization: The Six Restructuring of Los Angeles," in S. Watson & K. Gibson (eds.), *Postmodern Cities and Spaces*, Cambridge: Blackwell Publishers.

Spirn, Anne, 1985, "Urban Nature and Human Design: Renewing the Great Tradition," *Journal of Planning Education and Research*, Vol. 5, No. 39.

Stefanovic, Ingrid Leman, 2012, "In Search of the Natural City," in Ingrid Leman Stefanovic and Stephen Bede Scharper (eds.), *The Natural City: Re-envisioning the Built Environment*, Toronto: University of Toronto Press.

Steffen, Will, Paul J. Crutzen, and John R. McNeill, 2007, "The Anthropocene: Are Humans Now Overwhelming the Great Forces of Nature?," *Ambio*, Vol. 36.

Steffen, Will, Jacques Grinevald, Paul J, Crutzen and John McNeill, 2011, "The Anthropocene: Conceptual and Historical Perspectives," *Philosophical Transactions of the Royal Society A: Mathematical, Physical & Engineering Sciences*, Vol. 369.

Strickler, Breyan, 2008, "The Pathologization of Environmental Discourse: Melding Disability Studies and Ecocriticism in Urban Grunge Novels,"

ISLE, Vol. 15, No. 1.

Sullivan, Heather I., 2012, "Dirt Theory and Material Ecocriticism," *Interdisciplinary Studies in Literature and Environment*, Vol. 19, No. 3.

Thomas, M. Wynn, 1994, "Whitman's Tale of Two Cities," *American Literary History*, Vol. 6, No. 4.

United Nations, Department of Economic and Social Affairs, Population Division, 2015, *World Urbanization Prospects: The 2014 Revision* (ST/ESA/SER. A/366), Http://Esa. Un. Org/Unpd/Wup/Finalreport/.

Wagner, P. L., 1994, "Foreword: Culture and Geography: Thirty Years of Advance," in K. E. Foote et al. (ed), *Rereading Cultural Geography*, Austin: University of Texas Press.

Weinstein, Josh A., 2013, "Urban Ecology and Gary Snyder's 'Three Worlds, Three Realms, Six Roads' and 'Night Song of the Los Angeles Basin'," in Karen E. Waldron and Rob Friedman (eds.), *Toward a Literary Ecology: Places and Spaces in American Literature*, Lanham: Scarecrow Press.

Whitman, Walt, 1973, "Letters from a Travelling Bachelor," *New York Sunday Dispatch*, December 1849, quoted. in Rubin, Joseph Jay, *The Historic Whitman*, University Park: Pennsylvania State University Press.

Wittig, R., 2009, "What is the main object of urban ecology? Determining demarcation using the example of research into urban flora," in McDonnell, J. H. Breuste, and A. K. Hahs (eds.), *Ecology of Cities and Towns: A Comparative Approach*, New York: Cambridge University Press.

Wylie, Dan, 2011, "Playing God in Small Spaces?: The Ecology of the Suburban Garden in South Africa and the Poetry of Mariss Everitt," *Journal of Literary Studies*, Vol. 27, No. 4.

Yaeger, Patricia, 2008, "Editor's Column: The Death of Nature and the Apotheosis of Trash; or, Rubbish Ecology," *PMLA*, Vol. 123.

——, 2010, "Editor's Column: Sea Trash, Dark Pools, and the Tragedy of the Commons," *PMLA*, Vol. 125.

Zalasiewicz, Jan, Mark Williams, Will Steffen, and Paul Crutzen, 2010, "The New World of the Anthropocene," *Environmental Science & Technology*, Vol. 44, No. 7.

中外文人名对照表

（以中译名或中文名拼音为序）

阿尔·萨勒　Ariel Sallen

阿斯特丽德·布拉克　Astrid Bracke

艾里斯·杨　Iris Marison Young

艾莉森·霍桑·丹宁　Alison Hawthorne Deming

艾伦·麦克法兰　Alan Macfarlane

艾略特　T. S. Eliot

艾米丽·狄金森　Emily Dickinson

艾什顿·尼可拉斯　Ashton Nichols

艾伊·卡农　Eoin Cannon

爱德华·阿比　Edward Abbey

爱德华·索亚　Edward Soja

安德里亚·埃德尔　Andrea Edl

安德鲁·赖特　Andrew Light

奥杜邦　Audubon

奥利弗·施赖纳　Olive Schreiner

奥斯瓦尔德·斯宾格勒　Oswald Spengler

巴里·康芒纳　Barry Commoner

芭芭拉·艾伦　Barbara Allen

保罗·奥斯特　Paul Auster

保罗·克利　Paul Klee

保罗·克鲁岑　Paul Crutzen

鲍德里亚　Jean Baudrillard

贝尔纳·斯蒂格勒　Bernard Stiegler

本雅明　Walter Benjamin

比尔·麦克基本　Bill Mckibben

彼得·克鲁泡特金　Peter Kropotkin

波德莱尔　Charles Pierre Baudelaire

伯恩德·贺兹更拉斯　Bernd Herzogenrath

伯格森　Henri Bergson

布鲁诺·拉图尔　Bruno Latour

查尔斯·艾夫斯　Charles Ives

查尔斯·切斯纳特　Charles Chesnutt

查克拉巴第　Dipesh Chakrabarty

查伦·斯普瑞特耐克　Charlene Spretnak

彻丽尔·格罗费尔蒂　Cheryl Glotfelty

楚·托雷斯　Choo Choo Torres

达纳·菲利普斯　Dana Phillips

大卫·阿布勒姆　David Abram

大卫·哈维　David Harvey

戴安娜·库尔　Diana Coole

丹·威利　Dan Wylie

德兰达　Manuel De Landa

德里克·沃尔科特　Derek Walcott

德鲁·皮克林　Andrew Pickering

迪莫西·莫顿　Timothy Morton

多丽丝·莱辛　Doris Lessing

范达娜·席瓦　Vandana Shiva

菲利普·罗斯　Philip Roth

菲利普·韦格纳　Phillip E. Wegner

弗兰科·莫莱蒂　Franco Moretti

弗朗索瓦·德·埃奥博尼　Françoise d'Eaubonne

弗雷德里克·詹姆逊　Fredric Jameson

福柯　Michel Foucault

格奥尔格·齐美尔　Georg Simmel

格里格·加拉德　Greg Garrard

格特鲁德·斯泰因　Gertrude Stein

哈里特·默林　Harryette Mullen

哈罗德·费罗姆　Harold Fromm

海伦·巴布斯　Helen Babbs

海伦娜·斯伊普　Helena Siipi

海瑟·沙利文　Heather I. Sullivan

赫尔曼·梅尔维尔　Herman Melville

亨利·列斐伏尔　Henri Lefebvre

亨利·梭罗　Henry David Thoreau

胡戈·罗彻尔　Hugo Loetscher

霍尔姆斯·罗尔斯顿　Holmes Rolston III

吉尔·加特林　Jill Gatlin

加里·斯奈德　Gary Snyder

加里·斯奈德　Gary Snyder

加斯东·巴什拉　Gaston Bachelard

简·本奈特　Jane Bennett

简克思　Chris Jenks

杰弗里·迈耶斯　Jeffrey Myers

杰森·奥顿　Jason Orton

杰森·摩尔　Jason Moore

杰西卡·摩西恩　Jessica Maucione

金·斯坦利·罗宾逊　Kim Stanley Robinson

卡尔·克罗伯　Karl Kroeber

卡尔·林奈　Carl Linnaeus

卡尔·希尔森　Carl Hiaasen

卡伦·J. 沃伦　Karen J Warren

卡洛琳·麦茜特　Carolyn Merchant

卡特林·吉尔多夫　Catrin Gersdorf

凯拉·安德森　Kayla Anderson

凯伦·巴拉德　Karen Barad

凯思林·沃勒斯　Kathleen Wallace

科顿·马瑟　Cotton Mather

克里斯托夫·曼恩斯　Christopher Manes

克里斯托弗·施里菲克　Christopher Schliephake

肯·沃尔坡　Ken Worpole

昆斯勒　James Howard Kunstler

拉尔夫·沃尔多·爱默生　Ralph Waldo Emerson

拉丽莎·赖　Larissa Lai

莱昂纳多·杜步金　Leonard Dubkin

莱斯利·马蒙·西尔克　Leslie Marmon Silko

劳伦斯 ·库帕　Laurence Coupe

劳伦斯·布依尔　Lawrence Buell

雷·帕尔　Ray Pahl

雷拉·哈弗卡普　Leyla Haferkamp

雷蒙·威廉斯　Raymond Williams

蕾切尔·尼斯百特　Rachel Nisbet

蕾切尔·卡森　Rachel Carson

李·罗泽尔　Lee Rozelle

迈克尔·艾伦·罗克兰　Michael Aaron Rockland

迈克尔·班内特　Michael Bennett

迈克尔·波伦　Michael Pollan

迈克尔·布兰奇　Michael Branch

迈克尔·刘易斯　Michael Lewis

曼纽尔·卡斯特尔　Manuel Castells

曼努埃尔·德兰达　Manuel De Landa

梅洛·庞蒂　Maurice Merleau-Ponty

米歇尔·巴赫金　Mikhail Mikhailovich Bahktin

米歇尔·海恩斯　Michiel Heyns

默里·布克金　Murray Bookchin

穆诸鲁·纳罗金　Mudrooroo Narogin

奈保尔　V. S. Naipaul

欧内斯特·W. 伯吉斯　Ernest W. Burgess

帕特里克·墨菲　Patrick D. Murphy

派尔　Robert Michael Pyle

佩雷兹·拉莫斯　Pérez Ramos

乔纳森·巴特　Jonathan Bate

乔纳森·拉班　Jonathan Raban

乔尼·亚当森　Joni Adamson

乔西·温斯坦　Josh A. Weinstein

乔伊·科嘉瓦　Joy Kogawa

乔伊斯·戴维森　Joyce Davidson

乔治·佩雷克　Georges Perec

乔治·珀金斯·马什　George Perkins Marsh

热奈特　G. Genette

萨拉·P. 卡斯蒂尔　Sarah Phillips Casteel

萨曼莎·弗罗斯特　Samantha Frost

塞雷内拉·艾奥维诺　Serenella Iovino

塞缪尔·贝克特　Samuel Beckett

赛匹尔·奥帕曼　Serpil Oppermann

桑亚·佐吉　Sonja Georgi

莎拉·诺兰　Sarah Nolan

山下凯伦　Karen Tei Yamashita

斯宾诺莎 Baruch de Spinoza

斯黛西·阿莱莫　Stacy Alaimo

斯科特·斯洛维克　Scott Slovic

斯特尔林·K. 布朗　Sterling Brown

斯特里克勒　Breyan Strickler

斯图尔特·布兰德　Stewart Brand

斯文·伯克茨　Sven Birkerts

苏珊·格里芬　Susan Griffin

苏珊·海克曼　Susan Hekman

苏珊·莫里森　Susan Morrison

唐·德里罗　Don DeLillo

唐丽园　Karen L. Thornber

唐娜·哈拉维　Donna Haraway

特里尔·迪克森　Terrell Dixon

托尼·莫里森　Toni Morrison

瓦耳·普鲁姆伍德　Val Plumwood

威尔·斯蒂芬　Will Steffen

威廉·布雷德福　William Bradford

威廉·福克纳　William Faulkner

威廉·克罗农　William Cronon

威廉·鲁克特　William Rueckert

韦恩·格莱迪　Wayne Grady

维基·科尔比　Vicki Kirby

维罗尼卡·布拉格达　Véronique Bragard

温德尔·贝里　Wendell Berry

文蒂·伍德沃　Wendy Woodward

沃尔特·惠特曼　Walt Whitman

乌苏拉·海瑟　Ursula Heise

西奥多·德莱赛　Theodore Dreiser

西蒙·埃斯托克 Simon C. Estok

谢丽尔·卢思丽　Cheryl Lousley

牙买加·琴凯德　Jamaica Kincaid

雅克·格林沃德　Jacques Grinevald

雅克·朗西埃　Jacques Ranciere

亚里士多德　Aristotle

亚瑟·巴罗威　Arthur Barlowe

耶素斯·萨尔瓦多·特莱维诺　Jesús Salvador Treviño

伊丽莎白·毕肖普　Elizabeth Bishop

伊丽莎白·格罗兹　Elizabeth Grosz

伊塔洛·卡尔维诺　Italo Calvino

伊万·卡勒斯　Ivan Callus

伊旺·维拉　Yvonne Vera

尤金·马莱　Eugene N. Marais

约翰·埃德迦·韦德曼　John Edgar Wideman

约翰·埃尔德　John Elder

约翰·伯勒斯　John Burrough

约翰·菲斯蒂纳　John Festiner

约翰·汉森·米切尔　John Hanson Mitchell

约翰·路德·亚当斯　John Luther Adams

约翰·马克斯韦尔·库切　John Maxwell Coetzee

约翰·米尔顿·凯奇　John Milton Cage

约翰·斯托　John Stow

约翰·威斯利·鲍威尔　John Wesley Powell

约翰·缪尔　John Muir

约瑟夫·奥尼尔　Joseph O'Neill

约瑟夫·米克尔　Joseph W. Meeker

扎克斯·米达　Zakes Mda

詹姆斯·乔伊斯　James Joyce

詹姆斯·谢泼德　James W. Sheppard

珍妮佛·詹姆斯　Jennifer James

佐拉·尼尔·赫斯顿　Zora Neale Hurston